MARIA J. PFANNHOLZ

Waldherz

HERZJAGD Jo Murmann soll für ein Magazin eine winterliche Reise im Spessart schildern. Doch statt in die Idylle gerät er in eine heiße politische Auseinandersetzung. Die Aktivisten der Umweltschutzorganisation Planet Guard wollen die Rodung alter Wälder verhindern. Als eine Leiche im Main treibt, sieht es so aus, als ob der Kampf nicht nur mit friedlichen Mitteln ausgetragen wird. Doch die Tote hat eine Spur von Rätseln hinterlassen, die nicht nur zu einem kostbaren Schmuckstück führt, sondern letztlich zur Wahrheit über ihren Tod. Während Jo Murmann über den Konflikt im Wald recherchiert, verfolgen seine Frau Birgit und der Strafverteidiger des Verdächtigen die Fährte der Toten. Im Dämmer der Wälder beginnt die Jagd auf den Schatz und den Mörder, ein verwirrendes Spiel von Licht und Schatten, Märchen und Wirklichkeit, Wahrheit und Lüge. Das einzig Sichere ist der Edelstein, der auf den Leser wartet …

Maria J. Pfannholz wurde in München geboren. Sie studierte dort Forstwissenschaften und widmete sich nach dem Staatsexamen der Schriftstellerei. Neben Fachliteratur erschien 1989 ihr Science-Fiction-Roman »Den Überlebenden«, für den sie den Preis für den besten deutschen SF-Roman des Jahres sowie den Europäischen-Science-Fiction-Encouragement Award erhielt. Mit ihrem Mann und drei Kindern siedelte sie für zwei Jahre nach Bhutan über, wo ihr Mann im Entwicklungsdienst tätig war. Nach ihrer Rückkehr nach Bayern promovierte sie in Forstpolitik über das Symbol des Waldes in Märchen und Mythen und begann ein Gaststudium der Ethnologie. Mit dem Krimi »Heimatkrimi« eroberte sie sich erneut ihren Platz in der Belletristik. Sie lebt heute in Oberbayern.

Bisherige Veröffentlichungen im Gmeiner-Verlag:
Heimatkrimi (2014)

MARIA J. PFANNHOLZ

Waldherz

Jo Murmanns zweiter Fall

GMEINER SPANNUNG

Besuchen Sie uns im Internet:
www.gmeiner-verlag.de

Im Ehnried 5, 88605 Meßkirch
Telefon 07575/2095-0
info@gmeiner-verlag.de

1. Auflage 2015

Lektorat: Claudia Senghaas, Kirchardt
Herstellung: Benjamin Arnold
Umschlaggestaltung: U.O.R.G. Lutz Eberle, Stuttgart
unter Verwendung eines Fotos von: © ArnEh92 / photocase.de
Druck: GGP Media GmbH, Pößneck
Printed in Germany
ISBN 978-3-8392-1746-7

Personen und Handlung sind frei erfunden.
Ähnlichkeiten mit lebenden oder toten Personen
sind rein zufällig und nicht beabsichtigt.

ES WAR EINMAL

Ein dünner Kältenebel zog über den Main, der still schien wie ein grauer See. Doch vor dem Kraftwerk der Staustufe Rothenfels senkte sich seine glatte Oberfläche fast um einen halben Meter abwärts und verriet, mit welch ungeheurem Sog das Wasser durch den Rechen in die Turbinen stürzte. Über dem Einfall in die Unterwelt stand auf zwei Fahrschienen ein kleiner Bagger mit einem Greifarm, dünn und lang wie der Arm einer Gottesanbeterin. Es dämmerte, als die Sensoren signalisierten, dass sich zu viel Treibgut am Rechen angesammelt hatte. Mit einem summenden Geräusch setzte sich der Bagger auf seinen Schienen in Bewegung und senkte seinen Greifarm in das dunkle Wasser. Niemand war da, um zu sehen, was er auf seiner Schaufel triefend aus der Strömung hob und in den Container ablud. Kein Mensch kümmerte sich um die Maschine, und die Maschine kümmerte sich nicht um Menschen.

*

»Hat der Idiot tatsächlich gesagt, dass er den Nächsten, den er im Wald erwischt, umbringt? Hat er das in der Wirtschaft herumproletet?« Worschechs Stimme war beherrscht, zu beherrscht. Thoma war blass, die anderen Revierförster schwiegen und hofften, dass sich das Gewitter nur auf Thomas Kopf entladen würde. »Ich kann doch nichts dafür, was meine Waldarbeiter nach Feierabend machen«, begann er, aber Worschech schnitt ihm das Wort ab: »Feierabend oder nicht, scheißegal. Sie sind mir verantwortlich dafür, dass Ihre Leute begreifen, um was es geht. Wir haben es hundertmal besprochen: keine Aggressionen, keine Beschimpfungen, keine Rangeleien, nichts, was der Presse Bilder liefert. Vor Feierabend, nach Feierabend ist scheißegal, weil es PlanetGuard auch scheißegal sein kann. Hauptsache, sie haben ihr Märtyrer-Image.« Worschech sah es schon vor seinem geistigen Auge, den Blogeintrag auf der Website von PlanetGuard: *Obwohl unsere Aktivisten von Waldarbeitern offen bedroht werden, lassen sie sich nicht einschüchtern und setzen unerschrocken die Kartierung der alten Wälder fort, um sie vor der Zerstörung zu retten …* Wenn ihm etwas auf die Nerven ging, dann war es diese penetrante Selbstdarstellung. Narzissten alle miteinander.

»Na dann schauen Sie mal freundlich, Chef«, sagte der Revierleiter Kroth trocken und wies mit einer Kopfbewegung zum Fenster. Draußen vor der Einfahrt stand eine hochgewachsene Frau mit einer großen Kamera und schoss Fotos vom Forsthaus und dem Rasenplatz, um den sich die Betriebsgebäude gruppierten. Worschech stieß einen Fluch aus, worauf Kroth lautlos in sich hineinlachte. Seine Heiterkeit wirkte zunächst ansteckend, verebbte dann aber rasch. Wozu sollte jemand diese uninteressanten Gebäude aus den 60er Jahren fotografieren, außer um den Forstbetrieb Rohrbrunn ins Netz zu stellen als das Herz der Finsternis, dem Sitz der Schurken, die alte Buchen fällten, um sie nach China zu verkaufen?

Die Fotografin verstaute die Kamera in ihrem Rucksack, ließ ihn auf den Rücken gleiten und ging zurück zu ihrem Auto. Nach Wochen diesigen Wetters knapp über null Grad war die Kälte hereingebrochen. Es schneite leicht, und die Abendsonne war unter die Wolkendecke gerutscht, hatte ein wunderbares Licht über die kahlen Baumwipfel geschickt und einen goldroten Schein auf die Häuser geworfen. Normalerweise fotografierte sie nicht im Abendlicht, es war ihr zu kitschig, aber diese Gelegenheit war zu verlockend gewesen. Vielleicht konnte sie einen Auftrag beim Magazin der Bayerischen Staatsforsten ergattern. Ihre PR-Agentur bot außergewöhnlich gute Verträge für Fotografen zu einer Zeit, in der die Arbeitsbedingungen immer stressiger und die Vertragsbedingungen immer lausiger wurden.

Marion Krebs öffnete die Beifahrertür und legte den Rucksack hinein. Dann zückte sie ihr Handy und rief Jo Murmann an.

*

Der Schnee fiel unerbittlich und gleichmäßig in winzigen Flocken. Eiskalt und trocken blieben sie nicht auf den Grabsteinen kleben, sondern trudelten im Wind über die polierten Oberflächen und Kanten, streiften die eingravierten Namen und kamen erst zwischen den Weihwasserkesseln und Buchszweiglein zur Ruhe. Jo Murmann faltete seinen Mantel noch enger um die Knie, die Kälte drang durch den Hosenboden, er musste sich bald wieder bewegen, statt hier auf der Bank herumzusitzen und die Stille ins Gehirn einsickern zu lassen.

Herbert Kunkel, Robert Kunkel, Elisabeth Kunkel. Die Hälfte der hier Begrabenen hieß Kunkel, ein Viertel hieß Englert, der Rest Hasenstab.

Hundert Jahre Einsamkeit. Das müsste hier einer schreiben können über den Spessart, eine Saga, wie sie Marquez über das südamerikanische Macondo schrieb, in dem ewig der Regen fällt und eine Generation der Familie Buendia der anderen folgt, fast ununterscheidbar. Der Wald des Spessart bot diese Menschen verschlingende Ewigkeit, die Buendias hießen hier Kunkel und der Regen fiel jetzt als Schnee. Aber Jo war leider kein Literaturnobelpreisträger, sondern ein gewöhnlicher Journalist, und sollte eine überschaubare Geschichte abliefern für eins dieser geographischen Magazine, in denen die Welt immer ein Tick zu schön war und die Fotos eine sperrige Realität ästhetisch einfroren. ›Deutschland, ein Wintermärchen‹ war das Thema der Ausgabe, frei nach Heinrich Heine. Der gute Heine wäre wieder mal um seinen Schlaf gebracht, denkt er an Deutschland in der Nacht, denn es ging nicht um Politik, sondern um Touristik. Unterhalb des Friedhofs zwängten sich zwischen den Waldhügeln die Ortschaft Heigenbrücken, die Straße und die Eisenbahn das Tal entlang. Noch vor wenigen Jahrzehnten waren Sonderzüge hier angekommen voller Kumpel aus dem Ruhrgebiet. Doch nun standen die Fördertürme still, und keine Berufsgenossenschaft bezahlte für die Erholung der Staublungen. Die Pensionen und Hotels mussten sich neu erfinden, wenn sie nicht völlig aufgegeben hatten.

Eine Krähe stakte den Weg entlang, breitbeinig und steif wie eine hüftkranke Alte. Die Flocken glitten über ihr schwarzes Gefieder, ihre Krallen kritzelten die immer gleiche vergängliche Hieroglyphe in den Schnee. Sie hüpfte auf eine Umfassung und hackte in das Wachs eines Grablichtes. »Irgendwie findet sich hier immer was zum Überleben«, sagte Jo halb zu ihr, halb zu sich selbst. Sie wandte den Kopf und sah ihn mit funkelnden schwarzen Äuglein an. »Heißt du auch Kunkel?«, fragte Jo.

Sein Handy klingelte. »Ich bin auf dem Weg nach Rothenbuch«, hörte er Marion. »Können wir uns in einer halben Stunde in meinem Hotel treffen?«

Jo erhob sich, entzifferte auf dem Weg zum Ausgang noch einige Namen, die das Schicksal hierher versprengt hatte: Ötting, Kaiser, Mergner, Jürgens. Doch das Grab, das er suchte, fand er nicht.

*

Jo hatte sich Tee mit Rum bestellt. In seinem Hals kratzte es, und er hätte am liebsten seine Mütze aufbehalten, weil es in seinen Stirnknochen dumpf herumzog. Marion hatte sich einen Weißwein genehmigt und tippte durch ihren Kalender im Smartphone. Als Jos Tee kam, blickte er missmutig auf das kleine Gläschen Rum. »Ich war mal im Januar auf Amrum«, sagte er. »Die dort wissen, was sich gehört. Ich hab einen Grog bestellt, und sie haben mir eine Tasse heißes Wasser gebracht und eine ganze Flasche Rum.«

»Januar auf Amrum? Was macht man im Januar auf Amrum?«, fragte Marion.

»So was Ähnliches hat mich die Zimmerwirtin hier auch gefragt, als sie gehört hat, dass ich am Alpenrand wohne: ›Ja, was wolle Se dann im Spessart?‹« Jo gluckste. Er hatte eine Ferienwohnung gebucht, Hotelzimmer waren ihm zu eng, besonders wenn seine Frau dabei war.

»Na gut«, meinte Marion. »Was machen wir also hier?«

»Dasselbe wie auf Amrum: Rum trinken«, antwortete Jo und kippte das Gläschen in den Tee. »Der Winterurlaub lebt vom Kontrast von drinnen und draußen. Drinnen muggelig, draußen Väterchen Frost; drinnen der heiße

Rum, draußen mahlen die Eisschollen an den gefrorenen Dünen entlang, ein seltsames Geräusch. Meine Frau und ich haben eine Vorliebe für seltsame Winterurlaube. Letztes Jahr waren wir im Winter in Marienbad. Man liegt da in den heißen Badewannen, und draußen fallen im Tauwetter riesige Eisbrocken von den steilen Gauben der Gründerzeithotels; man muss tunlichst in der Mitte der Straße laufen, sonst wird man erschlagen. Es war der gefährlichste Urlaub meines Lebens.«

Ein winziges Zwinkern begleitete die Geschichte. Mit seiner Knollennase und dem angegrauten Haarkranz erinnerte er Marion an ihren Großvater, der seine Enkelin auch in übertragenem Sinn gerne auf den Arm genommen hatte. Aber das sagte sie nicht, Herren seines Alters waren nicht unbedingt glücklich über Vergleiche mit Großvätern. »Und die Räuber im Spessart? Nicht gefährlich? Wir könnten das Räuberdiplom machen?« Man konnte das tatsächlich buchen: einen Räuberüberfall mit anschließendem Gelage und dem Verleih einer Urkunde.

Jo starrte sie an. Nahm sie ihn jetzt ihrerseits auf den Arm? »Extrem gefährlich, stimmt«, sagte er schließlich. »Man kann an einer Schwachsinnsallergie sterben.«

Marion lachte, und Jo schmunzelte zufrieden. Das sah nach erträglicher Teamarbeit aus. Es war ihm leichtgefallen, ihr das Du anzubieten. Er kannte einige von Marions Fotoarbeiten, doch ihr selbst war er bislang nicht persönlich begegnet. So hatte er von den raffinierten Bildern auf eine sensible Künstlerin geschlossen und war überrascht, eine muskulöse junge Frau anzutreffen, die unkompliziert, ja fast naiv wirkte. Er hätte sie normalerweise eher für eine Skirennläuferin gehalten. Vielleicht hatte es Van Gogh gereicht mit psychischen Problemen und abgeschnittenen Ohren und er hatte sich zur Abwechslung in eine robuste Hülle inkarniert.

»Du könntest eine Fotoserie über die Weihnachtsdekos hier machen«, schlug Jo vor. »Das wäre extrem farbenfroh und ergiebig. Jedes Haus hier hat mindestens einen Schubkarren voll Glaskugeln und Sterne an der Haustür.«

»Oh ja, Spessarter lieben Dekos. Du müsstest mal im Herbst herkommen«, sagte Marion. »Um die Häuser sind so viele Zierkürbisse, da schaut nur mehr das Dach raus.«

Jo musterte das Restaurant. »Hier herin, zum Beispiel, sind sie auf einen Rekord aus. Das fällt mir schon deshalb auf, weil ich die Dekorationen in Gaststätten zum Alzheimer-Training benutze.«

»Zum was?«

Jo verfluchte sich ein bisschen. Da war er mit einer reizenden jungen Dame unterwegs und hatte nichts Besseres zu tun, als ihr seine Altherren-Ängste zu servieren. Aber jetzt war es schon zu spät.

»Aufmerksamkeitstraining.« Jo schloss die Augen. »An welche Dekos kann ich mich erinnern? Auf dem Sims des Kachelofens: ein Weckglas mit drei roten Glaskugeln darin, dazwischen hineingesteckt ein kahler Ast, daran hängen silbern angesprayte Holzsternchen, daneben zwei kleine Kissen bestickt mit Weihnachtsbäumen, eine Bocksbeutelflasche als Uhr, dann ein Rentier aus verrostetem Blech mit Kerzen auf dem Geweih.« Jo wurde schon langsamer. »Dann, neben dem Kachelofen, ein Zimmerbrunnen mit einer Art Hirtenbuben, alles von unten beleuchtet … Jetzt weiß ich nichts mehr.« Jo öffnete die Augen.

»Zwei Wollschäfchen hast du vergessen«, sagte Marion.

»Mist.«

Marion lachte. »Ich hätte nicht die Hälfte gewusst.«

»Billig«, dachte Jo. »Alter Mann fischt nach Komplimenten.«

»Aber jetzt mal ohne die Dekos: Es ist hier wirklich nichts los in der Jahreszeit«, beschwerte sich Marion. »Ich bin in Wertheim aufgewachsen, ich kenn doch die Gegend. Sogar Mespelbrunn ist geschlossen.«

»Zumindest rein kommen wir nicht«, stimmte Jo zu. »Meine Frau hat eine Einladung auf Burg Wildenstein. Sie hat auf einem Seminar eine eigentümliche Person kennengelernt, die dort wohnt. Leider nichts für den Artikel, die Burg ist Privatbesitz und nicht zugänglich.«

Wenn er mehr Zeit hätte, Menschen näher kennenzulernen, ihr Vertrauen zu gewinnen, die kleinen, leisen Dinge zu sehen und die großen alten Muster zu erkennen. Dieser Wald im Winter, er versteckte seine Geheimnisse in den Knospen, wer eben nur so durchfuhr, dem zeigte er eine riesige kalte Schulter. Drei bezahlte Tage, das hieß Termine, immer mit Leuten unterwegs sein, die ihm dieses sagten oder jenes, und er hatte keine Gelegenheit zu spüren, was sie ihm nicht sagten. Jo wollte deshalb mit seiner Frau noch eine Woche länger bleiben, bevor sie dann zum Skifahren gingen. Birgit hatte auch Arbeit dabei: Sie musste die Fragebögen der psychosomatischen Klinik, in der sie arbeitete, neu formulieren. Im Grunde betrieben sie beide als Urlaub getarnte Selbstausbeutung.

Jo ging mit Marion das Programm durch: Wanderführer zu Naturschutzgebieten und durchs Hafenlohrtal, den Main entlanggondeln nach Wertheim mit Stadtführung, natürlich Mespelbrunn wenigstens von außen und die Wallfahrtskirche Hessenthal, Termin im Spessartmuseum in Lohr. Er hatte die Stationen in sein Notizbuch gekritzelt und fügte sie zu einer provisorischen Landkarte. Als Zugabe könnten sie in der folgenden Woche noch in den hessischen Teil des Spessart fahren, obgleich Marion als gebürtige Wertheimerin sofort behauptete, das sei gar kein richtiger Spessart.

»Und natürlich«, meinte Jo verträumt, »sollten wir uns noch in die berühmte Lohrer Weinstube hocken, wo die Fabulologen tagen.«

»Wer?«

»Fabulologen. Ich glaube, das sind Leute, die beweisen, dass Märchen eigentlich wahr sind.«

»Ah!« Marion lächelte. »Da passen wir ja wunderbar hin. Vielleicht können wir von denen was lernen.«

*

Es war um die Jahreszeit noch dunkel, und der Techniker schaltete die Lampen ein, um den Inhalt des Treibgutcontainers zu inspizieren. Er war schon ziemlich voll, aber vielleicht reichte die Kapazität noch einen Tag, wenn er den Inhalt etwas glatt zog. Er wollte sich schon abwenden, um den Rechen zu holen, als er genauer hinschaute: Zwischen Ästen und Bretterstücken leuchtete etwas hellgrün. Es war ein Jackenärmel. Doch er war nicht leer. Eine weiße Hand ragte heraus. Der Techniker zog die Luft scharf ein, schaute noch einmal hin und hoffte, dass er sich getäuscht hatte. Hatte er aber nicht. Er konnte unter dem Gewirr von Ästen den Rest der Jacke ausmachen und einen Kopf, an dem nasses Haar klebte. Er nestelte sein Handy aus der Tasche und telefonierte. Dann stieg er langsam hinauf zum Parkplatz und wartete. Mit dem, was er herausholen musste, wollte er nicht allein sein.

DAS RÄTSELMÄRCHEN

Jo saß beim Frühstück, als die Polizeisirenen heulten. Er nahm seine Tasse, trat ans Fenster und schob die Stores zurück. Er war nicht der Einzige, stellte er fest, ganz Rothenbuch klebte an den Scheiben. Zwei Streifenwagen kamen die Hauptstraße entlang, bogen in das Tälchen der Wärterstraße und beschleunigten hoch in Richtung der Brennholzlager am Waldrand. Als Lokalredakteur wäre Jo wohl hinterhergefahren, aber die Zeiten waren vorbei. Er hatte den Termin in Gemünden, ein Naturparkführer erwartete ihn. Er ließ die Stores zurückfallen, schluckte mit dem Rest des Kaffees ein Aspirin und stellte seine Tasse in den Ausguss. Dann öffnete er leise die Tür zum Schlafzimmer. Birgit schlief immer noch, selbst die Sirenen hatten sie nicht aufgeweckt, wahrscheinlich hatte sie nachts noch ewig lang gelesen. Über dem Bett hing ein Bild von einer Alpenlandschaft mit Kapelle und Bergbach, dahinter Felsgipfel. »Ja, was wolle Se denn im Spessart«, sagte Jo zu sich selbst und ging seine Schuhe anziehen.

Am Fuß der Treppe erwartete ihn seine Zimmerwirtin, Frau Gern. »Des is bestimmd weche die junge Loit«, erklärte sie eifrig und ungefragt. »Wisse Se, die von Plännetgad am Campingplatz. Die sinn de ganze Tach im Wald unnerwechs und wolle die Buche schütze. Da werds en Ärcher gebbe mit de Waldabeiter oder so. Meine Güdde, wird doch nix Ernstes passiert sei.«

»Was für Buchen schützen?« Jo war verwirrt. »Am Campingplatz? Im Winter?«

»Ja gell, i habs garnet mit aaschaue gekönnt, in die Zelde, bei der Kält. Ich hab dene scho mei Feriewohnung aabodde. Das war bevor Se aagrufe habbe«, fügte sie verlegen hinzu, »aber stelle Se sich vor, die dürfe ned. Die Woch sin zwaa von denne am Montach zum Fersehgucke bei mir bliebe. Lustische Kerlsche. De anner Tach sin se rausgfloche ausm Cämp. Na ja. Jetz bring ich d' jung Leut wenichstens en Kuche vorbei.«

Sie seufzte. Ihre ganze Gestalt von den warmen Filzhausschuhen über die dicken Strümpfe, die Kittelschürze bis hinauf zu den grauen Dauerwellen war ein Monument hausfraulicher Sorge.

»Bring du denne nur en Kuche. Wenn die dann en Nationalpark hier mache, dann kannst schaun, mit was du dein Herd eischürst«, ließ sich plötzlich die grantige Stimme des Ehemanns durch die offene Wohnungstür vernehmen.

Die Wirtin machte kehrt. »Ach was«, gab sie zurück. »Die habbe si wenichstens für mein Kuche bedankt, bei dir haaßt's: Nix gsacht, ist gnuch globt.« Frau Gern machte die Tür zu und Jo stand allein im Flur, in der Gesellschaft eines holzgeschnitzten Mönches mit Weinfass und eines schlafenden Gipsengelchens zwischen den Kakteen auf dem Fensterbrett.

PlanetGuard war Jo natürlich ein Begriff. Er assoziierte mit dem Namen Helden, die mit dem Schlauchboot unter Walfangschiffen einherjagten und sich im Regenwald den Bulldozern der Minengesellschaften in den Weg stellten. Letztes Jahr war bei Auseinandersetzungen in Kolumbien eine europäische Aktivistin ums Leben gekommen, erschossen oder von einem Bulldozer überrollt, ziemlich scheußlich jedenfalls. Es hatte einen solchen Medienaufstand gegeben, dass die Regierung ein Moratorium verkündete, zumindest bis zur nächsten Wahl. Und nun saßen die hier im Winter am Campingplatz, durften in keine Ferienwohnung und prügelten sich im deutschen Wald mit der Polizei herum? »Ja was wolle se denn im Spessart«, murmelte Jo schon zum zweiten Mal an diesem Tag.

Marion kam vom Hotel gefahren, und Jo faltete sich auf ihren Beifahrersitz.

»Hast du die Polizei gehört? Zugehen tut's hier!« Jo schaute auf die Uhr. »Wir hätten noch eine Minute. Weißt du, wo der Campingplatz ist?«

Marion wusste es nicht, aber auf dem Weg zur Staatsstraße sahen sie rechtzeitig das Schild, das in den Heigenbrücker Weg zum westlichen Dorfrand wies. Nach 300 Metern standen sie vor dem Maschendrahtzaun. Ein großes Transparent war daran befestigt mit der Aufschrift ›PlanetGuard‹ und dem Logo der Organisation, einem Adler über der Erdkugel. Etwa 15 Zelte in verschiedenen Größen und Farben gruppierten sich auf der Wiese, die Planen bestäubt mit dünnem Schnee. Von den Zelten durch ein begradigtes Bächlein getrennt bewachte ein langes einstöckiges Holzhaus den Platz. Die Fensterläden waren geöffnet, aus seinem Schornstein rauchte es. Gleich hinter der Einfahrt zum Gelände, auf dem Parkplatz neben dem Holzhaus stand ein Bürocontainer. Die Tür öffnete sich, zwei junge Leute in hellgrünen Überjacken kamen heraus und gingen über ein schmales Brücklein zu den Zelten.

»Wie war das noch mal mit diesem Winterurlaub und dem Kontrast zwischen drinnen und draußen?«, fragte Marion.

»Kein Kontrast, kein Urlaub«, Jo zuckte die Schultern. »Ich frag mich aber, wieso in aller Welt die nicht in die Ferienwohnungen dürfen.«

»Dürfen sie nicht?« Marion war verblüfft.

»Sagt meine Zimmerwirtin.«

»Hm. Keine Privilegien für Einzelne. Untergräbt die Moral der Truppe. Außerdem«, Marion kniff die Augen zu prüfenden Schlitzen, »Schnee auf den Zelten, das gibt wunderbare Fotos, eine klare Botschaft.«

»Von wegen Expeditionslager, Entbehrungen für ein hohes Ziel?«

»Genau. Es gibt kaum ein besseres Bild.« Sobald es um Bilder ging, war Marion alles andere als naiv.

Jo nickte. »Bloß welches hohe Ziel? Die werden es uns sicher gerne erklären. Jetzt erst mal unsere kleinen Ziele.«

Marion wendete den Wagen, fuhr zurück auf die Hauptstraße und durch den Wald, dessen silberne Stämme ihren Weg begleiteten. Ein leichter Wind staubte den Reif von den Ästen und erfüllte die Luft mit glitzernden Kristallen.

*

Bei Gott!«, sagte Flambeau, »das ist wie im Märchenland.«

Pater Brown setzte sich im Boot kerzengerade auf und bekreuzigte sich. Seine Bewegung war so jäh, dass sein Freund ihn mit mildem Erstaunen fragte, was denn los sei.

»Die Leute, die mittelalterliche Balladen schrieben«, antwortete der Priester, »wussten mehr über Märchenwesen als Sie. Im Märchenland ereignen sich nicht nur nette Dinge.«

»Ach Unfug!«, sagte Flambeau. »Unter einem so unschuldigen Mond können sich nur nette Dinge ereignen. Ich bin dafür, dass wir weiterfahren und nachsehen, was da wirklich ist. Wir können sterben und vermodern, eh wir noch mal so einen Mond oder eine solche Stimmung erleben.«

»In Ordnung«, sagte Pater Brown. »Ich habe nie gesagt, dass es immer falsch ist, ins Märchenland zu gehen. Ich habe nur gesagt, dass es immer gefährlich ist.«

Birgit legte ihre Lektüre weg und beschloss, aufzustehen. Sie kannte die Geschichte ohnehin, wie alle Geschichten von Pater Brown, und dennoch hatte sie ihre Lieblingssammlung in die Ferien mitgenommen wie einen alten Freund. Wenn das Märchenland gefährlich war, dann lebte jetzt nicht nur Jo gefährlich, sie würde heute auch einen gefährlichen Ausflug machen. Die Fragebögen und Statistiken der Klinik konnten warten.

Zunächst aber rief sie sich energisch zur Ordnung: Sie rollte eine Yoga-Matte aus und durchlief ihre Asanas, wobei sie Gelegenheit fand, den Lack auf ihren Zehennägeln zu inspizieren. Er war noch in einem akzeptablen Zustand. Dann begab sie sich in die Küche. Während sie den Kaffee durchlaufen ließ, genoss sie den Ausblick aus dem Fenster. Ein makellos eingewinterter Gemüsegarten erstreckte sich zwischen dem Küchenfenster und der Straße, die Beete waren schnurgerade und mit Platten eingefasst, ein Vogelhäuschen stand da, mit Tannenzweigen begrünt, und ein Tomatengewächshaus, verziert mit einer kleinen, auf einem Besenstiel reitenden Hexe. Birgit dachte an ihren eigenen Garten, in dem die dürren Stauden aus dem Schnee staken und die Himbeersprösslinge kreuz und quer herummarschierten, uneins darüber, nach welcher Richtung sie sich schneller ausbreiten wollten. Seufzend ließ sie die Stores zurückfallen und ging mit der Kaffeetasse ins Wohnzimmer.

Das Wohnzimmerfenster öffnete sich auf der anderen Seite des Hauses auf eine Terrasse, bestückt mit einem steinernen Grillofen und eingefasst mit Wagenrädern. Birgit ließ sich in einen plüschigen Polstersessel nieder, den sie zwar selbst niemals gekauft hätte, dessen Gemütlichkeit sie aber gerade deswegen genoss. Der Computer stand schon auf dem Wohnzimmertisch, ihre Arbeit wartete. Die Fragebögen für die Patienten gingen immer noch von der Idealfamilie aus: Vater, Mutter, Geschwister. Sie wollte und musste Raum schaffen für das, was die Patienten mitbrachten, vom Halbgeschwister bis zur Samenspende. Doch die Urlaubsstimmung setzte sich durch. Sie nahm das Mobiltelefon zur Hand, um ihren Besuch in Wildenstein anzukündigen. Es meldete sich ein Mann, und der durchkreuzte ihr Vorhaben.

»Es tut mir leid, meine Schwester ist nicht zu sprechen. Um genau zu sein: Sie wird seit zwei Tagen vermisst.« Das Telefon fror an Birgits Ohr fest. Die Welt schien für einen Moment unwirklich, bis sie die Information irgendwie in die Realität einordnen konnte. Aber selbst dann wusste sie zunächst nicht, was sie darauf antworten sollte. »Mein Gott, das ist ja schrecklich!«, brachte sie schließlich heraus.

»Das ist es«, sagte Philipp von Wildenstein knapp. »Waren Sie mit ihr verabredet? Sie hat vom Besuch einer Psychologin gesprochen.«

»Ja, das bin ich, damit hat sie wohl mich gemeint.«

»Würde es Ihnen etwas ausmachen, wenn Sie dennoch kämen? Vielleicht könnten Sie in gewisser Weise behilflich sein.« Er stockte, wahrscheinlich, weil er merkte, dass sich seine Bitte anhörte, als brauche er eine Psychologin für sich selbst. »Meine Schwester hat etwas schriftlich hinterlassen, was vielleicht von Nutzen sein könnte, sie zu finden. Nur verstehe ich es nicht. Es fällt eher in Ihr Metier.«

Dass der von Wildenstein die Hinterlassenschaft seiner Schwester nicht verstand, konnte Birgit gut nachvollziehen. Ob sie ihm allerdings behilflich sein konnte, bezweifelte sie. Sie hatte Elisabeth von Wildenstein auf einem Seminar des C. G. Jung Institutes kennengelernt. Die Frau hatte sich dort mit den alten Granden der Märcheninterpretation auf eine höchst erfrischende Weise herumgestritten. Gleichzeitig war es unmöglich, zu begreifen, von was sie im Grunde eigentlich redete. Birgit war nicht sicher gewesen, ob sie etwas wirr im Kopf war oder von einem Gedankengebäude ausging, das so ungewohnt war, dass man sich länger damit beschäftigen musste – was unter Umständen ziemlich auf dasselbe hinauslief. Und weil sie sie nett fand und neugierig war, hatte sie ihre Bekanntschaft gemacht.

»Wenn Sie glauben, ich kann Ihnen in irgendeiner Weise helfen, komme ich selbstverständlich«, antwortete Birgit schließlich. »Nur versprechen Sie sich bitte nicht zu viel davon.«

*

Der Schnee war nicht tief. Jo und Marion hatten den Wanderweg verlassen und duckten sich hinter dem Führer her unter den Zweigen durch. Vermooste Stämme lagen auf der Erde wie schlafende Tiere. Der Wald wurde wieder lichter, die Bäume älter, schließlich erreichten sie den höchsten Punkt ihrer Wanderung. Der hohe Knuck hatte keinen eigentlichen Gipfel. Ein Steinmännchen stand im Wald und markierte den Punkt, der auf der lang gezogenen Kuppe wahrscheinlich der höchste war. Rings erhoben sich die grauen Buchen und einzelne gedrungene Eichen. Mit ihren dicken, krummen Ästen sahen sie für Jo aus wie jene umgedrehten Wurzeln, die sein Vater zur Dekoration der Weihnachtskrippe verwendet hatte. Weil die Bäume kein Laub trugen, konnte man ein wenig in die Ferne sehen, und die Ferne war Hügel nach Hügel kahles Gezweig, ein struppiges Fell der Erde.

*

Wildenstein lag im Westen des Spessart, wo der Wald allmählich zurücktrat und den Dörfern mehr Raum ließ. Auf dem letzten Kilometer oberhalb von Eschau erlaubte er sogar eine Fernsicht über die Landschaft mit Feldern, Wiesen und auch einem versprengten Weinberg, ein trotz der winterlichen Stimmung geradezu liebliches Panorama. Doch Burg Wildenstein legte darauf keinen Wert. Sie hatte sich am steilen Ende eines Tälchens in die bewaldete Hügelflanke eingegraben und sich mit einem Mantel von Sandsteinfelsen und Bäumen umgeben. Einige Häuser hatten sich zu ihren Füßen niedergelassen und unterhielten eine Nabelschnur von Wiesen, die sie mit der Außenwelt verband.

Unterhalb der Burg verbreiterte sich die Zufahrt zu einer ebenen Fläche mit einem Blockhaus und einer Feuerstelle. Birgit wollte schon parken, als sie sich doch ein Herz fasste und ihr Auto auf die Rampe lenkte, die durch einen alten Zwinger aufwärts in den Burghof führte. Konnte sie jetzt als persönlicher Gast da hineinfahren oder würde sie in einem Blumenbeet landen und hochnotpeinlich rückwärts wieder hinausrangieren müssen? Sie kam nicht in die Verlegenheit. An der Innenseite der Mauer gab es einen Kiesplatz, auf dem ein klappriger VW-Bus stand, neben dem sie parkte. Dass es so ein Ding überhaupt noch gab? Als sie ausstieg, sah sie an seiner Frontseite ein großes spiegelverkehrtes KANZLEI aufgeklebt, genau in der Schrift, in der sonst POLIZEI auf den Polizeibussen stand. Nachdem sie dies amüsiert zur Kenntnis genommen hatte, schaute sie sich weiter um. Nach Norden schloss sich ein Gärtchen an mit einem Schuppen, der sich an einen alten Mauerturm anlehnte. Eine riesige Linde markierte den Zugang zum westlichen Hof, der sich ein klein wenig vornehmer aufführte: In seiner Mitte stand ein winterlich verschalter Springbrunnen. Die Burgmauer säumten dort eine kleine Kapelle und Dienerhäuschen, nach Süden schloss der Palas aus rotem Sandstein die Burg nach außen ab. An seiner Tür gab es keinen Klingelknopf, nur einen Türklopfer in Form eines Löwenkopfes. Wieder war Birgit unsicher: Sollte sie jetzt mit diesem Ding da klopfen? Und was waren das für Leute, die ihren eigenen Mauerring hatten und darin ihre eigenen Fettnäpfchen aufstellen konnten, in die sie vielleicht hineintrat? Irritiert griff sie nach dem Klopfer, doch die Tür ging schon auf.

Philipp Freiherr von Wildenstein war ein kräftiger, Mann, mehr breit als hoch. Sein Händedruck war entsprechend. »Frau Murmann. Danke, dass Sie gekommen sind.« Sein Gesicht war keineswegs lang und aristokratisch, sondern knochig und wegen der starken Augenwülste von Natur aus finster. Er trug eine staubige alte Hausjacke, an der kleine spiralförmige Holzspäne hingen. Er bemerkte Birgits Blick. »Ich war beim Drechseln. Es ist eine sehr beruhigende Beschäftigung. Und Beruhigung kann ich derzeit brauchen.«

Er half ihr, den Mantel abzulegen. Eine Haushälterin erschien. »Frau Murmann, das ist Frau Heinrich«, sagte der Wildensteiner und: »Martha, Frau Murmann und ich setzen uns in die Bibliothek. Möchten Sie einen Tee?«, fragte er Birgit. Sie wollte keinen. »In die Bibliothek«, dachte sie. »Irgendwie bin ich durch eine Zeitschranke gefahren, dahin, wo es Haushälterinnen und Bibliotheken gibt.« Der Wildensteiner wandte sich schon zum Gehen, als ihn ein Blick von Frau Heinrich festnagelte. »Oh, die Jacke«, sagte er, nahm sie ab und warf sie auf einen Haken.

Gut. Es war also die Frau Heinrich, die hier sagte, wo es langging. Birgit fühlte sich sofort etwas entspannter in der Gesellschaft des Freiherrn.

Sie durchquerten ein Speisezimmer mit gewaltigen Deckenbalken und handgemaltem grünem Rankenwerk auf dem Putz, passierten einen großen Ofen und gelangten durch eine Flügeltür in einen Raum, dessen Wände bis obenhin von Bücherregalen gesäumt waren. Wie Birgit bemerkte, waren es ganz verschiedene Bücher, es gab nur wenige gleichförmige Buchrücken von Gesamtausgaben. Ein Schreibtisch stand da mit PC und Telefon, sowie ein Rauchertischchen mit zwei lederbezogenen Sesseln und einem kleinen Sofa. In der Laibung eines Fensters lehnte ein junger Mann. Für einen Moment verschlug es Birgit die Sprache, denn ihre Zeitreise ging weiter. Dieses Wesen schien direkt einem Dickensroman entsprungen zu sein: Er hatte extrem dichtes, braunes Haar, das er halblang und in der Mitte gescheitelt trug, eine Brille mit Rundgläsern und Goldrand sowie einen Schnurrbart. Das Kostüm vervollständigte ein blütenweißes Hemd, eine Weste und – tatsächlich – eine Fliege. Er kam auf sie zu und gab ihr die Hand. »Sebastian Pfeiffer, mein Patensohn«, stellte ihn der Freiherr vor. »Sebastian, das ist Frau Murmann.«

Birgit vermutete, dass ihm der Bus gehörte, aber sie fragte nicht. Sie setzten sich, Sebastian Pfeiffer nahm wieder seinen Platz am Fensterbrett ein. Von Wildenstein beugte sich vor, stützte die Ellbogen auf die Knie, senkte den Kopf und schwieg. Er schien sich zu konzentrieren. Birgit wartete. Schließlich schaute er sie an: »Ich habe Sie gebeten, zu kommen, weil Sie die Arbeit meiner Schwester kennen.«

»Ich habe versucht, mich einzuarbeiten, aber ob ich diese Landkarte der Märchen ganz begriffen habe, weiß ich nicht. Es scheint so etwas wie ihr Lebenswerk zu sein. Warum fragen Sie danach? Hat es mit Elisabeths Verschwinden zu tun?«

Der Wildensteiner nickte. »Wahrscheinlich. Sie ist von dieser Arbeit besessen. Vor sieben Jahren fing das an. Vorher hat sie ein wenig Volkskunde betrieben, ein Aufsatz hier und da über die Sagen des Spessart etc. Dann hat sie eine Arbeit verfassen wollen über den Wald als Symbol in den Märchen.«

Birgit beschloss, die Frage zu stellen, die sie Elisabeth erspart hatte: »Hat sie irgendeine Ausbildung in der Sache? Psychologie oder dergleichen?«

Der Freiherr schüttelte den Kopf. »Sie ist eine Dilettantin im besten und schlechtesten Sinn des Wortes.«

»Sie betreibt das als Hobby?«

Von Wildenstein zuckte die Schultern. »Sie betreibt ihr Leben als Hobby. Wenn ihr die Apanage zu knapp wird, chauffiert sie Taxi. Sie denkt, es ärgert mich, aber es ist mir wirklich wurscht.« Er lächelte kurz. »Jedenfalls. Sie hat diese Arbeit angefangen, zuerst so nach Carl Gustav Jung, der Wald als Archetyp etc. Dann hat sie festgestellt, dass das nicht so klappt, und dann ging es weiter und weiter.« Von Wildenstein seufzte.

»Sie hat sich mit Lévi-Strauss befasst und seinen strukturalistischen Analysen der Mythen«, nahm Birgit den Faden auf.

»Genau«, bestätigte der Freiherr. »Der Franzose mit der dicken Brille. 100 Jahre alt ist er geworden, und als er gestorben ist, war es auch schon längst rum mit seinem Strukturalismus, aber meine Schwester hat das irgendwie nicht so mitbekommen. Unsere Bibliothek ist nicht unbedingt auf dem neuesten Stand.«

Dass die Abgelegenheit der Burg mit ihrer Bibliothek sozusagen die Voraussetzung für die seltsame Arbeit der Elisabeth von Wildenstein gewesen war, leuchtete Birgit ein. »Deshalb also ist sie auf die Idee gekommen, die Märchenlandschaften zu kartieren. Sie hat den Weg der Märchenhelden nachgezeichnet, wann sie auf ihrer Reise an ein Wasser kommen, wo der Wald auftaucht und wann das Schloss etc. Und es ist ja eine Struktur rausgekommen. Eine Art Globus.«

»Vierdimensional«, sagte der Freiherr düster. »Sie hat doch tatsächlich irgendeinen gottverlassenen Mathematiker dazu gebracht, ihre verwurstelten Zeichnungen anzuschauen.«

»Und was hat das alles mit ihrem Verschwinden zu tun?« War sie in ein vierdimensionales Loch gefallen?

Der Freiherr seufzte. »Nun, die Zeiten sind hart für Privatgelehrte. Ist ja nicht mehr so wie bei Darwin, als man im Stübchen saß und mit der Royal Society korrespondierte. Da hat sie sich eine …«, er hielt inne, »wirklich …«, er pausierte noch einmal, »… bescheuerte PR-Aktion einfallen lassen. Kennen Sie Geocaching?«

»Diese Schatzsucherei mit GPS-Geräten?«

»Ich fürchte, an dieser Idee bin ich nicht unschuldig«, ließ sich jetzt das Dickenswesen vernehmen. »Es ist mein Steckenpferd, sie hat es durch mich kennengelernt. Nun ja, Geocaching Schatzsuche zu nennen, ist ein wenig übertrieben; normalerweise sind das keine Schätze. Es sind einfache Logbücher, in die der stolze Finder dann seinen Namen einträgt. Oder wasserdichte Dosen, in denen Kleinigkeiten drin sind wie Schlüsselanhänger oder dergleichen. Man kann dann einen rausnehmen und etwas anderes dafür hineinlegen. Und es gibt diese Mystery-Caches, das sind Schnitzeljagden mit Rätseln.«

»Meine Schwester wollte – will einen solchen Mystery-Cache legen, den man nur finden kann, wenn man weiß, wie dieser Märchenglobus funktioniert«, fuhr jetzt der Freiherr fort.

»Das ist aber eine nette Idee!«, meinte Birgit.

»Sehr nett.« Von Wildenstein stand abrupt auf, wandte sich zum Fenster und schaute in die Lärchen, die winterkahl wie die Skelette riesiger Wichtelmützen am Rand der Burg standen. »Besonders nett ist, dass sie einen echten Schatz verstecken wollte. Ein Familienerbstück, das sogenannte Waldherz. Es ist ein herzförmiger Smaragd in Eichenholz und Gold gefasst, ein sehr ungewöhnliches Stück.« Wildenstein drehte sich um. »Kein normaler Mensch befasst sich mit ihrem Irrsinn, wenn er dafür nur einen Schlüsselanhänger findet, verstehen Sie? Ich habe versucht, ihr das auszureden. Erstens wird niemand aus Liebe zur Erkenntnis suchen, sondern nur aus Gier, zweitens wird sie sich in der akademischen Welt mit so was endgültig unmöglich machen. Wissen Sie, was sie mir geantwortet hat?«

»Was?«

»Aber es macht mir Spaß.« Von Wildenstein schnaubte.

Birgit unterdrückte ein Lächeln. »Und dieser Spaß, was hat er damit zu tun, dass sie verschwunden ist?«

Der Wildensteiner setzte sich wieder. »Sie war unterwegs, um diesen Mystery-Cache zu legen. Und ist nicht zurückgekommen. Man hat ihr Auto an einem Parkplatz der B26 östlich von Laufach gefunden. Suchaktion im Wald vergeblich. Ehrlich gesagt, ich habe so gut wie keine Hoffnung, dass sie noch lebt. Irgendetwas muss ihr zugestoßen sein.«

»Entführung?«

Von Wildenstein schüttelte den Kopf. »Meine Schwester ist nicht mehr in dem Alter, in dem es sich für Perverslinge lohnt, Frauen für längere Zeit im Keller einzusperren. Das ist jetzt nicht sehr galant, aber so ist es. Das Problem sieht eher so aus, dass sie unter Umständen das Waldherz bei sich hatte.«

»Den Smaragd?«

Von Wildenstein nickte. »Es ist nicht mehr im Safe. Doch wie dem auch sei, ich muss sie finden, und wenn es auch nur darum geht, um sie zu begraben.«

»Und wie, meinen Sie, kann ich Ihnen dabei behilflich sein?«

Das Dickenswesen ging zum Schreibtisch und holte ein Blatt Papier. »Wir glauben, wir haben das Rätsel gefunden, das zum ersten Cache führt. Es besteht aus Märchen. Das Papier lag in ihrem Arbeitszimmer neben dem Computer. Wir denken, sie hat es vorbereitet, um es dann in eine Geocaching-Internetseite zu tippen. Wir haben es auch der Polizei gegeben, aber wir glauben nicht, dass sie diese Spur allzu eifrig verfolgen werden. Schon weil wir nicht sicher waren, ob es sich wirklich um das fragliche Rätsel handelt.«

Er gab es Birgit. Es war die Kopie einer handgeschriebenen Seite, verfasst in einer Schrift, die klein und fitzelig war. Birgit überflog das Blatt: »Sehr seltsam. Sieht aus, als wären diese Geschichten aus verschiedenen Märchen zusammengesetzt.«

Ein Telefon läutete. »Entschuldigen Sie«, sagte der Freiherr, ging zum Schreibtisch, hob ab und meldete sich. Eine Zeit lang hörte er zu, dann sagte er: »Ich komme. Die genaue Adresse bitte.« Etwas in seiner Stimme veranlasste Birgit, ihn zu beobachten. Er legte auf: »Die Polizei. Sie glauben, sie haben sie gefunden. Tot. Ich soll sie identifizieren.«

Pfeiffer war sichtlich erschüttert: »Soll ich mitkommen?«

Sein Pate schüttelte den Kopf. »Danke. Das muss ich schon allein.«

Birgit erhob sich. Es war nicht die Zeit, neugierige Fragen zu stellen. »Es tut mir sehr leid. Ich mochte Ihre Schwester. Wenn ich Ihnen irgendwie noch helfen kann? Das Rätsel, ist es noch wichtig?« Sie hielt ihm das Blatt hin.

»Nehmen Sie es mit. Ich rufe Sie an.«

Birgit ging mit dem Freiherrn durch den alten Saal zum Ausgang, und es schien ihr, als treibe sie die Zeit und der Tod aus einer Welt hinaus, die sie gerade erst Willkommen geheißen hatte.

*

Die Pilze waren klein, grau und hart gefroren. Dicht drängten sie sich auf dem umgestürzten Baum. Jo zog einen Handschuh aus und ließ die Finger über die glänzenden Köpfchen gleiten. Sie fühlten sich glatt und freundlich an wie die Tasten eines fremdartigen Instruments. Am selben Stamm hatte sich eine schwarze Flechte mit rotbrauner Spitze gesäumt, als kümmere sie der Winter nicht.

Totholz. Es lag herum oder stand noch aufrecht, bewohnt von Wesen, die ihre Eier und Larven darin versteckten, durchzogen von Pilzen, durchlöchert von Insekten und ausgehöhlt von den Spechten. Die großen Bäume zerfielen zu imposanten Ruinen, die umgehend besetzt wurden von Gewusel und Geflatter aller Art. Jetzt im Winter schwieg das alles.

Jo zog den Handschuh wieder an und schlurfte durch den dünnen Schnee und das rote Laub. Darunter war schwarze Fäulnis.

*

Am Abend spazierte er mit Birgit zum Campingplatz. Im Bürocontainer brannte Licht, aus dem Holzhaus, das sich Freizeitheim nannte, summten Gespräch und Gitarrenklänge. Als sie die Tür öffneten, kamen ihnen Wärme entgegen und ein Sprachengewirr aus Deutsch, Englisch und Spanisch. Birgit, die schweigsam und bedrückt gewesen war, lebte beim Anblick der jungen Leute sichtlich auf. Etwa 20 Männer und Frauen saßen in dicken Pullovern bei heißem Tee und den Reminiszenzen des Tages. Der Gitarrist trug Dreadlocks und schrammelte auf einem ziemlich mitgenommenen Instrument. Eine junge Frau mit Sommersprossen und Norwegermütze summte dazu. Ein schwarzhaariger Hüne tippte auf einem Smartphone herum.

Sie sprachen den Mann an. Er sei aus Hannover, erzählte er. Für zwei Wochen sei er hier, um mitzumachen. Aber wenn sie etwas genauer wissen wollten, sollten sie mit Leo sprechen.

Der Mensch namens Leo war draußen im Bürocontainer und legte die Einsatzpläne für den kommenden Tag fest. An einem der Keyboards kauerte ein Mädchen mit zerzaustem Kurzhaar, ihre Hände verschwanden fast in den langen Ärmeln ihres Pullovers. Sie war dabei, am Bildschirm eine Tabelle mit Daten und Namen zu ergänzen und sie parallel dazu auf einem zweiten Bildschirm in Landkarten einzutragen. Die Luft kam unangenehm warm aus einem elektrischen Heizlüfter.

Birgit wollte bei der Arbeit nicht stören, aber Jo ließ taktisch fallen, dass er für einen Artikel über den Spessart recherchierte. Der Mann gab ihnen die Hand und stellte sich als Leo Sachs vor. »Und das ist unsere Computerdompteuse und Datenfreak Silke Hollander.« Das Mädchen strahlte sie an, nickte und wandte sich wieder den Bildschirmen zu. Sachs angelte eine Mappe aus einem Karton und drückte sie Jo in die Hand: »Da stehen die Grundlagen drin. Sie können sich in die gute Stube setzen, ich komme nach.«

Im Freizeitheim half ihnen der schwarzhaarige Riese, zwischen all den Rucksäcken und Kleidungstücken auf den Bänken einen Platz zu finden, und setzte sich dazu. Er heiße Norbert, erzählte er. Er gehöre zum Voraustrupp, der zuerst die Durchmesser der Bäume mit der Kluppe messe. Nachher komme das Team mit dem GPS-Gerät, das die genaue Position verzeichne. Alle Buchen dicker als 60 Zentimeter wollten sie so erfassen, um sie vor der Säge zu retten.

Die sommersprossige Sängerin kam zu ihnen herüber und fragte, ob sie einen Tee wollten. Sie wollten keinen, und sie schwang die Beine über die Bank, um sich dazuzusetzen. Jo fragte sich, wie es die junge Frau den ganzen Tag in der Kälte draußen aushalten konnte, erinnerte sich aber daran, dass seine Fotografin Marion auch nicht aus Zucker war. Leo Sachs kam herein und setzte sich neben das Mädchen. Er legte den Arm um sie und zog sie an sich mit einer behütenden Geste, die Jos Gedanken mehr oder weniger bestätigten. Die Rolle des Beschützers stand Sachs, er war gut gebaut, und sein Kopf war löwenartig wie sein Name: eine blonde Mähne, ein wachsamer brauner Blick und ein Lächeln, das eine Menge gesunde Zähne zeigte.

»Ich bin noch nicht zum Lesen gekommen vor lauter netter Gesellschaft«, sagte Jo. »jetzt müssen Sie mir erzählen, warum sie seit Neuestem hier und nicht mehr nur im Regenwald herumspringen.«

»Weil wir die Probleme nicht nur dort haben. Im Gegenteil: Wie können wir von den Leuten dort verlangen, ihre Wälder unter Schutz zu stellen, wenn wir es hier nicht tun? Früher war Deutschland zu 90 Prozent von Wald bedeckt, 75 Prozent davon Buchenwälder. Heute haben wir nur noch 4,3 Prozent Buchenwälder. Und nur 0,7 Prozent sind älter als 140 Jahre.«

Die Tür ging auf, Silke glitt herein und suchte sich lautlos einen Platz. In ihrem übergroßen Pullover wirkte sie geradezu zerbrechlich. Jemand schob ihr eine Tasse heißen Tee hin, sie faltete die Hände darum und richtete ihren Blick unverwandt auf Sachs.

»1992 hat es in Rio eine Konferenz zum Schutz der Biodiversität gegeben und einen entsprechenden Beschluss«, fuhr Sachs fort. »Jedes Land sollte eine eigene Strategie dazu vorlegen, und dies hat die Bundesrepublik mit ihrer Biodiversitätsstrategie getan, die sie 2007 beschlossen hat. Und in der steht, dass für den Naturschutz zehn Prozent aller öffentlichen Wälder bis 2020 aus der Nutzung genommen werden sollen. Und da wir in Deutschland die Hauptverantwortung für Buchenwälder haben, müssen das vorrangig Buchenwälder sein, und da vorrangig die ältesten, die wir noch haben.«

Sachs sprach flüssig und leidenschaftlich. Jo nahm an, dass er diese Erläuterungen nicht zum ersten Mal abgab, und war beeindruckt, wie viel Emotion er noch hineinlegen konnte. Auch die Umsitzenden hörten ihm zu, obwohl sie die Geschichte doch sattsam kennen sollten.

»Bayern hat sich schlichtweg geweigert, diese Vorgabe des Bundes auszuführen und ein Konzept vorzulegen, welche Wälder stillgelegt werden sollen. Als wir von PlanetGuard ein solches Konzept erstellen wollten, und uns nach den alten Buchenwäldern erkundigt haben, haben sich die Bayerischen Staatsforsten auf ihr Betriebsgeheimnis berufen und die Daten und Karten nicht herausgerückt. Und das ist umso schlimmer, als dieser Betrieb seit 2005 einem privatisierten Management übergeben wurde, das diese Wälder ausbeutet und industrialisiert.«

Sachs' Stimme bebte vor unterdrücktem Zorn, der Mann mit der Gitarre hatte sein Spiel unterbrochen, alle hatten dem Sprecher ihre ernsten Gesichter zugewandt.

»Sie vernichten diese alten Wälder systematisch, um sie der Stilllegung zu entziehen. Sie machen Kahlschläge, um radikal die Eiche zu säen, und pflanzen Nadelholz.«

Jo sah, wie alle rundum nickten. Er wollte nachfragen, doch Sachs fuhr schon fort: »Wir von PlanetGuard nun fordern für alle Wälder älter als 140 Jahre einen Einschlagsstopp, bis diese zehn Prozent Stilllegungsflächen feststehen. Und wir unterlaufen die Geheimhaltungspolitik der Staatsforsten, indem wir selbst die alten Wälder kartieren, um sie zu schützen. Wir messen die Dicke der Bäume und legen ihre Position mit GPS-Geräten fest.«

»Können Sie mir denn im Wald solche Flächen zeigen?«, fragte Jo. Eigentlich hatte er im Rahmen seines Wintermärchens gar keinen Raum für den Konflikt, aber es ärgerte ihn sowieso, dass er eine Idylle herbeischreiben sollte.

Sachs schüttelte bedauernd den Kopf. »Ich muss derzeit das Camp allein führen. Unsere Waldexpertin Valerie Johansen ist diese Woche nicht da, aber Frau Wenzel kennt hier die Wälder wie ihre Westentasche«, er zögerte, lächelte, »oder Rocktasche. Sie wird Sie sicher gerne führen.«

Er stand auf und bedeutete Jo und Birgit, ihm in die nicht allzu große Küche zu folgen. Ein Koch und zwei Köchinnen traten sich dort auf die Zehen, es war das pure Chaos. Eine davon, eine drahtige ältere Dame, war Frau Wenzel. Weil ihre Hände gerade vom Salatwaschen nass waren, gab sie ihnen den Ellbogen.

»Das riecht aber gut«, sagte Birgit. Es gab ein normales Essen und eines veganisch, daher die Anzahl der Köche und Töpfe, erklärte Frau Wenzel. »Sie wollen in den Wald laufen mit mir? Aber gerne. Ich habe aber erst nächste Woche Zeit.« Sie vereinbarte mit Jo, dass sie sich telefonisch verabreden würden.

Birgit und Jo gingen durch das nächtliche Rothenbuch zu ihrem derzeitigen Zuhause zurück. Es war still, hinter den Vorhängen der Häuser schimmerte Licht, ab und zu ratterte ein Rollladen herunter. Auch das Hotel im alten Jagdschloss lag dunkel. Unten im Graben hinter der Mauer gluckerte die Quelle der Hafenlohr.

Jo hing seinen Gedanken nach. Die PlanetGuardler wollten also noch mehr solche Naturschutzgebiete wie das, in dem er heute herumgelaufen war. Oder gleich einen ganzen Nationalpark. Wär ja vielleicht nicht so schlecht. Schließlich sagte er laut: »Da kartieren sie im Wald herum, weil sie die Daten nicht kriegen. Das ist doch nicht strafbar. Wieso ist dann heute früh die Polizei in den Wald gefahren?«

»Ach«, rief Birgit, »da hab ich doch glatt vergessen, zu fragen, ob das wahr ist: Ich war heute einkaufen in dem kleinen Supermarkt bei der Frau Hasenstab. Und die hat den Kunden erzählt, dass sie sich an Container angekettet haben, in denen Buchenstämme nach China verschickt werden. Das halbe Dorf stand in dem Laden.«

Meine Güte«, seufzte Jo. »Ich soll ein Wintermärchen schreiben, und hier tobt der Kampf zwischen Licht und Finsternis.«

Birgit lächelte. »Aber genau das passiert doch in den Märchen, oder?«

*

Vermisste Frau tot im Main.

Eine 60jährige Frau aus Eschau, die seit zwei Tagen vermisst wurde, ist tot an der Staustufe Rothenfels angetrieben. In den Morgenstunden des gestrigen Tages wurde sie bei einer routinemäßigen Kontrolle des Treibgutcontainers entdeckt. Um die Todesursache festzustellen, wurde die Leiche zur Obduktion weitergeleitet.

Wildenstein lag bei Eschau. Das konnte dann die Bekannte von Birgit sein. Wie in aller Welt war die in den Main geraten? Der floss zwar im Bogen um den ganzen Spessart herum, aber deswegen konnte man doch nicht einfach hineinfallen.

Die Meldung war eine eher kleine Notiz am Rande der Zeitung. Den größeren Teil der Seite nahm die Aktion von

PlanetGuard ein. Frau Hasenstabs Infobörse war korrekt gewesen: Aktivisten hatten sich an Container gekettet, in denen Buchenstämme nach China transportiert werden sollten. Auf den Transparenten stand: »BAYERISCHE STAATSFORSTEN ZERSTÖREN HEIMLICH ALTE BUCHENWÄLDER« und »VERSCHERBELT UNSERE KÜNFTIGEN URWÄLDER NICHT NACH CHINA.«

Jo faltete die Zeitung und schob sie zu Birgit hinüber, tippte auf die Meldung über die Tote, wollte es aber ihr überlassen, ob sie die Sache in Gesellschaft zur Sprache bringen wollte.

Sie saßen in der dunkel vertäfelten Stube des Lichtenauer Wirtshauses. Hinter ihrem Führer her waren sie das Tal der Hafenlohr entlanggewandert. Der Bach mäanderte durch gelbes Schilf und kleine Wiesen, die stellenweise von Wildschweinen zerwühlt und im Schatten von Raureif bedeckt waren. Die Fotografin hatte die Plätze gesucht, an denen die Sonne auf dem Reif glitzerte, und die Windungen des Baches, an denen die Strömung am Rande unter dem Eis Luftblasen entlang schob. Außer ihrer kleinen Truppe war niemand unterwegs gewesen. Jetzt saßen sie geborgen neben dem Kachelofen, bewacht von einigen ausgestopften Vögeln, einem riesigen Wildschweinschädel und einem dicken Holzengel, der etwas beleidigt auf dem Klavier hockte und sich überlegte, warum seine Flügel zu klein zum Fliegen waren.

»Was halten Sie denn von diesen PlanetGuard-Aktionen?«, erkundigte sich Jo beim Wanderführer. Der zuckte die Schultern und hieb die Gabel in den Salat. Jo war es schleierhaft, wie man von so wenig Kalorien leben konnte. Aber Hubert konnte.

»Na ja«, meinte er, »diese Buchenurwald-Geschichte, die passt uns vom Spessartbund nicht so recht. Für uns ist der Spessart Kulturlandschaft. Ich meine damit nicht nur die Ruinen und Schlösser, die Glashütten oder die Wiesen im Hafenlohrtal. Die Eichen, die sind für uns Spessarter ein Stück Heimat. Die würden aber ohne den Menschen fast alle verschwinden. Ich will damit nicht sagen, dass die Forstwirtschaft hier einen Heiligenschein hat. Aber so einfach gestrickt wie am Amazonas ist die Sache hier auch nicht. In dem Naturschutzgebiet zum Beispiel, in dem wir gestern waren: Als es unter Schutz gestellt wurde, waren da noch fast die Hälfte der Bäume Eichen. Heute geht ihr Anteil allmählich gegen null. Die jungen Eichen brauchen Licht, und die Buchen dunkeln die alle raus. Das könnte einem ja egal sein, aber gerade in diesen alten Eichen hocken Insekten, die Relikte aus den Urwäldern sind.«

Jo war verwirrt: »Wie ist das denn möglich?«

»Die Eichen waren eigentlich zuerst da. Dann ist es zwar kühler geworden und günstiger für die Buchen, aber etwa um 1300 im Mittelalter kam noch mal eine Wärmezeit. Dann haben die Mainzer Kurfürsten für die Jagd, für ihre Hirschen und Wildsäue, möglichst viele Eicheln haben wollen, und deshalb haben sie die Eichen pflanzen lassen.«

»Kann ich den Kurfürsten nachfühlen«, meinte Jo und zerteilte seine Wildschweinbratwurst. »Sie müssen mir beibringen, wie ich im Winter die Laubbäume auseinanderhalten kann. Die Buchen erkenne ich an dem glatten Stamm, die Eichen an dieser Rinde aus lauter kleinen Vierecken. Aber alles andere ist schwierig.« Wahrscheinlich nahm er das zu wichtig. Tucholsky hatte in seiner berühmten Spessartgeschichte technische Details elegant umgangen. In dieser alten Wirtshausstube von Lichtenau hatte er gesessen, gewürfelt und gebechert, was das Zeug hielt, sich darüber ausgelassen, ob der Wein »möpselte« oder nicht, und zum Schluss einige griffige Sätze abgeliefert. »*Wenn Landschaft Musik macht: Dies ist ein deutsches Streichquartett*«, sinnierte Jo laut. »Das heißt nichts und bleibt doch im Kopf haften. Genial. Was kann ich da liefern? Mit dieser PlanetGuard-Geschichte: *Dies ist ein deutsches Hupkonzert.* Wie wär das?«

»Unterstehen Sie sich«, sagte Hubert. Marion verschluckte sich an ihrer Schorle, Jo klopfte ihr fürsorglich den Rücken.

»Wir waren gestern Abend noch in diesem Camp und haben nach ihrer Agenda gefragt. Von der Blockade haben sie aber nichts gesagt. Geheime Kommandosache war das wohl.«

»Das wird noch ein langes Gezerre«, sagte der Wanderführer.

Jo grinste. »Weil die Bayern wieder mal in Berlin was abgenickt haben, was sie zu Haus dann nicht machen wollen.«

»Kannst du da mal ein bisschen genauer erzählen?«, schlug Marion vor.

»Lies halt die Zeitung?«

»Geht nicht«, sagte sie. »Ich kann gar nicht lesen.«

»Fotografen.« Jo verdrehte die Augen.

Hubert lachte, Birgit amüsierte der Flirt ihres Gatten weniger, aber sie ließ sich nichts anmerken. Sie nahm ihr Handy heraus und schaute auf das Display, doch es gab keine Verbindung.

»Wir sind in einem Funkloch«, bemerkte der Wanderführer. »Eins der berühmtesten Funklöcher der Republik.«

»*Wenn Telefon keine Musik macht: Dies ist ein deutsches Schweigen*«, sagte Jo. Birgit presste die Lippen zusammen, und Jo begriff, dass er ziemlich daneben lag mit seiner Stimmung. »Entschuldige«, setzte er hinzu. »Auf welchen Anruf wartest du?«

Sie antwortete nicht. Aber er ahnte, dass sie auf einen Anruf aus Wildenstein hoffte. »Ich hätte gestern dieses Mädchen fragen sollen, wie das mit diesem GPS funktioniert«, sagte sie scheinbar unvermittelt. »Ich weiß gar nicht, was ich da in diesem Rätsel suchen soll.« Der Führer und Marion sahen sie fragend an. »Es geht um eine GPS-Schnitzeljagd. Geo-Dings.«

»Geocache?« Marions Augen leuchteten.

»Kennen Sie das?« Birgit hielt eisern das »Sie« bei.

»Aber sicher.«

Der Wanderführer lächelte. »Im Spessart ein sehr naheliegendes Hobby. Sie dürfen nur die Spechtlöcher nicht als Versteck benutzen. Das ist nicht im Sinne des Naturschutzes.«

»Und nicht mitten im Wald und weitab vom Weg«, ergänzte Marion.

»Ich weiß nicht, ob die Person, die das Rätsel gemacht hat, sich an Regeln gehalten hat. So wie ich sie einschätze, eher nicht.«

»Cool«, meinte Marion. Hubert fand es weniger cool.

»Was ist denn das für ein Rätsel?«, wollte Marion wissen.

»Ein Märchen oder ein Märchenpuzzle aus verschiedenen Märchen. Nach was muss ich denn da fürs Geocaching suchen?«

»Zahlen. Fast immer zumindest. Grad, Minuten, Sekunden für die geographische Breite, dasselbe für die geographische Länge. Insgesamt brauchen Sie also sechs Zahlen. Die Sekunden haben noch eine oder zwei Dezimalstellen hinterm Komma.« Marion schaute so ernsthaft und eifrig, dass sie Birgit fast ein wenig sympathisch wurde. »Wahrscheinlich muss man in diesen Märchen irgendwelche Zahlen finden. Sieben Zwerge, zwölf Apostel und so.«

Jo blieb die Gabel mit dem Rest Kartoffelbrei mitten in der Luft schweben. Birgit registrierte es mit einer gewissen Befriedigung. Wenn jemand die Bibel und Märchen durcheinander warf, traf das bei ihm einen Nerv.

»Oder zehn Spieler und einen Torwart«, schlug Birgit süffisant vor.

»So schöne Märchen gibt es nicht«, sagte Jo.

*

Die Aktivisten standen an die Bäume gelehnt. Sie hatten große leuchtfarbene Schilder in den Händen, bedruckt mit Aufschriften wie »STOPPT DIE SÄGE« und »RETTET DIE ALTEN BUCHENWÄLDER«. Die Waldarbeiter standen abwartend an der Forststraße. Revierförster Thoma sah mit so viel Erleichterung, wie die Situation erlaubte, dass der Staab Gerhard sich hinter seinen Kollegen postiert hatte und verdrossen auf den Boden starrte. Die Ermahnung hatte gewirkt.

Er ging auf die nächstbeste Person zu. Es war eine junge Frau. Sie trug die hellgrüne Signaljacke wie alle von PlanetGuard, sah ihn mit strahlenden Augen an und hielt ihm tapfer ihr Transparent entgegen. Ihre Nase war ein wenig rot von der Kälte.

»Sie halten sich hier im Fällbereich auf«, sagte Thoma. »Das ist lebensgefährlich.«

»Mit dem Risiko muss ich leben«, antwortete sie ihm.

Thoma hatte den Eindruck, dass er sie mit diesem Hinweis eher noch bestärkt hatte. »Aber wir nicht«, sagte er. »Bitte verlassen Sie diesen Bestand, sonst können wir hier nicht arbeiten.« Den letzten Halbsatz hätte er sich sparen können.

»Das sollen Sie doch auch nicht«, sagte sie logischerweise.

Thoma seufzte. »Können Sie mir sagen, was wir hier falsch machen?«

Sie schwieg und hielt weiter ihr Transparent hoch. Thoma hatte schon von Kollegen gehört, dass sie sich nie auf Diskussionen einließen, es war eher für die eigene Seelenhygiene, dass er fortfuhr: »Das war hier nie ein reiner Buchenwald. Vor 20 Jahren habe ich hier Lärchen-Wertholz rausgeholt.« 20 Jahre. Jetzt ging er bald in Pension. Er hatte das Femelloch damals aufgemacht. Die Buche hatte sich erwartungsgemäß üppig verjüngt, im Zentrum der Lichtung standen die jungen Bäume schon höher als zehn Meter. Nun wollte er es an den Rändern erweitern. Natürlich waren die Bäume dort dick und alt. Was denn sonst.

»Wenn Sie nicht mit mir reden wollen, dann sagen Sie mir doch wenigstens, mit wem ich reden kann. Haben Sie einen Ansprechpartner?«

Sie zuckte die Schultern. »Ich bin eigentlich bloß zufällig da.«

Hinter Thoma klickte es. Er drehte sich um. Da war ein Fotograf. »Und Sie?«, fragte Thoma. »Sind Sie auch bloß zufällig da?«

Der Fotograf trug Zivil, einen Dreitagebart und professionelle Ausrüstung. »Sie sagen es«, meinte er lächelnd. »Bloß zufällig vorbeigekommen.«

Thoma beschloss, dass es keinen Sinn machte. Sie wollten nicht mit ihm reden und sie würden nicht mit ihm reden. Er musste eine Entscheidung treffen. Entweder er schickte die Arbeiter in einen anderen Bestand, oder das Umsetzen lohnte sich nicht und er musste sie gleich nach Hause schicken. In beiden Fällen konnte er langfristig hier in die Bredouille kommen, denn in einigen Tagen war Tauwetter angesagt, und wenn der Boden weich wurde, gab es beim Holzrücken zu tiefe Spuren. Oder er holte wegen Nötigung die Polizei. Keine der Möglichkeiten gefiel ihm. Er rief Worschech an.

Sie entschieden sich für die Polizei. Die ständigen Verzögerungen brachten Worschech allmählich unter Zugzwang, sowohl was das Wetter als auch die Liefertermine betraf. Als die Streifenwagen auf der Forststraße erschienen, kam Bewegung in die Aktivisten. Sie wickelten die Transparente auf und liefen in Richtung der nächsten Dickungen. Die Beamten hatten keine Eile. Sie knobelten auf Thomas Forstkarte die möglichen Fluchtwege aus und legten die Stellen fest, an denen die PlanetGuardler am wahrscheinlichsten den Wald verlassen würden. Es waren zwei Straßeneinmündungen. »Allzu lang werden die sich auch nicht verstecken«, meinte der Truppführer zu Thoma. »Wir können kaum mehr machen, als die Personalien aufnehmen.«

Thoma nickte. Es war ihm egal, Hauptsache, der Einschlag konnte weitergehen. Die beiden Streifenwagen wendeten und fuhren los. Die Arbeiter warteten, bis sie die Warnschilder passiert hatten, dann heulten die Motorsägen wieder auf. Thoma ging zu seinem Auto. »Ja Sakrekiel! Scho widder!« Es war Staabs Kollege Simon, der gerufen hatte, die Motorsägen verstummten. Thoma drehte sich um. Die Forststraße von der anderen Seite her kamen zwei Leute gegangen, einer trug eine laufende Kamera. Es war wohl irgendein Fernsehsender auf der Suche nach Remmidemmi. Thoma riss die Geduld, und er marschierte den beiden entgegen, sein Hund lief ihm voraus: »Können Sie keine Schilder lesen? Sie haben hier im Bestand nichts zu suchen. Verlassen Sie auf der Stelle den Fällbereich!« Thomas Hund, der die Stimmung merkte, bellte die beiden an. Der Begleiter des Kameramanns lächelte breit. Thoma erkannte erstens, dass er den Blondschopf schon bei PlanetGuard gesehen hatte, und zweitens, dass er einen Fehler gemacht hatte.

*

Forstleute als Produzenten und Dienstleister

2005 trat in Bayern eine radikale Forstreform in Kraft, die eine weltweit als vorbildlich anerkannte Organisation auflöste. Nahmen die staatlichen Forstämter bis dahin integrativ die vielfältigen Aufgaben sowohl der Forstverwaltung als auch die Bewirtschaftung des Staatswaldes wahr, wurde letztere nun einem neugeschaffenen eigenen staatlichen Unternehmen, den »bayerischen Staatsforsten« , übertragen. Es geht wesentlich nach privatwirtschaftlichen Prinzipien vor, wenn es auch gesetzlich an den Grundsatz der Nachhaltigkeit gebunden ist. Die anderen hoheitlichen Verwaltungsaufgaben, einschließlich Beratung privater Waldbesitzer, übt die »bayerische Forstverwaltung« aus. Sie gehört zum Staatsministerium für Ernährung, Landwirtschaft und Forsten und den diesen unterstehenden Ämtern vor Ort. Sie hat die Rechtsaufsicht über

die »bayerischen Staatsforsten« inne. Die mit »Einsparungen« begründete Reform von 2005 und ihre Folgen führten zu jahrelangen Protesten, v. a. von Umwelt- und Naturschutzorganisationen.

Die Tafel war das neueste Exponat in der Waldabteilung des Spessartmuseums. Die Forstreform, Jo hatte sich als Lokalredakteur in Werdenheim mit ihr auseinandergesetzt. Es war damals um großflächigen Waldverlust im Gebirge gegangen, um einen politischen Skandal, der einem Freund von ihm das Leben gekostet hatte. Seither hatte er einen Draht zur Forstverwaltung, aber mit den Bayerischen Staatsforsten hatte er noch wenig zu tun gehabt. Er könnte, fiel Jo ein, Anna Felleisen anrufen, die Chefin der Forstverwaltung in Werdenheim, ob sie irgendetwas über die Auseinandersetzungen hier wusste. Aber der Gedanke bröselte weg, kaum dass er ihm gekommen war. Er musste Märchen schreiben, keine Politik.

Die Waldabteilung lag im obersten Stock des Museums. Es war sinnig und widersinnig zugleich, denn all die Abteilungen darunter, die Ausstellungen über Handwerke und Bergwerke, die Glashütten, die Herrschaften und Dynastien der Adeligen und auch die Räuber natürlich, sie alle waren mit dem Wald verbunden und ohne ihn eigentlich nicht denkbar. Wohl deshalb hatte man eine Art Multivisionswaldkammer in einen Winkel gebaut, in der Besucher in einem Sessel waldmäßig bezwitschert wurden. Jo gruselte ein wenig davor; die stillen, kalten, riesigen Räume, die er nun in seiner Erinnerung hatte, vertrugen sich nicht damit.

Ein altes Forstamtsbüro war im Museum eingerichtet, und Uniformen, Holzhauerwerkzeuge und Jagdwaffen waren zu sehen mit den dazugehörigen Erklärungen. Die Geschichte der Organisation zeichnete die Entwicklung nach, die auch in der Geschichte der Räuberei zu sehen war: bis 1804 der kurmainzisch altmodische Schlendrian, der mit den lokalen Wilderern und den überregional operierenden Banden nicht fertig wurde, nach den Napoleonischen Kriegen der Zugriff des modernen Staatswesens unter der Fahne Bayerns. Während Forstämter und Waldbauschulen eingerichtet wurden, hatte ein durchorganisiertes Polizeiwesen den Räubern den Garaus gemacht, ohne jedoch ihre Ursache zu beheben: die Armut. 1852 bereiste der berühmte Arzt Virchow im Auftrag der Regierung wegen einer Hungersnot den Spessart. Bis weit ins 20. Jahrhundert hinein war die wirtschaftliche Basis schmal und die Obrigkeit nicht sonderlich beliebt.

*

Abends las Jo in Virchows Spessartbericht. Für das schmale Büchlein hatte er unverschämt viel gezahlt, aber es hatte sich gelohnt. Jo faszinierte diese Mischung aus Empörung und aufklärerischem Optimismus, sie widerspiegelte die Aufbruchsstimmung des 19. Jahrhunderts und gleichzeitig sein Elend. Allerdings war die schwierige Lage der Menschen im Hochspessart nicht erst mit der Industrialisierung entstanden: Sie war so alt wie die Herrschaft über diese Wälder, so alt wie die Geschichte der Feudalherren, die hier ihre Jagdgehilfen angesiedelt hatten, auf Rodungsinseln entlang der Bachtäler, in kleinen Höfen mit schmalen Äckern auf kargen Sandsteinböden.

Er trat ans Küchenfenster und schaute die Straße entlang. Im Licht der Laternen schliefen die Häuser mit geschlossenen Rollläden. Sie waren relativ neu und groß und je nach Mode ihrer Zeit mit Breitwandfenstern oder Glasziegeln versehen, mit Klinker verkleidet, mit Doppelgaragen ausgestattet, und einige protzten mit Edelstahl-Geländern in den unterschiedlichsten geometrischen Formen. Jo hatte ein Haus gesehen, das hatte ein marmornes Tonnenhäuschen mit zwei griechischen Damen rechts und links, und fast lebensgroß brüllte ein Marmorlöwe stumm vor diesem Mülltempelchen.

Unten an der Straßenecke stand ein kleines Häuschen mit einem spitzen Dach und zwei Fenstern an der Giebelfront, darunter ein halbes Erdgeschoss in den Hang hineingebaut. Dort war früher der Stall gewesen, heute war es ein Geräteschuppen. Eine Außentreppe führte zum Eingang hinauf. Es war genau das Spessarthäuschen, das Virchow schilderte, nur heute mit einem Kamin ausgestattet, mit Elektrizität und Kanalisation. Vor dem Gebäude stand eine dunkle Limousine mit Aschaffenburger Kennzeichen. Zwei Männer kamen aus dem Häuschen, stiegen zügig die Treppe hinunter. Sie setzten sich in das Auto, die Innenbeleuchtung ging an, sie schrieben irgendetwas auf, dann fuhren sie davon. Das war kein netter Besuch von Verwandtschaft gewesen. Vielleicht waren die Leute in dem Häuschen froh, dass sie weg waren.

Jo wandte sich ab und spazierte ins Wohnzimmer, doch er nahm die Lektüre nicht wieder auf. Birgit brütete über dem eng beschriebenen Blatt, das sie aus Wildenstein mitgebracht hatte.

»Hat dich der Herr Wildenstein angerufen? Braucht er da eine Lösung?«, fragte Jo.

»Nein«, murmelte sie. »Ich bin bloß neugierig.«

»Ich auch«, sagte Jo. »Ich hab den Museumsdirektor gefragt, ob er einen Märchenspezialisten kennt, im Fall eines Falles. Ich dachte eigentlich, Lohr sei voll davon. Aber er sagte, er wüsste hier keinen. Die stecken alle oben im Norden, wo die Brüder Grimm aufgewachsen sind, in Bad Orb und Steinau an der Straße.«

»Warum«, Birgit sah auf, »warum hast du gemeint, dass Lohr voll davon ist? Ach so, wegen der Fabulologen.«

Es war ein Märchen für sich, wie ein Lehrer, ein Apotheker und ein Museumsdirektor, befeuert vom Wein, beschlossen hatten, dass Schneewittchen aus Lohr stammte, dass sie die Tochter eines dortigen Grafen gewesen war, der doch tatsächlich seiner zweiten Frau einen Spiegel geschenkt hatte, und dass sie durch den Wald zu den zwergwüchsigen, mit Kapuzen arbeitenden Bergleuten geflohen war. Aus irgendeinem geheimnisvollen Grund war diese Theorie lawinenartig durch alle Medien gefegt, und seither war Lohr die Schneewittchenstadt, und es gab zu den unzähligen Wanderwegen einen weiteren ›Schneewittchenweg über sieben Berge‹. Die Kunst, Fakten auf erfundene Geschichten zu nageln, hatten die drei Urheber des Hypes »Fabulologie« getauft.

»Immerhin ein Lehrstück für Journalisten«, meinte Jo. »Wie mache ich aus einer Nachricht über eine Nicht-Nachricht eine Sensation.«

»Ihr seid halt alle Fabulologen miteinander. Jetzt schau dir mal diese Geschichte an.«

Es jagte einmal ein König in einem großen Wald und jagte einem Wild so eifrig nach, dass ihm niemand von seinen Leuten folgen konnte. Als der Abend herankam, hielt er still und blickte um sich, da sah er, dass er sich verirrt hatte. Er suchte einen Ausgang, konnte aber keinen finden. Da sah er eine alte Frau mit wackelndem Kopfe, die auf ihn zukam; das aber war eine Hexe. »Liebe Frau«, sprach er zu ihr, »könnt Ihr mir nicht den Weg durch den Wald zeigen?« »Oh ja, Herr König«, antwortete sie, »das kann ich wohl, aber es ist eine Bedingung dabei, wenn Ihr die nicht erfüllt, kommt Ihr nimmermehr aus diesem Wald und müßt darin Hungers sterben.« »Was ist das für eine Bedingung?«, fragte der König. »Ich habe eine Tochter«, sagte die Alte, »die so schön ist, wie Ihr keine auf der Welt finden könnt, und wohl verdient, Eure Gemahlin zu werden, wollt Ihr die zur Frau Königin machen, so zeige ich Euch den Weg aus dem Walde.« Als nun das Mädchen zu ihm gebracht ward, führte er es in eine Kammer, die ganz voll Stroh lag, gab ihr Rad und Haspel und sprach: »Jetzt mache dich an die Arbeit, und wenn du diese Nacht durch bis morgen früh das Stroh nicht zu Gold gesponnen hast, so mußt du sterben.« »Bleib hier«, sagte das Mädchen, »ich will dir aus deiner Not helfen. Lege deinen Kopf in meinen Schoß und schlaf. Wenn du wieder aufwachst, so ist die Arbeit getan.« Sobald die Sultana Schehersad von ihrer wachsamen Schwester Dinarsad geweckt worden war, erzählte sie ihrem Gemahl, dem Sultan von Indien, folgende Geschichte: Es war einmal eine Königin und ein König, die lebten in Frieden miteinander und hatten zwölf Kinder, das waren aber lauter Buben. Endlich gab ihm seine Frau wieder gute Hoffnung zu einem Kinde, und wie's zur Welt kam, war's auch ein Mädchen. Die Freude war groß, aber das Kind war schmächtig und klein und sollte wegen seiner Schwachheit die Nottaufe haben. Und als sie fühlte, dass sie bald sterben würde, rief sie den König und sprach: »Wenn du nach meinem Tode dich wieder vermählen willst, so nimm keine, die nicht ebenso schön ist, als ich bin, und die nicht solche goldenen Haare hat, wie ich habe; das musst du mir verspre-

chen.« Nachdem es ihr der König versprochen hatte, tat sie die Augen zu und starb.

Hast du den Ort gefunden, so nimm von den Größten eins hinweg, Minuten spar erst 33 und füg dann 3 hinzu; für die Kleinsten aber gilt: »Vater, ich soll und muss in die Welt hinaus.« »Ach, lass es doch, mein Sohn.«

Auch als Birgit und Jo die zweite Hälfte der Weinflasche geleert hatten, blieb das Rätsel ungelöst. Sie hatten sich den Kopf zerbrochen, aus welchen Märchen die Sätze stammten. Birgit meinte, sie könnten ziemlich sicher sein, dass es Grimm'sche Märchen waren, Elisabeth hatte nur mit denen gearbeitet. Das half aber zunächst nicht weiter.

Der König jagt im Wald, das kam in Märchen ständig vor, dass er dann in Schwierigkeiten kam, auch. Die Sache mit dem Stroh zu Gold war eindeutig aus Rumpelstilzchen, doch da hatte das Mädchen den König keineswegs eingeladen, bei ihr zu schlafen, bis sie fertig war. Sultana Schehersad war aus Tausendundeine Nacht, also kein Grimm'sches Märchen. Jo hatte vorgeschlagen, dass es eine Zäsur bedeutete, die besagte, dass jetzt der Breitengrad fertig war und der Längengrad drankam. Und dass die Längengrade von Null Grad Greenwich nach Westen oder Osten gezählt wurden. Es war ein orientalisches Märchen, also handelte es sich um den östlichen Längengrad. Auf diesen Einfall war er so stolz, dass er gleich noch eine Flasche köpfte.

»Wir sind bei Großmutter und trinken, bis der Wolf kommt.« Er ließ seine Augen über das Zimmer schweifen, über die rosa gerafften Portieren über dem Breitwandfenster, das Sideboard mit den Bierkrügen und dem Nussknacker. »Ich hatte ja keine Großmutter, du weißt ja, wie früh die meinen gestorben sind. Ich stell mir vor, so wäre es bei ihr gewesen. Kuchen und Wein. Bloß den Kuchen hat sie schon zu PlanetGuardlern gebracht.«

»Schadet auch nicht, bei der Wildschweindiät, die du hier machst«, meinte Birgit.

Sie stießen an und grübelten weiter: die Sache mit dem ersehnten Mädchen und der Nottaufe? Die kannten sie nicht. Und die sterbende Königin war ein zu trauriger Ausgang für ein Märchen, aber ein typischer Anfang.

Sie versuchten, sich an Zahlen zu erinnern, die in den Märchen vorkamen, aber sie kamen nicht weiter. »Wir brauchen einen Märchenerzähler. Es gibt Profis, die Märchen Wort für Wort auswendig können«, meinte Birgit. »Oder ich fahr wieder nach Wildenstein und frag nach den Grimm'schen Märchen. Die sind sicher in der Bibliothek dort.«

»Oder im Netz.« Jo warf seinen Computer an und benutzte sein Handy als Modem. »Schauen wir mal in den kollektiven Wissensnebel.«

Es war kinderleicht. Er gab die Sätze wörtlich in die Suchmaschine, und die entsprechenden Märchen erschienen: Die sechs Schwäne, Rumpelstilzchen, Der Trommler, Die zwölf Brüder. Es gab eine kleine Verwirrung, bis sie das nächste Märchen fanden, denn der Satz mit den vielen Buben schloss sich so nahtlos an den nächsten Satz über das endlich geborene Mädchen an, dass Jo zunächst nicht glauben konnte, dass er aus einem anderen Märchen stammte: Die sieben Raben. Das letzte Märchen schließlich war Allerleirauh.

»Wieso die immer Mädels wollen?«, wunderte sich Jo. »Auch beim Schneewittchen ist das ersehnte Kind schließlich ein Mädel. Dabei geht's im echten Leben immer um die Stammhalter, zumindest damals, als die Grimm-Brüder auf Erden wandelten.«

»Weil 1000 Spermien nichts nützen ohne ein Ei«, meinte Birgit.

Jo zog die Augenbrauen hoch. Sie lächelte: »Das war die Erklärung, die Elisabeth auf dem Seminar geliefert hat. Sie hat dafür natürlich Prügel bezogen. Biologische Erklärungen sind tabu. Sie hatte damit eigentlich was Komplexeres gemeint, konnte es aber nicht rüberbringen.« Birgits Augen verdunkelten sich. Elisabeth würde es ihr nicht mehr erläutern können.

Jo versuchte, sie abzulenken: »Sechs Märchen, sechs Zahlen. Das ist schon ein geographischer Punkt. Es geht ja auch entsprechend weiter: Hast du den Ort gefunden … Dann soll man von den Zahlen was abziehen und so weiter. Aber: ›Vater, ich soll und muss in die Welt hinaus‹ klingt auch so ein bisschen nach Märchen.«

Es stammte auch aus einem: Am Computer erschien ›Daumerlings Wanderschaft‹. Doch im Märchen hatte der Vater den winzigen Sohn zur Wanderschaft ermutigt, ja sogar einen kleinen Degen aus einer Nadel für ihn gemacht. Der Satz, er solle es bleiben lassen, war jedoch nirgends zu finden.

Nach diesen Anfangserfolgen steckten sie fest. Sie holten aus den Märchen alle Zahlen heraus, die sie finden konnten, aber es reichte kaum über sechs Schwäne oder sieben Raben hinaus. Rumpelstilzchen und Allerleirauh etwa gaben überhaupt nicht mehr her als die üblichen drei Nächte, drei Kleider, drei Rätsel und so weiter.

»Wir bräuchten aber …, was schreibt er da …«, Jo angelte sich den Virchow her. »›*Es ist nicht die glücklichste Zone der Erdoberfläche, in welcher der Spessart liegt. Der Brei-*

tengrad von Pless und Rybnik in Oberschlesien (50° nördl.), der auch Prag und Mainz trifft, schneidet mitten durch den Spessart, etwas nördlich von Rothenbuch …‹ Meine Güte, 50 oder 49. Da kommen wir ja nie hin. 49, das wär sieben mal sieben, eine Rabenorgie.«

Jo war plötzlich todmüde. Es war nicht nur der Wein, in seinem Hals kratzte es auch schon wieder. Er wäre am liebsten gleich auf dem Sofa liegen geblieben. Morgen noch Mespelbrunn und Hessenthal, dann konnte er am Wochenende schon ein wenig ans Schreiben gehen.

*

Die Winternacht verschanzte sich im Wald, die Ortschaften schimmerten als schwache Risse in dem Gewebe der Dunkelheit, das von der Autobahn schräg durchschnitten wurde. Von Würzburg nach Aschaffenburg eilten unermüdlich die Autos mit ihren Lichtkegeln entlang, emsig wie eine endlose Prozession von Ameisen mit Schnipseln von Licht.

Leo Sachs streckte sich aus und stellte fest, dass seine Füße warm genug waren. Die Kälte war ihm lieber als die schwüle Hitze Kolumbiens, die auch nachts nicht weichen wollte. Seine Kleider lagen zusammengerollt mit ihm im Schlafsack, damit sie in der Früh nicht eiskalt waren. Das Licht der Straßenbeleuchtung schimmerte durch die Zeltplane, doch das war es nicht, was ihn noch wachhielt. Für das Frühjahr planten sie die große Aktion mit den Douglasien. Weil dieser amerikanische Nadelbaum schnell wuchs, Wärme und Trockenheit vertrug und keine Krankheiten hatte, pflanzten sie ihn hier in die Wälder hinein. Er gehörte nicht hierher, samte sich aber selbst aus und veränderte die

Ökosysteme. Sie würden einen ganzen Anhänger voll ausgraben und nach München ins Ministerium fahren mit der entsprechenden Pressebegleitung. Sie hatten das lange diskutiert. Das Problem war, dass sie etwas Lebendiges ausrissen, das war im Prinzip eine problematische Botschaft. Sie mussten dafür also ›das Richtige‹ einpflanzen. Und das waren Buchen. Valerie Johansen, ihre Waldexpertin, hatte zwar zu bedenken gegeben, dass eine solche Pflanzaktion unsinnig war. Die Buchen vermehrten sich hier in den Wäldern von ganz alleine, sobald sie genug Raum und Licht hatten. Doch darauf kam es nicht an, sondern auf das richtige Bild. Dieser Revierförster hatte ihnen heute ein gutes geliefert. Der Kameramann hatte auch den bellenden Hund erwischt. Besser ging's nicht.

In Wildenstein schimmerte das Feuer durch die Lüftungsklappe der Ofentür. Daneben glühte ab und zu die Pfeife des Freiherrn auf. Es war totenstill, in seinem Kopf versuchte er, sich an die Erinnerung zu gewöhnen, die ihn nun für immer begleiten würde: der Körper seiner Schwester im Leichenschauhaus, ihre Gesichtszüge, die noch erkennbar waren, obwohl die Haut im Wasser grau und teigig geworden war, die Wunde am eingedrückten Schädel ausgewaschen. Er musste doch wissen, dass sie sterblich war, er musste es doch besser wissen als sonst jemand. Die Wildensteiner hatten ihre Toten bei sich im Ring der Burg, im Boden und in den Wänden der Kapelle. Nur war es ein bitterer Weg zwischen dem lebendigen Fleisch und dem steinernen Bildnis des Grabmals.

Im Rothenbucher Hotel schloss Marion das Entwicklungsprogramm und fuhr den Computer herunter. Sie hatte die besten Fotos für die LowResolutions ausgewählt, die sie der Redaktion zur Auswahl vorlegen würde. Sie hatte aus dem mittäglichen Himmel die Tiefe herausgeholt, das Gelb der Gräser satter kontrastiert gegen den dunklen Bach, die Kanten des Eises verschärft. Die Bilder trugen nun unverwechselbar ihre Handschrift. Sie ging ins Badezimmer, das modern und schlicht eingerichtet war, und seufzte vor Behagen und Wehmut. Sie hätte pendeln können, aber sie hatte ihre Spesen genutzt. Morgen musste sie sich dann wieder mit ihrer Würzburger WG-Genossin herumärgern, die ihr Schminkzeug herumliegen ließ, ihre dreckige Wäsche und die Bürste voller Haare.

Rudolf Virchow saß an Jo Murmanns Bett. Er trug einen Gehrock, das rechte Bein hatte er über das linke geschlagen. Im Halbdunkel funkelten seine Augen und die ovalen Ränder seiner Brille. »Während der Revolution im März 1848 haben wir in der Berliner Charité die Opfer der Barrikadenkämpfe obduziert, stets um der Wahrheit letztlich zum Siege zu verhelfen. Sie können es alles nachlesen in meiner Veröffentlichung ›Die Sections-Techniken im Leichenhause des Charité-Krankenhauses‹. Leben ist nur eine besondere Form der Mechanik, und zwar die allerkomplicierteste derselben. Insofern drückt ihm auch die Mechanik des Todes ihren unverwechselbaren Stempel auf.« Er wandte Jo sein Gesicht zu, und die hohe Stirn glänzte im Dämmerlicht. »Doch in der That dürfen wir die Sache nicht übereilen. Zunächst werden Sie der Infection Ihres oberen Respirationstractes die gebotene Aufmerksamkeit zuwenden müssen. Sie vernachlässigen diese in sträflichem Maße.«

Die Nacht wanderte nach Westen, die Finsternis flog über den Ozean, José Gabriel sah sie noch nicht kommen. Er saß vor seiner Hütte, hörte die Vögel, die in den Bäumen lärmten, und seine beiden Kinder, die um die Wette rannten, dass die Plastiksandalen gegen die nackten Sohlen klatschten. Wie lange konnte er ihnen noch ein Zuhause bieten, Maniok, Süßkartoffeln, Bananen und das Fleisch seiner Jagdbeute? Weil die weiße Ausländerin gestorben war, hatten sie die Bulldozer aufgehalten, aber die Wahlen waren vorbei, sie hatten dieselben Leute an die Macht gebracht, die sie vorher gehabt hatten, und ihre Freunde waren mächtiger als seine.

GEFANGEN UND MITGEHANGEN

Der Anruf kam um Viertel nach sieben. Sebastian Pfeiffer tastete sich an sein Handy. Es war seine Tante Corinna und sie klang völlig verstört. »Sie habbe nen mietgnomme, die Polizei hat en mietgnomme. Sie sache er war's, aber er war's doch net, der maicht doch sowas net …«

Wen mitgenommen? Warum mitgenommen? Wahrscheinlich ihren Ehemann, wahrscheinlich, weil er besoffen irgendeinen Mist gebaut hatte.

»Den Gerhard? Haben sie den Gerhard mitgenommen?«

Tante Corinna antwortete nicht, sie brachte kein Wort mehr heraus, schien zu hyperventilieren. Wenn es die klassische Sieben-Uhr-Verhaftung gewesen war, war das kein Wunder. Sie konnte von Glück reden, wenn sie die Tür nicht eingetreten hatten, zumindest bei Osteuropäern machten sie das gerne. Sie brachen herein, wedelten mit einem roten Wisch namens Haftbefehl herum und legten es darauf an, dass man sich verplapperte, während man noch völlig schockiert in der Unterwäsche dastand.

»Corinna, beruhig dich. Die tun ihm nix. Setz dich hin und trink einen Kaffee, ich komm zu dir.« Was zum Teufel konnte der Idiot angestellt haben, dass die Staatsmacht diesen Aufstand veranstaltete? Corinna flüsterte jetzt, er verstand sie kaum: »Er hätt se umbraacht. Die Frau von Wildenstein. Sie sache, er hätt se umbraacht.«

Sebastian fiel fast das Telefon aus der Hand. Er war zwar Anwalt, und deswegen hatte Corinna ihn wohl auch sofort angerufen, aber jetzt reagierte er als Verwandter. »Nein!«, sagte er fassungslos. »Nein, das gibt's doch nicht.«

Er lief ins Bad und warf sich Wasser ins Gesicht, schaute in den Spiegel und beschloss, seine Geschwindigkeit zu mäßigen. Das Kind lag im Brunnen, jetzt quetschten sie ihn auf der Wache aus, Gerhard würde weiß Gott was daherreden. Wenn es nach Sebastian ging, wäre das Beste, dass er nichts von sich gab, außer seinen Personalien, aber das war unwahrscheinlich. Wahrscheinlich war, dass es überhaupt niemals nach Sebastian ging, denn ob Gerhard ihn als Verteidiger akzeptieren würde, stand keineswegs fest. Außerdem musste er vorher noch seinen Kanzleichef anrufen, er war noch unerfahren und ohne seine Rückendeckung konnte er nicht arbeiten. Mord, ein Kapitalverbrechen. Die meisten seiner Kunden hatten Probleme mit Drogen und der entsprechenden Beschaffungskriminalität.

Eine Stunde später stand er im Präsidium. Kommissar Kirch war als Chef der K1 für den Fall zuständig und öffnete ihm. Sebastian kannte ihn nur vom Sehen, ein militärisch wirkender Mensch mit Stiftenkopf und einem exakt geschnittenen grauen Schnauzer. Er war in aufgeräumter Stimmung: »Ihr Mandant? Na dann viel Glück, Sie werden's brauchen«, sagte er. Das fing ja gut an. Sebastian ging hinter dem wachhabenden Polizisten her in den Keller und den gekachelten Gang entlang. Sie passierten einige Stahltüren, bei der letzten lagen die Schuhe Gerhards und sein Hosengürtel, die übliche Vorsichtsmaßnahme. Dass die Hip-Hopper mit den Hosen in den Kniekehlen herumliefen, war ihm als Anwalt immer als Ausdruck höchst kindlicher Ahnungslosigkeit erschienen. Die meisten Kids hatten keine Idee von der Umgebung, aus der diese Mode kam.

Der Polizist öffnete die Tür, und sie betraten den Vorraum der fensterlosen Zelle. Sebastian kannte den Geruch, der ihm nun entgegenschlug, der Gestank eines Stahlklos ohne Deckel und einer feuerfesten Matratze, von Urin und Angstschweiß, der sich im Gemäuer festgefressen hatte. Es war überheizt, die Leute, die hier einsaßen, hatten wenig an, fürchteten sich und froren deshalb meist.

Hinter dem Gitter saß Gerhard auf der gemauerten Liege und sah ihm entgegen, im Neonlicht wirkte sein Gesicht grünlich. »Du«, sagte er tonlos, »ausgrechnet du.«

»Wer sonst?«, entgegnete Sebastian. »Corinna hat mich angerufen.«

Gerhard schwieg. Es war kein ausschließlich feindseliges Schweigen, eher unschlüssig.

»Reden wir oder nicht?«, fragte Sebastian. Er nickte dem Polizisten zu, der hinausging und die Stahltür anlehnte.

»I war's net«, sagte Gerhard.

*

Die Nachricht kam mittags im Lokal-Radio:

Heute wurde in Rothenbuch ein Waldarbeiter wegen Mordverdachts festgenommen. Er soll eine Frau erschlagen und ihre Leiche in den Main geworfen haben, wo sie letzte Woche an der Staustufe Rothenfels angetrieben ist. Die Tote trug ein GPS-Gerät bei sich, und der zuletzt eingespeicherte Punkt befindet sich in einem Waldstück bei Rothenbuch, in dem der Verdächtige bei Fällungsarbeiten eingesetzt worden war. Erst kürzlich hatten Aktivisten von PlanetGuard dort den Holzeinschlag behindert. Als Tatmotiv nimmt die Polizei an, dass er die Frau aufgrund der Farbe ihres Anoraks und wegen ihres GPS-Geräts für ein

Mitglied von PlanetGuard gehalten hat. Der Verdächtige, der bereits wegen Körperverletzung vorbestraft ist, hatte im Beisein von Zeugen Drohungen gegen die Umweltaktivisten ausgestoßen. Im Kofferraum des Autos des Waldarbeiters fanden sich Spuren vom Blut und der Kleidung der Ermordeten. Die Tatwaffe konnte nicht eindeutig festgestellt werden. Allerdings hat der Verdächtige am Tag der Tat seine Axt geschliffen, einen neuen Stiel eingesetzt und den alten verbrannt. PlanetGuard kartiert derzeit die alten Wälder des Spessart, um weitere Einschläge zu verhindern und die Forderung nach ihrer Stilllegung durchzusetzen.

*

Jo hörte die Nachricht im Bett. Er war endlich fieberfrei, aber Birgit hatte darauf bestanden, dass er noch einen Tag lang nicht aus dem Haus ging. Mespelbrunn hatte er am Samstag noch geschafft, doch die romantische Kulisse hatte er nur mehr durch einen Nebel von Kopfschmerzen wahrgenommen. Jetzt spielte er zwar noch mit der einen oder anderen Idee für die Recherche, dennoch könnte er mit der leichten Euphorie des Genesenden anfangen zu schreiben. Er hatte seine selbstgemalte Landkarte neben sich und seinen Laptop aufgeschlagen auf der Bettdecke, aber auf dem Bildschirm stand nur eine Art widerspenstige Stoffsammlung:

Sie müssen hier nicht langlaufen. Es gibt nicht viele Loipen, und keiner erwartet von Ihnen, dass Sie teure Bretter an den Füßen herumschieben, besonders wenn wenig Schnee liegt. Sie könnten sechs Tage lang fern jeder Ortschaft auf einem alten Römerweg durch Germaniens Wälder trekken, aber jeder, der Märchen kennt, weiß um die

Risiken. Sie könnten mit dem Rad im Wald kreuz und quer herumradeln, sehr weit kreuz und noch weiter quer, bis sie den Äquator einmal umrundet haben. Aber im Winter erwartet keiner von Ihnen, dass Sie ein Rad mitbringen. Niemand erwartet etwas, am allerwenigsten erwartet man Sie. Deshalb begrüßt man Sie begeistert, Sie bekommen ein warmes Zimmer und eine Menge Wildschweinwürste.

Jo hörte nebenher Radio, eine schlechte Gewohnheit, die er sich in seinem Halb-Urlaub gestattete, und als die Nachricht von der Verhaftung kam, setzte sie allen seinen Bemühungen zunächst ein Ende. »Was für eine hässliche Angelegenheit«, dachte er, »traurig und dumm und politisch brisant«. Birgit war einkaufen gegangen, um die Zutaten für eine herzhafte Suppe einzukaufen. Die Nachricht würde sie härter treffen als ihn, er hatte ja die gute Frau von Wildenstein nie kennengelernt. Er stopfte das Kissen hinter seinem Kopf besser zurecht und dachte nach: Im Wald herrschten Mord und Totschlag, und er lag hier im Bett und sollte eine Tourismusgeschichte schreiben. Aber was war die Alternative? Jo versuchte, seine Möglichkeiten zu sortieren: Erstens das Sonderheft. Deutschland, ein Wintermärchen. Er hatte den Auftrag, und das Heft hatte ein eindeutiges Thema. Er musste liefern. Zweitens die Mordgeschichte. Das war überregional interessant, und diverse Kollegen und Fernsehsender würden hier herumsausen, PlanetGuard würde auf der Welle surfen, ob sie es wollten oder nicht. Und was war mit den Schurken? Er hatte noch keinen einzigen Förster gesprochen. Er hatte nur die kurze Bemerkung des Wanderführers im Ohr über die alten Eichen, die samt ihren Urwaldarten verschwanden, wenn es hier Urwälder geben würde. Eigentlich ein interessantes Paradox. Und dieser Waldarbeiter: Hatte er tatsächlich einfach im Zorn über die Gefährdung seines Arbeitsplatzes zugeschlagen? Die Sache war unter Umständen recht vielschichtig, und er saß mittendrin.

Entweder es war lästig, oder es war eine Herausforderung. Jo langte nach seinem Handy.

Virchow erschien neben seinem Bett. Jo gelang es, sich seine Gestalt fast so deutlich wie in seinen Fieberträumen vorzustellen, und er hatte seine Gesellschaft schätzen gelernt.

»Ich muss Sie darauf hinweisen«, sagte Virchow, nahm seine Brille ab und putzte sie, »dass Sie noch reconvalescent sind. Eine vorzeitige Excitation kann ich Ihnen nicht empfehlen. Mein Freund Heinrich Schliemann zum Beispiel starb an einer verschleppten Angelegenheit, Exostosen des äußeren Gehörganges.« Virchow setzte die Brille wieder auf und betrachtete angelegentlich seine Fingernägel. »Ich habe dieses Phänomen zufällig in einer besonderen Abhandlung, die in den Sitzungsberichten unserer Akademie der Wissenschaften erschienen ist, ausführlich behandelt.«

»Und zufällig Ihre wissenschaftliche Leistung in seinem Nachruf erwähnt. Ich weiß«, entgegnete Jo. »Ich darf Sie auf Ihren Spessartbericht hinweisen, in dem Sie darstellen, wie schnell sich die Kranken nach dem Verabreichen einiger guter Suppen erholten. Und ich krieg jetzt eine.«

Virchow verblasste. Jo wählte eine Nummer, die er schon lange nicht mehr angerufen hatte.

Als Birgit zurückgekommen war, ging sie mit ihren Einkäufen nicht in die die Küche, sondern direkt zu ihm in das Schlafzimmer. »Sie haben einen aus dem Dorf verhaftet«, sagte sie. »Er soll Elisabeth umgebracht haben, hat sie für eine von PlanetGuard gehalten, heißt es. Sie waren alle ganz fertig bei der Hasenstab.« Birgit schaute auch ganz fertig aus.

»Ich weiß schon. Grad vorher kam es im Radio«, nickte Jo.

»Furchtbar«, sagte sie. »So sinnlos.« Sie war den Tränen nahe. »Der arme Bruder.«

Jo nahm ihre Hand, zog seine Frau auf die Bettkante und hielt sie ein bisschen fest. »Der wird sich auch nicht mehr rühren wegen dem Rätsel, er hat wohl jetzt andere Sorgen«, sagte er nach einer Weile.

»Wahrscheinlich«, sagte sie und trocknete sich die Augen. Und dann: »Hilft alles nichts. Der Mensch muss essen. Hält Leib und Seele zusammen.« Sie erhob sich entschlossen und ging in der Küche, um dort herumzuwerkeln. Sie schätzte das Quäntchen Abenteuer und Improvisation, das eine fremde Küche bot, und servierte die Suppe in den tiefen weißen Porzellantellern, die als Antiquitäten in italienischen Lokalen wieder üblich waren, aber hier als normale Küchenausstattung überlebt hatten. Jo aß mit gebotener Begeisterung und Dankbarkeit. Dann kam er vorsichtig zum Thema.

»Ich habe mit Hüther telefoniert.«

»Hüther?«

»Vom Politischen Magazin. Er meinte, die Auseinandersetzungen hier sollten Anlass sein für eine gut recherchierte Background-Story.«

Sie schwieg. Jo sah ihr an, wie sie die Zeit überschlug, die er ihrer Erfahrung nach für so etwas brauchen würde. Es war mehr als ihr Urlaub Tage hatte, beziehungsweise mehr, als sie hier im Spessart dafür vorgesehen hatten.

»Und auch mit Fotos?«, fragte sie plötzlich.

Es hatte keinen Zweck, etwas zu verheimlichen. »Marion ist mit im Paket«, gab er zu.

Auf Birgits Gesicht stand alles andere als Begeisterung, aber in dem Moment klingelte ihr Handy. Es war von Wildenstein.

»Ja«, sagte sie, und: »Das ist eine sehr traurige Geschichte. Es tut mir so furchtbar leid für Sie.« Und: »Ja, ich, wir haben das versucht. Aber an einem Punkt sind wir hängen geblieben. Ich wusste ja auch nicht, ob Sie noch Wert darauf legen.« Und dann: »Oh! Ach so.« und schließlich: »Ich weiß nicht, ob sich schon das erste Rätsel auf ihren Märchenglobus bezieht. Es sieht eher nicht so aus, aber ich weiß es nicht sicher. Es wäre gut, wenn ich ihre Aufzeichnungen durchgehen könnte … Gut, ich komme.«

»Kobra, übernehmen Sie?«, erkundigte sich Jo. »Hast du jetzt auch eine Mission?«

»Der Smaragd. Das Waldherz. Es ist nirgends. Weder im Safe noch an Elisabeths Leiche.«

Jo hob die Augenbrauen. »Und der verdächtige Waldarbeiter?«

Birgit zuckte die Schultern. »Von Wildenstein scheint nicht anzunehmen, dass er es genommen hat. Na ja, wenn die Polizei recht hat, war das Motiv ja auch nicht Habgier, sondern Wut.«

»Er denkt also, die gute Elisabeth hat das Teil schon in den unendlichen Weiten des Spessart versenkt, das Waldherz liegt im Wald?«

Birgit nickte.

»Na gut«, meinte Jo. »Wenn du jetzt wieder ohne mich zu diesem sicher extrem gut aussehenden Burgherrn fährst, um in trauter Eintracht in den Archiven zu wühlen, dann könntest du mir einen Gefallen tun.«

»Welchen? Ungewaschen und ohne Lippenstift hinfahren?«

»Oh nein, ich bin kein Neidhammel. Aber du hast mir erzählt, dass er drechselt. Und ich möchte Bilder von Holz. Also nicht Holz im Wald, sondern Holz aus dem Wald. Vielleicht könntest du ihn zu einem Shooting überreden?«

»In der jetzigen Situation?«

»Nur das Holz. Nicht ihn.«

*

Sebastian hatte die Vollmacht als Verteidiger in der Tasche: Gerhard hatte unterschrieben. Er war plötzlich in der Hölle aufgewacht und hatte einen Menschen gebraucht, und wenn es auch der schnöselige Neffe war, der seinen Schwager damals überredet hatte, ihn nicht nur anzubrüllen, sondern ihn anzuzeigen, weil ihm bei Corinna wieder mal die Hand ausgerutscht war. Was hatte sich der Jungspund da einzumischen! Er, Gerhard, hatte es ja auch nicht so gemeint, ein bisschen über den Durst getrunken, und Corinna hatte ihn mit ihren Vorwürfen genervt. Auf der Polizei hatten sie damals noch rumgetan, aber Corinna wusste, was sie sagen musste. Natürlich war sie die Außentreppe hinuntergefallen, die war ja immer schmierig oder eisig. Was zwischen Eheleuten abging, das ging einfach niemanden etwas an.

Aber sein Groll war bedeutungslos geworden, im Moment zumindest. Sebastian war gekommen, er war immerhin gekommen, und er kannte die Regeln dieser Unterwelt. Höchstens 24 Stunden Polizeigewahrsam, hatte Sebastian gesagt, dann kam der Termin beim Ermittlungsgericht. Gerhard solle die Klappe halten, das hatte er ihm eingeschärft. »Du sagst nichts, du hast eh schon zu viel geredet. Du kommst bestimmt in Untersuchungshaft, das geht gar nicht anders, bei Mordverdacht lassen sie dich nicht laufen, richte dich darauf ein. Im Untersuchungsgefängnis schaut es anders aus als hier, da ist es erträglich. Und halt bei der Ermittlungsrichterin bloß den Mund.« Die Stahltür hatte sich wieder hinter ihm geschlossen, und Gerhard fand sich erneut allein unter dem Neonlicht.

*

Das Wetter hatte umgeschlagen. Ein gleichmäßiger grauer Nebel verschmolz mit dem grauen Wald zu einem verschwommenen Filigran, einem uralten verwaschenen Spitzenschleier von Großmutter Erde. Als Birgit in den Ring der Burg Wildenstein einfuhr, stand dort wieder der zerbeulte Kanzleibus. Dieses Mal musste sie den Türklopfer gebrauchen, und mit einem hohlen Dröhnen schlug der Löwenkopf gegen den Metallbuckel. Frau Heinrich öffnete ihr. »Sie finden ja in die Bibliothek«, sagte sie.

Als sie den Raum betrat, erhoben sich von Wildenstein und Sebastian Pfeiffer aus den Sesseln. »Entschuldigen Sie«, sagte von Wildenstein, »dass ich nicht selbst an die Tür gekommen bin. Wir hatten gerade ein recht eigentümliches Gespräch. Darf ich vorstellen: Dies ist nun nicht nur mein Patensohn, sondern auch der Verteidiger des Mannes, der Elisabeth ermordet haben soll.« Er schob Birgit seinen Sessel hin, in den sich Birgit in sprachlosem Staunen niederließ.

»Ich bin Anwalt«, erklärte Sebastian, »und der Verdächtige ist mein Onkel, genauer gesagt, der Mann meiner Tante.«

»Ich bin ihm, glaube ich, sogar einmal begegnet«, warf von Wildenstein ein. »Die Waldarbeiter hatten die Steingrundhütte drüben im Dammbachtal renoviert. Das Forstamt gab ein Grillfest. Ein Blonder mit dünnem Haar und abstehenden Ohren?«

»Hm«, nickte Sebastian. »Das ist er.«

»Und Elisabeth …«, begann Birgit, um dann verwirrt abzubrechen. Dann platzte sie heraus: »War er's denn nicht?«

»Sie meinen: Kann ich ihn verteidigen, wenn er Elisabeth umgebracht hätte? Die Antwort ist: Nein. Und das ist im Grunde ein Kunstfehler, normalerweise dürfte es für mich keine Rolle spielen, ob er unschuldig ist oder nicht. Aber in diesem Fall habe ich ein Problem aufgrund meiner persönlichen Beziehungen. Wenn ich Zweifel an seiner Unschuld bekäme, müsste ich das Mandat niederlegen.«

»Er war's nicht?«, echote Birgit.

»Nein. Er war's nicht. Mein Onkel Gerhard ist ein Quartalssäufer. Voller Minderwertigkeitskomplexe und gewalttätig, wenn er betrunken ist. Dann meistens gegen meine Tante. Aber der Vorwurf lautet, dass er Elisabeth während der Arbeitszeit am helllichten Tag erschlagen hat. Zur Arbeit ist er noch nie besoffen gekommen, und während der Arbeit kann er nicht saufen. Er weiß haargenau, dass sie nur drauf warten, ihn zu entlassen, wenn er das macht. Er hat Elisabeth tot gefunden, er kennt sie nicht persönlich. Er hat sie für eine Aktivistin gehalten, und weil die ganze Gegend weiß, dass er im Suff behauptet hat, er bringt eine um, wenn er sie im Wald trifft, hat er ihre Leiche in Panik an den Main gefahren. Der Boden war ohnehin zu gefroren, um sie zu vergraben, außerdem hatte er keine Zeit dafür.«

»Und Sie«, Birgit wandte sich an von Wildenstein, »Sie glauben ihm das auch?«

Der Wildensteiner schaute sie an. Seine Augen lagen so tief unter den mächtigen Brauen, dass sie im Halbdunkel des Raumes nur als schwaches Glitzern zu erkennen waren. Und als er den Kopf zum Fenster wandte und in das graue Winterlicht hinausschaute, schienen sie ganz zu erlöschen. »Ich? Ich glaube gar nichts. Ich glaube vor allem nicht an Gefängnisse. Wir hatten die niedere Gerichtsbarkeit hier in Wildenstein. Dort drüben«, er wies mit der Hand zum Speisezimmer, »ist eine Luke im Fußboden. Sie führt in das Kellergewölbe. Unter unseren Füßen sind Menschen ohne Licht und Luft verfault, weil sie ein Huhn gestohlen hatten. Ich bin nicht stolz darauf. Kurz gesagt: Es wäre schrecklich, wenn nach Elisabeths Tod noch obendrein das Leben eines Unschuldigen zerstört würde.«

»Meine Güte«, Birgit vergrub kurz das Gesicht in den Händen. »Ein Rattenschwanz von Unglück.« Dann schaute sie auf: »Und wie steht es? Herr Pfeiffer, sehen Sie eine Chance, ihn zu entlasten?«

»Es sieht verflucht schlecht aus. Tote versenken, ohne dass man sie auf dem Gewissen hat, empfiehlt sich überhaupt nicht. Welche Möglichkeiten wir vielleicht noch haben, weiß ich besser, wenn ich die Haftakte einsehen kann. Morgen. Der Staatsanwalt war ganz umgänglich, wahrscheinlich, weil er sich seiner Sache sicher ist.«

»Muss er das nicht? Dich die Akte einsehen lassen?«, fragte Wildenstein dazwischen.

»Wenn er schlecht drauf ist, kann er mich zwei Wochen zappeln lassen.« Sebastian rieb sich den Nasenrücken. »Aber egal was da drinsteht, eine Option ist das Waldherz: Liegt das Waldherz im Wald oder in der Tasche eines Räubers? Kann ich argumentieren, dass etwas fehlt, was Gerhard nicht genommen hat, aber vielleicht jemand anderer? Wir müssen das Rätsel lösen.«

Ein Räuber. Wieder spürte Birgit den seltsamen Sog einer Zeitmaschine. Sie saß hier in einer alten Burg und dachte nach über eine Frau, die mit einem wertvollen Edelstein in den Wald gegangen und nie mehr lebendig herausgekommen war, in diesen Wald, der grau und düster da draußen vor dem Fenster stand.

Birgit schüttelte das Gefühl ab und ging praktisch vor: »Gut.« Sie öffnete ihre Handtasche und holte das Blatt mit dem Rätsel heraus. »Die Geschichte besteht aus sieben Märchen. Erst drei Grimm'sche, dann ein Zitat aus Tausendundeine Nacht, um den östlichen Längengrad zu markieren, und dann wieder drei Grimm'sche. Was diese Märchen aber an Zahlensymbolik aufweisen, genügt keinesfalls, um einen geographischen Punkt zu bezeichnen. Der Zusatz des Rätsels bezieht sich auf die Ergebnisse der Geschichte, wir können ihn also erst angehen, wenn der erste Teil gelöst ist. Elisabeth hatte gesagt, dass sie zur Verschlüsselung ihren Märchenglobus verwenden will. Die Frage ist, ob dies schon beim ersten Rätsel der Fall ist. Und es sieht nicht danach aus. Denn der Märchenglobus entsteht durch den Lauf des Helden oder der Heldin, er entsteht durch eine logische fortlaufende Handlung, und die gibt es hier nicht. Ich halte dieses Rätsel für ein einfaches Puzzle.«

»Aber warum ein einfaches Puzzle, wenn sie damit doch den Märchenglobus bekannt machen wollte?«

»Das weiß ich auch nicht. Sie haben das Rätsel an ihrem Arbeitsplatz gefunden. Wenn ich darf, hätte ich ihn gerne gesehen. Vielleicht fällt mir in ihren Aufzeichnungen etwas auf. Andererseits«, Birgit zögerte, »es wäre auch eine Möglichkeit für mich, Abschied zu nehmen.«

Von Wildenstein nickte. »Kommen Sie mit. Sie sollten allerdings Ihren Mantel wieder anziehen. Dort ist nicht mehr geheizt.«

»Ein sparsames Völkchen«, dachte Birgit. Sie gingen zur Garderobe, Sebastian verabschiedete sich, er wollte noch zu seiner Tante. Frau Heinrich erschien. »Wir gehen in die Eremitage«, sagte von Wildenstein. »Könnten Sie uns bitte einen heißen Tee mitgeben?« Und zu Birgit gewandt: »Sie werden ihn dort brauchen.« Frau Heinrich verschwand in der Küche, von Wildenstein lächelte: »Es gibt zwei Orte, in die Frau Heinrich aus Prinzip keinen Fuß hineinsetzt. Den einen nennt sie Sodom, das ist mein Drechselschuppen, den anderen Gomorrha, das ist die Eremitage.«

Mit einer Thermoskanne versehen verließen sie den Palas und liefen die Auffahrt hinunter bis in den Zwinger. Von dort aus stiegen sie seitlich über ein Treppchen durch einen Torbogen, umrahmt von kahlen Dornzweigen, und gingen an der massigen Außenwand der Burg einen Säulengang entlang.

»Das hat mein Ur-Urgroßvater gebaut im 19. Jahrhundert. Eigentlich war hier der zweite Mauerring. Die Wehrbauten waren damals schon lange zwecklos geworden, dafür waren die romantischen Landschaftsgärten in Mode gekommen. Ein Garten war nicht möglich, man hätte hier den Burggraben zuschütten müssen, aber wenigstens einen Pseudo-Kreuzgang und eine Einsiedelei hat er sich geleistet.«

»Wenigstens«, dachte Birgit. »Sehr bescheiden.« Das mit dem sparsamen Völkchen hatte sie schon innerlich zurückgenommen.

Doch der Komfort der Einsiedelei war im Winter tatsächlich bescheiden. Der Säulengang endete dort, wo der Rest des zweiten Mauerrings in den Burggraben gestürzt war. Die letzten fünf Meter waren durch eine Zwischenwand abgetrennt, teils farbig verglast und mit einem Holzfußboden versehen worden. Über der Pforte, durch die sie nun eintraten, grinste das Relief eines Fauns. Es war eisig kalt, ein Kanonenofen gähnte vergessen vor sich hin.

»Bitte treten Sie ein«, sagte von Wildenstein und stellte die Thermoskanne ab. »Ich mache Ihnen Feuer.« Birgit nickte. In diesen kalten Mauern würde die Wärme auf sich warten lassen, aber es war ihr egal. Sie stand da und ließ den Blick durch den Raum schweifen.

An der Außenmauer unter den Fenstern entlang zog sich ein niedriges Regal, an der Burgmauer stand ein hohes. Sie waren vollgestopft mit Büchern, die teils standen, teils gestapelt waren, dazwischen lagen Computerdisketten und Ordner voller Zettel und Zeitschriften. Was vom Platz noch übrig blieb, bevölkerten Statuetten aus Holz und Stein, Muscheln, getrocknete Pflanzen, Rasseln aus Holz und Tierhufen, eine indische Schlangengottheit aus Bronze, eine Marienstatue und weiteres Sammelsurium. Ein Schreibtisch stand am Ende des Raums, wo der Burgring abbrach und ein durch Säulen dreifach gegliedertes Fenster den Blick freigab in den Wald hinab, einen Blick von oben und doch ins Innere des Waldes. Ein Baum hatte es bis an die Burgmauer geschafft, eine riesige Buche, die so dicht am Fenster wuchs, dass sie mit den Wurzeln allmählich das Mauerwerk anhob. Wen sie da bewachte, die Einsiedelei vor dem Wald oder umgekehrt, war nicht auszumachen.

Hier also hatte Elisabeth gearbeitet, halb im Wald, wo die Uhren langsamer gingen und Schneewittchen im Glassarg lag. Bis hierher war die Nachricht nicht gedrungen, dass Lévi-Strauss' Unterfangen, eine allgemeine Struktur des menschlichen Denkens zu finden, mehr oder weniger gescheitert war. Und so hatte sie, inspiriert von seinen Büchern, die anderswo verstaubten, ihre Expedition gestartet in die Tiefen der Märchenwälder, in den Raum ohne Weg, ohne Gesetz, ohne Uhrzeit, ohne Geld. Der Wald war der Raum, in dem man die Orientierung verlor, in dem der gerade Weg der falsche war, der Raum, in den die Gesellschaft nicht hineinreichte mit ihren Ordnungen und ihrer Verrücktheit. Und Elisabeth hatte behauptet, dass dieser Wald wirklich war, zutiefst verwandt mit dem Wald da draußen, sein spiegelverkehrtes Bild.

Birgit setzte sich in den alten Lehnstuhl und inspizierte die unmittelbare Umgebung. Bunte Klebezettel verzierten den Rand des Computerbildschirms, auf dem Tisch lag ein Buch mit Markierungen.

»Hier hat also das Rätsel gelegen«, stellte sie fest.

»Ja. Sie können den Computer hochfahren«, sagte von Wildenstein. »Ihr Passwort war ›Artemis‹«. Er hatte Papier zusammengeknüllt, Späne und Holz daraufgelegt, jetzt züngelten die ersten Flammen hoch. »Ich habe schon selbst nachgeschaut, ob was zum Geocaching drinsteht. Aber da ist nichts. Internet-Anschluss hatte sie hier keinen, und WLAN scheitert an der Wehrmauer. Wenn sie ins Netz wollte, ist sie oben in die Bibliothek gegangen und hat in schwesterlicher Fürsorge hinterher die Chronik gelöscht.« Er richtete sich unmerklich ächzend auf. »Kein Netz zu haben, ist keine schlechte Sache, um wirklich ungestört zu sein. In diesem Sinne lasse ich Sie jetzt allein.«

*

Worschech hatte sich in sein Büro zurückgezogen und war für niemanden zu sprechen. Das war die absolute Katastrophe. Zuerst hatte Thoma angerufen und ihm mitgeteilt, dass Staab verhaftet worden war. Er hatte schon das Schlimmste befürchtet, und jetzt war es im Radio. Worschech hatte mit der Zentrale in Regensburg telefoniert. Sie hatten die unumgängliche Erklärung vorbereitet, alle Mitarbeiter der BaySF hätten die strikte Anweisung gehabt, den Aktivisten friedlich zu begegnen, und sie hofften im Interesse aller auf eine vollständige Aufklärung der Angelegenheit. Jetzt saß er da und starrte auf den leeren Bildschirm seines Computers. Zuerst Thoma in dieser Fernsehsendung, der kurze Schnitt mit dem Satz: »Sie haben hier im Bestand nichts verloren«, und sein Hund, der den Kameramann anbellt, das Ganze garniert mit dem Kommentar: »Wir sind im Wald nicht erwünscht.« Natürlich kein Wort über die Sperrung wegen des Hiebes. Worschech hatte sich darüber aufgeregt. Aber das war Kleinkram gegen das jetzt. Es gab keine Schadensbegrenzung. Jetzt war jede Diskussion um die Stilllegung zu Ende, wen interessierte jetzt noch ein Sachargument. Er wünschte den Staab zur Hölle. Noch eine Abmahnung, und der Kerl wäre geflogen. Wäre. Es war zu spät.

Der Büroleiter steckte den Kopf zur Tür rein. Es sei einer vom Politischen Magazin am Telefon, ob er vielleicht doch besser durchstellen solle? Worschech schloss die Augen. Verflucht, wie war denn diese Sache gleich bis in den Wipfel des Blätterwaldes hochgerauscht? Er atmete tief durch und sagte: »Von mir aus. Dann gleich in die Vollen.«

*

Das hatte schon mal gut geklappt, Worschech hatte ihm doch tatsächlich morgen einen Termin gegeben. Der Name des Magazins zog immer noch. Jo legte sein Mobiltelefon weg, nahm es gleich wieder zur Hand und überlegte. Dann rief er Anna Felleisen an.

Er kannte die Werdenheimer Forstbeamtin als selbstbeherrschte Frau, aber sobald er das Thema PlanetGuard ansprach, explodierte sie: »Diese Idioten, entweder sie haben keine Ahnung, oder sie sind skrupellos. Mit ihrem ›Schützt die alten Buchen‹-Schmarrn machen sie uns die Beratungsarbeit von Jahrzehnten kaputt. Der Bichl Sepp«, er war der Vorsitzende der Werdenheimer Waldbesitzervereinigung, »der fragt sich doch allen Ernstes, ob seine Buchenpflanzung rausgeschmissenes Geld war. Dabei ist er noch einer von den Vorsichtigen. In anderen Genossenschaften sind die Vorsitzenden vor ihren Leuten gestanden und haben gesagt: ›Haut alles runter, bevor es 100 ist, sonst kriegt ihr diese Leute an den Hals.‹ In den Baumschulen ist die Nachfrage nach Buchen zusammengebrochen. Wir ackern und ackern, dass wir Laubholz in die Wälder kriegen, und dann das!«

»Aber es geht doch nur um öffentliche Wälder. Steht ja auch so in der Biodiversitätsstrategie.«

Doch Anna war nicht zu bremsen: »Die PlanetGuardler stehen hier in Werdenheim in der Fußgängerzone und verteilen Maßbänder an die Leute mit der Aufforderung, alte Buchen über 60 cm Brusthöhendurchmesser auf ihrer Website mit Foto ins Netz zu stellen. Die geben denen natürlich keine Karten mit, wo ein Wald öffentlich ist und wo nicht. Und die Geschichte kommt außerdem durch andere Türchen. Du weißt doch inzwischen, was Ausgleichsmaßnahmen sind.«

Auch das wusste Jo aus seiner Zeit beim Werdenheimer Boten: Eingriffe in den Naturhaushalt, wie zum Beispiel der Bau einer Straße, mussten durch entsprechende Maßnahmen anderswo ausgeglichen werden.

»Wir von der Forstverwaltung haben einen ganzen Katalog gemacht, wie man im Wald Ausgleichsmaßnahmen vornehmen kann: Mischbaumarten einbringen, Biotopbäume belassen und so weiter. Wir haben im Grunde mit naturnahem Waldbau jede Menge für die Artenvielfalt unternommen. Aber die Botschaft, die jetzt durch die Medienkampagne runterkommt, ist immer: Nur ein stillgelegter Wald dient dem Naturschutz. Keiner schaut mehr darauf, was in einem naturgerecht bewirtschafteten Wald alles an Natur möglich ist. Und das kommt gewissen UNBs gerade recht.«

Gewisse Untere Naturschutzbehörden. Jo wusste, jetzt kam es dicke. ›Gewisse‹, das war die in Werdenheim, genauer gesagt, ihre Leiterin, Frau Drössler. Annas Auseinandersetzungen mit ihr waren Jo aus seiner Zeit als Lokaljournalist wohlbekannt und sprichwörtlich.

»Die Drössler, die erst als Ausgleichsmaßnahme möglichst viel Wald für ihre ökologische Wunderziegenweide und Magerrasenblümchen weghacken wollte, die kommt jetzt und will als Ausgleich stilllegen. ›Damit die Förster den Wert stillgelegter Wälder lernen‹, sagt sie.«

Jo konnte sich lebhaft vorstellen, wie diese Provokation auf Anna gewirkt hatte. Sie musste gekocht haben. Er hörte es ihrer Stimme an, als sie weitersprach: »Vor einem Jahr hat sie noch einen illegalen Kahlschlag veranlasst und den als ›künftiges Naturwaldreservat‹ bezeichnet, weil dann ein paar Birken anfliegen. Die weiß nicht, was ein Naturwaldreservat ist und will mir den Wert stillgelegter Wälder beibringen! Gleichzeitig blockiert sie uns Gelder für den Waldnaturschutz.«

»Was für Geld?« Jo hatte noch nie gehört, dass es dafür Geld gab.

»Die Biodiversitätsstrategie, Jo. Hast du die gelesen?«

Peinlich. Hatte er nicht. Er fragte sich, ob irgendjemand sie wirklich gelesen hatte. Es war in der Politik wie bei der stillen Post: Das eine wurde nachgeplappert, das andere wurde vergessen.

»Die hat buchstäblich zwei Seiten. Auf der ersten steht die Geschichte mit der Stilllegung in öffentlichen Wäldern. Auf der zweiten Seite heißt es, dass zehn Prozent des Privatwaldes unter Vertragsnaturschutz stehen sollen. Das heißt, wir schließen mit dem Waldbesitzer einen Vertrag, in dem steht zum Beispiel, dass er Biotopbäume stehen lässt oder, wenn das sinnvoll ist, gar nichts mehr einschlägt. Dafür kriegt er je nachdem Geld, nicht sehr viel, aber die Drössler blockiert uns, bezweifelt unsere Vorschläge, gibt die paar Euros, die da wären, nicht frei. Weißt du, wie viel Geld für den Waldnaturschutz zur Verfügung steht? In Bayern eine Million. Peanuts. Wie sollen wir damit die zehn Prozent hinkriegen? Schreit PlanetGuard deswegen? Tote Hose.«

»Aber natürlich«, gelang es Jo endlich, ihre Tirade zu unterbrechen. »Natürlich tote Hose. Mehr Staatsknete für XY, das wäre eine völlig uninteressante Kampagne. Mehr Geld für Schulen, mehr für die Altenpflege, mehr Geld für dies und das, langweilig.«

Sie schwiegen beide einen Moment. Jo sah den rechten Moment gekommen, Anna die Hiobsbotschaft beizubringen: »Die Kampagne wird morgen wohl wieder voll in den Medien sein. Hier ist ein Waldarbeiter verhaftet worden. Er steht unter Verdacht, eine Frau umgebracht zu haben, weil er glaubte, dass sie von PlanetGuard ist.«

»Nein!«

»Doch. Leider.«

»Ja Scheiße«, stöhnte Anna. »Wie denn das?«

»Er soll sie im Wald angetroffen haben, sie hatte eine hellgrüne Jacke an, wie die Aktivisten halt immer. Da hat er sie erschlagen und in den Main geschmissen.«

Anna stöhnte wieder. »Wenn das so ist, können wir uns eingraben lassen.«

Jo konnte ihr nicht widersprechen. Nichts schrie lauter zum Himmel als das Blut der Märtyrer. Nach einer Pause sagte sie: »Dann ist es halt gelaufen. Wenn PlanetGuard weiterhin die Kamera auf jeden Baumstumpf hält und nur ein stillgelegter Wald ein guter Wald ist, dann weiß ich nicht, wohin die öffentliche Meinung letztlich rutscht. Vielleicht kriegen wir auf der einen Seite Nationalparks und auf der anderen Holzplantagen.«

So pessimistisch kannte Jo diese Frau sonst nicht. »Also«, sagte er. »Du kannst jetzt mit mir die öffentliche Meinung noch beeinflussen. Ich hatte eigentlich Fragen an dich.«

»Oh!« Sie lachte ein bisschen. »Entschuldigung, ich hab dich vollgetextet. Also worum geht's?«

»Erstens: Was ist die Rolle der Forstverwaltung im Spessart? Sollt Ihr nicht auf die Bayerischen Staatsforsten aufpassen?«

»Wir haben nur die Rechtsaufsicht, nicht die Fachaufsicht. Das heißt, wenn sie gegen das Waldgesetz verstoßen, dann können wir was unternehmen. Ansonsten sind wir bei der Betriebsplanung nicht beteiligt. Das ist ein Systemfehler der Forstreform.«

»Zweitens: Hast du einen Tipp für mich, wo ich inoffizielle Insiderinformationen über den Spessart herkriege?«

Sie schwieg einen Moment. Dann sagte sie: »Pensionierte Förster. Die sind unabhängig. Ich weiß einen alten Querkopf da oben.«

Anna versprach, beim alten Querkopf anzufragen. Ansonsten steckte Jo den Großteil dessen, was er gehört hatte, in die Schublade ›Anna Felleisens Fehde mit Frau Drössler von der UNB‹. Die beiden konnten gar nicht miteinander. Aber als er diese Schublade in seinem Kopf schloss, blieb doch ein Gefühl zurück, als hätte er da einen Zusammenhang nicht begriffen.

*

Sebastian stieg die schmale Außentreppe zum Haus seiner Tante hinauf. Er war selten hier gewesen in Rothenbuch, eher war Tante Corinna nach Eschau gekommen, am liebsten allein. Dann war sie mit seiner Mutter zusammengehockt, und sie hatten weibliches Unglück oder alte Erinnerungen ausgetauscht. Corinna öffnete ihm. Sie war blass und verweint. Sebastian umarmte sie unbeholfen, dann bat sie ihn herein.

»Magst en Kaffee?«, fragte sie.

»Nein danke«, winkte er ab. »Ist schon zu spät dafür.«

»En Apfelsaft?«

»Nein, komm, setz dich her.« Sie setzten sich an den Küchentisch, der noch derselbe war wie vor 20 Jahren, als er da als Achtjähriger gesessen war und Apfelsaft getrunken hatte aus einem Glas, auf dem eine rote Mickymaus herumsprang. Wahrscheinlich gab es das Glas auch noch.

An Corinna war die Zeit nicht spurlos vorübergegangen. Ihr rundes Gesicht mit dem vollen kleinen Mund hatte sie früher wie eine Puppe aussehen lassen, und trotz der

Widrigkeiten des Lebens war ihr etwas von dieser Aura der Unschuld geblieben.

»Wie geiht's ihm dann?« fragte sie. »Kommt er widder raus?« Sie verstummte.

»Sie lassen bei Mordverdacht niemanden raus. Und ich hab es dir schon am Telefon gesagt: In der Gewahrsamszelle geht's niemandem gut. Aber morgen kommt er ins Untersuchungsgefängnis. Da ist es besser.«

»Wiesou ins Gefängnis? Er war's doch net«, protestierte sie, »er hat doch bloß so dumm geredd in der Wertschaft.«

Sie verteidigte ihn, wie immer.

»Corinna, er hat blöd dahergeredet und hinterher noch was Blöderes gemacht. Und beides zusammen kann nun mal ziemlich schiefgehen.«

Sie sah ihn erschrocken an, und ihre Augen füllten sich mit Tränen. »Du maanst, er wird wirklich verurteilt? Er war's aber doch net.« Das war ihr Mantra. Es konnte nicht sein, aber es war die bittere Wahrheit, dass so etwas sein konnte. Recht ist nicht Gerechtigkeit, das Erste, was man Sebastian auf der Universität beigebracht hatte.

»Verurteilt ist er noch lang nicht. Aber wie die Sache steht, kann ich dir erst morgen sagen, wenn ich die Haftakte gesehen habe«, sagte er. »In Untersuchungshaft muss er auf alle Fälle. Richt' ihm schon mal das Nötigste zusammen, Kleider, Zahnbürste und so weiter. Sobald es geht, bring ich es ihm.«

Die Erwähnung der Zahnbürste brachte sie auf die praktischen Probleme einer längeren Abwesenheit: »Was is mit seiner Ärbet? Wenn er net kümmt? Der Thoma hat scho aagruffe, wo er bleit.«

»Das ist erst mal kein Problem. Seine Stelle behält er, Untersuchungshaft ist sogenannte höhere Gewalt, die dürfen ihn nicht rausschmeißen.« Da sein Arbeitgeber der Staat war, würden sich seine Vorgesetzten voraussichtlich auch ohne Rechtshändel an die Bestimmungen halten.

Sie schaute ihn erleichtert und dankbar an. »Ich bin frou, dass du daa bist«, sagte sie und griff nach seiner Hand. Sebastian lächelte so aufmunternd er konnte. »Morgen ist ein neuer Tag, und dann sehen wir schon klarer«, sagte er.

*

Birgit war nicht mit leeren Händen zurückgekommen. Aufgekratzt saß sie am Esstisch, während Jo schon sichtlich müde die aufgewärmte Suppe schlürfte. »Ich habe etwas in ihrem Computer gefunden, was vielleicht nützlich sein könnte: eine Korrespondenz mit einem Märchenforscher in Steinau an der Straße. Der Austausch verlief schnell im Sand, der Mann war an ihrer Arbeit, vorsichtig gesagt, nicht sonderlich interessiert. Aber ich habe seine Adresse und Telefonnummer, und angerufen habe ich ihn auch schon. Er hätte morgen Abend Zeit.«

»Wenn du jetzt also ernsthaft Jagd auf das Waldherz machst, wann willst du dann deine Fragebögen verbrechen? Soll ich dir helfen? ›Wann haben Sie Ihre Mutter zum ersten Mal so richtig gehasst‹, und so?«

»Ha ha. Du musst reden. Wann willst du für Hüther schreiben?«

»Na ja. Dann bleiben wir halt eine Woche länger, und die Skihütte muss dran glauben«, seufzte Jo.

»In unserem Alter soll man eh keinen Sport mehr ausüben, bei dem man einen Helm tragen muss«, meinte sie leichthin. Aber Jo wusste, dass es nicht leichthin gemeint, sondern Taktik war. Sie haderte schon länger mit diesem Sport und nutzte die Gelegenheit, abzuspringen.

»Hört, hört«, sagte Jo.

Birgit ließ den Löffel sinken. »Was war denn das?«

»Virchow«, erklärte Jo. »Ich lese seine alten Parlamentsreden. Das waren noch Schlachten. In den Protokollen stehen die Reaktionen des Publikums: ›Hört, hört!‹ ›Sehr wahr!‹ Oder: ›Heiterkeit links.‹«

»Ich dachte, der Virchow sei Arzt gewesen?«

»Und Abgeordneter und Völkerkundler und sonst noch was. Eines von diesen Universalgenies, die das 19. Jahrhundert hervorgebracht hat. Er musste auch nur vier Stunden am Tag schlafen, im Gegensatz zu mir.« Jo schob den leeren Teller weg, rutschte auf der Eckbank ins Eck und legte die Beine lang auf die Bank, wobei er sich bemühte, nicht mit dem Strauß künstlicher Rosen hinter seinem Kopf in Konflikt zu geraten.

»Vielleicht solltest du morgen noch nicht herumspringen«, meinte Birgit besorgt.

»Ach was. Rohrbrunn ist ja gleich um die Ecke.«

Birgit legte den Löffel weg. »Wenn du bei Worschech bist, kannst du ja fallen lassen, dass der Wildensteiner nicht von der Schuld des Waldarbeiters überzeugt ist. Das ist sicher die ultimative vertrauensbildende Maßnahme.«

»Stimmt. Das ist schon ein erstaunlicher Patron, dieser Wildenstein. Ich werde direkt neugierig auf den. Er glaubt nicht an Gefängnisse, sagst du? Vielleicht ist er ein Anarchist.«

»Ein Burgherr ein Anarchist?« Birgit lächelte ungläubig.

»Natürlich«, meinte Jo. »Wer sonst?«

*

Die Aktivisten hatten sich im Aufenthaltsraum des Freizeitheims versammelt. Sie waren aus dem Wald eingetrudelt, hatten die Messergebnisse abgegeben und heißhungrig gegessen. Das schmutzige Geschirr war abgewaschen, die Schuhe trockneten vor sich hin, die Gitarre wurde ausgepackt. Aber statt eines gemütlichen Abends beriefen Leo Sachs und Valerie Johansen eine Vollversammlung ein und ließen die Bombe platzen. Die Nachricht von der Verhaftung hatte sie über Hamburg erreicht, ein Journalist hatte in der Zentrale angerufen. Natürlich hatte es schon vorher im Camp Spekulationen gegeben, denn zwei Herren von der Kripo waren in den Tagen zuvor aufgetaucht und hatten nach dem Wirtshausstreit mit dem Waldarbeiter gefragt. Doch das Ergebnis der Ermittlungen hatten sie so nicht vorausgesehen.

»Das ist so verdammt krass«, sagte der dunkle Hüne namens Norbert. »Ich dachte, so was gibt es bloß in Kolumbien.«

Die Blicke richteten sich alle auf Leo Sachs. Er war in Kolumbien gewesen und galt damit als Experte für krasse Situationen. Der schüttelte den Kopf: »Das hier ist was anderes. In Kolumbien ist das organisierte Gewalt, hier ist es ein Einzelgänger, der ihnen aus dem Ruder gelaufen ist – wenn er es denn war. Es ist ja erst mal nur ein dringender Verdacht.«

»Nur ein Verdacht!« Norbert war fassungslos über so viel seiner Ansicht nach übertriebene Besonnenheit. »Er hat die Leiche im Kofferraum gehabt!«

»Ich vergess nicht, wie er mich angegangen ist«, fiel Claudia ein. Sie war damals bei der Streiterei im Wirtshaus gewesen. »Das ist ein Tier!« Sie strich sich empört eine Strähne aus dem Gesicht.

»Wir müssen zumindest davon ausgehen, dass es so passiert ist«, sagte Valerie Johansen. »Alles andere wäre unverantwortlich.« Alle nickten. Die Johansen war aus Hamburg zurückgekommen. Sie war wie Sachs eine hauptamtliche Mitarbeiterin von PlanetGuard und genoss Respekt als eine äußerst systematische Person. »Die Frage ist: Was für Konsequenzen ziehen wir? Was melden wir nach Hamburg?«

Sie wussten, die Entscheidung, ob und wie die Kampagne weiterging, würde letztlich in der Zentrale fallen, aber die Rückmeldung aus dem Camp war natürlich wichtig. Eine Pause entstand, während jemand das Gespräch für die ausländischen Teilnehmer ins Englische übersetzte.

»Was haben wir denn für Optionen?«, griff Sachs ihre Fragen auf. »Erstens, alles abblasen, das Camp abbrechen, vor die Kameras treten und sagen: Angesichts dieser von der BaySF aufgeheizten Stimmung können wir für die Sicherheit unserer Aktivisten nicht mehr garantieren.«

»Quatsch«, sagte der Rastafari. »Ich bin doch nicht zu PlanetGuard gegangen, damit jemand für meine Sicherheit garantiert.« Zustimmendes Gemurmel rundum. Johansen lächelte. Wenn jemand einer Organisation beitrat, die mit Bildern von Schlauchbooten vor den Kielen gewaltiger Walfangschiffe warb, dann wollte er das wahrscheinlich nicht.

»Also dann«, fuhr Sachs fort, »es steht natürlich jedem frei, zu gehen, das ist klar. Wir machen niemandem einen Vorwurf daraus.« Bei diesen Worten schaute er zu Johansen, die nickte. »Also die zweite Option: Wir machen weiter.«

»Die Frage ist, ob wir zusätzliche Sicherheitsmaßnahmen brauchen«, sagte Johansen und schaute in die Runde. »Vorschläge? Nie allein unterwegs sein, das galt schon immer und gilt jetzt noch strenger als vorher. Immer mit Handy. Sonst noch?«

»Handy«, grummelte Claudia. »Der halbe Wald ist ein Funkloch.«

»Dann Pistolen für jeden.« Der Vorschlag kam von einem jungen Nerd namens Bert, der besonders müde über seinem Bierchen hing. Niemand lachte.

»Mir wär zu dritt laufen lieber als zu zweit«, sagte ein Mädchen.

Sachs presste die Lippen zusammen, die Johansen schwieg. Es würde den Fortschritt der Kartierung deutlich verlangsamen. »Jetzt lasst mal die Kirche beim Dorf«, sagte Sachs schließlich. »Wie hoch, glaubt ihr, ist die Wahrscheinlichkeit, dass so was noch mal passiert? Hier war zwar mal ein Räuberwald, aber mehr als einen Mörder wird es so schnell nicht geben, selbst wenn die BaySF ein Kopfgeld aussetzen würde. Und das können sie nicht, im Gegenteil. Sie bekommen jetzt eine beschissene Presse. Der letzte Idiot wird dann kapieren, dass eine solche Aktion nur nach hinten losgeht.«

»Dann stimmen wir eben ab«, sagte Johansen pragmatisch. »Wer ist für Dreierteams?«

Zwei meldeten sich.

»Gut«, sagte Johansen. »Dann geht ihr beiden jeweils mit anderen Teams mit.« Das war salomonisch. Sachs wollte schon monieren, dass sie dadurch ein ganzes Team verloren, doch die beiden Aktivisten aus einem solchen Grund heimzuschicken, war stimmungsmäßig auch nicht ratsam. Wenn ihr Einsatz vorbei war und die Ablösung kam, erledigte sich die Sache von selbst.

»Also«, sagte Johansen, »Silke organisiert im Container die Teams um, und dann Feierabend.«

*

»Zum Einschlafen könntest du mir noch ein Märchen vorlesen«, sagte Jo. »Wenn ich hier in der Ferienwohnung schon bei Großmutter bin.«

Es folgte eine eisige Pause. Dann: »Du kannst ja deine Enkelin Marion fragen, ob sie dem Großväterchen vorliest.«

Oh je. Mit diesem Satz war Jo in ein Minenfeld geraten.

»Sie kann doch nicht lesen, das weißt du doch«, sagte Jo jammervoll.

»Großväterchen offensichtlich auch nicht«, gab Birgit zurück. »Großmutter, warum hast du so ein großes Maul?« Sie fletschte die Zähne.

»Damit du besser vorlesen kannst, natürlich.«

Großväterchen bekam kein Märchen vorgelesen, sondern die Geschichte vom zerbrochenen Säbel. Birgit las im Schein der Nachttischlampe:

Die tausend Arme des Waldes waren grau, und seine Millionen Finger silbern. In einem Himmel aus dunklem grünlich-blauen Schiefer funkelten die Sterne kalt wie Eissplitter. Das dicht bewaldete und dünn besiedelte Land war in bitterem, spröden Frost erstarrt.

Sie liefen mit Pater Brown und Flambeau durch den endlosen Winterwald und lauschten ihrer Unterhaltung.

»Wo versteckt der Weise ein Blatt?«, fragte Pater Brown.

»Im Walde«, antwortete Flambeau.

Sie wanderten auf den einsamen Wegen, und Pater Brown enthüllte langsam und zögerlich das Geheimnis eines entsetzlichen Verrats, die Geschichte vom General, der einen Mord begeht und eine Schlacht anzettelt, um die Leiche unter Hunderten von Toten zu verbergen.

»Aber was tut er, wenn da kein Wald ist? Er lässt einen Wald wachsen, um es darin zu verbergen. Eine entsetzliche Sünde.«

Schläfrig hörte Jo die Sätze, die Bilder sanken in seine Seele, und er schloss die Augen.

Und sie tauchten in den schwarzen Kreuzgang des Waldes, der sich neben ihnen wie eine düstere Tapete aus Stämmen hinzog, wie einer der dunklen Korridore in einem Traum.

*

Mit den Semmeln der Frau Hasenstab kamen die Zeitungen. Beim Frühstück wurden sie im Camp von Tisch zu Tisch gereicht. Das Main-Echo hatte die Schlagzeile auf der ersten Seite, und auch die überregionalen Zeitungen berichteten an prominenter Stelle:

MORD IM KAMPF UM DEN WALD?

Mordverdächtiger Waldarbeiter soll Opfer mit Mitglied von PlanetGuard verwechselt haben.

Es gab Bilder vom Camp, vom Wald. Die Kampagne wurde erwähnt, wenn nicht erläutert.

»Ich habe euch ja gesagt«, meinte Sachs, »jeder Idiot sieht doch jetzt, dass es weniger als nichts nützt, uns anzugreifen. Es ist wirklich nicht nötig, nervös zu sein.«

Nach und nach brachen die Teams auf, Rucksäcke wurden auf die Schultern geworfen, die kalte Winterluft strömte zur Tür herein.

An der Einfahrt zum Camp war der Wagen eines Fernsehteams vorgefahren. Sachs kannte den Reporter schon.

Er hatte sich mit Kameramann und Mikrofon am Tor postiert und wollte die Gelegenheit nutzen, die Aktivisten beim Aufbruch zu filmen und ihre Stimmung abzufragen. Sachs drehte sich nach Johansen um: »Das Fernsehen ist da. Sie wollen Interviews am Tor machen. Lassen wir sie?«

Interviews mit beliebigen Aktivisten waren hier im Spessart nicht unbedingt ratsam. Manche hatten erst lernen müssen, eine Buche von einer Eiche zu unterscheiden, mit dem Alter der Bäume verschätzten sie sich sowieso, es galt, Blamagen zu vermeiden.

»Heute ist das okay. Es wird nur um die Emotionen gehen. Ich stelle mich daneben«, sagte Johansen.

*

Als Birgit zum Einkaufen kam, hatten sich die Gemüter schon deshalb beruhigt, weil nur noch eine ältere Kundin im Laden war. Sie sprach mit Frau Hasenstab vorne an der Theke, als Birgit mit Milch und Käse zum Kassieren kam. »Wenn's net graad des Gefängnis wär, könnt die Corinna scho ä bissle Urlaub vom Gerhard brauche«, hörte sie noch.

Birgit wagte, sich einzumischen. »Ist er so anstrengend?«

Die beiden Frauen tauschten einen Blick. »Mei, manche Kerlie sinn halt so.«

Jetzt musste Birgit den richtigen Ton treffen, sonst ging's nicht weiter. »Kommt sie manchmal mit der Sonnenbrille zum Einkaufen?«

Frau Hasenstab nickte und wurde zutraulicher. »Dem sei Vadder war aa scho so und der Großvadder aa. In der schlechte Zeit hat's halt kei Arbeit gebbe. Der war viel im Wirtshaus, die habbe des halt net anners kennt.«

Die Anamnese. Warum konnte der Mensch so werden, wie er war, was waren die Fundamente, auf die er baute? Was wurde erzählt, was wurde vergessen?

»Und die Frauen haben das auch halt nicht anders gekannt.« Birgit formulierte den Satz nicht als bohrende Frage, sondern als einfühlsame Feststellung.

»Die Frau Forstmaaster vo Altenbuch, die hat da mal e Gschicht uufgschriebe.«

Die Kundin nickte eifrig. »Die war da sogar mal zum Vorlese da. E schöines Buch.« Sie seufzte.

Frau Hasenstab beugte sich hinunter und kramte unter dem Tresen. »Ich hab noch aans da, bloß nimmer verkafft, weil der Einband eingrisse is.« Birgit wartete gespannt. Sonst hatte Frau Hasenstab nur eine Broschüre mit Setfotos vom Film ›Das Wirtshaus im Spessart‹ mit Liselotte Pulver im Angebot. Der Tresen gab sein Geheimnis preis: ›Das Backofenkind‹ hieß es, und der eingerissene Einband zeigte ein altes Schwarz-Weiß-Foto: eine Frau mit zwei Kindern vor einem kleinen Häuschen, darunter ein Mann mit seinem Fahrrad.

»Es haaßt Backofenkind, weil sich die Fraa da drin als Kind immer im Backoufe versteckt hat, wenn der Vadder schlecht druuff war«, erläuterte die Hasenstab.

Das Buch war ein Floß auf einem Meer ungeschriebener Geschichte, die Geschichte der Ohnmächtigen, die nichts schrieben, weil sie sich selbst nicht wichtig schienen, weil niemand nach ihnen fragte. Die Frau Forstmeister war eine Studierte und konnte schreiben, und sie hatte gefragt, bevor die Zeuginnen starben. Birgit kaufte das Buch sofort.

Die Tür bimmelte. Es war Silke Hollander, die hereinkam. Sie war blass und unausgeschlafen, und ihre Rehaugen noch ein bisschen größer als sonst.

»Sinn Se heut net im Wald?«, begrüßte die Hasenstab sie.

Silke schüttelte den Kopf. »Mir geht's heute nicht gut, ich mach nur Computerdienst. Ich brauche so was wie einen Erkältungstee.«

Birgit fragte sich, ob sie nicht eher einen Beruhigungstee brauchte. Die Hasenstab dachte offensichtlich dasselbe. »Nach dem, was passiert ist, gingert ich nimmer in de Wald«, sagte sie mit maximal trampelhaftem Mitgefühl.

Es war nicht zu erkennen, ob Silke zusammenzuckte oder sich zusammenriss, jedenfalls richtete sie sich auf und sagte: »Wir geben doch deswegen nicht auf. Manche Menschen begreifen einfach nicht, dass die Welt Liebe braucht und nicht Hass.«

»Ach Mädchen«, dachte Birgit, als sie die Straße hinunterging. »Das ist schon wahr, aber es braucht auch eine dicke Haut.«

Herr Gern, der Mann der Vermieterin, war vor dem Haus am Holzhacken und sah, was Birgit in ihrem Korb trug. »Ah«, sagte er und hielt inne. »Hebbe Se des Buch kafft? Mei Fraa hats aa, Sie hätte's ausleihe könne von ähre.« Er zwinkerte. »Die romantische Liebesgschichte, die mach se halt auch gern.« Dann haute er mit Schwung das nächste Scheit durch. Das Holz spritzte auseinander und polterte als zwei Stücke zu Boden.

*

Das Betriebsgebäude der BaySF in Rohrbrunn war zwar im langweiligen Stil der 60er Jahre gebaut worden, aber nun frisch renoviert. Jo fielen die neuen geölten Fußböden und die gediegenen Türen auf. Worschech residierte an einem modernen, elegant geschwungenen Schreibtisch aus Buchenholz. Als Jo in sein Büro trat, stand er auf und ging ihm entgegen. Er war groß und dürr und kam Jo relativ jung vor, trotz seiner hohen Stirnglatze. Seine Augenlider waren leicht gerötet, er hatte offensichtlich zu wenig Schlaf gehabt. Sie gaben sich die Hand.

»Es ist sehr freundlich, dass Sie sich gleich Zeit für mich genommen haben«, meinte Jo.

Worschech lächelte kurz und schmerzlich, bot Jo einen Stuhl an und nahm selber Platz. »Leider kann ich nicht mit Ihnen in den Wald raus, ich muss zu einer Krisensitzung nach Regensburg. Ich habe den Revierleiter Kroth gebeten, dass er Sie führt. Sie können dann einen Termin mit ihm ausmachen. Aber ein Stündchen jetzt muss schon sein. Wenn es die Chance gibt, dass umfassend und objektiv berichtet wird, dann nehme ich mir die Zeit gerne«, entgegnete er.

»Haben Sie den Eindruck, das passiert nicht?«, fragte Jo nach.

»Manchmal nicht.« Worschech war vorsichtig. Er wollte das Gespräch nicht mit Medienschelte beginnen.

»Der Mordvorwurf gegen einen Ihrer Waldarbeiter entspannt die Lage nicht gerade.«

»Es ist das Schlimmste, was uns passieren konnte«, bestätigte Worschech freimütig. »Ich würde am liebsten den ganzen Betrieb einstellen, bis die Sache geklärt ist. Aber es geht nicht. Wir haben unsere Lieferverträge.«

»Herr von Wildenstein scheint anzunehmen, dass der Waldarbeiter unschuldig ist.«

Worschechs Augenbrauen schnellten in die Höhe. »Woher wissen Sie das?«

»Meine Frau hat Kontakt zu ihm.«

»Erstaunlich«, sagte Worschech. Es war nicht ganz klar, was erstaunlich war: dass von Wildenstein das annahm, oder dass Birgit davon wusste. Aber Worschech atmete aus und lehnte sich seitlich auf den Schreibtisch, als ob seine Muskelspannung nachließe.

Das war eine günstige Ausgangslage. »Hat Sie diese ganze Kampagne überrascht?«, eröffnete Jo das Gespräch.

»Total«, sagte Worschech. »Ausgerechnet zu uns nach Rohrbrunn kommen die. Schon mein Vorgänger hat ein umfangreiches Totholzprogramm angefangen, und acht Prozent unserer Flächen sind ohnehin stillgelegt. Gut, mit der Frau Wenzel gab es ständig Diskussionen, die hat wegen jedem Spechtloch geschrien, aber dass sie PlanetGuard holt, und dass die auch wirklich kommen …« Worschech schüttelte den Kopf.

Jo legte nach: »Ziel dieser Kampagne von PlanetGuard ist ja, dass diese Forderung in der Biodiversitätsstrategie nach Stilllegung von zehn Prozent der öffentlichen Wälder erfüllt wird. Wie stehen Sie denn dazu?«

Worschechs Nasenflügel blähten sich. »Ehrlich gesagt, ich glaube, dass die Biodiversitätsstrategie nur ein Anlass für PlanetGuard ist, zwei andere Ziele zu erreichen: Erstens den deutschen Spendern mal im Inland vorzuführen, was eine Harke ist. Bislang war Deutschland kein ergiebiges Feld für Waldschutz à la PlanetGuard. ›Erhöht die Abschüsse von Schalenwild, damit Mischwald kommt‹, war ja kaum ein Thema für den Veganer-Verein. Aber seit diese Stilllegungsforderung im Raum steht, können sie ihren ganzen Rettet-den-Urwald-Trallala hier bei uns veranstalten. Und weil wir keinen Urwald haben, müssen sie die Forstwirtschaft halt einfach möglichst scheiße aussehen lassen. Diese Frau Johansen, Waldcampaignerin, wenn denn das ein Beruf ist, stellt sich vor eine Eichensaatfläche, die einen Kiefernwald ersetzt hat, und behauptet, wir hätten einen alten Buchenwald kahl geschlagen. Merkt ja keiner im Fernsehen. Hauptsache, Rabatz. Zweites Ziel ist es, die FSC-Zertifizierung der öffentlichen Wälder durchzusetzen, ein Zertifizierungssystem, an dem PlanetGuard mit beteiligt ist.«

Verwirrung. Als häufiger Nutzer von Papier kannte Jo das Label ›FSC‹. Es schien so etwas wie ›Bio‹ zu heißen. Er beschloss aber, Worschech einfach weiter reden zu lassen.

Der setzte zu so etwas wie einer Erklärung an: »Es gibt zwei Zertifizierungssysteme für Holz, eins ist PEFC das andere FSC. Die Bayerischen Staatsforsten sind PEFC zertifiziert. Für FSC muss jeder zertifizierte Betrieb fünf Prozent stillgelegte Flächen vorweisen – es müssen aber nicht die eigenen sein! Nach Adam Riese sind zehn Prozent der öffentlichen Wälder Deutschlands, fünf Prozent der gesamten Waldfläche. Das heißt, diese Stilllegung öffnet die Tür zur FSC-Zertifizierung für die Privatwälder, die selber nicht stilllegen wollen.«

»Dann«, Jo zögerte, »dann wären diese zehn Prozent öffentlicher Wald in der Biodiversitätsstrategie unter Umständen kein Zufall?«

»Es ist eine Hausnummer, die einer vom anderen abschreibt. Wissenschaftlich nicht untermauert, wo, was, wie das der Biodiversität nützt. Einfach: Jetzt machen wir halt was, weil wir uns sonst vor den anderen Ländern schämen müssen. Es heißt, wir könnten nicht von den Südamerikanern und Malaysiern Schutzgebiete fordern, wenn wir selber so wenig haben.«

»Und der Meinung sind Sie nicht?«

»Nein.« Worschech schob das Kinn vor und ließ die schroffe Antwort zunächst trotzig stehen. Dann fuhr er fort: »Wir haben keine Urwälder mehr und können deswegen keine mehr schützen. Wir haben eine verdammt gute nachhaltige Waldwirtschaft entwickelt, und darum kommen in unseren Wäldern auch verdammt viele Arten noch vor. Was nützt es der Biodiversität, wenn wir jetzt hopplahopp stilllegen? Keiner kann mir das präzise beantworten. Was ich aber genau beantworten kann, ist, dass das Holz, was dann auf dem Markt fehlen wird, von woanders herkommt. Alle wollen Holz, gesunde Holzhäuser, erneuerbare Energie und so weiter. Aber wo das nach der Stilllegung herkommt und wie es in den Wäldern ausschaut, aus denen man dann importiert, das will keiner so genau wissen.«

Er lachte kurz auf. »Diese Johansen sagte mir doch glatt, wir sollten uns an China ein Beispiel nehmen. Absolutes Einschlagsverbot seit 1996 wegen einer Hochwasserkatastrophe. Der Import ist um 25 Prozent gestiegen seither, der offizielle, wohlgemerkt. Das Meiste kommt illegal, hauptsächlich aus Russland und Malaysia. Ich soll mir an denen ein Beispiel nehmen, und die importieren aus Ländern, wo der reine Raubbau vor sich geht. Aber Buchen aus nachhaltiger Wirtschaft sollen wir denen nicht verkaufen und dafür selber stilllegen! Das macht doch hinten und vorne keinen Sinn.«

Er schwang seinen Stuhl herum und weckte mit einem Mausklick seinen Computerbildschirm. »Schauen Sie sich mal diese Bilder an.« Er winkte Jo, der seinen Stuhl neben den seinen schob.

Der Erdball erschien und begann sich zu drehen. Und während draußen ein dämmriger Wintertag durch die Wolken schlich, flogen sie mit Google Earth über den Ozean und stürzten nach Nordamerika hinein. »Bundesstaat Washington.« Worschech ritt über Schachbretter verschieden gefärbten Grüns, warf ein gelbes Lineal auf die Erde. »Kahlschlag, 1,7 km Seitenfläche«, raste weiter Richtung Kanada, die verschneiten Berggipfel bildeten Reihen weißer Sterne, dazwischen erschienen unregelmäßige Flecken wie ein Tarnmuster. Erneut stürzten sie hinab, die Flecken wuchsen, es waren Wälder und Kahlflächen dazwischen. Das gelbe Lineal schnitt durch einen braunen Klecks. »Zwei Kilometer langer Kahlschlag, 200 Hektar. Weyerhaeuser Company. Sie mischen das Holz mit Holz aus den FSC-zertifizierten Wäldern in Uruguay und können alles unter FSC-mixed verkaufen.«

»Wie das?«, warf Jo ein, während Worschech schon wieder auf seinem Computer durchstartete. »Die Standards sind individuell von den einzelnen Ländern festgelegt worden. Deutschland hat hohe, andere Länder haben total lasche Standards, je nach Ausgangslage. Inzwischen gibt es eben FSC-mixed, da können sie dann reinpanschen, was sie wollen.«

Die Erde fiel unter ihnen weg und drehte sich nach Norden, die Maus flog nach Süden. »Clinton hat die Staatswälder des Nordwestens praktisch völlig aus der Nutzung genommen«, sagte Worschech. »Ökologische Großtat. Der Holzverbrauch der USA hat weiter zugenommen, nicht mehr ganz so stark, aber er hat. Die Importe aus Kanada sind nur geringfügig gestiegen, das Meiste kommt jetzt aus diesen Plantagen im Süden. Das ist der Bundesstaat Mississippi.« Mit der Maus schob Worschech die Erdoberfläche zurecht und steuerte noch näher auf sie zu. »Sehen Sie? Alles Plantagen, Pinus radiata wahrscheinlich.« Auf dem Bildschirm breiteten sich dunkelgrüne parallele Reihen aus. Worschech fuhr mit der Maus einen hellgrünen Wurm entlang, der die Flächen unterteilte.

»Das sind Laubholzkulissen, die sie an den Gewässern stehen lassen, das Ganze ist nordamerikanische Forstwirtschaft vom Feinsten: Cut ’em, plant ’em, spray ’em to hell. Umschneiden, pflanzen und auf Teufel komm raus begiften. Das ist die Konsequenz.«

Worschech startete eine unsichtbare Rakete, Florida fiel unter ihnen weg, sie erreichten Südamerika, stießen nach Kolumbien hinunter. »Sehen Sie den Krieg der Sterne?«

Jo kniff die Augen zusammen, je näher sie kamen, desto deutlicher wurde es: endlose Heerscharen grüner Sterne, die in Reih und Glied gegen den Wald marschierten. »Palmölplantagen. Das können Sie in Indonesien, Borneo, Sumatra per Internet quasi live beobachten, wie sich diese Pest von den Küsten aus ins Landesinnere frisst.«

Sie überquerten den Pazifik, erreichten Asien, glitten auf Kambodscha zu. »Da war ich im letzten Urlaub, sagte Worschech. »Virachey Nationalpark. Die hatten mal 20 Ranger, solange die Weltbank gezahlt hat. Jetzt sind noch zwei da. Wenn du mit dem Boot rein fährst, weht es dir die Asche von der Brandrodung drauf. Du läufst durch und siehst kaum einen dicken Baum mehr. Dafür hörst du die Motorsägen. Die Leute, die bestechen können, nehmen die dicken Bäume, die Armen die dünneren.«

Er öffnete parallel das Fenster eines anderen Programms. »Global Forest Watch, eine Website der Universität von Maryland, wenn Sie’s interessiert finden Sie das mit jeder Suchmaschine«, kommentierte er. Die Fläche des Nationalparks erschien in leuchtendem Smaragdgrün, das zum Rand und vor allem zum Fluss hin zunehmend von roten Punkten durchlöchert war und zuletzt völlig fadenscheinig wurde.

»Satelliten erfassen mit Laser die Höhe der Vegetation. Wo sie höher ist als fünf Meter, ist das Bild grün, wo innerhalb der letzten Jahre etwas wegkam, ist es rot, wo etwas dazukam, ist es blau, wo schon länger nichts mehr hochwächst, ist es schwarz. Natürlich ist es interpretationsbedürftig: Hat man eine Rodung vor sich, einen Kahlschlag, einen Waldbrand oder was? Sie sehen aber, was da in den Schutzgebieten los ist. Können Sie sich zum Beispiel auf Madagaskar auch anschauen. Vor allem in Südamerika sind manche Schutzgebiete sowieso die reinen Papiertiger, gleichzeitig ausgewiesen als potenzielle Rohstoffressourcen oder sonst was. Ich habe da Probleme, mich für Deutschland zu schämen. Was denken Sie«, er stieß sich unversehens ab, rollte seinen Bürostuhl einen Meter rückwärts und zeigte aus dem so entstandenen Abstand mit einem auffordernden Finger auf Jo, »was denken Sie, wenn Sie ein Bild von einem Laster sehen, der dicke Baumstämme über eine Dreckpiste an einer Kahlfläche vorbeifährt, im Hintergrund, sagen wir mal, ein Streifen Tropenwald oder Taiga?«

Jo wiegte den Kopf. »Na ja. Wald kaputt. Dass es verantwortungslos ist. Und dass man den Wald erhalten und schützen sollte.«

Worschech nickte, seine spärlichen Stirnhaare schienen sich zu sträuben. »Die meisten Leute denken ›Scheiß Forstwirtschaft‹ und ›Schützt den Wald‹. Und ich denke ›Scheiß-Nichtforstwirtschaft‹. Das kommt von Pseudoschutzgebieten, unklaren Landnutzungsrechten und fehlender Erfahrung bei der Forstwirtschaft. Das ist unsere globale Verantwortung: Nicht irgendwo eine Käseglocke drüberzutun, sondern ein Beispiel zu geben, wie man es richtig macht. Wenn mir jemand sagt: Da und dort, der und der Käfer oder der Vogel braucht das und das. Dann lege ich still. Aber einfach so? Nein. Mit dieser Stilllegung ist es wie so oft: Wir holen uns die Rohstoffe woanders, lassen die Probleme dort, wo sie weit schlechter gelöst werden, und malen uns einen Heiligenschein.«

Er rollte seinen Stuhl an den Bildschirm zurück, die Weltkugel drehte sich weiter in den grellen Komplementärfarben der University of Maryland, verlangsamte sich schließlich bei einer tiefschwarzen Landschaft, in der ein riesiger böser roter Fleck prangte. »Irkutsk«, sagte Worschech, »Waldbrände. Das ganze verdammte Kohlendioxid in die Luft geblasen«, beschleunigte wieder, bis das Bild zur Ruhe kam über einer grellgrünen Fläche mit einzelnen roten und blauen Tüpfelchen. »Der Spessart«, sagte Worschech. »Die roten Tupfen sind die Eichen-Verjüngungen. Bei den blauen sind sie wieder über fünf Meter hoch. Eiche geht nur mit viel Licht, sonst wird sie von der Buche gnadenlos niedergewachsen. Es ist eine Investition. Die Saatflächen kosten uns pro Hektar mindestens 10 000 Euro. Und die Johansen stellt sich vor die Kamera und beschuldigt uns, wir seien profitgierig! Dabei würde uns die Buchenverjüngung keinen Cent kosten. Wir wollen die Eiche, die schon seit den Zeiten der Kurfürsten hier angebaut wird, weiter halten mit einem Anteil von 25 Prozent. Wir betrachten das als unsere kulturelle Aufgabe.

Aber schauen Sie sich die Sache an. Der Herr Kroth wird Ihnen die Flächen zeigen.«

Er schloss das Forest-Watch-Programm, und am Bildschirm verblieb der Spessart auf Google in sommerlichem Grün, während vor dem Fenster der Winternebel im Gezweig hing.

Jo kniff die Augen zusammen und inspizierte den Bildschirm. »Kann man auf Google Earth auch die geographische Länge und Breite von einem Punkt sehen?«

»Aber sicher«, sagte Worschech. »Rechts unten. Da schauen Sie.« Er bewegte die Maus ein wenig, und in der unteren Zeile veränderten sich einige Zahlen. »Warum?«

»Ach nur so«, sagte Jo und fügte hinzu: »Das war ein rasanter Ausflug, jetzt muss ich erst hier wieder ankommen.«

»Hier wären wir«, Worschech zog das Bild heran und den Mauszeiger die Autobahn entlang, bis er auf dem Dach des Forsthofes landete, »49 Grad 53 Minuten und 29 Sekunden nördliche Breite und 9 Grad 23 Minuten 43,5 Sekunden östliche Länge.«

»Danke«, sagte Jo, »jetzt bin ich da.« Worschech lachte ein wenig, Jo lächelte so gewinnend er konnte. »Sie haben mir Ihre Meinung zur Stilllegung illustriert. Aber nicht, wie da weiter verfahren wird. Es ist immerhin ein offizieller Beschluss des Bundeskabinetts.«

»Ein Strategiepapier über eine Angelegenheit, die in der Kompetenz der Länder liegt. Bayern hat eine eigene Biodiversitätsstrategie vorgelegt. Und in der heißt es, dass wir schützen und nutzen auf derselben Fläche. Die BaySF hat speziell ein Naturschutzprogramm aufgelegt, wir sind in Vorleistung gegangen sozusagen. In Wäldern mit Buchen über 180 Jahre alt nutzen wir nur vereinzelt Wertholz, wir sammeln Totholz an, lassen Biotopbäume stehen, also solche mit Astanbrüchen, Höhlen und so weiter. Ich habe Ihnen den Folder vorbereitet, Sie können sich ihn in Ruhe anschauen und dann mit Herrn Kroth weiter besprechen.«

»Und der Vorwurf, dass Sie die alten Buchen über 140 heimlich abholzen …«

»Unsinn. Der Anteil alter Buchen steigt. Die Ergebnisse der Inventuren haben Sie auch im Folder. Das Problem ist, dass die von PlanetGuard Nachhaltigkeit nicht kapiert haben oder nicht kapieren wollen. Wenn alte Bäume geschnitten werden, wachsen andere wieder in die Dimension hinein.«

»Warum geben Sie denen dann nicht einfach die Daten und zeigen die Bestände?«

»Denen?« Worschech schaute, als ob Jo gerade etwas Unanständiges gesagt hätte. »Sie sehen ja, was die dann in den hiebsreifen Beständen veranstalten. Abgesehen davon: Die Daten, die die haben wollen, haben wir gar nicht.«

»Nicht? Sie wissen nicht, wo Ihre alten Buchen sind?«

»Nicht in der Form, wie die das wollen. Dann sollen sie halt kartieren, wenn es ihnen Spaß macht. Wir müssten sie nicht dulden.«

»Nicht?«

»Nein. Es ist eine Tätigkeit, die weit über das allgemeine Betretungsrecht des Waldes hinausgeht. In meinen Augen ein kommerzielles Unternehmen. Wir könnten sie rausschmeißen.«

»Würde aber verflucht schlechte Presse machen«, meinte Jo freundlich.

»Sie sagen es.« Worschech grinste freudlos. »Vielleicht wäre es aber jetzt schon egal. Schlimmere Schurken, als wir jetzt sind, können wir gar nicht mehr werden.«

*

»Gegen den Beschuldigten Gerhard Staab,
geb. am 30.4.1971 in Lohr,
wohnhaft: Haselgrundstr. 61, 63860 Rothenbuch,

Staatsangehörigkeit: deutsch,
Beruf: Forstwirt
wird die Untersuchungshaft angeordnet.

Der Beschuldigte ist folgenden Sachverhalts dringend verdächtig:

Der Beschuldigte hat am 11.1.2011 in der Waldabteilung Hainstange, Gemarkung Rothenbuch, Frau Elisabeth von Wildenstein getötet, indem er sie mit einem stumpfen Gegenstand von hinten auf den Kopf schlug.

Hierbei handelte er aus niedrigen Beweggründen.

Dies ist strafbar als Mord gem. § 211 StGB.

Der dringende Tatverdacht ergibt sich aus dem Ergebnis der bisherigen Ermittlungen, insbesondere den Angaben der Zeugen Eric Simon, Claudia Jonas, Bert Lau und den polizeilich gesicherten Spuren im Kofferraum des KFZ des Beschuldigten mit dem Kennzeichen AB–HK-537 sowie den Daten im GPS-Gerät der Getöteten.

Es besteht der Haftgrund der Fluchtgefahr gem. § 112 Abs.2 Nr. 2 StPO, da bei Würdigung der Umstände die Gefahr besteht, dass der Beschuldigte sich dem Strafverfahren entziehen werde. Der Beschuldigte hat im Falle einer Verurteilung mit einer empfindlichen Freiheitsstrafe zur rechnen, die nicht mehr zur Bewährung ausgesetzt werden kann.

Es besteht zusätzlich der Haftgrund gem. § 112 Abs. 3 StPO.

Auch bei Berücksichtigung des Grundsatzes der Verhältnismäßigkeit (§ 112 Abs.1 Satz 2 StPO) ist die Anordnung der Untersuchungshaft geboten. Eine andere weniger einschneidende Maßnahme verspricht keinen Erfolg (§ 116 StPO).«

Die Ermittlungsrichterin beendete die Verlesung. Sie blickte auf, und alle ihre Zimmerpflanzen, die hinter ihr auf dem Sims standen, blickten ebenfalls auf. Besonders eine Orchidee schien ihre weit geöffnete fette Blüte in Gerhards Richtung zu wenden wie das Stielauge eines Aliens.

»Haben Sie dazu eine Erklärung abzugeben?«

Es war absolut sinnlos, dazu eine Erklärung abzugeben. Während sie eine halbe Stunde gewartet hatten, war der Staatsanwalt schon bei der Richterin gewesen und hatte sie präpariert. Man konnte sich nur unnötig verplappern.

»Mein Mandant hat keine Erklärung abzugeben.«

»I war's net!« platzte Gerhard heraus. »Ich hab doch bloß die toudi Fraa in de Fluss gschmisse, weil se daa gleche hat, wo ich mei Axt vergesse habb!«

»Sie haben nicht nur Ihre Axt vergessen, sondern obendrein, was Sie mit der Axt gemacht haben«, bemerkte der Staatsanwalt und lächelte. Staatsanwalt Maier war ein kleiner Mann, und wie viele kleine Männer von einer gewissen Unerbittlichkeit. Er hatte eine Art zu lächeln, die seine Mundwinkel parallel zum Haaransatz in Richtung seiner Geheimratsecken zog, was ihm ein etwas mephistophelisches Aussehen verlieh.

Sebastian war vor Verlegenheit und Wut rot angelaufen. Was war in Gerhard gefahren? Jetzt war schon mal klar, dass Axt und Leiche an ein und demselben Ort gewesen waren. Er hätte den Kerl treten können, aber er war zu weit weg, saß flankiert von zwei Polizisten auf dem Plastikstuhl an der Wand.

»Ich habb noch nie jemand mit aaner Axt gschlache!« rief Gerhard, »hab ich doch gar net nötich!« Er hob seine breiten, schwieligen Hände. Es wäre besser gewesen, wenn er nicht beantragt hätte, diesem Idioten die Handschellen abzunehmen, dachte Sebastian.

»Soso«, sagte der Staatsanwalt und beugte sich vor, »haben Sie nicht nötig. Sie schlagen normalerweise ohne Axt zu. Besonders bei Frauen.« Er trug den zufriedenen Ausdruck eines Katers, der eine orientierungslose Maus zum Spielen bekam.

Jetzt lief auch Gerhard rot an. Er holte Luft, um zu schreien, aber Sebastian war schneller: »Noch ein Wort, Gerhard«, brüllte er, »noch ein Wort und du kannst dir einen anderen Anwalt suchen!«

Sie starrten einander an. Als aber der Staatsanwalt zischte: »Sie können Ihren Mandanten nicht zum Schweigen nötigen!«, schien Gerhard seinen Fehler zu begreifen, und die Wut in seinem Gesicht wich einer hilflosen Verwirrung. Sebastian lächelte den Staatsanwalt an: »Entschuldigen Sie. In Anbetracht seines Gemütszustandes wollte ich nur verhindern, dass er Sie beleidigt. Das wäre doch ein unwürdiges Schauspiel geworden.« Er wandte sich wieder Gerhard zu: »Möchtest du noch was sagen?«, fragte er zuckersüß. Gerhard schüttelte stumm den Kopf. Dann blickte Sebastian zur Ermittlungsrichterin: »Mein Mandant hat keine weiteren Erklärungen abzugeben.«

*

»Ich hab schon gefürchtet, der Maier rückt mir die Haftakte nicht mehr raus«, sagte Sebastian. »Hat er aber doch.« Er saß in der Kanzlei. Sein Chef rührte in einer Tasse Kaffee, wahrscheinlich die zehnte an diesem Tag. Wie er so in seinem Stuhl hockte mit seinem faltigen

Gesicht, das ohne Hals direkt auf seinen Schultern aufsaß, und seinem breiten Mund, erinnerte er Sebastian stets an eine alte Kröte. »Der Maier ist großzügig, weil er seiner Sache sicher ist«, kommentierte Baumann. »Er meint wohl, Sie können ohnehin nichts ausrichten.«

Sebastian seufzte. »Wenn mein Onkel so weitermacht, sowieso nicht. Wieso fängt er an zu quatschen, wenn ich ihm doch ausdrücklich gesagt habe, dass er den Mund halten soll? Ich überlege mir wirklich, ob ich das Mandat niederlege.«

Sie hatten die ganze Routine hinter sich gebracht, die Richterin hatte das Aufnahmeersuchen an die Justizvollzugsanstalt ausgefüllt, sie hatte Gerhard gefragt, ob er vorhätte, sich umzubringen, ob er Aids, Hepatitis oder gleichgeschlechtliche Neigungen habe, die Polizisten hatten Gerhard die Handschellen wieder angelegt und hatten ihn abtransportiert. Und Sebastian war ihm hinterhergefahren, hatte im Anwaltszimmer mit ihm die Liste erstellt von den Leuten, die ihn besuchen durften, und die Liste von Dingen, die er jetzt in der Haft brauchte. Aber auf seine Frage, warum er zum Geier den Mund nicht gehalten hatte, hatte ihm Gerhard keine Antwort gegeben.

»Wieso er quatscht?« Der Kanzleichef schaute mit einem unendlich abgeklärten Krötenblick über seine Kaffeetasse. »Weil sie ihn auf der Fahrt zur Ermittlungsrichterin bearbeitet haben. Supernette Polizisten. Sie sagen ihm, dass er rauskommt, wenn er alles erzählt, und dass er sich eher auf sein Gefühl verlassen soll als auf den jungen Spund von Anwalt, der sich nur wichtigmacht. Und jetzt schämt er sich und erzählt es Ihnen nicht, weil er meint, dass Sie dann noch saurer werden.«

Fast war jetzt Sebastian an der Reihe, sich zu schämen. Bullentricks. Er hätte es gleich wissen müssen, stattdessen war er persönlich beleidigt gewesen.

»Das heißt«, sagte er, »dass ich meinen Mandanten nicht ausreichend vorbereitet habe. Ich hätte ihn warnen müssen.«

Der Kanzleichef nickte, wobei sich seine Halsfalten kräuselten. »Aber machen Sie sich keine Sorgen deswegen. Es würde mich wundern, wenn er da mehr verraten hätte, als in der Haftakte ohnehin drinsteht.«

Die Haftakte, ein halbes Pfund Schicksal, das Sebastian in seiner Aktentasche trug. Er verzog sich an seinen Schreibtisch und begann zu lesen.

*

Birgit und Jo fuhren nach Norden. Am Straßenrand schmolzen sich alte Stauden und Gräser ihren Weg aus dem Schnee und krakelten ihre dürre Existenz in das alte Weiß. Der Wald wurde düsterer, Fichten und Kiefern rotteten sich zusammen, um die nun zaghaft scheinende Wintersonne zu schlucken. Glashüttenspessart.

Virchow saß auf dem Rücksitz. Er hatte seinen Zylinderhut neben sich gelegt und seinen Gehrock um die Beine gefaltet. »Eine äußerst comfortable Art zu reisen«, bemerkte er, während er interessiert aus dem Fenster schaute. »Überhaupt nicht zu vergleichen mit meiner Excursion. Was wir hier sehen«, fuhr er fort, »ist wohl die Folge ungeregelter Nutzung des Waldes durch die Glashütten, die zu meiner Zeit noch im Betriebe waren. Zu meiner Zeit war die Forstparthie noch dabei, das daraus resultierende heillose Gestrüpp durch systematische Aufforstung zu meliorieren, wobei sie sich genöthigt sahen, auf Coniferen zurückzu-

greifen. Herr äh …« Virchow zögerte, weil ein Mann in dieser Stellung zu seiner Zeit einen Titel gehabt hatte, »Oberforstgeheimrat Worschech würde sagen, das sei die Folge von vorhergehender Nicht-Forstwirthschaft.«

»Alle Fichten eine Folge von Nicht-Forstwirtschaft? Mit der Behauptung würde er kaum durchkommen, der Geheimförster«, meinte Jo.

Virchow hüstelte ein vornehmes Lachen. »Nichtsdestotrotz«, meinte er dann, »seine Argumente sind durchaus erwägenswert. Wir sollten da unser Urtheil nicht durch Voreingenommenheit trüben lassen.«

»Wenn du ein Mineralwasser magst«, unterbrach Birgit Jos Träumereien, »es ist da im Fußraum.«

»Ja schon.« Jo kramte unter seinen Beinen.

»Ich bin neugierig«, sagte Birgit, »ob der Herr Schönborn was mit dem Rätsel anfangen kann. Mit der Theorie von Elisabeth jedenfalls hatte er weniger als nichts am Hut. Er schien sie im Gegenteil nicht zu mögen.«

»Was stört ihn denn daran so?«

»Weiß nicht. Vielleicht geht sie einfach zu weit. Sie sagt, indem der Geist spielerisch Welten entwirft, zeigt er, wie er die wirkliche erschafft. Wenn man nur die Symbole der Märchen richtig liest, könne man direkt beobachten, wie Geist und Körper sich gegenseitig bedingen und verknüpfen.«

»Vielleicht sind sich die Märchenforscher untereinander genauso grün wie die Psychologen«, meinte Jo ironisch.

»Sehr wahrscheinlich. Seit die Märcheninterpretation die Spielwiese der Psychologen geworden ist, scheiden sich auch da die Geister. Schneewittchen zum Beispiel. Für die Jünger von Sigmund Freud ist das ziemlich einfach: Mutter narzisstisch gestört, wird rasend aggressiv, wenn die eigene Großartigkeit infrage gestellt wird, Ödipus- bzw. Elektrakonflikt mit Tochter um die Gunst des Vaters, die taumelt in den Wald der Pubertät, da ist der Jäger, der ihr zum ersten Mal seinen Säbel zeigt ...«

Jo verschluckte sich am Mineralwasser und hustete erbärmlich.

»Nana«, meinte Birgit, »wer wird denn gleich die freiwillige Selbstbestrafung antreten beim Blick auf das Tabu ...«

»Aufhören!«, keuchte Jo.

»Na gut. Also dann Schneewittchen nach Carl Gustav Jung: Nach ihm stellen Märchen einen Umwandlungsprozess innerhalb des Menschen dar. Die Königin, die im Winter am Fenster sitzt, ist eine alte Gefühlseinstellung, die dem Tod entgegengeht. Das Ganze ist ein Todes- und Wiedergeburtsgeschehen. Vorübergehend siegt die dunkle Mutter, die ihre Kinder frisst, Herz und Leber Schneewittchens fordert; es siegen Eifersucht und Neid. Die Wiedergeburt geschieht durch ein Schockerlebnis, wenn der Glassarg der Erstarrung zerbricht.«

In dem Moment durchstieß die Straße den Waldrand, und unter ihnen breitete sich die Landschaft im kalten Gold der tief stehenden Sonne bis in die dunstige Ferne. »Meine Güte«, sagte Jo andächtig. Im Westen und Osten drängte sich die Heerschar der Bäume bis an den Rand des Hochlandes, stand ihre Schlachtreihe Speer an Speer auf dem sandigen Fels und blickte hinab auf die Ortschaften, in denen die Quellen des Waldes ihren Ausgang durch das Gestein fanden. Bad Orb lag da und weiter im Nordwesten sahen sie Steinau an der Straße.

Als Birgit und Jo durch das Stadttor gingen, war die Sonne schon am Untergehen. Sie wanderten über das

Kopfsteinpflaster bis zum Stadtplatz, wo das Abendlicht den Verputz der Fachwerkhäuser aufleuchten und die Steine des Schlosses erröten ließ. Eine Brücke führte über den Burggraben in den Torbogen und in den Schlosshof. Davor erhob sich die Säule eines Brunnens. Stumm saß eine bronzene Jungfrau auf seinem Rand und wartete auf den Frühling und das Plätschern des Wassers. Birgit sagte nur ein Wort: »Drum.« Jo wusste, was sie meinte: Die Brüder Grimm hatten hier ihre Kindheit verbracht. Und es war alles da: das Schloss, die Straße, die die Wanderer in die Ferne führte, und der riesige Wald, der sie erwartete.

Die Dämmerung brach herein. Sie fanden die Wohnung von Herrn Schönborn in einer Seitengasse. Er empfing sie am Fuß einer knarzigen Stiege, und sie tappten hinauf in sein Arbeitszimmerchen. Drei Gläser waren bereitgestellt und eine Flasche Bocksbeutel, es sah recht traulich aus unter der Stehlampe, rings standen im Halbdunkel Vitrinen voller Bücher. Schönborn selbst war ein hochgewachsener Mann, der sich leicht vornübergebeugt bewegte, als ob er sich so dauerhaft an die Enge seines Hauses angepasst hätte. Seinen dichten grauen Vollbart trug er kurz gestutzt, seine Augen schauten hell hinter den Brillengläsern.

»Um es gleich klar zu machen«, sagte er, nachdem er Jo ein Glas Wasser besorgt hatte und alle sich niedergelassen hatten, »um es gleich klar zu machen, ich halte nicht viel von Analysen. Märchen wirken durch sich selbst. Es bedarf keiner Erläuterungen. Für jeden Menschen bedeuten sie etwas anderes, und jede dieser Bedeutungen ist gültig. Ich konzentriere mich auf das lebendige Erzählen.«

»Sie lernen die Märchen auswendig?«

Schönborn nickte. »Ich verstehe mich als Märchenerzähler. Die Geschichten in den Gehirnen, die sind etwas anderes als die auf Festplatten. Sie leben in den Menschen, so wie das Manasepos der Kirgisen oder die Sagas der Isländer. Analysen aber sind eine tote Angelegenheit.«

»Ach, sie sind im Grunde nur eine andere Art, das Märchen zu erzählen, und nach meiner Erfahrung durchaus wirksam«, meinte Birgit.

»Im psychologischen Einzelfall«, gab Schönborn höflich zu.

»Die Arbeit von Elisabeth von Wildenstein war aber nun gar nicht psychologisch«, schnitt Birgit das nächste Thema an.

Schönborn zog die Augenbrauen zusammen: »... sondern strukturalistisch. Ich weiß. Was soll das? Schon Jahrzehnte vor Lévi-Strauss hat Vladimir Propp funktionale Analysen angestellt. Was ist der Menschheit mit diesem staubtrockenen Zeug gedient?« Er bemerkte Jos ratlose Miene. »Vladimir Propp, Professor für Folkloristik in Leningrad, hat 1928 ›Die Morphologie der Märchen‹ veröffentlicht, eine Analyse von 100 russischen Zaubermärchen. Die hat er in Narrateme zerlegt, und daraus hat er 31 Funktionen abgeleitet und irgendwelche Aktanten festgelegt, er wurde berühmt damit, aber ich kann das Zeug nicht lesen. Es kommt mir immer vor wie die Leute, die früher Leichen obduziert haben, um den Sitz der Seele zu finden. Sie finden sie nie, und es gibt sie doch.«

»Weil sie ein Prozess ist, der stattfindet wie Musik. Man kann die Geige zerlegen, aber wird die Musik nicht finden«, sagte Birgit.

Schönborn lächelte und ergriff sein Glas. »Danke. Genau das. Märchen sind auch Musik. Stoßen wir darauf an.« Das Licht der Lampe brach sich im Wein, und die Reflexe tanzten über die Buchrücken. Sie tranken, und Jo fragte sich, ob sie nun endlich mal das Rätsel aufs Tapet bringen sollten. Aber Birgit hatte noch etwas zu klären: »Ich muss aber sagen«, nahm sie das Gespräch wieder auf, »dass mir der Märchenglobus der Frau von Wildenstein gar nicht trocken oder tot vorkommt. Er ist ja eigentlich das Bild einer Bewegung, er entsteht, weil sich die Märchenfiguren bewegen, eben weil die Musik spielt.«

Schönborn schwieg. Ein Schatten hatte sich über sein Gesicht gelegt. »Und«, sagte er schließlich, »wenn sie recht hat, was dann?« Er stellte das Weinglas hart auf den Tisch. »Was dann? Was, wenn es ihr gelungen ist, den Raum der Seele zu kartieren und der Welt, die sie erschafft, was dann?«

Birgit schaute ratlos, aber Jo verstand ihn: »Macht«, sagte er. »Karten sind ein Instrument der Macht. Die Staatsforsten rücken die Karten vom Spessart nicht heraus, PlanetGuard kartiert selbst. Es geht ihnen um die Macht über die Wälder. Und Sie fürchten nun, dass dieser Märchenglobus ein Instrument der Macht über die Seelen werden könnte.« Schönborn nickte langsam und schwermütig, das Dunkel um den Lichtkreis der Lampe schien noch dunkler zu werden, ein Windstoß fuhr draußen durch die Gasse, sie schwiegen alle drei. In ihren Köpfen rauschten Fahnen und dröhnte Marschmusik, rekelten sich halb nackte Frauen auf der Kühlerhaube schneller Automobile, prügelten sich Menschen vor einem Laden, der das neueste Smartphone auf den Markt warf.

»Nein«, sagte Birgit plötzlich. »Nein, ich glaube nicht, dass diese Karte an sich gefährlich ist. Wenn diese Karte stimmt, dann haben wir sie ohnehin in uns. Und wir Menschen benutzen sie instinktiv, zu guten oder bösen Zwecken.« Sie richtete sich auf und tastete nach ihrer Handtasche. »Wie dem auch sei, Elisabeth ist tot, und ihr Erbe ist ein Rätsel, das wir bislang nicht lösen konnten.«

Schönborn hatte sich zurückgelehnt, und seine Brillengläser schimmerten schwach aus dem Schatten des Lampenschirms. »Welches Erbe meinen Sie? Den Märchenglobus oder das Versteck des Waldherzens?«

Birgit erstarrte. »Woher wissen Sie vom Waldherz? Ich habe Ihnen doch nur etwas von einem Geocache erzählt!«

Der alte Herr lächelte. »In Bad Orb wohnt ein Edelsteinsammler. Er hat auf der Jagd nach Kristallen den halben Erdkreis bereist und sich schließlich wieder in seiner Heimat niedergelassen. Da ich auch ein Sammler bin, von Märchen eben, verstehen wir uns ganz gut. Er hätte das Waldherz schon lange gerne erworben, aber als Familienerbe stand es nicht zum Verkauf. Vor drei Wochen ungefähr haben wir uns zufällig in der Therme von Orb getroffen und er erzählte mir von der verrückten Wildensteinerin, und dass sie ihm gesagt hatte, jetzt sei seine Chance gekommen, ganz ohne Geld das Herz zu erobern.«

»Heiliges Kanonenrohr«, sagte Jo, »das war aber verflucht unvorsichtig von ihr.«

Birgit seufzte: »Elisabeth hielt den Märchenglobus für eine Art Auftrag, den sie hatte. Und Leute mit Sendungsbewusstsein halten sich manchmal für unverletzlich.«

»Von der göttlichen Vorsehung behütet«, sagte Schönborn. »War aber offensichtlich ein tödlicher Irrtum. Wissen Sie, wegen des Waldherzens würde ich Ihnen nicht unbedingt helfen wollen. Das liegt im Wald ganz gut. Aber wenn es darum geht, wie Sie am Telefon sagten, einen möglicherweise Unschuldigen vor dem Gefängnis zu bewahren, dann betrachte ich es als meine Pflicht.«

Birgit hatte inzwischen das Rätsel aus der Tasche geholt und reichte es ihm. »Das ist der Text. Der Hauptteil besteht aus sechs Märchen der Brüder Grimm, die wir alle identifizieren konnten, dazwischen ein Satz aus Tausendundeine Nacht, offensichtlich, um den östlichen Längengrad zu markieren. Aber aus den sechs Märchen sechs Zahlen für die geographischen Grade, Minuten und Sekunden abzuleiten, daran sind wir gescheitert.«

Schönborn beugte sich vor und studierte das Papier unter der Lampe. Seine Lippen kräuselten sich. »Das könnte sehr einfach sein. Der Anfang stammt aus ›Die sechs Schwäne‹, nicht wahr?« Er stand auf, öffnete eine Vitrine und holte ein kleines dickes Buch heraus. »Das ist die vollständige Ausgabe der Kinder- und Hausmärchen letzter Hand von 1857. Ich nehme an, dass Frau von Wildenstein auch mit der gearbeitet hat.« Er setzte sich wieder und schlug das Buch auf. »Es sind 200 Märchen, und sie sind durchnummeriert. Jedes Märchen hat also seine sogenannte KHM-Nummer, auf die sich die Märchenforscher auch beziehen, wenn sie über Grimm'sche Märchen reden. Die sechs Schwäne wäre KHM-Nummer 49. Ist das eine plausible Zahl?«

»Und wie!«, sagte Jo. »Der 50. Breitengrad läuft durch den Spessart.«

Der Rest war ein Kinderspiel: Die Märchen 49, 55 und 193 fügten sich zu 49° 55' 19,3'' nördlicher Breite. Die KHM-Nummern 9, 25 und 65 ergaben 9° 25' 6,5'' östlicher Länge.

Was den zweiten Teil bzw. den Zusatz des Rätsels anlangte, waren sie sich nicht sicher: *Hast du den Ort gefunden, so nimm von den Größten eins hinweg, Minuten spar erst 33 und füg dann 3 hinzu; für die Kleinsten aber gilt: »Vater, ich soll und muss in die Welt hinaus.« »Ach, lass es doch, mein Sohn.«*

Es könnte also heißen 49-1=48° und 9-1=8°, dann für die Minuten 55-33=22' und 25+3=28'. Das letzte stammte aus dem Märchen von Daumerlings Wanderschaft, also KHM-Nummer 45. War nun 45'' sowohl für Breitengrad als auch für den Längengrad die richtige Angabe?

»›Ach, lass es doch, mein Sohn.‹ Heißt das, lieber gar keine Sekunden, also 0''? Oder, dass man nicht an diesen Ort hingehen soll? Das wäre mir lieb, der 48. Breitengrad ist ja auch ein ganzes Stück weit weg.« Jo kratzte sich am Kopf und langte gedankenverloren nach Birgits Weinglas.

»Aber warum hat sie das dann überhaupt hingeschrieben?«, sagte Birgit und zog gleichzeitig ihr Glas weg. »Du chauffierst.«

»Jaja«, murmelte Jo und griff zum Wasser. »Irgendwas wird's schon heißen«, sprach er weiter. »Erst mal müssen wir zum ersten Punkt laufen, vielleicht erklärt sich dann wieder was. Jedenfalls vielen Dank, Herr Schönborn.«

»Es war mir ein Vergnügen«, sagte der.

Sie tranken sich zum letzten Mal zu, tappten vorsichtig die Stiege hinunter, knöpften sich in ihre Mäntel und standen nach einigen Abschiedsworten wieder in der Gasse, die nun dunkel und windig war. Über ihren Köpfen leuchtete das Fenster der Stube, die sie verlassen hatten. Der Schatten des Märchenerzählers wanderte darüber, und die Vorhänge wurden zugezogen.

*

Der Chef und die Sekretärin waren schon gegangen. Sebastian las auch schon längst nicht mehr in der Haftakte, sondern starrte die gegenüberliegende Wand an. Warum hatte der Arbeitskollege so knallhart gegen Gerhard ausgesagt? Gut, er hatte nichts gesehen, aber die Polizei auf Gerhards Spur gebracht, das hatte er.

Es war an einem Dienstag gewesen. Am Tag zuvor hatte PlanetGuard die Fällungen in den Abteilungen Hainstange und Weinweg behindert. Als sie dort am anderen Tag wieder die Arbeit aufnehmen wollten, war der Revierleiter in aller Frühe aufgetaucht und hatte die Mannschaft in einen anderen Bestand verlegt, weil er befürchtete, dass die Störaktionen weitergehen könnten. In der Eile hatte Gerhard seine Axt vergessen. Er hatte sie den Rest des Vormittags nicht gebraucht und ausschließlich mit der Motorsäge gearbeitet. In der Mittagspause war er zurückgefahren, um sie zu holen. Dann hatte er seinen Kollegen Simon am Handy angerufen und gesagt, es gehe ihm schlecht, er müsse nach Hause. Simon sagte, das wäre ihm schon sehr komisch vorgekommen, denn vorher sei dem gar nicht schlecht gewesen.

Das war die Steilvorlage für die Kripo: ein Waldarbeiter allein ohne Kollegen, eine am Fundort der Leiche vergessene Axt und eine seltsame Krankmeldung. Dann hatten sie Gerhards Auto sehen wollen. Und die Spuren im Laderaum waren eindeutig, da gab es nichts zu rütteln. Gerhard hatte ihn nachher sauber gemacht, aber bei der heutigen Kriminaltechnik hätte er schon mit dem Dampfstrahler über den verkratzten Boden gehen müssen, damit sie nichts fanden.

Die mögliche Tatwaffe war natürlich die Axt. Etwas anderes hatte die Spurensicherung nicht gefunden, obwohl sie fast jedes Blatt in dem Bestand umgedreht hatte. Gerhard hatte die Leiche in sein Auto gehievt, eine

Plane darübergelegt und sich die Zeit zu Hause damit vertrieben, seine Axt zu schleifen und den Stiel zu erneuern, bis die Nacht hereingebrochen war. Er hatte Sebastian erzählt, er habe kein Blut dran gesehen, aber dennoch könnte ein anderer die Axt benutzt haben, um sie der Frau über den Kopf zu hauen. Bis um Mitternacht hatte er sich einige Biere zur Beruhigung seiner Nerven hinter die Binde gegossen, konnte aber als geübter Alkoholiker das Auto noch bis nach Lohr und unter die Brücke kutschieren.

Ein Fluss war ein denkbar schlechter Ort, um eine Leiche zu entsorgen. Wenn sie nicht irgendwie einbetoniert war, spuckte er sie fast grundsätzlich wieder aus. Aber das war Gerhard wohl egal gewesen, Hauptsache, sie war weit weg von jenem Waldstück, in der sie und seine Axt gelegen hatten.

Er ahnte nicht, dass das Schicksal schon lauerte, um ihm die Verfolger auf die Fersen zu hetzen. Das Werkzeug der Nemesis war etwa elf Zentimeter groß und lag als GPS-Gerät in der Tasche von Elisabeths Anorak. Und dieses Gerät war wasserdicht. Die Batterien waren leer gewesen, als der Bagger Elisabeths Überreste vom Rechen des Kraftwerks klaubte, aber die Funktionen des Geräts waren intakt. Der letzte geographische Punkt war am Tag von Elisabeths Verschwinden gespeichert worden und lag in der Abteilung Hainstange. Die Navigation dorthin war eingeschaltet. Es erschien unheimlich, als hätte sie ein Rendezvous mit ihrem Tod gehabt. Das war die direkte Spur, und die Kripo hatte angefangen, das Waldstück und die Waldarbeiter durch die Mangel zu drehen. Sie fand Blutspuren an jenem letzten GPS-Punkt und ein Stück weiter ihre blutige Mütze, und sie fand Simon, den Verräter. Sie hatte auch PlanetGuard-Aktivisten aufgetrieben, die Gerhard am Wochenende zuvor in der Wirtschaft angepöbelt hatte. Damit war auch das Motiv aktenkundig.

Das Netz hatte sich zugezogen. Wo war das Loch?

Es war klar, dass es einen Indizienprozess ohne Geständnis und ohne Augenzeugen geben würde. Die Tatwaffe war eine Vermutung, es war ein Schlag mit einem stumpfen Gegenstand, also allenfalls der stumpfen Seite der Axt, aber das Motiv lag auf der Hand. Es bräuchte schon einen anderen Angeklagten als Gerhard, um den Kopf aus der Schlinge zu ziehen. Mit den Vorstrafen wegen Wirtshausprügeleien und der gescheiterten Anzeige wegen Körperverletzung seiner Gattin passte er nur allzu gut ins Bild. Totschlag im Affekt wäre noch eine Option. Aber laut Rechtsmedizin war der Schlag von hinten geführt worden. Also Heimtücke und damit Mord.

Wo war das Loch im Netz?

Das Loch war das, was fehlte. Elisabeth war unterwegs gewesen, um einen Cache zu legen, das Waldherz selbst oder einen Hinweis darauf. Sie hatte an ihrem Todestag einen letzten Punkt im GPS-Gerät gespeichert, und an diesem Punkt war der Cache nicht. Sebastian wollte natürlich noch selbst nachschauen, aber wenn die Spurensicherung nichts gefunden hatte, fand wahrscheinlich auch ein Bluthund nichts mehr. Und auch Gerhard hatte den Cache nicht, da war sich Sebastian ziemlich sicher. Er hatte ja weder den Nerv noch die kriminelle Energie gehabt, die Taschen der Toten zu durchsuchen, sonst hätte er das GPS-Gerät entfernt, soviel Grips hätte er wohl noch aufgebracht. Wo also war der Cache?

Und damit kam er zurück auf die Wegpunkte und Routen, die im GPS-Gerät gespeichert waren. In der Akte lag eine Liste mit den geographischen Daten sowie Tag und Uhrzeit, an denen sie angelegt worden waren. Es war für die Kripo naheliegend gewesen, zuerst den jüngsten Punkt anzusteuern, den Elisabeth am Tag ihres Verschwindens eingespeichert und zu dem sie navigiert hatte. Und dort hatten die Sherriffs ja alles gefunden, was sie brauchten.

Sebastian hatte als Geocacher ein Kartenprogramm auf dem Laptop installiert und markierte die übrigen Punkte. Die meisten waren in Fußentfernung von Wildenstein und älteren Datums. Elisabeth hatte geübt, mit dem Gerät umzugehen, das wusste Sebastian. Es dürfte ihr aber als Taxifahrerin, vertraut mit einem Navi, weiter nicht schwergefallen sein. Später hatte sie dann Routen angelegt, die von Wegpunkt zu Wegpunkt führten. Sie lagen im tieferen Spessart: zum Hasenstabkreuz, das den Ort bezeichnete, an dem der berühmteste Wilderer des Spessart durch die Kugel eines Jägers sein Leben lassen musste, und etwas weiter zur Laudensack-Säule, wo der Wildererkrieg einen jungen Förster erwischt hatte. Eine Route zum Niklaskreuz, eine zu der riesigen Eiche, die am Eingang zum Naturwaldreservat Rohrberg imposant zerbröselte, eine Richtung Geierkopf, Elisabeth hatte sie unter dem Namen ›Geierquelle‹ abgespeichert. Die jüngste Route hieß ›Ende‹, und Elisabeth hatte sie am Tag vor ihrem Tod angelegt. Hieß das, dass dort die Suche nach dem Waldherz endete? Es war makaber, welchen Sinn dieser Name nun bekommen hatte. Die Route begann an dem Parkplatz, an dem ihr Auto gefunden wurde. Die B26 wand sich dort am Hang einer Bachschlucht, dem Miesgrund, über endlose Kurven in den Spessart hoch. Vom Parkplatz aus konnte man nach unten in die Schlucht und den Bach entlang gehen. B26 und Wanderweg trafen sich wieder oben an den sogenannten Siebenwegen. An dieser uralten Kreuzung, an der sich sieben Wege trafen, lag auch der Bestand, in dem Elisabeths Leiche gelegen hatte. Doch die eingespeicherte Route ›Ende‹ endete nicht dort, sondern an einem Wegpunkt namens ›Pavillon‹ unten im Miesgrund.

Das war das zweite Loch im Netz. Das Auto war am Todestag an dem Parkplatz abgestellt worden. Elisabeth hatte die Route am Tag vorher schon am Computer oder mit der Karte geplant und im Gerät gespeichert. Und hatte dann am Tag ihres Verschwindens, etwa um 9:30 Uhr, einen neuen Wegpunkt an den Siebenwegen eingegeben, der vorher nicht Teil der Route gewesen war. Was war passiert? Hatte sie jemand ins Verderben gelockt?

Eines war klar: Sebastian musste in den Miesgrund, an den Endpunkt der letzten Route. Er schob die Papiere zusammen, schloss den Aktendeckel und wippte die Rückenlehne seines Bürostuhls zurück, um sich dann mit Anlauf heraus zu schnellen. Draußen zwinkerten die Lichter von Würzburg, eine Pizza wäre jetzt nicht schlecht.

Er hatte die Quattro Stagione und sein Glas Wein schon vor sich, als sein Mobiltelefon klingelte. Es war von Wildenstein: »Sebastian? Murmanns haben das Rätsel geknackt. Wir haben den Punkt.« Er gab die Koordinaten durch. Es war nicht der im Miesgrund, es war die Geierquelle. Sie verabredeten sich für den morgigen Nachmittag.

Mit dem Wein stieg Sebastian das Jagdfieber zu Kopf, es wärmte ihn auch noch, als er aus der Wirtschaft in die Dunkelheit hinaus trat. Er lief über die alte Mainbrücke, flankiert von den großen Bischofsstatuen, die sich über den Pfeilern erhoben; die steinernen Falten ihrer Gewänder schienen im Nachtwind zu rauschen. Im Sommer war Sebastian hier zwischen plaudernden Menschen gestanden, während die Sonne den Wein in ihren Gläsern leuchten ließ. Jetzt war es einsam und kalt. Der Main zog finster und schweigsam nach Norden der großen Spessart-Schleife entgegen. Sebastian trat an die Brüstung und blickte hinunter auf die eisigen Wasser, die sich dunkel schimmernd dahinwälzten. Und plötzlich sah er wieder die Fotos aus der Akte vor sich, die Leiche Elisabeths, die der Fluss mit sich getragen hatte. Auf einmal fror ihn.

DER EHERNE HIRSCH

Elisabeth von Wildensteins Foto hing am Zaun des Camps, darunter standen erfrorene Blumen. Die Stimmung im Camp war ernst. »Das hat die jungen Leute schon mitgenommen«, sagte Frau Wenzel. »Einige sind abgereist, aber andere sind gerade mit Fleiß gekommen, nach dem Motto: Jetzt erst recht. Es ist ohnehin immer eine ziemliche Fluktuation hier. Die meisten nehmen sich so eine oder zwei Wochen Urlaub dafür. Mögen Sie Zucker in den Tee?« Sie war dabei, eine Thermoskanne zu füllen.

»Ja bitte.« Jo schaute ihr mit gemischten Gefühlen zu: Das sah nach einem längeren Marsch aus.

Marion sah sich neugierig um: »Ich würde mal gern im Camp fotografieren, wenn die Aktivisten da sind.«

»Da kommen Sie am besten abends«, meinte Frau Wenzel. »Und die Campleiterin muss einverstanden sein. Aber ich denke schon, dass die Valerie ihr Okay gibt.«

Jos Befürchtung bestätigte sich: Frau Wenzel hatte einen unglaublichen Tritt am Leib. Sie stach die Forstwege entlang, dass er kaum Schritt halten konnte. Klein und drahtig gab sie den Prototyp einer energischen Lehrerin ab, die sie vor ihrer Pensionierung auch gewesen war. Marion hatte kein Problem damit, bewegte sich im Einsatz trotz ihrer schweren Ausrüstung wie stets sehr zügig und schweigsam, aber Jo musste die alte Dame nach ein paar Hundert Metern um Gnade bitten. »Rennen die jungen Aktivisten auch alle so schnell?«, fragte er.

Frau Wenzel lachte: »Oh nein. Die wundern sich manchmal über das Tempo einer alten Frau. Ha!« In der Erinnerung schien es ihr erneut unglaublich: »Als ob man ab 65 im Rollstuhl daherkäme. Der Leo, dem ist schier die Klappe heruntergefallen, als er mich zum ersten Mal gesehen hat. Graue Haare im Camp, das scheint der nicht gewohnt. Aber ich bin mit ihm noch am selben Tag raus, und seither hat er Respekt vor mir.«

»Sie machen diese Naturschutzarbeit hier schon lange?«

»Natürlich. Ich bin Biologie-Lehrerin gewesen. Aber so richtig aktiv bin ich erst nach der Forstreform geworden. Da dachte ich, den Kerlen muss man jetzt auf die Finger sehen. Und leider habe ich recht behalten. Immer wieder haben sie Biotopbäume gefällt, Bäume mit Spechtlöchern, mit Mulmhöhlen, und immer wieder haben sie Bäume älter als 180 Jahre eingeschlagen. Das Naturschutzkonzept, das sie haben, sie halten sich nicht dran. Dieser Worschech hat es abgestritten, der hat einfach gelogen, aber ich habe Fotos gemacht, da gibt es nichts zu rütteln. Die Forstverwaltung, die hier die Kontrolle ausüben soll, unternimmt auch nichts. Irgendwann habe ich dann angefangen, diese Sachen ins Internet zu stellen, anders war denen nicht beizukommen. Ich schreibe ja nie die Namen der Förster dazu, immer nur die Waldabteilung.«

»Und dann ist PlanetGuard aufmerksam geworden?«

»Oh, nicht deswegen. Ich habe Valerie Johansen auf einer Veranstaltung angesprochen. Daraufhin kam sie her und war einfach platt, was es hier noch für ein Juwel von Wald gibt. Dann hat PlanetGuard beschlossen, hier einzusteigen.«

Trotz des gedrosselten Tempos fiel Jo zurück. Frau Wenzel marschierte schräg vor ihm und überflog den Wald zu beiden Seiten mit ihren prüfenden Blicken.

»Da!«, rief sie. »Da ist frisch ausgezeichnet worden. Sehen Sie die roten Spraymarkierungen an den Bäumen?« Ohne Jos Antwort abzuwarten, lief sie in den Bestand hinein. »Was haben sie zum Fällen markiert? Lauter Buchen! Und die stehen rund um diese Tanne. Sie fördern wieder mal das Nadelholz.« Sie lief zum Weg zurück, zog ihren Fotoapparat heraus und machte ein Bild, Marion auch, aber Jo kannte sie gut genug, um zu merken, dass sie von dem Motiv optisch nicht überzeugt war.

Die kleine Pause war vorbei, es ging bergauf, Jo sparte sich seinen Atem und schwieg. Das Grau des Himmels verschwamm mit dem Grau der Stämme. Nur das dunkle Moos, das ihre Wurzeln hochkroch, schien die Bäume noch an der Erde zu verankern.

Neben ihm schritt Virchow mit penetranter Munterkeit aus. Er hatte seinen Zylinderhut in den Nacken geschoben und wirbelte seinen Spazierstock. Als Fantasiegestalt froren ihm weder die Ohren noch die Hände, die Jo dennoch versuchsweise mit einem Paar schwarzer Lederhandschuhe versah.

»Als ich bei Schliemann in Hissarlik weilte«, begann Virchow, »kam er von unserem Dauerspaziergang zurück und gestand ein, dass es ihm sehr schwer geworden sei, mit mir Schritt zu halten. Ich weiß nicht, ob je ein Freundschaftsverhältniß zwischen Schliemann und mir entstanden wäre, wenn ich ihm nicht durch körperliche Leistung einigermaßen imponiert hätte.« Er lächelte selbstzufrieden. »Wir hatten in den Tagen in Griechenland Ritte gemacht, bei denen wir bis 14 Stunden im Sattel gewesen waren. Da sagte er mir eines Tages: ›Das hätte ich Ihnen nicht zugetraut. Sie sind der erste deutsche Professor, der so etwas hier geleistet hat.‹«

»Ach halten Sie doch den Mund und verschwinden Sie«, sagte Jo patzig. Virchow verblasste widerwillig, nicht ohne jedoch in höchst aufreizender Weise ein Wanderliedchen zu pfeifen.

Eine ganze Weile begleitete eine Dickung den Weg, junge Eichen, wie Frau Wenzel erklärte, alle gleich alt. »Drei Hektar Monokultur sehen Sie hier. Der Eichenanbau ist hier eine völlig unnatürliche, veraltete und ökologisch schädliche Wirtschaftsform. Ich habe das mit Luftbildern dokumentiert, wie sie die alten Buchenwälder dafür abholzen. Sie machen dafür Kahlschläge und grubbern den Boden um, alle paar Jahre wieder Gift gegen den Schwammspinner oder sonstwas.«

»Aber Spessart und Eiche, das gehört doch irgendwie zusammen«, meinte Jo.

»Ach was. Es gibt zum Beispiel kaum 250-jährige Eichen. Weil zwischen 1660 und 1760 keine künstliche Saat gemacht worden ist. Sollen sie doch die Eiche im Norden, im Glashüttenspessart machen, wo sie die Nadelholzbestände umbauen müssen. Da wär das sinnvoll.«

»Und die Urwaldarten, die auf der Eiche wohnen?«

»Die Käfer haben hier noch lange genug eine Heimat, bis diese jungen Eichen alt sind. Entscheidend sind die Pilze. Die alten Buchen beherbergen eine unglaubliche Vielfalt. So, da sind wir.«

Sie verließ den Weg und lief in ein Waldstück hinein. Eine Lichtung tat sich auf, in der lauter blaue Pünktchen leuchteten. Dort wuchsen kleine Bäumchen, deren oberste Knospe mit Klammern aus Plastik gegen den Wildverbiss versehen waren; Douglasien, wie Frau Wenzel nun erklärte. »Ein uralter Buchen-Eichen-Mischbestand ist das, mitten im europäischen Flora-Fauna-Habitat-Schutzgebiet für Hainsimsen-Buchenwälder, jetzt unterpflanzt mit Douglasien und damit ökologisch entwertet.« Marion legte sich halb auf den Boden, fotografierte die blauen

Klämmerchen gegen die Wipfel der Bäume im Hintergrund. Jo schaute sich das ökologisch wertlose Bäumchen genauer an: Seine Nadeln waren von anderem Grün und weicher als die der Fichten, er fand es ganz nett, aber das zählte wohl nicht. Frau Wenzel war schon wieder zehn Meter weiter, lief durch den Unterwuchs den Hang hinauf. Marion stöberte seitlich durch den Wald, das Gezweig der jungen Buchen um ihre Gestalt verdichtete sich zu einem rötlichen Schimmer.

Virchow erschien neben Jo. Auf seinen Zügen lag ein verständnisvolles Lächeln.

»Das Weib ist eben Weib nur durch seine Generationsdrüse; alle Eigenthümlichkeiten seines Körpers und Geistes oder seiner Ernährung und Nerventhätigkeit: Die süsse Zartheit und Rundung der Glieder bei der eigenthümlichen Ausbildung des Beckens, die Entwickelung der Brüste bei dem Stehenbleiben der Stimmorgane, jener schöne Schmuck des Kopfhaares bei dem kaum merklichen Flaum der übrigen Haut, und dann wiederum diese Tiefe des Gefühls, diese Wahrheit der unmittelbaren Anschauung, diese Sanftmuth, Hingebung und Treue – kurz, Alles, was wir an dem wahren Weibe Weibliches bewundern und verehren, ist nur eine Dependenz des Eierstocks.«

»Und der Mann hat dieselbe Dependenz nur ohne Stock«, stellte Jo fest.

Virchow sah ihn verständnislos an: »Mein Spazierstock ist eine durchaus praktische Angelegenheit und ferner eine Zierde des kultivierten Mannes.«

»Der Ansicht war auch Sigmund Freud«, bestätigte Jo. »Wir müssen uns beeilen, die Damen haben uns abgehängt.«

»Sie vielleicht!«, sagte Virchow empört.

*

Als Sebastian parkte, kam Corinna gerade mit dem leeren Brennholzkorb die Treppe herunter. Sie begrüßte ihn herzlich.

»Holst du eine Ladung? Lass dir helfen«, sagte Sebastian. Im Schuppen roch es nach Harz und ein wenig nach Benzin, Gerhard lagerte sein Werkzeug dort. Das Holz polterte kalt und trocken in den Korb, ein Scheit war etwas zu groß, und Corinna sortierte es aus.

»Die klaa Brennholzaxt is wech«, sagte sie, »Die großi hat die Polizei mitgnomme. I waaß net, wo die Axt is, sie war immer am Hackstock.«

Sebastian schaute sich um. »Vielleicht solltest du doch mal ein Schloss kaufen für die Tür«, meinte er.

»Ach was, hier is doch noch nie was gschtohle wordde.« Sie wollte schon den Korb hochheben, aber Sebastian war schneller und trug ihn in die Küche.

»Heut trinkst abba scho en Kaffee«, sagte sie. Sebastian stellte fest, dass Corinna nicht schlecht aussah. Der schlimmste Schock schien überwunden.

»Waaste jetzt, wie's steht?« erkundigte sie sich. »Kannste em net irchendwie raushöile?«

»Vorläufig nicht. Die Zeugen und die Spuren sprechen alle gegen ihn, sonst hätten sie ihn auch nicht geholt. Die beste Chance, die ich vorläufig sehe, ist, dass die Elisabeth wahrscheinlich etwas Kostbares bei sich getragen hat, ein Schmuckstück, was jetzt weg ist, so dass es quasi ein Raubüberfall gewesen ist.«

Corinna nahm die Kanne aus der Kaffeemaschine und drehte sich mit großen Augen zu ihm um. »Desweche vielleicht …«, sagte sie. »Da war jemand Komischer daa.«

Sie setzte sich zu ihm und ihre ohnehin runden Augen schauten weiterhin verwundert: »A Maa. Der hat gsäächt, dass er in der Zeitung glese hat, was passiert is, und dass es für mich wahrscheinlich jetzt recht schwer is.«

»Woher hat er gewusst, wer du bist und wo du wohnst?«

Sie zuckte die Schultern. »Waaß doch jeder. Vielleicht hat er im Supermarkt gfragt.« Sowas wie Datenschutz gab es in einem Dorf nicht.

»Und was wollte der?«

»Er hat gsacht, dass wenn der Gerhard vielleicht zufällig was Wertvolles im Wald gfunne hätt, dass er mir das abkaffe tät. Er würd' sich scho net lumpe lasse. Ich soll doch de Gerhard mal fröche.«

Sebastian wurde es heiß und kalt. Jemand war hinter dem Waldherz her. Jemand wusste, dass Elisabeth es versteckte. Jemand, der es so dringend wollte, dass er es heimlich einem Mörder abkaufen würde. Und wenn einer es wusste, dann konnten es noch viel mehr wissen. »Hat er dir seinen Namen gesagt?«

»Den hab ich vergesse, er hat ihn aa so undeutli und schnell gsacht. Er wollt in aaner Woch widderkomme.«

»Wie hat er denn ausgeschaut?«

Corinna überlegte. »Er hat so komische Zähn ghätt.« Das war nicht gerade ergiebig.

»Wenn er wiederkommt, Corinna, dann frag ihn mindestens um seine Telefonnummer. Gib mir Bescheid.«

»Maanst', er hat se umbracht?« Ihre Augen wurden wieder kugelrund.

»Glaub ich nicht. Sonst würde er nicht bei dir nach der Sache fragen. Aber es ist wichtig, dass er weiß, dass Elisabeth etwas Wertvolles bei sich gehabt hat.«

Erleichterung machte sich auf Corinnas Gesicht breit. »Wenn des e Spur is«, meinte sie, »kriegst em ja doch vielleicht bald ausm Gfängnis raus.«

Sebastian sah sie an. Er sollte Gerhard rausholen, das war alles, woran sie dachte. Was dann war, wenn er wieder zuhause war, sich betrank und zuschlug, das schien keine Rolle mehr zu spielen.

»Und wenn er dann wieder da ist, geht es dir gut?«

Sie war überrascht, dann verlegen. »Ja scho. Scho wecher der Schand.«

»Seine Schand, nicht deine«, sagte er heftig. Wann begriff sie das endlich?

Die Anzeige wegen Körperverletzung stand wieder im Raum und damit die unausgesprochene Frage, ob es nicht besser wäre für sie, wenn ihr Mann einige Zeit ganz aus dem Verkehr gezogen wurde. Sie schaute hilflos auf ihre Hände hinunter, die in ihrem Schoß lagen, schwieg, schüttelte den Kopf, nicht um etwas zu verneinen, sondern weil widersprüchliche Gedanken darin herumpurzelten.

»Aber er war's doch net«, jammerte sie. Es war die einfachste Art, ihre Verwirrung zu beenden.

»Geht's dir um die Wahrheit?«

Corinna nickte.

»Warum lügst dann, wenn er dich geschlagen hat?« Sie senkte den Kopf und schwieg.

»Corinna«, sagte er, »ich kann dir nicht versprechen, dass ich ihn rausholen kann. Aber ich probier's mit allem, was geht. Und wenn ich's schaff, dann versprich mir eines: dass du dich das nächste Mal, wenn er dich schlägt, an die Wahrheit hältst. Wahrheit gegen Wahrheit.« Sie schaute ihn groß an, nickte. Das war zu wenig, das war zu leichthin genickt, sie würde jetzt alles versprechen, aber im Ernstfall waren dann wieder die falsche Scham und der Druck von Gerhard zu groß. Sebastian musste da noch was draufsetzen. »Schwör's mir bei der Heiligen Muttergottes von Hessenthal«, sagte er. Es war ein blinder Versuch. Er wusste, dass sie dorthin schon mehr als einmal gepilgert war, aber ob das Gnadenbild als Schwursiegel taugte, dessen war er sich nicht sicher. Doch als er sah, wie sie zögerte und mit sich rang, wusste er, dass er das Richtige getroffen hatte. »Schwör's mir«, sagte er noch einmal, »schwör's mir bei der Heiligen Muttergottes von Hessenthal: Wahrheit gegen Wahrheit.« Und sie nickte und flüsterte: »Ich schwör's.«

*

›Über die Wirksamkeit des Symbols.‹ Elisabeth hatte den Aufsatz von Lévi-Strauss eingemerkt und nicht nur den. Birgit hatte das Buch aus der Eremitage mitgenommen und blätterte nun neben ihrem zweiten Frühstück darin herum. Es war im Grunde unsinnig, aus den Markierungen, Unterstreichungen und Anmerkungen, die Elisabeth überall in dem zerfledderten Buch angebracht hatte, einen Hinweis auf das Waldherzrätsel ableiten zu wollen. Der Märchenglobus war bislang nicht aufgetaucht, das Märchenrätsel war ein gewöhnliches gewesen. Sie hatten es gelöst, heute Nachmittag würde es sich herausstellen, wie es weiterging. Birgit beschloss, dass sie genug geschmökert hatte, und die Arbeit rief. Sie schob die Kaffeetasse weg und warf das Buch mit Schwung in Richtung des Plüschsofas, traf aber nicht gut. Es kam mit der Schmalseite voraus auf und fiel aufblätternd zu Boden. Ein Zettel flatterte heraus.

Birgit hob ihn auf und ließ sich langsam auf dem Sofa nieder, während sie den Zettel studierte. Es war eine Skizze des Märchenglobus, illustriert mit den Symbolen der Märchen, die Elisabeth benutzt hatte: ein Vogel für den Geist,

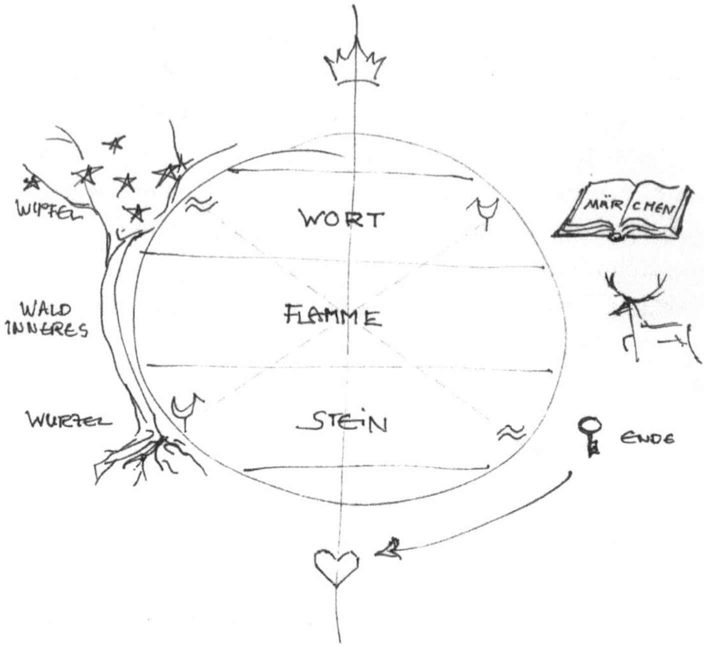

ein Pferd für Energie, Wasserwellen, Steine oder Sterne für Materie, die Krone für den König, das Bewusstsein. Aber auf dieser Skizze war noch ein Märchenbuch gezeichnet, das Pferd war ein Hirsch, ein Schlüssel versprach eine Lösung, und unten, an der Achse des Globus', war ein Herz.

Birgit starrte auf die Zeichnung. Das Märchenbuch, das Märchenrätsel war offenbar eine Station auf einem Weg. Und sie begriff: Die Suche selbst war ein Märchen, sie selbst lief auf dem Globus. Plötzlich hatte sie gar keine Lust mehr auf ihre Fragebögen. Das Waldherz rief. Es gab noch etwas, was sie klären konnte.

*

»Noch 200 Meter«, sagte Frau Wenzel aufmunternd, »dann machen wir Teepause.« Das war wohl der Tonfall, mit dem sie eine verschwitzte Schülerschar am Rande der Meuterei in Schach gehalten hatte.

Die Strecke war eben, und nachdem Frau Wenzel sie linkerhand noch auf den goldgelben Schleier kleiner Lärchen aufmerksam gemacht hatte, der sich unter dem Schirm der Buchen ausbreitete – »Sie haben das Kronendach aufgemacht, und natürlich fliegt das Nadelholz rein. Die schlachten einen alten Buchenbestand nach dem anderen« – erreichten sie einen Weg, an dem geschlagenes Holz gestapelt lag. Es waren starke Buchen, längs lagen die Stämme, die zerschundene graue Rindenhaut der Baumelefanten war dünn, darunter leuchtete das helle Holz. An den Stirnseiten war ein ›V‹ aufgemalt.

»Da! Schon wieder Holz für den Vliesmann, der Händler verkauft die alle nach China«, erklärte Frau Wenzel. »Na ja, jetzt setzen wir uns drauf und nützen es wenigstens als Bank, bevor es fortmuss. Nachher gehen wir noch in den Bestand, aus dem diese Bäume geholt worden sind.« Sie packte die Thermoskanne aus. Marion wollte nichts, sondern stromerte lieber in der Umgebung herum, Jo hingegen nahm dankbar den warmen Becher.

»In welcher Schule waren Sie denn Lehrerin?«, wollte er wissen.

»In Lohr«, antwortete sie.

»Gerne?«, fragte Jo.

»Natürlich. Warum?«

»Meine Großtante war Lehrerin im Spessart«, erklärte Jo. »Es war damals eine Art Strafversetzung. Sie hatte sich zu lange beurlauben lassen, um sich um ihren verwaisten Neffen, meinen Vater, zu kümmern. Als sie wieder in den

Schuldienst ging, wurde sie nach Ruppertshütten versetzt. Sie hat sich dort ein Nierenleiden geholt. Es hieß, sie liegt in Heigenbrücken begraben, der dortige Geistliche war ihr Beichtvater gewesen. Aber ich habe das Grab nicht gefunden. Es ist wohl schon aufgelassen.«

Die Wenzel schaute mitleidig durch den Dampf ihres Teebechers. »Wann war denn das?«

»So in den 20er Jahren.«

»Für eine junge Frau, die das nicht gewohnt war, muss das damals sehr, sehr schwierig gewesen sein. Die hygienischen Verhältnisse, die Armut, und wahrscheinlich war sie einsam, kein gebildeter Mensch da außer dem Pfarrer und einem Forstamtsmenschen, der vielleicht nur die Jagd im Kopf hatte.« Die Wenzel schüttelte den Kopf. »Die Not hat erst in den 50er Jahren ein Ende gehabt.«

»Ich habe den Virchow-Bericht gelesen.«

»Oh, den mögen die Leute hier nicht, manche Bürgermeister wollen gar nicht, dass er in der Heimatkunde angesprochen wird. Wer will schon an schlechte Zeiten erinnert werden. Das wurde alles erst besser, als die Männer zur Arbeit aus dem Spessart rausfahren konnten. Meistens hatten sie Arbeit auf dem Bau. Am Freitag sind sie heimgekommen, haben gegessen, den Blaumann wieder angezogen und sind wieder bauen gegangen, die eigenen Häuser oder die der Nachbarn, man hat zusammengeholfen; und Material«, die Wenzel zwinkerte, »da ist an ihren Arbeitsstellen manchmal was vom Laster gefallen …« Sie nahm einen Schluck Tee, goss Jo fürsorglich nach. »Ich sage nicht, dass es aus der armen Zeit keine Nachwehen mehr gibt. Die Dinge wirken immer noch, im Guten wie im Schlechten. Aber ich konnte hier als Lehrerin ein ganz anderes Leben führen als ihre Großtante. Und man kann über den Tellerrand hinausschauen. Jedes Jahr fahre ich weg. Urwälder, das ist meine Leidenschaft. Malaysia, Borneo.« Sie schwieg kurz, seufzte dann tief, die feinen Falten ihres Gesichtes kräuselten sich kummervoll. »Ich sage Ihnen, in spätestens 50 Jahren wird eh alles zu Ende sein. Der Holzhunger dieser Welt ist so furchtbar. Es wird alles verschwinden.«

Es berührte Jo seltsam, wie diese beiden Lokalmatadoren, Wenzel und Worschech, dieselbe Sorge umtrieb. Und sie zogen so verschiedene Konsequenzen daraus. Der eine meinte, zu einer Lösung beizutragen, wenn er um jeden Quadratmeter Nutzfläche kämpfte, die andere wollte noch vor dem Weltuntergang ein Apfelbäumchen bzw. ein Urwäldchen pflanzen und kämpfte um jeden Quadratmeter Stilllegung.

»Aber wenn die Welt Holz braucht, wo soll es dann herkommen?« Und diese Frage stellte Jo mitten im Wald und mit dem Hintern auf einer Buche, wie ihm nur allzu klar war.

»Ja natürlich aus dem Wald, von den restlichen 95%. Da sollen sie Forstwirtschaft machen. Aber ökologisch, zertifiziert und kontrolliert nach den Kriterien des FSC, des Forest Stewardship Council. Und im Staatswald, im Wald von uns Bürgerinnen und Bürgern, da fordern wir, dass bei der Detailplanung im Bestand Sie und ich mitreden können.«

Damit war der gemütliche Teil der Veranstaltung zu Ende. Sie schraubte die Thermoskanne wieder zu, packte sie in den Rucksack, dann liefen sie den Weg entlang, auf dem riesige Reifen in schwarzer Erde gewühlt hatten, und folgten den Spuren der gewaltigen Maschine in den Bestand hinein.

*

Sebastian hatte sein Auto am selben Parkplatz abgestellt wie Elisabeth und war in den Miesgrund gelaufen. Die Strecke hatte er schon abgesucht, als Elisabeth noch als vermisst galt, aber jetzt kannte er den Punkt, den er ansteuern musste. Es war ein ganzes Stück Weg durch den schattigen Grund, in dem der Frost hängen blieb und der alte Schnee überfror. Der Bach mäanderte eisgesäumt zwischen den dunklen Fichten dahin, der Weg kreuzte ihn, stieg etwas an und erreichte schließlich nach zwei Kilometern eine Lichtung. Hier wuchsen ein Kirschbaum und eine Linde; im Talgrund war der Bach zu einem Teich angestaut, gesäumt von reifüberzogenem Röhricht. Alles deutete darauf hin, dass hier einmal ein Heim von Menschen gewesen war, ein winziges Gehöft oder vielleicht sogar ein Gasthaus. Heute stand da nur noch ein runder Pavillon aus Holz als Unterstand. Sebastians GPS-Gerät hatte gepiept, als er dort ankam, es war der letzte Wegpunkt von Elisabeths Route. Die nächste halbe Stunde hatte Sebastian damit verbracht, jede nur erdenkliche Ritze und jedes Astloch im Umkreis von zehn Metern zu suchen und zu untersuchen. Als das nichts zutage förderte außer gefrorenes Klopapier, erweiterte er den Radius um weitere zehn Meter. Er suchte nicht nur einen Cache, er hielt auch Ausschau nach irgendetwas Ungewöhnlichem, nach Spuren eines Kampfes oder dergleichen. Aber da war nichts. Er gab auf. Der alte Teich, die verlassene Lichtung mit den verwilderten Obstbäumen erschienen im winterlichen Zwielicht verwaist und melancholisch, als fehle ihnen das Licht einer Lampe, das Feuer eines Herdes. Sebastian setzte sich kurz entschlossen in Trab in Richtung der Siebenwege und des letzten Wegpunktes, den Elisabeth je erreicht hatte.

Es waren weitere eineinhalb Kilometer, bis Sebastian bei

der Wegspinne anlangte. Der Pfeil des GPS-Gerätes hieß ihn, die asphaltierte Straße von Weibersbrunn zu überqueren, allerdings quer durch den Wald und auf der anderen Seite die Böschung hoch. Er nahm den einfacheren Weg über die Straßen an der Kreuzung, bog in den Forstweg ein, passierte das Schild mit dem Namen der Waldabteilung Hainstange und lief etwa 100 Meter an ihr entlang. Als der Pfeil des Geräts rechtwinklig vom Weg wies, wandte er sich in den Wald – und erstarrte. Eine Frau beugte sich über einen dicken Baumstumpf, genau in der Richtung und Entfernung, die ihm das GPS-Gerät wies. Der Punkt stimmte ziemlich gut mit der Zeichnung überein, die ihm Gerhard vom Fundort der Leiche gemacht hatte. So musste Elisabeth gestanden haben, als der Schlag fiel. Sebastian unterdrückte den Impuls, ihren Namen zu rufen, stattdessen ging er so leise und so schnell er konnte auf die Erscheinung zu. Als er sie fast erreicht hatte, fing sein GPS-Gerät an zu piepen, und sie fuhr mit einem Aufschrei herum. »Ah! Was machen Sie denn hier?«

Es war natürlich nicht Elisabeth. »Das wollte ich gerade Sie fragen«, gab er zurück.

»Was geht Sie das an?«

»Es scheint uns beide was anzugehen.«

Ein Mann tauchte zwischen den Bäumen auf, der eilig dabei war, seine Kleider zu ordnen. Er war ein wenig beleibt und machte mit seiner Knollennase und seinen neugierigen Augen einen durchaus friedfertigen Eindruck.

»Meine Güte«, sagte er. »Das einzige Mal, wo eine Dame im Wald meinen Schutz braucht, bin ich beim Pinkeln.«

»Ich brauche keinen Schutz im Wald. Die meisten Frauen werden zu Hause überfallen«, wies sie ihn zurecht. Die Worte und der Tonfall, mit dem sie sie an ihren Begleiter richtete, ließen Sebastian vermuten, dass sie eine Lehrerin war.

Der Mann überging die Bemerkung. »Jedenfalls waren wir hier dabei, Jahrringe zu zählen, bis mich ein menschliches Bedürfnis daran hinderte, mit dieser Tätigkeit fortzufahren. Und jetzt ist die Reihe an Ihnen: Was machen Sie hier?« Ein Kommunikationsmensch. Sebastian wusste nicht, ob es klug war, aber er hatte sofort das Gefühl, ihm vertrauen zu können.

»Ich suche den Ort, an dem eine Dame im Wald überfallen wurde. Und er ist in der Tat genau hier.«

»Wieso …«, begann die Frau, brach ab, und ihre Augen weiteten sich: »Du lieber Himmel. Die Frau von Wildenstein. Genau hier?«

»Mit einem Fehler von plus-minus fünf Metern.« Er hielt sein GPS-Gerät hoch.

»Mein Gott. Die Arme. Sie hat wahrscheinlich genau wie ich hier die Jahrringe gezählt und dann …«

Sebastian hob die Augenbrauen: »Wieso sollte sie das?«

»Weil sie die alten Buchen einschlagen, die älter sind als 140 Jahre. Sie hat sich wohl mal selber ein Bild machen wollen von dieser Sauerei hier. Ein Zwiesel war das obendrein.«

»Ausgezeichnet«, sagte Sebastian, legte die Hände auf den Rücken und fing an, auf und ab zu gehen. Die beiden folgten ihm verwundert mit ihren Blicken. »Genau das wird der Staatsanwalt sagen. Sie wollte sich mal selber ein Bild machen, ob das denn wahr ist. Aber das ist noch kein Grund, diesen Punkt in ein GPS-Gerät einzuspeichern. Nein, den hat sie nicht deswegen eingespeichert, aber als sie schon mal hier war, fing sie zu zählen an. Oh nein, das braucht es auch nicht, es reicht schon, dass mein Mandant *dachte*, sie würde hier die Ringe zählen.«

»Ihr Mandant?«, rief Frau Wenzel. »Sie verteidigen diesen Mörder?«

Jo war begeistert: »Dann sind Sie der Patensohn von Herrn von Wildenstein. Ich bin Herr Murmann, meine Frau hat mir von Ihnen erzählt.« Das dunkle Haar, das mittig gescheitelt unter der Wollmütze hervorquoll, der Schnauzer, die Goldrandbrille – Birgit hatte ihn gut beschrieben.

»Oh, sehr angenehm«, sagte Sebastian und schüttelte ihm mit einer kleinen Verbeugung die Hand.

»Ich habe aber Ihren Namen vergessen«, gab Jo zu. Er hatte sich nur Birgits Bezeichnung ›das Dickenswesen‹ gemerkt.

»Pfeiffer, Sebastian Pfeiffer. Und Sie«, er wandte sich an Frau Wenzel, »eine Dame, die unerschrocken im Wald unterwegs ist und Jahrringe zählt, sind wahrscheinlich Frau Wenzel.«

»Richtig.« Sie gab ihm etwas reserviert die Hand. »Wie kann man einen solchen Menschen verteidigen?«, setzte sie hinzu. »Und noch dazu als ein quasi Verwandter der armen Frau.«

»Wie? Ganz einfach, Frau Wenzel. Indem man seine bürgerlichen Rechte wahrt und das Prinzip der Unschuldsvermutung.«

»Eine wunderbare Blüthe des Rechtsstaats. Welch großartige Errungenschaft unserer unablässigen Bemühungen, die Willkür der feudalen Obrigkeit in die Schranken zu weisen«, sagte Virchow. Er hing eingewickelt in seinen Gehrock kopfüber wie eine schwarze Fledermaus vom untersten Ast einer Buche, dennoch blieb sein Zylinder auf seinem Kopf. »Umso mehr sollten nachkommende Generationen darum wetteifern, diese Rechte zu wahren.«

»Unschuldsvermutung, na gut«, meinte Frau Wenzel. »Aber es gibt doch im Grunde keinen Zweifel.«

»Erstens, Frau Wenzel muss nicht ich seine Unschuld vermuten, sondern der Richter. Das ist manchmal für einen Außenstehenden schwer nachzuvollziehen. Aber in diesem Fall, also zweitens, habe ich sehr wohl begründete Zweifel, sonst könnte ich tatsächlich, wie Sie sagten, als quasi Verwandter hier ein wenig emotionale Probleme bekommen.«

»So so«, sagte sie skeptisch.

»Nehmen wir an, mein Mandant ist schuldig. Fein. Wie also hat er es getan?« Sebastian lief mit weiten Schritten zurück zu dem Punkt, von dem aus er Frau Wenzel zum ersten Mal gesehen hatte. »Der Schlag kam laut Rechtsmedizin von hinten. Frau von Wildenstein stand etwa da, wo Sie stehen, beugte sich über den Baumstumpf – wir wissen nicht, ob sie es tat, aber der Staatsanwalt wird es aufgrund der Obduktion behaupten – und hier komme ich, der Mörder. Was denken Sie, Frau Wenzel? Ist er leise gekommen? Hat er sich angeschlichen wie ich?«

Sie nickte heftig. »Sie haben mich furchtbar erschreckt.«

»Genau. Ich habe Sie furchtbar erschreckt, und Sie haben sich umgedreht. Frau von Wildenstein hatte keine Zeit mehr, sich umzudrehen. Sie hat ihren Mörder nicht kommen sehen. Sie ist nicht einmal erschrocken. Sie war einfach – bumms – tot.« Sebastian kam wieder zurück. »Und nun, Frau Wenzel. Sie waren doch Lehrerin. Und für diesen Beruf braucht man Menschenkenntnis.«

»Was für ein Cour-Schneider«, bemerkte Virchow und runzelte die Stirn, wobei sein Zylinder nun doch zu Boden fiel.

»Mein Mandant ist kein einfacher Charakter. Wie Sie vielleicht aus der Zeitung wissen, randaliert er und bedroht Leute, wenn er betrunken ist. Er will ihnen Angst machen, er will sie beeindrucken, er will sehen, dass sie ihn respektieren, ihn fürchten. Aber so, wie wir nun den Ablauf der Tat vermutet haben, blieb ihm diese Genugtuung völlig verwehrt. Halten Sie dieses Vorgehen weiterhin für wahrscheinlich? Würde ein solcher Charakter so handeln? Oder wäre das nicht das Vorgehen von jemandem, der eine andere Person ohne Aufhebens aus dem Weg schaffen will?«

Sie zögerte. »Vielleicht hat er ihr Angst gemacht. Sie hat sich gefürchtet, ist weggelaufen, und dann hat er von hinten zugeschlagen.«

»Richtig.« Sebastian nickte nachdenklich. »Das wird der Staatsanwalt wahrscheinlich sagen. Noch dazu, weil ihre Mütze zehn Meter weiter weg gefunden wurde. Aber warum lag ihre Leiche dann hier am Baumstumpf?«

»Sie hat sich noch hierher geschleppt?«, sagte Frau Wenzel mit großen Augen.

»Aber dann hat sie hier keine Baumringe gezählt, sondern war da drüben, wo die Mütze lag.«

»Vielleicht hat ein Fuchs die Mütze vertragen«, schlug Frau Wenzel vor. »Wenn sie blutig gewesen ist.« Sie schauderte.

Sebastian nickte nachdenklich. »Ein Fuchs. Darauf bin ich noch nicht gekommen. Aber weiter, Frau Wenzel, wenn mein Mandant ihr Angst gemacht hätte, hätte sie ihn gesehen, und was hätte sie dann zuerst getan? Frau Wenzel, was haben Sie getan?«

»Ich habe geschrien.«

»Und mich gefragt, was ich hier mache. Und ich habe gefragt, was Sie hier machen. Es hätte noch zu einer klärenden Auseinandersetzung kommen können.«

»Aber wenn sie die Jahrringe gezählt hat? Und ihm sagt, sie zählt die Jahrringe?« Frau Wenzel blieb hartnäckig.

»Sehr gut, unter Umständen könnte der Staatsanwalt auch das vorbringen. Aber …«, Sebastian nahm seine Brille ab und kramte in seiner Jacke nach einem Taschentuch, »… soweit wir wissen, hat sie mit an Sicherheit grenzender Wahrscheinlichkeit genau das nicht getan.«

»Ach?« Frau Wenzel schien sich schwer vorstellen zu können, dass man am Baumstumpf einer dicken Buche etwas anderes vorhaben könnte.

Sebastian putzte die Brille. »Sie hat etwas versteckt. Einen Geocache.«

»Eine kleine Plastikdose?« Frau Wenzel kannte das Hobby mancher Schüler.

»Es gibt kaum einen anderen Grund, warum dieser Punkt sonst in ihrem GPS-Gerät eingespeichert wäre.« Er prüfte die Gläser gegen den matten Himmel, setzte die Brille wieder auf und fuhr entschlossen fort. »Und damit kann ich Ihre Frage, was ich hier mache, noch einmal genauer beantworten: Ich suche nach diesem Cache. Würden Sie mir behilflich sein?«

»Cool. Wenn mir jemand wieder vom Baum runter hilft, dann bin ich dabei.« Sebastian fuhr herum und schaute nach oben. Marion wippte auf dem untersten Ast der Buche. *Virchow plumpste herunter und verschwand im Laub.*

»Ein Wald voller Überraschungen«, stellte Sebastian fest. »Und was machen Sie da oben?«

»Eine andere Perspektive suchen«, antwortete Marion.

»Wie sympathisch.«

Virchow brummelte geschrumpft im Laub herum: »Beim nicht mehr ganz taufrischen Zustand Ihres Sceletts und Ihres Bandapparates rate ich Ihnen: Unterlassen Sie es, sich dieser Person erneut als Räuberleiter zur Verfügung zu stellen. Wie ich das Alter und den Hormonstatus der Anwesenden einschätze, ist für den Abstieg jemand anderer zuständig.«

»Danke. Sie haben offensichtlich die Fähigkeit«, fauchte Jo, »Ihren Patienten bittere Wahrheiten besonders schonend beizubringen.«

»Oh bitte, bitte. An meinen Fähigkeiten habe ich nie gezweifelt.«

Sebastian hatte sich schon an den Stamm gelehnt, Marion ließ sich herunter, stieg geschickt von seinen Schultern auf seine gefalteten Hände und sprang dann zur Erde, wobei sie zu Jos Genugtuung Virchow zertrat.

»Wo soll der Cache sein?«, fragte sie.

Sebastian prüfte noch einmal den Punkt, aber das GPS-Gerät beharrte darauf, dass er an dem Baumstumpf sei. Sie suchten neben den Wurzelanläufen und prüften dann weiter im Umkreis von fünf, ja zehn Metern alle Möglichkeiten, klopften sogar die Stämme nach Hohlräumen ab, blickten in die Wipfel nach aufgehängten Behältern. Es war nichts da.

»Nun«, sagte Frau Wenzel schließlich, »leider konnten wir nicht dazu beitragen, Ihren Mandanten zu entlasten.« Es klang ein klein wenig spöttisch.

»Aber ganz im Gegenteil.« Sebastian legte den Kopf schief und einen gewissen Schmelz in seine braunen Augen. »Sie haben mir sehr geholfen. Sind Sie noch immer von seiner Schuld überzeugt?«

»Na ja.« Sie schürzte die Lippen. »Warum sonst sollte jemand die arme Frau erschlagen?«

»Weil er diesen Cache wollte.«

»Eine wertlose Dose?«

»Kommt darauf an, was in der Dose ist. Es könnte mehr als nur ein Zettel gewesen sein, etwas sehr Wertvolles. Wir wissen es nicht genau.«

»Was Sie nicht sagen!«, rief Frau Wenzel. »Dann hatte er ja zwei Motive, den Mord zu begehen!«

Sebastian lachte: »Frau Wenzel, Sie und der Staatsanwalt werden sich schon für ein Motiv entscheiden müssen. Entweder er kannte sein Opfer und wusste, was es macht, oder er kannte es nicht.«

*

»Natürlich kenne ich das Waldherz«, sagte Truchseß. »Ich war auch recht gut bekannt mit Frau von Wildenstein.« Er lächelte und entblößte dabei in seinem hageren Gesicht ein ziemlich großes Gebiss, das in seltsamer Weise verwandt schien mit den spitzigen Höhlen der Kristalldrusen, die ihn rings in den Vitrinen umgaben.

»Ich hätte auch gern noch mehr mit ihr zu tun gehabt«, meinte Birgit. »Aber ich kam zu spät.«

»Unsere Interessen haben sich ein wenig getroffen«, fuhr Truchseß fort. »Ich bin viel in Südamerika unterwegs gewesen, und sie hat sich für die Mythen des Regenwalds interessiert.«

»Sie wollte ihre Analyse auch auf andere Kulturen ausdehnen, das weiß ich.« Birgit ließ den Blick über die Ausstellung schweifen. Sie hatte sich offensichtlich schleichend nach und nach über sämtliche Räume einer bürgerlichen Immobilie ausgebreitet, nach dem Wohnhaus die Garage besetzt, hatte schließlich Dach und Seitenwand dieser Garage gesprengt und Anbauten gebildet, die sich das Hanggrundstück nach oben fraßen. Truchseß trug einen Ehering, wie sich Birgit mit einem Seitenblick vergewisserte. Diese Frau musste entweder auch eine Sammlerin sein oder eine wahrhaft treue Seele.

»Mythen und Märchen sind auch so etwas wie Kristalle. Sie bilden sich von selbst nach gewissen Gesetzen.« Truchseß breitete die Arme aus und umfing mit dieser Gebärde den mineralischen Traum, mit dem er sich umgeben hatte. »Frau von Wildenstein hat sie wohl gesammelt wie ich, um diese Gesetze zu ergründen.«

Birgit nickte. »Das ist ein schönes Gleichnis.«

»Insoweit konnte ich sie auch ganz gut verstehen«, sagte Truchseß und schien in seinen Erinnerungen herumzukramen. Birgit hörte einen kleinen Unterton.

»Und inwieweit haben Sie sie nicht verstanden?«

»Oh, sie wollte immer wissen, wo denn das Gesetz ist. Ist der Kristall das Gesetz selbst, ist es in den Atomen oder zwischen den Atomen oder so.«

»Na, das ist aber interessant«, meinte Birgit.

»Finden Sie?« Truchseß schüttelte den Kopf.

»Ist ein Unterschied zwischen dem Kristall und dem Gesetz, das ihn erschafft, gibt es einen Unterschied zwischen Geist und Körper?«, überlegte Birgit. »Das ist doch eine ungemein spannende Frage.« Der Sammler schaute sie mit mildem Erstaunen an. Es gab offensichtlich noch mehr solch seltsame Leute auf der Welt als nur die Frau von Wildenstein. Doch Birgit kam nun zum Konkreten zurück: »Jedenfalls dieses Waldherz, ist das auch eine Art Mythos?«

»Oh bestimmt. Sehen Sie, es gibt den Marktwert von bestimmten Mineralien, und es gibt den Wert, der ihnen durch eine zusätzliche Bedeutung oder Geschichte verliehen wird. Kronjuwelen zum Beispiel, Steine mit eigenem Namen wie etwa der Kohinoor, die sind im Grunde unbezahlbar. Das Waldherz ist ein Smaragdherz mit einem Gewicht von genau einem Karat. Der Marktwert liegt momentan wahrscheinlich so bei 800 bis 1000 Euro. Also keine so große Sache.«

Birgit, die noch nie einen Schmuck besessen hatte, der so viel wert war, fand es im Stillen nicht so wenig, aber behielt das für sich. »Ein grüner Smaragd also für den grünen Wald?«

»Nicht nur wegen der Farbe ein Waldstein«, meinte Truchseß. »Natürliche Smaragde haben Einschlüsse wie winziger Flitter, die Jardins, Gärten, genannt werden. Wenn man mit der entsprechenden Fantasie hineinschaut, sieht man das Laubwerk eines Miniatur-Waldes darin. Auch die Fassung des Herzens erinnert an den Wald: Sie ist als Anhänger gearbeitet und besteht aus Gold und Eichenholz mit einem zusätzlichen Einsatz von winzigem Spessartin.«

»Spessartin?« Birgit war verblüfft.

Truchseß lachte. »Das wissen die Wenigsten. Es gibt ein Mineral, das nach dem Spessart benannt ist. Es ist ein durchsichtiger Kristall von oranger Farbe. Heute kommt er aus Afrika oder China. Ich habe auf einer Messe ein größeres Exemplar von circa einem Karat gesehen, das zum Preis etwa eines Smaragdes angeboten wurde. Die kleinen Kriställchen sind aber nur wenige Euros wert, sodass das ganze Waldherz einen Materialwert von höchstens 1200 Euro hat, plus einen künstlerischen Wert von vielleicht 1000.«

»Und Sie wollten es erwerben, hat Herr Schönborn gemeint.«

»Natürlich. Es ist ein ungewöhnliches Stück und eng mit der Geschichte des Spessart verbunden. Sehen Sie, ich bin schon überall auf der Welt gewesen, doch mein Herz, das liegt hier.«

»Aber die Wildensteiner wollten es Ihnen nicht verkaufen.«

Truchseß lachte wieder, und alle seine Drusen in den Schränken schienen mitzulachen. »Ich habe nicht damit gerechnet, dass sie es je hergeben. Es ist ja ihr Kronjuwel sozusagen, verwoben mit der Geschichte ihres Hauses. Ich wollte nur mein Interesse signalisieren, falls sie es je veräußern würden.«

»Und wie viel wäre es Ihnen wert gewesen mitsamt seiner Bedeutung und Geschichte?«, wollte Birgit wissen. Der Kohinoor des Spessart, was war er diesem Sammler wert?

»Geschäftsgeheimnis«, sagte Truchseß knapp.

»Jetzt wollte sich Frau von Wildenstein doch von dem Stück trennen. War es ihr plötzlich egal?«

Truchseß hob die Schultern. »Ihre heiligen Theorien scheinen ihr jedenfalls mehr wert gewesen zu sein. Eine andere Art Unsterblichkeit, die sie da angestrebt hat. Ich hab sie noch gefragt, was denn ihr Herr Bruder dazu meint, wenn sie es irgendwo verbuddelt. Und sie hat gesagt, es ginge den eh nichts an, weil der Stein in der weiblichen Linie vererbt wird. Und jetzt ist die Reihe an mir, Fragen zu stellen.« Truchseß beugte sich vor und seine Augen glänzten plötzlich hart wie die Steine hinter ihm. »Wo ist das Waldherz jetzt?«

»Keiner weiß es«, antwortete Birgit. »Sie hat ein Rätsel hinterlassen, von dem wir noch nicht wissen, ob es letztlich überhaupt eine Lösung hat.«

In Truchseß' Augen leuchtete fast so etwas wie Hass. »Hat sie Ihnen auch nur kryptische Hochnäsigkeiten vererbt wie mir nach dem Motto: Wenn Sie in der Mitte der Siebenwege überfahren werden, dann waren Sie dicht dran?«

»Bisher«, sagte Birgit vorsichtig, »sind wir nur in einem Märchen unterwegs gewesen.«

*

»Plötzlich hat er ausgeschaut, als ob er jemanden umbringen könnte dafür.« Birgit schauderte es nachträglich ein wenig.

»Dabei, was sollte er denn damit anfangen? Das Waldherz ist doch bekannt und auffallend.« Jo schauderte auch, aber vor Hunger und Müdigkeit.

»Eben. Er ist derjenige, der am meisten damit anfangen könnte. Die Steine sind sein Leben. Ich glaube, es würde ihm reichen, zu wissen, dass es in seiner Sammlung ist.«

»Aber er hat es nicht«, stellte Jo fest.

Sie standen im Burghof von Wildenstein, wo sie sich per Handy verabredet hatten. Sebastian hatte Jo und Marion in seinem Kanzlei-Bus mitgenommen, Birgit war von Bad Orb aus dazu gestoßen.

»Hat dieser Truchseß komische Zähne?«, fragte der Anwalt jetzt.

»Kann man so sagen«, meinte Birgit.

»Dann hat er das Herz wirklich nicht. Er ist deswegen schon an die Frau meines Mandanten herangetreten und hat mit einer Menge Geld gewunken, falls Gerhard ›etwas Wertvolles‹ gefunden hätte.«

Marion zwängte sich hinten durch die Schiebetür des Busses. Angesichts der veränderten Konstellation hatte ihr Jo – »Alter vor Schönheit« – den Beifahrersitz nicht überlassen.

»Ach«, sagte Birgit. »Sie sind auch da.«

»Wenn es um einen spannenden Geocache geht, immer dabei«, antwortete Marion. Sie lächelte und blickte hinter Sebastian her, der eben zum Palas ging, um sie anzukündigen.

»Herr Pfeiffer wollte sich auch dafür verwenden, dass sie die Drechselwerkstatt fotografieren kann«, setzte Jo hinzu.

»Eine Drechselwerkstatt auf einer Burg hätte ich nicht erwartet«, meinte Marion, »eher eine alte Waffensammlung, Säbel und so.«

Birgit presste die Lippen aufeinander, um sich zu beherrschen, aber als sie hinter sich Jos Prusten hörte, lachte sie laut heraus.

»Was ist jetzt los?«, fragte Marion irritiert.

»Machen Sie sich nichts draus«, beruhigte sie Birgit, und ihre Stimme war zum ersten Mal herzlich. »Hat nichts mit Ihnen zu tun. Alte Paare sind manchmal komisch. Ich heiße übrigens Birgit.«

»Wenn wir jetzt da drauf einen trinken, fall ich tot um«, sagte Jo. »Leerer Magen und drei Stunden strammer Marsch, das ist zu viel für einen alten Federfuchser.«

Eine Stunde später, den grandiosen Eintopf von Frau Heinrich im Magen, neben sich ein Glas mit dem hauseigenen Wildensteiner Wein, fiel er zwar nicht tot um, aber als Schatzsucher komplett aus.

»Geht nur«, sagte er und winkte müde. »Kommt zurück, beladen mit den Juwelen des Orients. Ich bleibe hier.« Er saß versunken in einem tiefen Sessel der Bibliothek, hörte, wie die Karawane zur Tür hinaus trabte und ein Auto angelassen wurde, dann legte er den Kopf zurück und blickte durch seine langsam zufallenden Augenlider auf das gemalte Rankenwerk an der Decke; das Laub umkränzte Jagdhörner, Vögel und die Gesichte, die an seinem inneren Auge vorüberzogen: von Wildenstein, der ihm noch ein Buch zur Seite gelegt hatte – »Das wird Sie interessieren« – Birgit, die sich von Marion Bilder des Vormittags auf dem Display zeigen ließ, das Funkeln von Pfeiffers Brille, wenn er nachdenklich den Kopf neigte, Frau Heinrich, wie eine Fee umnebelt vom Dampf, der aus dem Topf stieg. Wenn die Zeit ein Fluss war, dann war Wildenstein ein Strudel, eine Gegenströmung, ein Wirbel, in der eine alte Art des Lebens sich mit der neuen mischte, ein betörender Sog von Nostalgie und Neugier, der ihn in seine Träume hinabzog.

*

Langsam und vorsichtig steuerte Wildenstein sein Auto durch den Zwinger nach unten. »Jetzt gehe ich auf Ostereiersuche im Wald. Es fühlt sich seltsam an. Ich habe noch nie ein solches Versteck gesehen.« Marion weberte auf dem Rücksitz herum. »Wissen Sie«, sagte sie, »gleich in Ihrer Umgebung ist ein affengeiler Mystery-Cache. Wenn Sie nicht gleich ins Tal runterfahren, sondern links und außen herum im Wald, kann ich Ihnen den zeigen.«

»In meinem Wald?«, fragte von Wildenstein überrascht.

»Ach, der gehört Ihnen?« Jetzt war Marion überrascht. Die Idee, dass Wald jemandem gehören konnte, schien ihr neu zu sein.

»In der Tat, durch eine Laune der Historie und meiner Gene gehört mir Wald«, antwortete von Wildenstein. »Und jetzt anscheinend auch ein Schatz auf diesem Grund.«

Er war scharf links abgebogen und hielt sich auf der Forststraße.

»Würde der Ihnen gehören?« Marions Stimme klang defensiv.

»Keine Sorge. Ich lege keinen gesteigerten Wert auf vergammelte Schlüsselanhänger.«

»Gut, dann sollten Sie jetzt bremsen«, sagte sie. »Der Cache liegt da rechts unten.«

Von Wildenstein hielt an.

»Sehen Sie's nicht?« Marion grinste. »Das Versteck kann man eigentlich schon von der Straße aus sehen.«

Sie sahen nichts, stiegen aus, standen am Wegrand und schauten in den Wald hinunter.

»Da!« Marion zeigte auf den hohen Stumpf einer Kiefer.

Von Wildenstein zog die Luft ein. »Da ist ja ein Scharnier dran!« Er stieg die Böschung hinunter und fasste den Baumstumpf. Er war schräg durchschnitten worden und ließ sich ganz aufklappen.

»Mich trifft der Schlag«, sagte von Wildenstein, »mein Wald ist eine Trickkiste.«

Der obere Teil war ausgehöhlt und enthielt einen Holzquader, der ein Loch hatte. Von Wildenstein nahm ihn aus der Höhlung, im Quader klapperte etwas, man hörte das Rollen einer Kugel.

»Innen ist ein Labyrinth, in dem eine Kugel läuft«, erläuterte Marion. »Man muss sie durch das Labyrinth zum Loch herausbringen. Es gab vorher im Internet noch einen Hinweis, wie das Labyrinth ausschaut, damit es die Leute nicht frustriert nach Hause nehmen, um es daheim im Warmen zu probieren.«

»Keine schlechte Arbeit«, sagte von Wildenstein und schaute auf das verleimte Stück.

»Und was hat man dann von der Kugel?«, fragte Birgit.

»Da stehen die Koordinaten vom nächsten Punkt drauf.«

»Und der nächste Punkt ist wo?«, wollte von Wildenstein wissen. »Auch bei mir?«

»Wahrscheinlich. Nicht weit von hier, vielleicht 200 Meter. Ein künstlicher Ast.«

Von Wildenstein schaute stumm in seinen Wald, man sah ihm an, wie er diese Erfahrung in seinem Kopf sortierte.

Dann legte er langsam das Labyrinth in den Baumstumpf zurück und klappte ihn wieder zusammen. »Es scheint, als ob nicht nur Füchse und Vögel hier wohnen, ohne mich fragen zu müssen, und das Netz der Pilze, das ich nicht sehen kann. Ein virtuelles Wesen hat sich hier niedergelassen und baut sich seine illusionären Nester.« Er wandte sich zurück zum Auto. »Na dann, Leute: Suchen wir also, was die Ideen meiner Schwester ausgebrütet haben.«

*

Als Jo erwachte, saß Virchow am Fenster. Im Gegenlicht wirkte seine Gestalt wie ein Scherenschnitt.

»Sie trinken zu viel«, sagte er.

»Hört, hört.« Jo rieb sich den steifen Hals. »Soweit ich Ihrer Parlamentsrede zur gesetzlichen Bestrafung des Alkoholmissbrauchs entnehme, haben Sie selber manchmal nicht zu schlecht gebechert.«

»Nun, es ist nicht häufig, dass ein Professor sich betrinkt, aber stellen Sie sich doch vor, wie schwer es ist, bei einem Studentenkommers den vielen Anforderungen zu genügen, die einem bei einer solchen Gelegenheit von allen Seiten gestellt werden. Doch dies ist, mit Verlaub, eine andere Situation: Sie haben hier noch etwas zu arbeiten.«

Er wies auf das Buch neben Jos Sessel.

Jo rieb sich weiter den Hals und versuchte, die Nebel aus seinem Kopf zu vertreiben.

»Das ist der schlechte Einfluss von Tucholsky«, sagte er. »Vielleicht der schlechte Einfluss des Spessart überhaupt: Man irrt durch den riesigen grauen Wald auf der Suche nach Bösewichtern und Schätzen, und dann stößt man auf diese wohnlichen Höhlen, in denen der Wein glüht und die Wildschweinwürste

duften. Ein gewisser Obelix-Effekt, der zwangsläufig in einem Gelage endet.«

Das war ein gutes Bild. Vielleicht war das als Kernstück zu gebrauchen für den Artikel ›Deutschland, ein Wintermärchen‹. Er hätte sich das gerne notiert, doch sein Notizblock war im Auto geblieben. Jo stemmte sich aus dem Sessel und wanderte steifbeinig in Richtung des Ausgangs. In der Diele lief er Frau Heinrich in die Arme. Mit einem Blick erkannte sie seinen Zustand: »Sie brauchen jetzt einen Kaffee«, entschied sie.

Jo folgte ihr in die Küche, einem mehr oder weniger dreieckigen, vom Halbrund der Burgmauer begrenzten Raum. Dort klemmte er sich auf einen Hocker, während sie die Kaffeemaschine anwarf.

Ihre Bewegungen waren zügig und rationell, und es waren diese Bewegungen, die den Eindruck vermittelten, dass sie eine resolute Person war. Ihr Erscheinungsbild war ansonsten erfrischend normal, sie wirkte durchaus nicht wie die strenge Seele einer alten Burg. Ihre Haare waren nach der neuesten Mode des Eschauer Friseurs in unregelmäßigen Zipfeln geschnitten und in Strähnchen gefärbt, zusammen mit der großen Nase und dem ein wenig fliehenden Kinn wirkte sie auf Jo wie eine mütterliche Henne. Sie öffnete eine schmale Tür, die in die Burgmauer zu führen schien, verschwand in der engen Höhlung dahinter und erschien wieder mit einer Packung Kekse.

»Das war mal ein Wachraum mit Schießscharte«, erklärte sie, als sie seinen neugierigen Blick bemerkte. »Nicht gerade geräumig für eine Speisekammer, aber kühl.« Sie riss die Packung auf und bestückte ein Tellerchen mit dem Gebäck. »Den Kuchen schneide ich erst auf, wenn Herr von Wildenstein zurück ist«, sagte sie in einem Tonfall, der eine einfache Tatsache feststellte. Jo nickte folgsam. Die Loyalität für ihren Dienstherrn erstreckte sich zweifellos auch auf die Frage, wann Gäste einen Kuchen bekamen. Sie seufzte. »Hoffentlich hat er das Waldherz gefunden. Es würde ihm ein wenig Seelenfrieden zurückgeben. Dieses Unglück. Wenn sie doch nur auf ihn gehört hätte, dann wär das alles nicht passiert.«

Jo versuchte, schweigend eine Aura des Mitgefühls auszudünsten. Nachfragen durfte er jetzt auf keinen Fall, das hätte sie nur davor gewarnt, weiter über ihren Arbeitgeber zu plaudern.

»Was hat er ihr zugeredet im Guten, gestritten, gedroht sogar. Das ist ihm schwergefallen, sie waren doch so aufeinander angewiesen, die Zwei. Und jetzt hat er alles verloren, seine Schwester und das Herz.« Sie seufzte wieder und schwieg, schaute auf den Kaffee, der in die Glaskanne tropfte. Jetzt kam von selbst nichts mehr, Jo musste möglichst behutsam nachsetzen.

»Warum ist denn das Herz so wichtig?«

Doch schon diese Erkundigung war zu viel: »Das fragen Sie Herrn von Wildenstein lieber selber. Der kann es Ihnen besser erklären.«

Mit einem kleinen Tablett wanderte Jo in die Bibliothek zurück und versank ohne seinen Notizblock wieder im Sessel. Er nahm einen Schluck Kaffee und angelte sich das Buch, das ihm Wildenstein hinterlassen hatte: ›Einführung in das Campaigning‹ von Andreas Graf von Bernsdorff.

Jo hüpfte im Rösselsprung durch die Seiten. Dieser von Bernsdorff hatte offensichtlich für Greenpeace das Kampagnenhandwerk entwickelt und eine Art Lehrgang daraus gemacht: – Kampagnenziel – Zeitrahmen – Bild-

und Sprachsymbolik –. Jo blieb beim Kampagnendesign hängen:

Das Design von Greenpeace-Kampagnen folgt einer typischen Dramaturgie, die das Schema des Kampfes von Gut und Böse inszeniert … Da Menschen in Geschichten denken und Sinn aufgrund narrativer Muster zuordnen, ist die Inszenierung von Geschichten der direkteste und wahrscheinlichste kommunikativ anschlussfähige Weg in ein soziales System …

Da war es: Narrative Muster, Vladimir Propp, die Märchen als Vehikel zur Seele des Menschen.

Insgesamt werden vier unterschiedliche Akteure in die Kampagne verwickelt: der Campaigner, der Sünder, das Zielsystem und das Publikum … Der Campaigner … er kann als Person oder Organisation auftreten … Sie treibt das Geschehen voran, das heißt, sie schreibt das Drehbuch, spielt die Hauptrolle und versucht, Regie zu führen. Dabei hat sie sich die Rolle des ›weißen Ritters‹ zugedacht, des Guten …

Na klar, was sonst. Fabulologie wurde überall betrieben, nicht nur in Lohr.

Der Sünder … Ihm ist die Rolle des Bösewichts zugedacht, an dem ein Exempel statuiert werden soll. Da es nicht um die Bekämpfung oder Änderung von Einzelpersonen geht, sondern um die von Praktiken und Verfahrensweisen (z. B. Methoden der Giftmüllentsorgung), deren Prinzipien geändert werden sollen, empfiehlt es sich, einen Akteur zu suchen, der möglichst gut beleumundet ist. Nur der ›Gute‹, dem es wichtig ist, als der Gute gesehen zu werden, hat ein Motiv, etwas an seinen Praktiken zu verändern.

Das war wohl die Antwort auf Worschechs Frage,

warum PlanetGuard ausgerechnet zu ihm nach Rohrbrunn gekommen war.

Jo las sich fest, überhörte, wie Frau Heinrich im Speisezimmer mit dem Kaffeegeschirr klapperte, überhörte auch die Ankunft des Autos im Burghof. Erst das Stimmengewirr in der Diele schreckte ihn auf. Er legte das Buch zur Seite und versuchte sich vorzustellen, mit welchem Gesichtsausdruck sie hereinkommen würden. Strahlender Triumph? Eher nicht. Birgit hatte schon gewarnt, es werde nur eine Station auf einem Weg sein. Jo rappelte sich aus dem Sessel und ging ins Speisezimmer, von Wildenstein kam ihm entgegen, seine Augen glänzten aus dem Schatten seiner Brauen: »Ein Etappensieg«, sagte er und hielt Jo ein Reagenzglas entgegen, in dem ein eingerollter Zettel über das Meer der Zeit getrieben war.

»›Dreimal sprang der eherne Hirsch. Im Nacken trägt er die Botschaft. Mach keinen Rundweg, geh direkt dorthin.‹ Mehr steht nicht drauf.«

Sie hatten das Reagenzglas in der Höhlung eines Baumstumpfs gefunden, gleich neben einer einsamen sumpfigen Quelle am Hang des Geierkopf. Auf den Zettel konnten sie sich keinen Reim machen. Der Apfelkuchen von Frau Heinrich verschwand zügig, nicht aber die Ratlosigkeit, das Rätsel betreffend.

Birgit hatte die Skizze des Märchenglobus mitgebracht und erklärte, umringt von den Anwesenden, ihre Vermutung: »Es scheint, als ob Elisabeth die Sucher zunächst selbst auf eine Märchenreise schicken wollte, sodass man wie in einem Märchen drei Aufgaben lösen muss. Bei diesen Aufgaben geht es immer darum, die beiden Seiten des Globus zu verknüpfen, den Westen mit dem Osten, das Subjekt mit dem Objekt, die Innenwelt mit der Außenwelt. Die drei Aufgaben der Märchen beziehen sich auf das, was Elisabeth die drei Reiche nannte, und in jedem Reich muss eine solche Verknüpfung stattfinden. Unsere Reise begann da«, sie zeigte auf das Märchenbuch, »im Reich des Wortes. Dort spiegelt der Geist mit Begriffen die Körper, die ihm auf der anderen Seite des Globus gegenübertreten. Diese Aufgabe haben wir gelöst. Und eine Verbindung zu dem Vogel hier unten, dem Geier, geschaffen. Im Sinne des Märchenglobus ist es logisch, dass jetzt der Hirsch kommt«, dozierte Birgit weiter und rutschte mit dem Zeigefinger eine Stufe nach unten. »Er steht für das Reich, wo Energie auf Energie trifft, wo Sinneseindrücke Wahrnehmung und Emotionen hervorrufen. Elisabeth nannte es das Reich der Flamme. Dort finden wir als Symbole die vierbeinigen Tiere. Deshalb haben wir jetzt ein Hirschrätsel. Noch eins weiter unten käme dann das Reich des Steines, der Materie, des Körpers.«

»Oho, dann wären wir soweit! Da liegt der Edelstein.«

»Könnte man meinen.« Birgit war vorsichtig. »Sie hat da einen Schlüssel gezeichnet. Kann sein, dass er direkt zum Herzen führt. Kann sein aber auch nicht. Das Herz hat sie unten an die Achse der Zeit gezeichnet, im Zentrum des Selbst. Im Märchen ein sehr gefährlicher Ort. Man kann dort dem Tod begegnen.« Alle schwiegen betreten. »Oder betrunken ins Bett fallen wie Schneewittchen«, ergänzte sie.

»Sehr beruhigend«, meinte Jo. »Und wo ist der Märchenwald? Was soll der Baum?«

»Der Wald wächst durch alle drei Reiche, hat die Wurzeln im Reich des Steins, seinen Innenraum im Reich der Flamme und die Wipfel im Reich des Wortes.«

»Das heißt, wir müssen den Hirsch im Wald finden?«

»Müssen nicht. Hirsch reicht als Symbol für dieses Reich. Wir sind ja für das Märchenrätsel auch nicht auf einen Baum geklettert, es reicht, dass wir uns im Reich des Wortes mit Worten befasst haben.«

Jo fasste zusammen: »Wir wissen also nur, dass der Hirsch kommt, aber nicht wo und wie.«

»Jetzt, wo wir sicher sind, dass die Geierquelle der richtige Punkt war, liegt die Lösung des Hirsch-Rätsels vielleicht in dem Zusatz, von wegen, was man abziehen und dazuzählen soll und wo man nicht hingehen soll«, meinte Marion. »Irgendeinen Sinn muss das doch haben.« Sebastian holte seinen Laptop und gab nach Jos Berechnung 48° 22' 45'' nördliche Breite und 8° 28' 45'' östliche Länge in sein Kartenprogramm ein. Es erschien das schwarze Dach des Anbaus eines Wohnhauses in einem winzigen Ort im Schwarzwald.

»Ist denn Elisabeth je dort gewesen?«, fragte Sebastian den Wildensteiner.

»Wie heißt das Kaff?«, gab von Wildenstein zurück.

»Wälde, Gemeinde Loßburg.«

Der Freiherr zuckte die Schultern. »Nicht, dass ich wüsste. Sie hat nie von irgendwas da unten gesprochen, hat auch, soweit ich weiß, keine Freundin da oder dergleichen. Aber andererseits hatte ich oft wenig Ahnung von dem, was sie so treibt. Wie weit ist das weg?«

Sebastian ließ den Computer die Route berechnen. »So 270 km, ungefähr drei Stunden Fahrt.«

»Dann hätte sie Hin- und Rückweg an einem Tag bewältigen können.«

»Aber warum denn, zum Geier?« Sebastian schüttelte den Kopf. »›Ach, lass es doch, mein Sohn.‹ Sie ist vielleicht selber nie dort gewesen.«

»Probieren Sie doch noch die Alternative«, meinte Jo. »Lassen Sie die Sekunden weg.«

Sebastian tippte 48° 22' 00'' und 8° 28' 00'' ein. Der Zeiger landete in einem Waldstück südwestlich der Ortschaft.

Von Wildenstein seufzte. »Fest steht nur, dass meine Schwester eine seltsame Art Humor hatte. Ich werde hinfahren. Da geht nichts dran vorbei.«

Jo beschloss, dem Freiherrn seine aufgesparte Frage zu stellen: »Es geht Ihnen doch um mehr als nur den materiellen Wert dieses Steines, oder? Wieso ist er Ihnen denn so wichtig?«

Der Freiherr setzte sich zurecht wie einer, der eine längere Geschichte beginnt: »Das Waldherz steht am Ursprung des Hauses Wildenstein. Sehen Sie, offiziell ist das Geschlecht der Grafen von Rieneck 1559 ausgestorben. Sie haben sich über Jahrhunderte mit den Mainzer Herren um die Vorherrschaft im Spessart geprügelt, diese Burg hier war ein besonders dreister Vorstoß Richtung Aschaffenburg. Jedenfalls: Der Name der Rienecker ist ausgestorben, die Gene nicht, denn die Frauen treiben sich im ganzen europäischen Hochadel noch herum. Der letzte männliche Rienecker, Philipp III., hat eine Margarethe von Erbach geheiratet. Die Ehe blieb kinderlos. Sie sollen sich recht gern gehabt haben, aber Gelegenheit macht Diebe, und es gab eine Gelegenheit. Diese Margarethe hatte noch 15 Geschwister, darunter auch jüngere Schwestern. Eine davon war als Gesellschaftsdame in den Hausstand des Rienecker gekommen und war in Wildenstein gewesen, als sich der Rienecker zur Jagd hier aufhielt, und das wohl mehr als ein Mal. Es gab eine Affäre, es ist überliefert, dass sich die Drechselstube – das Hobby hat im Adel eine lange Tradition – in unmittelbarer Nähe der Jungfrauengemächer befand.«

Man hörte einen Seufzer, Marions Augen glänzten, sie fand es offensichtlich sehr romantisch.

»Dennoch fanden die beiden wohl, dass sie in der Burg zu sehr unter Beobachtung standen, es heißt, sie hatten ein Liebesnest im Wald. Sie wurde schwanger, man verfrachtete sie in ein Kloster, der Rienecker gab ihr zum Andenken das Waldherz mit. Ihr Kind, ein Sohn, wuchs dann bei den Erbachern auf, seine Mutter aber nahm den Schleier. Es heißt, dass sie das Waldherz erst auf ihrem Totenbett an ihre Enkelin weitergegeben hat. Als die Erbacher, also die Familie der Ehefrau, nach dem Tode des Rieneckers seine Lehen erbten, setzten sie diesen unehelichen Sohn als Amtmann auf diese Burg, eine nicht unübliche Art, einen Bastard zu versorgen, wobei in dem Fall ja kaum von einem Bastard die Rede sein konnte. So kam es wohl auch, dass die Linie sehr zügig in den niederen Adelsstand erhoben wurde, und so sehen Sie heute einen Freiherrn vor sich, der eigentlich ein Graf von Rieneck sein könnte.«

»Wurmt Sie das?« Es war Jos Spezialität, spontan solch naiv-dreiste Fragen zu stellen, zum Glück wusste er ziemlich gut, wann er sich das leisten konnte.

Von Wildenstein lächelte, begann dann lautlos zu lachen, kratzte sich mit seinen breiten Drechslerfingern am Kinn. »Mein lieber Herr Murmann, vielleicht haben Sie als Journalist dieselbe Position, dass Sie nirgends ganz dazugehören oder dazugehören sollten. Es hält den Blick frei.« Er wurde wieder ernst, stand auf, ging zum Fenster und schaute auf den Burghof. »Da, in der Kapelle werde ich am Samstag die Urne meiner Schwester beisetzen. Zu dieser Gelegenheit werde ich die ganze Bande zu Gast haben. Wir werden hier am Tisch sitzen und Belanglosigkeiten austauschen, falls ich keine Lust habe, mich über Politik zu streiten. Falls ich aber dazu Lust habe, wird es eine sehr lebhafte Beerdigung werden.« Er fing wieder an zu lachen, wirkte in dem Moment wie ein dunkler Gnom, der gerne Streiche spielt.

»Weil Sie nicht an Gefängnisse glauben?« Jo hatte sich genießerisch im Stuhl zurückgelehnt, es war die Sorte Unterhaltung, die ihm Spaß machte.

»Viel schlimmer.« Der Freiherr setzte sich wieder. »Viel schlimmer. Ich glaube nicht an unser Geld.« Alle schwiegen etwas verblüfft, nur Sebastian schmunzelte leicht, er schien solche Diskussionen gewohnt zu sein. Von Wildenstein fuhr fort: »Und das ist die schlimmste Form von Ketzerei, die unsere Gesellschaft kennt. Sie dürfen sagen, dass es keinen Gott gibt, dass jede Sorte menschlicher Gemeinheit ungesühnt bleibt, dass der Mensch dem Menschen ein Wolf ist und Raffgier die Triebfeder der Evolution. Man wird Ihnen die Schulter klopfen und Sie als Realisten preisen. Aber wenn Sie sagen, Sie glauben nicht an das Zinsgeld, dann sind Sie ein Spinner.«

Jo nickte. »Ich ahnte doch, dass Sie ein Anarchist sind. Meine Frau wollte es nicht glauben.«

»Oh, mit Anarchismus hat das zunächst mal gar nichts zu tun. Es hat damit zu tun, dass Geld sich nicht von selbst vermehren kann. Das angeblich schöpferische Kapital ist ein virtueller Parasit, der die Realität aussaugt.«

»Cool«, sagte Marion. »Aber was ist dann mit Ihrem Haufen Wald? Ist das kein Kapital?«

»Touché, exakt, junge Frau, Sie haben den Finger auf

die Wunde gelegt. Der Großgrundbesitz ist der Ursprung dieses gewaltigen Irrtums. Und das ist mein Problem. Ich mag das Finanzkapital nicht, aber die Verantwortung für meinen Wald will ich nicht aufgeben. Und dafür habe ich die üblichen Erklärungen: Ich besitze zwar die Lebensgrundlage meines Försters und meiner Waldarbeiter, aber ich trage auch die ganze Verantwortung. Ich nehme ihnen eine Menge Sorgen ab etc., ich habe den Oberüberblick, sorge auch dafür, dass diese Burg nicht zusammenfällt und so weiter und wirtschafte so, dass die nächste Generation genauso vom Wald leben kann wie ich – wobei es die nächste Generation hier nicht gibt.«

»Sie könnten doch einfach Ihren Patensohn adoptieren.« Den Anwesenden blieb die Spucke weg ob Marions Dreistigkeit, aber von Wildenstein hob lächelnd die schweren Augenbrauen. »Dann, Fräulein, müssen Sie mit ihm verhandeln. Der will nämlich nicht.«

»Echt?« Marion war fassungslos. Sebastian hob abwehrend die Hände: »Den ganzen Krempel? Danke.«

»Da haben Sie es.« Der Freiherr zuckte die Achseln.

»Ich habe ihm ein Genossenschaftsmodell vorgeschlagen«, fuhr Sebastian fort. »Oder Erbpacht. In der Schweiz sitzen ein paar in Ehren ergraute Herren, die Erbpachtsysteme ausarbeiten.«

»Was mir bislang am besten zusagt«, fiel der Freiherr ein. »Es entspricht dem wahren Kern der Tradition, dem Prinzip des Lehens. Wir Adelige bekamen das Land zu Lehen, das heißt zu leihen. Von einem Souverän. Wenn Sie nicht wissen, wer das heute ist, dann schauen Sie mal ins Grundgesetz.«

»Oh Mann«, hörten sie Marion flüstern. »Das wird eine lustige Beerdigung.«

»Haben Sie Lust, zu kommen? Ich könnte noch jemand brauchen, der unverschämte Fragen stellt«, sagte der Freiherr freundlich.

»Mich?« Marion schaute verwirrt in die lachenden Gesichter ringsum.

»Oder Sie.« Von Wildenstein wandte sich an Jo. »Ich wünsche mir sehr, dass Sie in Ihrem Artikel unverschämte Fragen stellen. Haben Sie in das Buch hineingelesen?«

Jo nickte. »Es ist aufschlussreich.«

»Aufschlussreich? Ich würde sagen, es ist ausschlussreich. Ah, PlanetGuard hat sich im Spessart die Bühne gezimmert, auf der sie im Scheinwerferlicht ihr Stückchen spielen vom edlen Ritter und der Rettung der Jungfrau vor dem Drachen. Und die Medienmotten fliegen da rum im Lichtkreis und sehen nicht, was im Dunkeln ist. Herr Murmann, schauen Sie hinter die Kulissen. Da sind noch ganz andere Akteure, die schreiben die Drehbücher und schieben die Kulissen für dieses Rührstück, in dem meine arme Schwester nun ungefragt die traurigste Rolle bekommen hat.«

Die Sorte Andeutungen kannte Jo. Entweder der Freiherr wusste wirklich etwas, oder er machte sich wichtig. »Dann habe ich tatsächlich eine unverschämte Frage: Wen soll ich denn Ihrer Ansicht nach entlarven?«

»Mich natürlich, Herr Murmann, mich!« Und wieder lachte er wie ein großer Kobold. »Das ist doch ganz einfach. Von was redet PlanetGuard nicht? Mit keinem Ton? Gehen Sie in ihr Camp und fragen Sie laut: Wie wollt ihr je die Ausbeutung der Ressourcen beenden ohne eine Alternative zum Kapitalismus? Sie werden Sie mit Weihwasser abschrubben, damit die Großspender den Geruch nicht mitkriegen.«

»Den Geruch der Revolution?«

»Den Geruch der Vernunft. Halten Sie mich nicht für einen Marxisten, Herr Murmann, ich bin Freiwirtschaftler.«

*

Als ständiger Gast in Wildenstein kannte Sebastian die Idee des zinsfreien Geldes und ihre Geschichte zur Genüge. Er hatte sich verabschiedet, ohne noch abzuwarten, ob und wie sein Pate zu einer Erklärung ausholen würde. Er brachte dieser Theorie ein skeptisches Wohlwollen entgegen, und war vor allem immer wieder erstaunt, wie wenige Leute mit ihr vertraut waren. Dass Zins und Zinseszins dazu führen mussten, dass sich immer mehr Reichtum und damit immer mehr Macht in den Händen Weniger ansammelte, das konnte sich eigentlich jeder Mensch mit dem Taschenrechner ausrechnen. Doch dass es dazu eine andere Alternative als den Kommunismus gab, das wusste fast niemand. Die einzige Chance, die sich je geboten hatte, die Freiwirtschaft in größerem Stil in die Tat umzusetzen, war keine gewesen: In den letzten Tagen der bayerischen Räterepublik war ihr Erfinder Silvio Gesell so schlecht beraten gewesen, den Posten eines Finanzministers anzunehmen. Die Revolution war ein sturmreif geschossenes Wrack gewesen, sinnigerweise inzwischen geführt von einem verkrachten Matrosen namens Egelhofer, und sich von ihm anheuern zu lassen, hatte Gesell buchstäblich fast den Kopf gekostet. Seitdem kokelte der Gedanke des zinsfreien Geldes in diversen Regionalwährungssystemen und Gemeinwohlinitiativen weiter. Das Problem war das Bodenrecht. Denn wenn man die Verzinsung des Geldes abschaffte und durch eine Geldbenutzungsgebühr ersetzte, blieb noch immer der Ertrag der Immobilien.

Sebastian vergaß die Fragen, sobald sein Auto das Burgtor passiert hatte. Von den Höhen des Bürgerlichen Gesetzbuches rutschten seine Gedanken eilends hinunter in die Niederungen des Strafrechts. Er hatte noch etwas vor.

Die Dämmerung war schon fortgeschritten, als er Heigenbrücken erreichte, doch der Hof seines Onkels Paul war hell erleuchtet. Die Tore der Maschinenhalle standen offen, und im Scheinwerferlicht ruhte die gewaltige Holzrückemaschine, der Forwarder mit seinen stählernen Rippen, in die er die Baumstämme mit seinem Kran hineinhob und einschloss wie in den Brustkorb eines Dinosauriers. Sebastian war es immer so vorgekommen, als ob die Muskelmasse, die ein Mann früher im direkten Umgang mit den Baumstämmen gebraucht hatte, nun ebenso nötig war, um diesen Riesen zu betreuen, der mit abgewetzten Farben und mit Rindenresten beklebt von den Kräften zeugte, die er im Wald ausübte und denen er ausgesetzt war.

In der Halle roch es nach Diesel und Harz. Paul, der noch im Führerhaus des Forwarders zugange war, begrüßte Sebastian mürrisch mit einem Nicken zwangsläufig von oben herab hinter der verspritzten Scheibe und ließ ihn demonstrativ warten, bis er mit seinem Gekrame fertig war. Sebastian hatte es nicht anders erwartet. Seit der Sache mit der missglückten Anzeige gegen Gerhard war er nicht gut auf ihn zu sprechen. Endlich wurden seine Beine im Blaumann und die groben Stollen seiner Arbeitsschuhe sichtbar. Er kletterte langsam heraus und hinunter auf den Betonboden.

»Wiesou«, begann er ohne Umstände, »wiesou verteidigst du des Arschloch? Er is da, wo er hieghört.«

»Hat's dir die Corinna erzählt?«

Paul nickte kurz. Er war wie seine Schwestern eigentlich ein gutmütiger Mensch, doch hatten Sorgen Linien in sein breites Gesicht gegraben, die härter wurden, wenn er die Lippen zusammenkniff.

Sebastian versuchte, die Dinge zurechtzurücken: »Lebenslänglich ist eine andere Geschichte als ein Denkzettel. Wenigstens gewesen sein sollte er's dann.«

»Vielleicht war er's ja.«

»Im Ernst?«, sagte Sebastian und schwieg dann.

Nach einer Weile sagte Paul: »Für die Corinna wär's besser.«

»Die Corinna meint das nicht.«

»Die blödie Kuh. Nacher Weil wird se's scho merke.«

Sebastian war nicht gekommen, um darüber zu diskutieren, und beschloss, mit der Tür ins Haus zu fallen: »Kennst du einen Waldarbeiter, der Simon heißt?«

Paul nahm die Wendung des Gesprächs überrascht auf: »Vom Sehen. Wiesou?«

»Weil der den Gerhard vielleicht auch gern in der Kiste sieht. Er hat die Polizei auf seine Spur gebracht.«

»Wann er mit ihm in der Rotte is, kaa Wunner.« Paul lehnte sich an den mannshohen Reifen des Forwarders, weder der Schmutz am Reifen noch die Kälte in der Halle schienen ihn davon abzuhalten, eine gemütlichere Haltung einzunehmen, um sich in aller Ruhe über seinen Schwager auszulassen. »Mit dem Gerhard will kaaner mehr schaffe.« Sebastian sparte sich eine Aufforderung, das genauer zu begründen; Paul war schon dabei, seinem Herzen Luft zu machen: »Wenn der en Kater hätt, schafft er erschtens langsam und zweetens kanner sich net konzentriere. Dann vergisst er mal zu kreische, wenn der Baam fällt, oder er schmeißt en Baam in e Astgabbel. Und dann bringt er's fertich und schneid de Hänger oder sogar de Aufhalter, weil wenn er erscht de Seilzuch aahänge muss, wird sei Leistung nu schlechter. Und wenn die anderen sache, dass des en Scheißdreck is, was er daa riskiert hat, dann spielt er's runner. Das macht se dann rabbiat, dass er so tut, als wär's nix. Desweche habbe se eam scho verpfiffe, weil er eifach nichts eisieht. Es hat schon zwaai Abmahnunge gsetzt desweche, nuu aani, und er wär gfloche.«

Sebastian fragte nach. Der Hänger hieß der Baum, der beim Fallen festhing, der Aufhalter war der, der ihn aufhielt. An den beiden herumzusäbeln, konnte unvorhersehbare Kettenreaktionen auslösen. So viel hatte ihm Paul noch erklärt, als er sich zum Gehen wandte. Am Ausgang der Halle schaltete er die Lichter aus. Plötzlich schien die Nacht kälter und die feuchte Luft noch ungemütlicher. »Kummst no mit nei auf e Bier?« Die Frage war mehr höflich als herzlich.

»Danke«, sagte Sebastian. »Ich muss fahren.«

Er hatte schon den Griff der Autotür in der Hand, als er sich noch einmal umdrehte: »Weißt du was über einen ehernen Hirschen, der dreimal springt?«

»Was füre waas?«

»Ein eherner Hirsch. Ein Hirsch aus Eisen oder Bronze. Kennst du einen? Weißt du, wo einer ist?«

Paul schüttelte den Kopf und lächelte verwundert und spöttisch. »Ich kenn nur en bsoffene Hersch. Und der sitzt daa, wo er hieghört.«

Die Temperaturen sanken wieder, es fing an zu graupeln. Auf der Autobahn warfen die Lastwagen Fontänen von grauem Matsch gegen die Windschutzscheibe. Die Scheibenwischer tanzten aufgeregt hin und her und enthüllten stets neu eine Welt sich spiegelnder Lichter. Sebastian musste sich konzentrieren und dachte nur sprunghaft und unzusammenhängend nach.

Während Corinna geneigt war, alles zu verstehen und zu verzeihen, waren die Kollegen nicht bereit, den Kopf hinzuhalten. Es war nicht nur, dass er die Leistung und damit das Einkommen der Rotte schmälerte; ihre Arbeit war potenziell lebensgefährlich, und Gerhards Charakterschwäche und Unbelehrbarkeit machten sie noch gefährlicher. Wenn es Sebastian gelingen würde, ihn aus dem Gefängnis zu holen, wartete die nächste Katastrophe vielleicht schon. Entweder Gerhard verstand diesen Schuss vor den Bug, oder sein Leben ging den Bach hinunter. Einen winzigen Moment dachte Sebastian, dass es vielleicht tatsächlich besser sei, Gerhard im Gefängnis zu lassen. Doch erstens war das nur eine Versuchung, der Bequemlichkeit nachzugeben, und zweitens verstand er, dass seine Rolle als Verteidiger im Spiel des Schicksals abgezirkelt war. Er musste gute Arbeit machen, es lag nicht an ihm, darüber hinaus etwas zu entscheiden.

Der eherne Hirsch. Sie mussten ihn finden.

Als er in Würzburg endlich die Haustür öffnete, glaubte er durchs Treppenhaus einen schwachen Schimmer wahrzunehmen. Einem Impuls folgend ließ er die Finger vom Lichtschalter, ging unter den Treppenschacht und blickte nach oben. Das Licht flackerte im obersten Stock, wo er wohnte. Leise und vorsichtig stieg er hinauf, und als der Treppenabsatz vor seiner Tür in den Blick kam, sah er dort zwei Kerzen. Zwischen ihnen saß Marion im Schneidersitz auf seiner Fußmatte, einen langen Mantel um die

Knie geschlagen, und las ein Buch. Es verschlug ihm einen Moment die Sprache, so unerwartet war das Bild der Versunkenheit und Wärme. Das Kerzenlicht schimmerte auf ihrem Haar, sie blätterte um, und die Schatten ihrer Hand flatterten über die Wände.

Schließlich räusperte er sich.

Sie blickte auf und lächelte. »Na endlich«, sagte sie. »Du hast dein Handy in der Burg vergessen.«

*

Der eherne Hirsch. Auch das Internet gab gar nichts her. Grimm'sche Märchen mit Hirschen gab es eine ganze Reihe. In der Regel taten sie nichts anderes, als Könige, die ihnen nachjagten, tief in den Wald und in die Irre zu leiten und damit ihrem Schicksal zuzuführen. Das Geweih erschien wie eine Wurzel nach oben, mit der dieses Tier mit dem Himmel verbunden war. Verlockend und unfassbar führte es den, der ihm nachstellte, ins Herz der eigenen Orientierungslosigkeit und zu einer Sache, die zu begehren ihm vorher nie in den Sinn gekommen war.

Jo hatte die Suche im Computer aufgegeben und sich auf der Eckbank der Ferienwohnung ausgestreckt. Die künstlichen Rosen, die dieser Körperhaltung stets in den Weg gekommen waren, hatte er neben den Fernseher verbannt, in dem leise ein Fußballspiel lief. Birgit und er hatten, wohlgemästet mit Apfelkuchen und Sahne, auf das Abendessen verzichtet und sich noch ein Bierchen genehmigt. Nun verfolgten sie entspannt und träge den Lauf der bunten Männchen auf dem grünen Feld.

»Na hoffentlich führt uns der Hirsch nicht in die Irre,

zu etwas, das wir nicht suchen. Oder vielleicht gibt es das Waldherz gar nicht. Eine Erfindung, um den genealogischen Ursprung des Hauses Wildenstein zu rechtfertigen.« Er fing an zu kichern. »Stell dir vor, wir jagen die ganze Zeit einer Chimäre nach: dem Mythos des Hauses Wildenstein.«

»Der Truchseß hat mir aber nicht den Eindruck gemacht, dass er das Waldherz nicht kennt«, gab Birgit zu bedenken. Doch Jo fand seine Theorie zu spannend, um sie gleich aufzugeben: »Stell dir vor, die Wildensteiner hätten die ganze Zeit von dem Waldherz geschwafelt, und dass diese Klosterschwester aus dem Hause Erbach ihre Ahnfrau sei, statt irgendein Bauernmädel aus Eschau. Und dann kommt der Truchseß und will den Stein kaufen, und sie haben gar keinen. Und da erfinden sie das Märchen von diesem Cache.«

Birgit lachte. »Und wir als Bauern auf dem Schachbrett. Na großartig. Am Schluss eine große Falle im Wald, wo wir alle reinfallen, und je mehr Verschwundene und Tote, desto größer der Ruhm des Schatzes.«

»Bluuut ist ein ganz besonderer Saft«, sagte Jo mit teuflischer Fistelstimme. »Es gibt überhaupt nichts, was mehr Bedeutung verleiht als Blut.«

»Stimmt.« Jo hörte Birgits Stimme aus dem Sessel kommen, sah aber nur ihre nackten Füße, die mit grün lackierten Zehennägeln wackelten. »Und zu dem Zweck hat der Freiherr seine Schwester gleich als Erste abgemurkst?«

»Hm.« Es trat eine Pause ein, als ob etwas um die Ecke kröche, was man nicht durch ein unbedachtes Wort verscheuchen wollte. Schließlich murmelte Jo: »Frau Heinrich sagt, der Wildensteiner hätte mit seiner Schwester wegen des Caches gestritten, sogar gedroht hätte er ihr.«

Birgit tauchte aus dem Sessel auf: »Mit was?«

»Keine Ahnung.«

Birgit hing sich über die Armlehne und schaute Jo an: »Traust du ihm einen Mord zu?«

»Wieso ich? Du bist die Psychologin.«

Birgit drehte sich zurück und verschwand in der Plüschmuschel. Sie schauten eine Weile auf die roten und weißen Männchen, die im Fernseher über den Rasen rannten. Dann sagte Birgit. »Der Wildensteiner hat schon einen auf dem Gewissen. Und es macht ihm bis heute zu schaffen. Der bringt nicht noch jemanden um.«

»Was?« Jo hatte sich aufgerichtet und fast sein Bierglas umgeschmissen.

»Tor«, sagte Birgit nüchtern. »Für die im weißen Trikot.«

»Für die Bayern, meinst du.« Aber diese Tatsache, so gewichtig sie war, trat im Augenblick für Jo in den Hintergrund. »Wen hat er auf dem Gewissen?!«

»Den Vater vom Pfeiffer. Er war als Treiber auf seiner Wildschweinjagd. Ein Keiler, den der Wildensteiner angeschossen hatte, hat ihm mit den Hauern das Bein aufgeschlitzt. Er starb an einer Blutvergiftung. Pfeiffers Frau war schwanger gewesen, und da hat der Wildensteiner die Patenschaft für das Kind übernommen.«

»Woher weißt du das?«

»Er hat es auf der Wanderung zum Geierkopf erzählt.«

Jo sank wieder in die Ecke zurück.

Auf dem kurzen Ende der Bank saß Virchow. Er hatte seinen Gehrock ausgezogen und trug ein blütenweißes Hemd und eine Weste, aus deren Tasche die dicke Goldkette einer Uhr hing. Seinen Zylinder hatte er als Ermahnung zur Mäßigung über Jos Bierglas gestülpt. »Eine Sepsis. Sehr bedauerlich, aber gewiss nicht dem Freiherrn anzulasten, sondern vielmehr einer Vernachlässigung der unverzüglichen Behandlung.«

»Virchow«, sagte Jo. »Sie hatten von Sepsis wenig Ahnung.«

»Was?!« Virchows Brille funkelte wütend.

»Hatten sie nicht.« Jo nahm den Zylinder von seinem Bier und trank einen Schluck, während Virchow um Fassung rang. »Die Wildsau hatte dreckige Zähne. So wie die Ärzte dreckige Pfoten hatten, die den Wöchnerinnen im Krankenhaus das Kindbettfieber verpasst haben, was Sie, Herr Virchow, als hochberühmter Professor abgestritten, ihrem Kollegen Semmelweis das Leben schwer gemacht und damit ziemlich viel Unheil angerichtet haben.«

Das Thema war Virchow dermaßen peinlich, dass er augenblicklich verpuffte. Sein Zylinder brauchte etwas länger.

»Da hat er aber ganz schön persönliche Sachen erzählt«, sagte Jo nach einer Pause.

Birgits leises Lachen war aus dem Polstersessel zu vernehmen. »Kannst du's dir nicht denken, wieso?«

Jo kratzte sich am Kinn. »Lass mich raten. Marion hat gefragt.« Er verstellte seine Stimme ein bisschen höher: »Und wieso haben Sie eigentlich den Paten für ihn gemacht?«

Sie kicherten beide ein wenig.

»Sie hat einen ziemlich quadratischen Charakter«, sagte Jo, »und man fragt sich manchmal, wie sie so unglaublich subtile Fotos machen kann.«

»Quadratisch?«

»Wie diese Schokoladenmarke, mein ich. Quadratisch, praktisch, …«

»… süß«, ergänzte Birgit.

Sie schauten eine Weile schweigend den laufenden Männchen auf dem Bildschirm zu. Dann meinte Jo: »Du hättest ruhig schon eher ein bisschen netter zu ihr sein können. Ich hab schon am ersten Abend die Situation klargestellt.«

»Hast du?« Birgit erschien wieder aus den Tiefen ihres Möbels. »Wie denn das?«

»Ich hab ihr verraten, dass ich Anti-Alzheimer-Training mache«, sagte Jo düster.

»Echt?«, lachte Birgit. »Jetzt bin ich aber beleidigt. Du erzählst der Sachen, die ich nicht weiß! Und wie geht dieses Training?«

»Ich merke mir Dekos.« Er schloss die Augen: »Ein Strauß künstlicher Rosen, ein Nussknacker, zwei Porzellanfigürchen von einem Jungen und einem Mädchen, drei Kakteen und eine beleidigte Ehefrau.«

»Du bist auch so eine Dekoration«, sagte Birgit. Es klang versöhnlich.

»Ich könnte mich ja als Zier-Eremit in die Eremitage setzen«, schlug Jo vor. »Sie hatten im 18. Jahrhundert in England welche in den Parks. Sie wurden von den Lords dafür bezahlt, mit Bart und Bibel in einer Hütte zu sitzen und weise und weltabgewandt auszuschauen.«

»Asketisch?«

»Natürlich.«

Sie lachte. »Vergiss es.«

*

Die Nacht brach herein, die Kälte nahm zu. Osmoderma eremita lag bewegungslos im Inneren der Eiche. Er hatte sich drei Jahre lang die Pilzfäden entlang gefressen, die dort zwischen Holz und Mulm wuchsen. Inzwischen war seine weiße Larvengestalt etwa sieben Zentimeter lang, dank der Dunkelheit und dem rechten Futter. Fressen und wachsen war, was er konnte und sollte. Der Eremit kannte Geschmack und Konsistenz seiner Umgebung, und sein Körper war ein Abbild davon. Das war bislang alles. Aber nun kam er an eine Schwelle, seine Gestalt hatte ein Ausmaß erreicht, das neues Wissen seiner Zellen wachgerufen hatte. Und dieses Wissen war umfangreich, komplex und warf alles über den Haufen, was er bisher gemacht hatte. Er würde sich vollkommen umbauen, Flügel bilden, schwarze Flügeldecken, kurze Fühler. Und eines Tages, wenn es warm war, wenn die Sonne auf die Eiche schien und sie aufheizte, würde er am Eingang der Höhle erscheinen, in wunderbarer Pracht. Er würde da sitzen und Aprikosenduft absondern, ein unwiderstehliches Parfüm, das die Weibchen zu ihm rief. Es war die Erfüllung, die Krönung seines Daseins, ein bengalisches Feuerwerk, das ihn in wenigen Tagen ausbrennen würde.

Sieben Generationen zuvor hatte ein Mensch seinen Urahnen im Wald gefunden. Der Mann war aufgeregt gewesen deshalb und stolz, er hatte einen Artikel geschrieben, in dem stand, dass dies die Bestätigung seiner Waldbewirtschaftung war, und jemand anderer hatte geschrieben, dass er überhaupt aufhören sollte, Bäume aus diesem Wald zu holen. Es gab Fotos, es gab Gesetze, es gab Meinungen, es gab eine Welt von Symbolen, die mit ihm zu tun hatte, er war auf sie angewiesen und wusste nichts von ihr, aber sie war auch auf ihn angewiesen, auf das Wissen seiner Zellen, das allein ihm gehörte.

*

Die Eichen standen wie dunkle Säulen. Dazwischen erhoben sich die schlanken Stämme der Buchen und erfüllten den Raum zwischen den Stämmen mit ihrem filigranen Gezweig.

»Und? Wie finden Sie den Wald? Ist das ein Industrieforst, eine Monokultur, oder was würden Sie sagen?«

Der Revierförster Kroth hatte eine sanfte Stimme, die etwas in Kontrast stand zu seiner Körpergröße. Birgit war nach Aschaffenburg gefahren und hatte Jo bei der Forstdienststelle abgesetzt, einem soliden älteren Gebäude aus Sandstein. Inzwischen hatte Jo gelernt, dass im Spessart die meisten soliden älteren Gebäude aus Sandstein Forstämter oder ehemalige Forstämter waren. Vielleicht gab es noch da und dort eine ehemalige Posthalterei, eine Schule, ein Arzt- oder ein Pfarrhaus, die mit der ökonomischen Potenz der Forstämter mithalten konnten, Relikte mächtiger Organisationen, die im 19. Jahrhundert im tiefen Wald ihre Außenposten befestigt hatten.

Kroths Büro befand sich direkt neben dem Hauseingang, kenntlich durch ein Emailletäfelchen mit der entsprechenden Aufschrift. Neben der Tür standen Stiefel auf einem Putzlappen. Das Büro roch nach Hund. Jo hatte noch einen Blick in ein geräumiges Kinderzimmer erhascht, das fast völlig von einem aus Wäscheleinen und Decken erbauten Zelt eingenommen wurde. Das große Baumhaus, das neben dem Hof in einer Buche hing, war wohl im Winter zu feucht und zu kalt zum Spielen.

Kroth hatte seinen Terrier ins Auto gepfiffen, sie waren gleich hinter dem Haus in den Wald gefahren, und nun hielt das Auto an einem Bestand, der, wie Kroth sagte, das Betriebsziel der Eichenwirtschaft war.

»Ob mir der Wald gefällt? Ich komme aus Oberbayern«, sagte Jo, »da gibt's so was überhaupt nicht. Wissen Sie, ich beurteile Wald wie der Bub, der ich gewesen bin.

Da ist blöder Wald, unfreundliche, kratzige, dunkle, langweilige Fichtendickungen, in die ich als Kind gar nicht erst reinwollte oder durch die ich schnell durchgeschlüpft bin auf dem Weg zu einem spannenden Wald. An einem Bächlein zum Beispiel, da bin ich immer gern hin, weil es gab da Weiden und andere Laubbäume.«

»Erlen und Eschen wahrscheinlich«, bemerkte Kroth.

»Und zu dicken Bäumen bin ich gerne, rundherum mehr Platz, Moos und so. Das sind so ungefähr meine Kriterien. Von daher ist das hier der superste Wald, den ich mir mit meinem kindlichen Gemüt vorstellen kann. Gleich kommt Miraculix von oben runtergeseilt mit seinen Misteln.«

Kroth lachte lautlos und zustimmend. »Und doch fehlt was für Miraculix«, sagte er dann. »Totholz. Da mussten wir dazulernen. So schön diese Wälder aussehen, tote Bäume sind wichtige Teile des Systems.«

»Und außerdem«, fuhr Jo fort, »inzwischen war ich mit Frau Wenzel unterwegs, und sie sagt, dass es ganz unnatürlich ist mit diesen Eichen, und dass sie Gift spritzen und Kahlschläge machen dafür und so weiter, und dass das eigentlich ein Buchenwald ist.«

»Das mit dem Gift ist Blödsinn, hier im Spessart jedenfalls«, sagte Kroth. »Mit einem hat Frau Wenzel recht: Von Natur aus wäre das ein Buchenwald. Und zwar ein reiner Buchenwald, eine natürliche Monokultur. Die Buche ist so vital hier, die wächst alles andere in Grund und Boden. Und wir haben ja auch die Buche weiter hier mit über 50 Prozent Anteil. Die Buche ist auch die Voraussetzung für diese wertvollen Eichen. Wenn die Buche nicht schon im Halbschatten gut wachsen würde und die Eichenstämme mit ihrem Laubwerk umfüttert, dann würden wir nie und nimmer diese kostbaren Furnierstämme bekommen. Durch den Schatten der Buchen erst bleiben diese Eichen unten ohne Äste und bilden diese wunderbaren Säulen. Eine Eichenmonokultur ist eine Missgeburt. Die gibt es nicht.«

Kroth hatte die Arme über dem Steuerrad gefaltet und schaute beim Sprechen in seinen Wald hinein, als ob er mit sich selbst oder den Bäumen redete.

»Wir brauchen zwei Generationen Buchen, um eine Generation Furniereichen aufzuziehen. Wenn die Buchen den Eichen in die Krone wachsen, müssen wir den Bestand überführen, das heißt, die Buchen, die zu groß sind, raushauen und die nächste Buchengeneration nachkommen lassen. Dabei darf nicht zu viel Licht auf die Eichenstämme kommen, weil die sonst Reiser bilden, und dann ist es keine Furnierqualität mehr. Immer eine recht kitzlige Angelegenheit.«

Was war das für ein seltsames »wir«, von dem Kroth da redete? 200, 300 Jahre »wir«. Jo dachte an die Fotos im Spessartmuseum von den kühnbärtigen Uniformierten. Seither hatte es Kriege, Regierungswechsel, Revolutionen, nicht zuletzt Forstreformen gegeben. Was war das für ein »wir«?

»Viele von den Beständen«, fuhr Kroth fort, »in denen PlanetGuard jetzt die uralten Buchenwälder schützen will, sind ausgeplünderte ehemalige Eichenbestände. Die Eichen hat man geholt, die Buchen stehen lassen.« Bitterkeit kam in seine Stimme. »Aber das interessiert die nicht. Die ganze Geschichte interessiert die nicht. Besonders die Ausländer, die sie hier dabeihaben, die stehen vor unseren alten Bäumen und sind überzeugt, dass sie aus einem Urwald stammen und dass man sie vor den Holzfirmen retten muss. Die kennen ja von daheim nichts anderes. Und ich habe nicht den Eindruck, dass sich die Campleitung bemüht, denen das auszureden. Und mit uns reden die Aktivisten eh nicht. Ich glaub, die wissen einfach zu wenig und wollen sich nicht blamieren.« Er brach ab und sagte dann resigniert: »Jetzt ist eh alles wurscht. Jetzt können wir sagen, was wir wollen. Ich mach den Fernseher schon gar nicht mehr an. Haben Sie die Berichterstattung gesehen?«

»Sicher.« Mehr war da nicht zu sagen. Sie wussten beide, was los war: Da war das Camp vor der Waldkulisse. Die Tapferen, die trotz Todesgefahr aus dem Tor strömten, ein Mädchen mit Tränenspuren im Gesicht, die anderen mutig, die Jungs männlich-entschlossen: »Wir haben nie um so etwas wie Sicherheit gebeten. Wir sind zu PlanetGuard, weil wir uns für die Zukunft einsetzen wollen, nicht, um sicher zu sein.« Valerie Johansen mit dem offiziellen Statement, das Kinn vorgeschoben, die Augen blitzend: »Wir haben hier im Camp beschlossen, weiter zu machen. Wir haben das so nach Hamburg gegeben, wo die endgültige Entscheidung darüber fallen wird, ob das Risiko für unsere Aktivisten weiterhin tragbar ist. Unser Mitgefühl gilt den Angehörigen der Toten. Die Bayerische Staatsregierung wird sich fragen lassen müssen, wie sie eine Atmosphäre zulässt, in der ein brutaler Gewaltausbruch gegen die friedliche Durchsetzung internationaler Naturschutzstandards möglich ist.«

»Ich wundere mich schon«, unterbrach Kroth Jos Erinnerungen, »dass Sie überhaupt noch was Genaueres von uns wissen wollen. Und wie viel Sie mir glauben werden, weiß ich inzwischen auch nicht. Die sind die Guten, wir lügen.«

»Was ich Ihnen glaube?« Jo lächelte. »Sagen wir mal so: Ich will etwas von Ihnen wissen, was Ihnen persönlich sehr wichtig ist, nämlich, was Sie da im Wald eigentlich machen. Und da lügt es sich schlecht. Aber wenn wir schon beim Glauben sind: Was anderes glaube ich nicht unbedingt, nämlich, dass der Staab ein Mörder ist.«

»Echt nicht?« Kroth war überrascht. »Warum nicht?«

»Weil ich mit seinem Verteidiger gesprochen habe. Und der hat mir ziemlich überzeugend dargelegt, dass die Sache nicht seinem Charakter entspricht.«

»Genau«, bestätigte Kroth. »Wer den Staab näher kennt, gibt Ihnen recht: Wenn er seine Frau bisher im Suff noch nicht umgebracht hat, dann hat er die Wildensteinerin nüchtern nicht umgebracht. Aber er ist garantiert so ein Vollidiot, der eine Leiche wegschafft und in den Main schmeißt, weil er zu feig ist, die Sache zu melden. Es ist nicht das erste Mal, dass er den Betrieb in Schwierigkeiten bringt.«

»Welche Schwierigkeiten?«, hakte Jo nach.

»Arbeitssicherheitsgeschichten«, beschied ihm Kroth knapp. Er ließ den Motor wieder an, eine kleine Wolke Abgase stieg in die kalte Luft. »Jetzt machen wir eine Zeitreise rückwärts zu den blöden, langweiligen Wäldern, und dann dahin, wo alles anfängt.«

Kroth fuhr langsam, und der Rhythmus der Bäume begleitete sie, veränderte sich: Schmaler wurden die Stämme, jünger, immer noch Eichen, die Stämme in Buchenlaub gehüllt, dann hielt der Förster das Auto an. Auf der linken Wegseite begann eine Dickung, standen dünne Laubbäume, dicht an dicht, etwa fünf Meter hoch.

»Das hier ist ungefähr 35 Jahre alt. Einförmig, gleichaltrig, nicht das, was man sonst im naturnahen Waldbau so anstrebt. Die Flächen sind auch ziemlich groß. Es gab damals einen Sturm, und die geworfenen Flächen haben wir mit Eiche aufgeforstet. Das differenziert sich erst später zu dem Miraculixwald. Für einen Buben …« Kroth lächelte, »… ein Wald, in dem er nicht spielen will.«

»Na ja«, meinte Jo. »Wenigstens kratzt er nicht.«

»Und da auf der anderen Wegseite, das wär doch was für Sie, oder? Ein gemischter alter Wald mit hauptsächlich Buche. Da können auch wir Förster spielen, und zwar mit dem Licht und der Verjüngung, der Tanne den Vorsprung geben, den sie braucht, die Lärche beteiligen, verschiedene Baumalter haben, bloß eines kriegen wir so nicht, eben die Eiche. Die ist so lichtbedürftig, die kommt nur auf freien Flächen. Und da hinten drin sehen Sie einen Trupp Douglasien, die schon 100 Jahre auf dem Buckel haben.«

Die alten Bäume waren imposant, mächtige Stämme, die zwischen den Laubbäumen durchschimmerten und hoch oben dichte Kronen trugen. Und da sie aus Amerika kamen, fand Jo, dass sie ein wenig kalifornische Küstenstimmung verbreiteten.

»Was ist jetzt das Problem mit den Bäumen?«, wollte Jo genauer wissen.

»Sie sind sehr gefragt, weil sie gutes Bauholz liefern, nicht die Borkenkäfer kriegen und den Klimawandel wahrscheinlich besser vertragen. Das Problem ist, dass sie bislang ein bisschen steril sind. Die speziellen Flechten, Moose, Käferlein und Spinnen, die in so einer Baumkrone wohnen, sind von Amerika nicht mitgewandert, und die Unseren haben sich nicht angepasst, bisher jedenfalls nicht, das dauert noch so 100 Jahre mehr. Und deshalb sind auch die Vögel nicht oft in den Kronen.«

Jo schaute in den Bestand hinein und kramte nach den Kommentaren, die ihm Frau Wenzel gegeben hatte. »Frau

Wenzel sagt, sie begünstigen das Nadelholz. Sie machen die alten Buchenwälder auf, damit das Nadelholz reinfliegt.«

»Jaja, steht schon im Internet. Hab die Fotos schon gesehen«, winkte der Förster ab.

»Und?«

Kroth seufzte: »Wenn da eine alte Tanne steht, und ich will zehn Prozent Tanne wieder haben, dann muss ich zuerst um die Tanne herum auflichten, damit ihre Sämlinge einen Vorsprung kriegen, denn sonst haben sie nachher, wenn sich die Buchen verjüngen, keine Chance. Und wenn ich das Kronendach aufmache, und die Lärche fliegt rein, und ich mache nicht weiter auf, sondern lass das alles so stehen, dann sind die kleinen Lärchen in drei Jahren weg und alles voll Buche. Sie sehen im Wald immer nur ein Standfoto. Aber sie müssen den Prozess, den Film sehen.«

Ein Bild sagt mehr als 1000 Worte, dachte Jo. Aber hier brauchte es 1000 Worte, um ein Bild zu verstehen, und dabei wurde der Kampf hauptsächlich mit Bildern geführt.

»Dann müsste man halt mit der Frau Wenzel über die Ziele reden.«

»Meinen Sie, dass sie sich von uns noch irgendwas sagen lässt?« Kroth schaute Jo an, und der stellte überrascht fest, dass Kroth die Frage ernst meinte. Er überlegte und fand die Antwort nicht.

Der Förster faltete die Hände auf dem Lenkrad und legte sein Kinn darauf. »Wir müssen uns schon daran gewöhnen, dass noch andere Leute im Wald mitreden wollen. Aber wie? Die Wenzel denkt, dass sie die Öffentlichkeit ist, und wenn sie mitreden kann, dann wird alles wunderbar. Die Öffentlichkeit ist auch der Jagdverband, der Tierschutz, die Holzrechtler und die speziellen Artenschützer, die irgendeinen Schmetterling fördern wollen.

Ich sag Ihnen, ich hab solche Diskussionen mitgekriegt, man kriegt die Krise.«

Virchow erschien, etwas durchsichtig, hinten im Auto neben dem Terrier. »Man sollte es nicht für möglich halten: Wir haben unter den größten Mühen und Gefahren die Mitsprache des Volkes durch das Parlament erstritten, und nun scheint man wieder nicht zu wissen, wie es mitreden soll?«

»Tja«, meinte Jo, »das Parlament hat sich im Fall der Staatswälder wieder mal selbst entmachtet.«

In dem Moment erschien 70 Meter vor ihnen auf dem Weg ein Tier. Es war das erste große Tier, das Jo in diesen Wäldern zu Gesicht bekommen hatte, und er brauchte einen Moment, um zu begreifen, was es war: Größer als ein Reh, ohne Geweih, so verhielt es auf dem Weg, blickte auf das Auto und drehte seine großen Ohren in ihre Richtung. Dann setzte es sich ohne Hast wieder in Bewegung und tauchte in die Dickung, gefolgt von einem weiteren Tier und noch einem. Acht solcher grauer, graziler Gestalten wanderten über den Weg.

»Hirschkühe, oder?«, sagte Jo nach einer andächtigen Pause.

»Ja, Alt- und Schmaltiere.«

Jägersprache. Jo fiel etwas ein: »Kennen Sie einen ehernen Hirsch?«

»Einen *was*?«

»Einen ehernen Hirsch. Es ist ein Rätsel. Ein eherner Hirsch, der dreimal springt.«

»Ich kenne silberne Gewehrkugeln gegen Magie, aber keinen ehernen Hirsch. Was ist das für ein Rätsel?«

»Ach, bloß so ein Geocache.«

*

»Erzählen Sie einem alten Mann, wie das genau funktioniert«, sagte der Kanzleichef. »Wie legt man so eine Route an?« Er lehnte sich zurück, versenkte seinen Krötenhals in seinen Kragen und schaute geduldig und erwartungsvoll.

»Man verbindet Wegpunkte …«, Sebastian brach ab und überlegte. »Nein, ich muss es Ihnen direkt am GPS-Gerät zeigen. Ich habe meins unten im Auto.« Er lief aus dem Büro, sprang die Treppen hinunter, je drei Stufen auf einmal. Der Kanzleichef stemmte sich aus seinem breiten Bürostuhl und watschelte zur Kaffeemaschine. Bis er mit seiner Tasse zurückkam, stand Sebastian mit dem GPS-Gerät in seinem Zimmer. Der Chef ließ sich wieder in seinem schwarzen Ledersessel nieder, der ihn gnädig und wie angegossen aufnahm. Es gab zwar ein Besprechungssofa, aber er benutzte es grundsätzlich nicht, weil es für ihn zu niedrig war, um ohne Probleme aufzustehen. Sebastian rückte seinen Stuhl neben ihn und schaltete das Gerät an. Es war etwa so groß wie ein Handy, aber klobiger und hatte eine kurze Antenne, die wie das ganze Gerät mit olivgrünem Plastik und schwarzem Gummi wasserdicht umkleidet war. Der Bildschirm war etwas größer als eine Streichholzschachtel, darunter waren einige schwarze Knöpfe und ein Wippschalter für einen Cursor.

»Das ist jetzt nicht das Allerneueste, aber die Antenne ist immer noch eine der besten«, sagte Sebastian. »Wenn man im Wald rumläuft, ist alles andere zu ungenau.«

»Hat so einen gewissen militärischen Zweiter-Weltkrieg-Charme«, meinte der Chef.

Sebastian grinste. »Stimmt. Die neuen Modelle schauen eher aus wie ein Smartphone mit Gummibereifung.«

Er drückte auf einen Knopf, ein Menü erschien am Bildschirm, Sebastian wippte den Cursor auf ›Satelliten erfassen‹, und es erschienen zwei konzentrische Kreise mit einigen Punkten drin.

»Das sind jetzt die Satelliten, deren Signale das Gerät in seinem Horizont erfassen kann. Die Stärke des Signals kann man dann unten als Säulendiagramm ablesen. Um einen Standort zu erfassen, braucht man allermindestens das Signal von drei Satelliten, für ein gutes Ergebnis braucht man eigentlich so etwa sechs davon. Da herinnen ist der Empfang schwach, ich müsste rausgehen oder wenigstens ans Fenster.«

Nur drei der angezeigten Satelliten erschienen farbig, die Säulchen unten auf dem Bild waren recht klein.

»In der oberen Zeile sehen Sie die geografische Position, in der wir jetzt sind, Längen- und Breitengrad, daneben die Anzeige der Genauigkeit. Das sind jetzt plus minus 15 Meter, weil der Empfang im Zimmer so schlecht ist. Draußen zeigt mein Gerät bestenfalls auf fünf Meter genau.«

»Das reicht aber nicht, um die Position von Bäumen im Wald festzulegen«, meinte der Chef.

»Richtig. PlanetGuard verwendet extra Antennen, wie sie auch auf Großbaustellen zum Einsatz kommen.«

»Wusste der Staab das?«

»Ich weiß nicht«, musste Sebastian zugeben. »Aber das GPS-Gerät war eh in der Tasche der Toten.«

»Das heißt, es ist unwahrscheinlich, dass er sie aufgrund des Geräts für ein Mitglied von PlanetGuard hielt.«

Sebastian nickte. »Die hellgrüne Jacke wird dem Staatsanwalt aber genügen.«

»Wahrscheinlich. Und wie geht das weiter mit diesen Routen?«

»Man kann den Punkt, an dem man steht, einfach als

Wegpunkt fixieren.« Sebastian drückte den Knopf ›Mark‹. Es erschien eine Maske mit Datum und Uhrzeit und einer Zeile, in der man einen Namen für den aktuellen Punkt eingeben konnte. »Wir nennen diesen Punkt jetzt ›Kanzlei‹.« Dazu musste Sebastian mit dem Cursor auf einer Alphabetliste einzeln jeden Buchstaben ansteuern und bestätigen. Der Chef hatte recht: Trotz Satelliten hatte das einen gewissen altertümlichen WWII-Charme.

»Man kann, um eine Route zu planen, die Koordinaten für Wegpunkte auf einer Karte oder Google-Earth ablesen und dann ins Gerät eingeben. Das hat Elisabeth immer so gemacht. Mühsames Geschäft. Auch da muss man, zumindest bei diesem Gerät, mit dem Cursor auf einer Liste am Display die Zahlen einzeln ansteuern. Ich hab ihr mein PC-Kartenprogramm angeboten, da kann man die Routen über Kabel ins Gerät einspeisen. Aber Elisabeth wollte nicht. Sie sagte, immer neues Digital-Zeug lernen sei Gehirnprostitution.«

»Hat sie das gesagt? Mir scheint, ich hätte die Dame gerne kennengelernt«, sagte der Chef.

»Das war nicht so einfach, sie kennenzulernen«, meinte Sebastian. »Auch wenn sie leibhaftig anwesend war, ist sie mit dem Kopf meistens woanders gewesen.« Er rief den Menüpunkt ›Wegpunkte‹ auf. Es erschien eine Liste der Wegpunkte, die er in seinem Gerät eingespeichert hatte. »Hier habe ich alle meine Punkte. Nun kann ich aus diesen Punkten auswählen und sie zu einer Route auffädeln.« Er öffnete die Seite ›Route erstellen‹. »Hier kann ich nun die Wegpunkte in der Reihenfolge eingeben. Also zum Beispiel von ›Pizzeria‹ zu ›Café‹ dann ›Biergarten‹ und ›Weinstube‹. Das Ganze abspeichern unter dem Routen-Namen ›Völlerei‹.«

»Das ist keine Anspielung?«, sagte der Chef.

Sebastian hoffte, dass er nicht rot wurde. »Äh nein. Wie kommen Sie darauf?«

»Ach nur so.«

»Der Unterschied zum Navi«, fuhr Sebastian hastig fort, »besteht darin, dass man eben nicht nur von Punkt A nach B navigiert, sondern mehrere Punkte zusammenhängen kann und dann auch die Wahl hat zwischen Straße und Luftlinie. Hier, unter dem Menüpunkt ›Routen‹, habe ich dann meine Routen gespeichert.«

»Zum Beispiel die Route ›Dandy‹: Krawattenladen, Maßschuhwerkstatt und so weiter.«

»Richtig«, sagte Sebastian, ohne eine Miene zu verziehen.

»Es wäre sehenswert, Sie auf diesem Weg in der Luftlinie zu beobachten.« Der Kanzleichef nahm genießerisch einen Schluck Kaffee. Sebastian gab neidlos zu, dass der Chef bei Sticheleien in der Regel die Oberhand behielt; seine Schlagfertigkeit war auch vor Gericht legendär. »Und wie«, fuhr er dann fort, »zeigt Ihnen das Gerät dann den Weg?«

»Mit einer Art Kompasspfeil auf dem Bildschirm. Man wählt ›Navigation ein‹ und läuft immer in Richtung des Pfeils. Wenn Sie wegen eines Hindernisses einen Umweg machen müssen, dann korrigiert das Gerät die Richtung von selbst. Das ist der Vorteil gegenüber einem normalen Kompass.«

»Wie ein Navi eben.«

»Genau.«

Der Chef überlegte. »Frau von Wildenstein lief an ihrem letzten Tag eine Route, die sie, wie Sie sagten, am Tag zuvor in ihr Gerät eingegeben hatte. Ihre Leiche lag aber nicht am Endpunkt der Route oder sonstwo auf diesem Weg.«

»Nein. Sie lag an einem eigens an ihrem Todestag eingegebenen Wegpunkt.« Indem er dies sagte, beschlich Sebastian schon das Gefühl, dass er etwas Offensichtliches übersehen hatte.

»Wie seltsam. Sie hatte ein Rendezvous mit ihrem Tod.«

»Das hab ich mir auch schon gedacht. Vielleicht hat sie jemand dahin gelockt.«

»Möglich. Aber warum sollte das jemand und wie?«

»Ich weiß nicht wie, aber ich könnte mir inzwischen vorstellen, warum. Mein Onkel ist bei seinen Kollegen verhasst. Sie wollten ihn loswerden.«

»Aha. Jemand lockt die arme Frau von Wildenstein dorthin, wo der Staab seine Axt vergessen hat, und haut ihr über den Kopf. Ein Mord, der den eigenen Betrieb in Misskredit bringt und langfristig vielleicht den Arbeitsplatz gefährdet?«

»Und der Kollege Simon kann's nicht gewesen sein, oder er hätte dafür Komplizen gebraucht. Er selbst war ja den halben Tag, um den es geht, fast ununterbrochen mit meinem Onkel zusammen. Sie sind morgens zusammen aus dem Bestand weggegangen, mittags lag die Tote dort.«

Der Chef legte sich zurück, kippte seinen Kopf in den nicht vorhandenen Nacken und schürzte die breiten Lippen. »Hatte die letzte Route einen Namen?«

»Sie hieß makabrerweise ›Ende‹.«

»Das Ende endete, wie Sie mir erzählten, im miesen Grund …«

»Miesgrund.«

»Schlimm genug. Und nun gehen wir immer davon aus, dass Frau von Wildenstein den nächsten bzw. letzten Wegpunkt selbst eingegeben hat. Es könnte aber auch ihr Mörder getan haben. Welchen Namen hatte der Wegpunkt, an dem die Leiche lag?«

»Eine Nummer. 008.« Sebastian bekam heiße Ohren. »Das heißt, wer diesen Wegpunkt eingab, hat sich keine Mühe gegeben, erst mit diesem Cursor-System einen Namen zusammenzustöpseln. Das Gerät nummeriert die unbenannten Wegpunkte einfach durch.«

»Volltreffer.« Der Chef kippte seinen Kopf gerade und patschte mit der flachen Hand knallend auf die Schreibtischplatte: »Der Mörder selbst hat die Leiche hingebracht. Er hat keine Zeit, einen plausiblen Wegpunkt neu einzugeben, er drückt einfach dieses ›Mark‹ und speichert den Punkt, an dem er steht, bzw. die Leiche abgelegt hat. Er belässt es bei der simplen Nummer als Namen. Er steckt das Gerät in die Tasche der Toten. Und warum? Weil er den wahren Tatort verbergen will.«

»Ich habe am Pavillon im Miesgrund keine Spuren gefunden. Es war wohl schon eine ganze Weile her, und vielleicht gibt es gar keine mehr. Aber warum sollte der Mörder ein Problem bekommen, wenn die Tote im Miesgrund liegt?«

»Also doch ein Komplott, den Staab zu erledigen.«

»Oder der Miesgrund war nicht der Tatort.«

Sie saßen still. Der Chef faltete die Hände vor seinem Bauch und ließ die Daumen kreisen. In Sebastians Kopf rotierten die Möglichkeiten. Er sah Truchseß mit dem Waldherz in der verkrampften Faust, er sah seinen Onkel Paul, wie er Elisabeths Leiche mit seinem Kran in den stählernen Brustkorb seines Stahldinos versenkte, um sie abzutransportieren. Hirngespinste.

Schließlich brach der Chef das Schweigen: »Kann man Routen löschen?«

»Natürlich.« Und natürlich war das die einzig richtige Frage in dem Moment.

»Und Wegpunkte?«

»Selbstverständlich.«

»Was passiert, wenn Sie einen Wegpunkt löschen, der zu einer Route gehört? Vor allem, wenn es der letzte auf der Route ist?«

»Hab ich noch nie gemacht.« Sebastian nahm sein Gerät, rief seine Wegpunkte auf, wählte den Punkt ›Geierquelle‹ und dann ›löschen‹ aus. Es erschien eine Warnmeldung: ›Geierquelle wird in Route verwendet – trotzdem löschen?‹ Sebastian bestätigte das Löschen. Dann rief er die Route ›Geierquelle‹ auf und überprüfte sie auf dem Kartendisplay. Sie war einfach kürzer geworden, endete nun am vorletzten Wegpunkt, dem Abzweig, wo es von der Forststraße den Rückweg hochging. »Das macht Sinn«, sagte er. »Die Route ›Geierquelle‹ hat Elisabeth nach dem letzten Punkt benannt. Der letzte Punkt der Route ›Ende‹ heißt aber nicht ›Ende‹. Also ist er vielleicht gelöscht worden und die Route wird kürzer.« Er schaute auf: »Beweissicherungsantrag.«

Über das Krötengesicht seines Chefs breitete sich langsam ein strahlendes Lächeln aus. »Oh ja«, sagte er, »ärgern wir den Staatsanwalt ein bisschen und geben dem LKA Arbeit. Die sollen mal in dem Gerät der Frau Wildenstein nach dem gelöschten Punkt suchen.«

*

Es war Schwachsinn. Nach drei Stunden Fahrt stand Wildenstein vor diesem Gartenzaun, dahinter ein Rasenplatz begrenzt von einem Bach. Von seinem Standpunkt aus konnte der Freiherr die Scheune sehen, die rechtwinklig an die Rückseite des Hauses angefügt war. Vielleicht war sie einmal für die Landwirtschaft gedacht gewesen, nun aber war es wohl das Gerümpelparadies einer Familie, wo man zerbrochene Dreiräder, Schubkarren und alte Hängematten ansammeln konnte und vielleicht mittendrin den Oldtimer, den der Vater einmal renovieren wollte, wenn er in Rente war.

Genau auf dem Dach der Scheune lag der Punkt, den sie aus dem Rätsel errechnet hatten. Sollte er jetzt klingeln an diesem Wohnhaus mit den blauen Fensterläden? »Entschuldigen Sie bitte. Hat in letzter Zeit eine kleine Dame was bei Ihnen in der Scheune versteckt?« Warum sollte sie? Warum zum Geier sollte sie? »Ach, lass es doch, mein Sohn.« Er hätte sich die Fahrt sparen können. Es war genau die Sorte blöder Humor seiner Schwester.

Von Wildenstein wandte sich um und ging mit brüderlichen Groll im Herzen über die Straße, wo er sein Auto an der Tankstelle einer Werkstatt geparkt hatte. Das obere Stockwerk über dem Laden und der Werkstatt war holzverkleidet, vor allen Fenstern hingen Blumenkästen, die nun im Winter mit Tannenreisig abgedeckt waren. Von Wildenstein tankte seinen Wagen voll für die Heimreise und ging dann ins Haus, um zu bezahlen.

Im Kino, dachte er, würde nun eine nette Frau hinter dem Tresen stehen, die ordnende Hand, die im Sommer die Blumenkästen bepflanzte und ein Meer von Blüten über diese Karawanserei breitete, eine Frau mit großem Herzen. Und anstatt ihn einen Narren zu heißen, würde das Schicksal hier ein zartes Band spinnen und seinen sinnlosen Ausflug zu einem romantischen Roadmovie verklären. Aber erstens fehlte ihm als Burgbesitzer jede Voraussetzung für diese Sorte emotionale Mobilität, und zweitens stand ein recht kräftiger Mann hinter der Kasse.

Von Wildenstein kaufte sich noch einen Schokoriegel und eine Cola. Normalerweise rührte er so was nicht an, aber er wollte auf der Heimfahrt wach bleiben. Wieder drei Stunden. Vorher musste er noch hinauf in diesen Wald südwestlich, zu dieser zweiten Möglichkeit, die sie sich ausgerechnet hatten: mit an Sicherheit grenzender Wahrscheinlichkeit auch ein totaler Reinfall.

»Haben Sie eine Schwester?«, fragte er den Mann an der Kasse.

Der sah ihn erstaunt an. »Nein. Wieso?«

Eigentlich wollte von Wildenstein antworten: Glück gehabt. Aber die Worte blieben ihm im Hals stecken. Von seiner Schwester war ihm nur die Asche in einer Urne geblieben, und das fühlte sich furchtbar an.

»Schade«, sagte er stattdessen.

Er ging hinaus, startete sein Auto und fuhr an dem Ortsschild Wälde vorbei nach Süden, einem Wald entgegen, in dem er nichts zu finden hoffte.

*

»Hier hört es auf und hier fängt es an«, sagte der Revierförster. Er gestikulierte mit seinen langen Armen nach rechts und links. »Das ist ein Schirmschlag zur Verjüngung der Eiche. Wir machen das Kronendach auf, wenn wir ein gutes Samenjahr, ein sogenanntes Mastjahr erwarten.«

Die Buchen und einzelne Eichen standen verstreut über die eingezäunte Fläche. Kroth hatte das Tor aufgemacht, und er und Jo standen nun zwischen den Bäumen und schauten in die Kronen der Riesen.

»Die Eichen sind allmählich genutzt worden bis auf die Biotopbäume. Dann haben wir den Schirm der übrigen Buchen aufgemacht. Wenn die nun austreiben, dann gibt das herunten immer noch genug Schatten, dass die Eiche in Schwierigkeiten kommt, gegen die Buche durchzuhalten. Sie ist in diesem Gebiet so vital, die überwächst alles und jedes. Deshalb müssen wir in wenigen Jahren bis auf die Biotopbäume die Schirmbäume raushauen, damit die Eiche durchkommt.«

»Und das ist dann ein Kahlschlag«, resümierte Jo.

»Für PlanetGuard vielleicht. Da ist doch schon ein Jungwuchs drunter.« Kroth seufzte. »Sie machen uns immer einen Vorwurf aus der Größe der Flächen, aber alles andere ist auf diesem Standort ein Risiko. Ich war in den Urwäldern von Bialowieza, ich habe niemals irgendwo anders eine Eiche gesehen als auf größeren Lichtungen, wo ein Sturm reingefahren ist oder dergleichen. Ich experimentiere mit kleineren Flächen. Aber wenn ich da die Eiche verliere, tut es mir weh.« Er ging im Sprechen weiter, ließ seinen Blick wandern. »Die Eiche ist ein lichthungriger Baum, ein wärmeliebender Baum, und deshalb sind die Tiere, die Wärme brauchen, auch bei ihm zu finden. Sehen Sie das Loch?«, fragte Kroth. »Da, am Beginn der Krone, wo der eine Ast abgebrochen war.« Er zeigte auf einen Baum, der krumm seitüber hing, hinfällig und zäh zugleich.

Ein Spechtloch. Es war das A und O und das zentrale Symbol der Kampagnen.

»Das macht in der Eiche der Buntspecht. Und in seine Höhlen gehen dann die Vögel, die Wärme brauchen wie etwa der Gartenrotschwanz oder die Mauersegler. Mit den Eichen haben wir eine größere Artenvielfalt als ohne.

Wissen Sie, was die Johansen darauf geantwortet hat? ›Wir wollen hier keinen Zoo.‹«

»Echt?« Jo war verblüfft. Nachdenklich stiefelte er hinter Kroth her. Was meinte die mit Zoo? Vom Menschen gemacht? Aber das waren doch keine gefangenen Tiere. Die Frau verstand sich jedenfalls auf Kampfbegriffe. Er beschloss, weiter Salz in die Wunden zu streuen: »Aber wenn Sie so einen Zoo-Höhlenbaum umschneiden, kommt die Frau Wenzel?«

Kroth blieb stehen und wandte sich um. »Ich schneide keinen um. Ich sage ja nicht, dass keine Fehler passieren, aber wir stehen einfach unter Generalverdacht. Neulich musste ich so einen Mulmbaum an einem Wanderweg ummachen, damit er niemandem drauffällt, und lass ihn noch vorschriftsmäßig liegen, damit er fertig verfault, dann kommt die Frau Wenzel vorbei und fotografiert den, und schon steht das Bild im Internet.«

»Redet sie denn vorher nicht mit Ihnen?«

»Nee!« Kroth schüttelte den Kopf. »Ich muss die nachher anrufen und um Schönwetter bitten.« Er sah Jos hochgezogene Brauen und zuckte mit den Schultern. Es sollte gleichgültig aussehen, aber Jo spürte den kontrollierten Zorn in der Bewegung, und für einen Moment verlor Kroth diese Kontrolle: »Wir müssen halt mit diesem Blockwart leben«, sagte er.

Wie um von dieser bösen Bemerkung abzulenken, wies er auf die Pflanzen, die kniehoch um sie herumstanden. »Da sehen sie die jungen Eichen. Die kommen jetzt schon ganz gut durch. Den Zaun müssen wir machen wegen der Sauen. Die Hirsche kriegen wir vielleicht mit der Jagd in den Griff, aber die Sauen … Wenn ein gutes Mastjahr ist, können wir sie raushalten. Wenn das Jahr schlecht ist und die Hunger haben, dann stanzen die ein Loch in den Zaun, die Keiler marschieren einfach durch, wenn sie es drauf anlegen.«

»Durch den Draht?« Jo blickte entsetzt zurück zu dem festen Maschendraht.

»Durch den Draht.« Kroth nickte.

Jo dachte schaudernd an Pfeiffers Vater.

»Damit die Eicheln keimen, müssen wir aber vorher das machen, was die Sauen machen«, fuhr Kroth fort. »Wir müssen den Boden aufwühlen. Wir fahren mit dem Grubber durch.« Kroth schwenkte die Arme entlang einer Linie von einem Ende des gezäunten Waldstücks zum anderen, und Jo erkannte am Boden unter dem Gezweig der jungen Pflanzen noch schwach die Furchen, die das Gerät in der roten Erde gezogen hatte.

»Dann keimen auch die Buchen oft besser. Die sind natürlich auch alle sofort da.«

Jo bückte sich hinunter, brach von einer kleinen Eiche ein Seitenzweiglein ab und betrachtete die Knospen genau. Sie waren klein und gedrungen, wie geschuppte winzige Pyramiden standen sie beieinander, kleine Sancho Pansas, die dem Winter trotzten; die Buchenknospen dagegen waren lang, dünn und spitz wie Lanzen, fast elegant, die edlen Don Quichotes.

Jos Blick wanderte wieder hinauf zu den Wipfeln, wo diese kleinen Ritter zu Millionen und Abermillionen saßen, das künftige Grün geborgen in ihren kleinen Panzern. Während alles andere Leben sich unter die Erde verzogen hatte, nur traurig-dürre Stängel hinterließ und in Samen und Wurzelknollen schlief, schwankten sie dort im Winterwind, schauten übers Land und warteten auf ihre Stunde.

*

Es war nicht so aussichtslos. Sebastian hatte konkrete Hoffnung, dass er Gerhard heraushauen konnte, umso dringender war es, ihn zu sprechen. Noch war er der Engel in der Finsternis, noch hatte er Einfluss auf ihn.

Der Mann in der Pförtnerloge wandte die Augen langsam von den Videobildschirmen ab und schwang seinen Stuhl ächzend in Richtung der Sprechanlage.

»Wohin wollen Sie?«, fragte er und strich sich sorgenvoll über die Glatze.

»Ich bin der Anwalt von Herrn Staab und will ihn sprechen.«

»Haben Sie Ihren Besuch schriftlich angemeldet?«

»Nein«, sagte Sebastian. »Aber das muss ich doch nicht.« Dass das die falsche Antwort war, wusste er.

Der Mann in der Loge verzog seinen Mund und seufzte abgrundtief. »Das ist aber heute ganz schlecht. Der Vorführbeamte ist grade beschäftigt, und wir machen um 16.30 Uhr Schluss.« Da Sebastian aber keine Anstalten machte, sich angesichts dieser üblen Sachlage wieder zu entfernen, seufzte er noch einmal und fragte: »Wie heißen Sie?«

»Sebastian Pfeiffer.«

Er schwang seinen Stuhl wieder zurück und blätterte lustlos durch einen Stapel.

»Wir haben hier aber keinen Sprechschein von Ihnen.«

»Das kann nicht sein«, protestierte Sebastian. »Ich war doch schon mal hier für Herrn Staab.«

Der Kollege kam herein. Raucherpause aus. Gemeinsam gelang es ihnen, den Verbleib von Sebastians Sprechschein zu klären.

»Was haben Sie denn dabei?«, kam nun die Frage mit Blick auf seine Aktentasche. Sie enthielt einen Aktendeckel mit Schriftstücken, einen Schreibblock, einen Kugelschreiber, einen Autoschlüssel und sein IPad.

Der Pförtner nickte gewichtig. »Ich muss den Aktenkoffer röntgen. Den Autoschlüssel müssen Sie dalassen. Entführungsgefahr.« Sebastian wusste das alles, musste sich aber doch zusammenreißen, um keinen bissigen Kommentar abzugeben. Ein paar Kilometer weiter in Hessen lachten sie sich über den bayerischen Zirkus schlapp.

»Wegen dem IPad, da haben wir jetzt neue Vorschriften. Ein Merkblatt.«

Aha. Die nächsten Hürden waren nun amtlich festgelegt worden. Man konnte sich nur darauf einstellen. »Kann ich bitte eine Kopie von diesem Merkblatt haben?«

Der Pförtner schaute ihn an, als ob er einen doppelten Whisky verlangt hätte. »Eine Kopie?«

»Aber ja. Ich muss doch die Vorschriften kennen.«

Die Idee schien dem Pförtner neu. Es war aber auch entschieden lustiger, Vorschriften zu haben, die niemand kannte. Mürrisch begab er sich nach hinten an den Kopierer.

Es lief daraus hinaus, dass er das IPad im Gefängnis nicht in Betrieb nehmen bzw. als Telefon nutzen durfte.

Endlich öffnete sich die Tür zur Schleuse. Als Sebastian hineinging, piepte es.

»Es piept!«, sagte der Pförtner.

»Es piept immer«, entgegnete Sebastian. »Das ist meine Uhr.

»Legen Sie die ab.«

Idiotisches Spiel.

Er zog die Uhr vom Handgelenk. Neuer Versuch. Es piepte.

»Es piept immer noch.«

»Vielleicht sind das meine Hosenträger. Da sind Metallklammern dran.« Die Hosenträger waren neu, ein wunderbares Rotbraun, das sehr gut zu seinen Schuhen passte.

»Kann sein. Ziehen Sie die mal aus.«

Sebastian knöpfte die Hosenträger los, dann stellte er sich in die Schleuse und ließ demonstrativ die Hosen herunter.

»Was machen Sie denn da?«, hörte er eine weibliche Stimme hinter sich. Es war eine junge Richterin, er kannte sie vom Amtsgericht.

Sebastian zog die Hosen wieder hoch, drehte sich um und sagte: »Ich versuche, als Strafverteidiger ein bayerisches Gefängnis zu betreten.«

Sie zog amüsiert die Augenbrauen hoch. Der Pförtner öffnete ihr die Türen, sie rauschte unbehelligt vorbei. Sebastian war offensichtlich kein Teil der anerkannten Justiz.

Endlich saß er oben im Warteraum. In Vitrinen waren die Mützen und Schals ausgestellt, die die Häftlinge gehäkelt hatten. Sebastian versuchte, sich Gerhard vorzustellen, wie er häkelte. Es war ihm nicht möglich. Dann stellte er sich vor, wie Gerhard ihm ein geschliffenes Stück Metall an die Kehle hielt und so mit ihm als Geisel an der Pforte erschien: »Geben Sie den Autoschlüssel raus, oder er stirbt!« Die Reaktion wahrscheinlich: »Haben Sie uns den Führerschein gefaxt?«

Aber Gerhard würde ihn im Leben nie entführen, schon weil er keine Ahnung hatte, wohin. Er war im Grunde ein durch und durch hilfloser Mensch.

Eine halbe Stunde später saß er im Anwaltszimmer. Das grüne Lämpchen brannte über der Tür, als Katholik hatte es Sebastian immer an die modernen Beichtstühle erinnert. Diesmal war die Situation aber tatsächlich danach. Bislang hatte er seinen Mandanten schlicht ihre juristische Situation vor Augen geführt, das Leben war Lehrer genug und manchmal ein sehr ungerechter. Aber nun redete er einem älteren Mann ins Gewissen, dessen Leben er schon lange und näher kannte, als ihm lieb war.

»Der Beweissicherungsantrag läuft also. Und wir machen den Ortstermin, der Maier ist auch dafür, weil er meint, er wird uns schon reinlegen, aber ich glaub nicht. Der soll uns erst einmal erklären, warum die Mütze da gelegen ist, wo sie gelegen ist. Aber die Frage ist jetzt, was los ist, wenn alles hinhaut. Was ist los, wenn du rauskommst?«

Gerhards Augen weiteten sich verwundert. Und wenn sie auch klein und braun unter den struppigen rotblonden Brauen saßen, so glich sein Gesichtsausdruck doch in dem Moment der Mimik seiner Frau. Was sollte schon sein? Er war endlich heraußen. Was gab es da für Fußangeln?

»Soll alles weitergehen wie bisher? Gerhard, dein größter Feind bist du. Solang du dir selber nicht ins Gesicht schaust, kann es immer nur schlechter werden. Solang du alles verharmlost, was du machst, wird das nichts mehr werden mit dir. Du bist herinnen, weil du säufst und im Suff Scheiß daherredest, du bist herinnen, weil du hinterher vor lauter Angst noch mehr Scheiß machst und eine Leich in den Main schmeißt, du bist herin, weil deine Kollegen nix dagegen haben, wenns' dich loswerden. Und du gibst nicht zu, warum. Wieso bloß, wo du doch eigentlich so ein netter Kerl bist, oder? Einmal einen Hänger geschnitten, die sollen sich nicht so haben. Einmal einen Aufhalter umgemacht, damit die Leistung nicht ganz so schwach ausschaut. Und wenn du rauskommst und machst so weiter, dann bist irgendwann deine Arbeit los und deine Frau auch, und dann ist der letzte Freund die Flasche. Und die bringt dich dann ganz um.

Nicht bloß ich muss mich anstrengen, dass du hier rauskommst. Du musst dich selber anstrengen, dass du nimmer reinkommst. Und das Erste ist, zugeben, dass es nicht so weitergehen kann, zugeben, dass du säufst. Das ist erst mal schwer, da braucht es erst mal Mut. Aber erst dann kann's besser werden.«

Er beugte sich vor: »Ich hab der Corinna versprochen, dass ich alles tu, dass ich dich raushol. Und die Corinna hat mir auch was versprochen: Dass sie nimmer lügt für dich. Wenn du sie noch mal schlägst, zeig ich dich an, und sie lügt nicht noch mal. Sie hat's mir schwören müssen bei der Muttergottes von Hessenthal. Und du hör auch das Lügen auf. Lüg dich nicht selber an. Sonst kannst grad so gut gleich herin bleiben, dann bleibt die Tür irgendwann zu.«

*

Es war, als führte das Tor aus Sandstein in den Himmel aus blaukaltem Silber. Birgit ging ihm entgegen über das alte Kopfsteinpflaster, und im Rahmen des Tores erschien allmählich die weite Landschaft, die dem Aschaffenburger Schloss zu Füßen lag: Die Wälder des Spessart erstreckten sich als schwarzgrüner Schatten am Horizont, davor breiteten sich die dichter besiedelten Täler. Der Blick vom Hochufer des Mains nach Osten war der Blick der Mainzer Fürstäbte über den äußeren Bereich ihrer Macht gewesen. Reichtum und Glanz Aschaffenburgs waren über und durch den Main gekommen, der unterhalb der alten Schlossterrassen als leuchtendes Band den abendlichen Himmel spiegelte. Doch der Hochspessart, so arm seine Böden waren und so gefährlich seine Wege, barg nicht nur das Holz, sondern das größte Privileg einer bäuerlichen Gesellschaft: die Jagd auf hohes Wild.

Birgit schaute zurück auf das Schloss, den Sandsteinbau, gedeckt mit schwarzem Schiefer und gehütet von vier massigen Ecktürmen. Das Silberzimmer, das Jagdzimmer, alles war nun ein Museum. In den Fenstern glomm noch ein Abglanz der untergehenden Sonne und erweckte den Eindruck, als lebte dies noch, als gingen da drin die Bediensteten hin und her, und die Berater des Fürstabts beugten sich über Dokumente aus Pergament.

Der Glanz in den Fenstern wurde schwächer. Es war höchste Zeit, in den Spessart zurückzufahren, zurück in diesen Waldschatten am Horizont. Sie hatte mit Jo vereinbart, dass sie ihn nach seinem Ausflug mit dem Revierförster in Lichtenau wieder abholen würde. Er wollte in der Tucholsky'schen Atmosphäre des Gasthauses seinen Wintermärchen-Artikel fertig schreiben, gestärkt mit einer Wildschweinwurst und einem wie auch immer möpselnden Rotwein.

Doch als Birgit, noch geblendet durch die Schemen und Lichter ihrer abendlichen Autofahrt, in den Vorraum der Gaststätte trat, hörte sie jemanden auf einem verstimmten Klavier die vier Akkorde hämmern, die Jo spielen konnte. Und richtig, es blieb ihr nichts erspart. Jo begann zu singen:

»Ich hab es getragen sieben Jahr
Und ich kann es nicht tragen mehr,
Wo-ho-ho immer die Welt am schö-önsten war
Da war sie öd und leer.«

Wummern auf den tiefsten Tasten des Klaviers unterstrich die Öde und Leere.

Jos Stimme erhob sich wieder, sein Tonfall noch jämmerlicher:

»Ich will hintreten vor sein Gesicht
i-in diese-er Knechtsgestalt,
er kann meine Bitte versa-agen nicht
ich bin ja worden so alt.«

Drei kräftige Akkorde betonten das Alter. »100 Jahre schon«, hörte sie Jo sagen. Birgit sank gegen die Wand und bedeckte die Augen mit der Hand. Jo trillerte gleichförmig auf zwei Tasten, um die nun folgende Erzählung zu begleiten:

»Graf Douglas spricht's, am Weg ein Stein
lud ihn zu harter Ruh.
Er sah in Wald und Feld hinein,
die Augen fielen ihm zu.«

Jetzt erinnerte sich Birgit an die Ballade. Jo hatte sie vor Jahrzehnten einmal gesungen, die Geschichte des verbannten Grafen Archibald Douglas. Und richtig: Höchst dramatisch untermalt erscheint in der nächsten Strophe der König Jakob mit seiner Jagdmeute und wird vom Grafen Douglas angefleht, ihm die Heimkehr zu erlauben. Doch der bleibt zunächst hart:

»Ich seh dich nicht, ich hör dich nicht,
das ist alles, was ich kann.
Ein Douglas vor meinem Angesicht
wär ein verlorner Mann.«

Bei »Mann« hatte sich Jo mehr oder weniger auf die Tasten gelegt. Jemand applaudierte. Birgit beschloss, dass sie jetzt eingreifen musste, um das Klavier zu retten. Was für eine bescheuerte Rolle: die Ehefrau, die ihren betrunkenen Gatten aus der Wirtschaft schleppt. Sie holte Luft und öffnete die Tür zum Gastraum. Jo war dabei, den dicken

Engel aus Eichenholz zu beruhigen, dem die Vibrationen des Klaviers doch allmählich das Fliegen beibrachten.

»Hallo«, sagte Birgit.

Jo wandte ihr sein Gesicht zu, und Birgits Ärger verflüchtigte sich ein wenig. Es sah eher glücklich als betrunken aus. Auch die anderen Gäste schauten mehr amüsiert als belästigt. »Hallo, Schatz«, sagte Jo. Er hatte den Engel stabilisiert, kam auf sie zu und gab ihr einen Kuss auf die Wange. Keine Alkoholfahne, jedenfalls nicht mehr als ein Viertel.

»Du machst hier den Alleinunterhalter?«

»Ich besinge das Schicksal der Douglasie«, erläuterte Jo. »Aber es ist gelogen. Sie ist nicht an den Alpen zerquetscht worden.«

Vielleicht hatte man ihm etwas in den Wein gemischt. Möpseltropfen oder so.

»Hier«, Jo wies auf einen Tisch mit zerknautschter Tischdecke, »Herr Kroth hat es mit erklärt, aber es ist nicht wahr.« Ein Mann mit Dreitagebart und grüner Fleeceweste erhob sich von seinem Stuhl, um sie zu begrüßen. »Das ist Herr Kroth, der Herr der Eichen«, stellte Jo vor. »Seine Frau und seine Kinder haben ihn vorläufig verlassen, beziehungsweise treiben sich noch bei den Großeltern herum. Da haben wir uns hier die Zeit vertrieben. Herr Kroth, das ist meine Frau.«

»Hallo«, sagte Birgit noch einmal, erwiderte den Händedruck, ließ sich auf einen Sitz gleiten und machte Anstalten, die Tischdecke zu glätten.

»Halt!«, rief Jo. »Du machst die Alpen kaputt.«

Kroth lächelte entschuldigend. »Ich habe hier nur zeigen wollen, wie die Pflanzen vor der Eiszeit weggewandert sind nach Süden.«

»Und dann an den Alpen nicht mehr weiter gekommen sind«, fuhr Jo fort, ergriff Pfeffer- und Salzfass und schob sie bis zu der großen Querfalte. »Da war es aus. Viele Baumarten sind bei uns ausgestorben, weil ihnen dieses blöde Gebirge den Weg nach Süden in die Wärme versperrt hat. Während Amerika ...«, mit einem Griff verwandelte er die Quer- in eine Längsfalte, »... hat die Gebirgszüge von Nord nach Süd laufen, und die Bäume ...«, das Salzfass rutschte an der Falte entlang, »... konnten dem Eis ausweichen.«

»Und deswegen gibt es in Amerika so viel mehr Baumarten als bei uns«, sagte Kroth. »Manche Leute sagen eben, die Douglasie war vor der Eiszeit hier, und jetzt bringen wir sie halt zurück aus der Verbannung.«

»Aber es ist nicht wahr. Sagt der Herr Kroth. Sie war schon vorher nicht da.«

»Genetische Untersuchungen.« Kroth nickte.

»Wenn das nun geklärt ist«, sagte Birgit, »hätte ich gerne eine Wildschweinwurst. Aber im Flachland.« Sie zog energisch die Decke glatt.

»Ja, oh ja. Man kann gar nicht genug von diesen gefährlichen Tieren essen«, sagte Jo und schaute auf den Keilerkopf, der oben an der Wand die Hauer fletschte. »Herr Kroth hat mir fürchterliche Geschichten erzählt. Haufenweise tote Hunde.«

»Kein Jägerlatein«, bestätigte Kroth.

»Die Hunde gehen glatt an eine angeschossene Sau hin. Ich wusste schon immer, dass sie nicht alle Tassen im Schrank haben«, meinte Jo und winkte der Kellnerin.

»Terrier zumindest nicht«, sagte Kroth. Unter dem Tisch rumorte es. »Ja, ich meine dich.« Kroth hob kurz die Tischdecke und sah nach seinem Hund.

Birgit bestellte Wildschweinwurst und ein leichtes Bier, Kroth auch eines und Jo noch einen Wein. Einen kleinen.

»Wie viel hast du schon gehabt?«, wollte Birgit wissen.

»Erst einen. Keine Sorge, Virchow passt auf mich auf.« Birgit hob fragend die Brauen, aber Jo fuhr schon fort: »Wie war es in Aschaffenburg?«

»Sehr beeindruckend. Die alte Stadt sitzt wie ein Halbmond über dem Fluss, und vom Schloss aus hatten die Herren den Spessart im Blick, bis 1803 jedenfalls.«

»Nachher halt andere Herren.« Jo wandte sich an Kroth. »Da gab's doch dann in Aschaffenburg eine königliche Forstschule von Bayern oder so was. Im Spessartmuseum war ein Bild davon.«

Kroth nickte und plötzlich wurde sein Blick starr. »Was war das für ein Rätsel?«, fragte er langsam, »mit dem ehernen Hirsch, der dreimal springt?«

Birgit wechselte einen schnellen Blick mit Jo. Sie kannte es auswendig: »Dreimal sprang der eherne Hirsch. Im Nacken trägt er die Botschaft. Mach keinen Rundweg, geh direkt dorthin.«

Kroths Augen kehrten aus der Ferne zurück, und er lächelte. »Der Hirschkopf über dem Eingang der Forstschule. Er war aus Gusseisen. Als die Forstschule aufgelöst wurde, kam er erst nach Rohrbrunn und ist schließlich ans Forstamt Altenbuch verlegt worden. Und als das 2005 der Reform zum Opfer gefallen ist, hat ihn die Stadt Aschaffenburg gekauft und in der Fasanerie in der Nähe vom Stadtforstamt aufgestellt.«

Jo stieß ein Geheul aus, sprang auf und gab Kroth einen verrutschten Kuss auf die Stirn. Dann versuchte er, ans Klavier zurückzukommen, aber Birgit erwischte ihn am Hosenbund.

»Dieser Wein hier möpselt entsetzlich«, sagte sie.

*

Es war eine gute Stimmung, die Leute waren satt und aufgewärmt, und Jack hatte sich herbeigelassen, mit seiner Gitarre Oldies zu begleiten: »How many roads must a man go down …« Sie sangen laut genug, dass niemanden das Läuten von Johansens Handy störte.

Sie nahm das Gespräch an, dann winkte sie Leo und ging mit ihm in die Küche: »Es ist jetzt beschlossen: Notaktion Kolumbien. Wir haben Nachricht von José Gabriel. Die Bulldozer rollen. Bist du sicher, dass du wieder gehst?«

Durch die Tür hörte man das Singen gedämpft, aber deutlich: »And how many seas must a white dove sail, before she sleeps in the sand?«

Leo nickte: »Das haben wir genug diskutiert. Wann?«

»Donnerstag nächste Woche.«

»Kein Problem.« Sachs lebte aus dem Koffer bzw. Rucksack mit diversen Stützpunkten und einem spartanischen Zimmer in Hamburg. »Ich bringe am Wochenende mein Zeug auf die Reihe. Dann komm ich noch mal her und helfe hier abzuschließen.«

Er sah die Sorge in Johansens Augen und puffte sie freundlich an den Arm.

»That's life. Ich bin da im Reinen.« Er stieß die Tür zum Aufenthaltsraum auf, und klar klang es ihnen entgegen: »The answer, my friend, is blowing in the wind, the answer is blowing in the wind …«

*

Jo hatte seine Notizen vor sich und starrte blicklos auf die Terrasse und die Wagenräder, die vielleicht nie eine Straße gesehen hatten.

»Woran denkst du?«, wollte Birgit wissen, aber er antwortete nicht, und sie ließ ihn.

Die Kommunikation war zusammengebrochen. Kroth sagte, es sei sinnlos, mit Wenzel zu reden, und die Aktivisten redeten nicht mit den Förstern. Kroth meinte, sie wüssten gar nicht genug, um mit ihm zu reden. Aber angenommen, sie wüssten genug. Wer konnte es sich schon leisten, vom anderen überzeugt zu werden? Wer auf ein Argument stieß, das er nicht widerlegen konnte, würde das nicht zugeben. Er würde sich in seine soziale Gruppe zurückziehen und um Rat fragen. Der Mensch, der sich überzeugen ließ, von wem und warum auch immer, zahlte unter Umständen einen sehr hohen Preis: Er verlor seine Freunde.

»Was hast du gesagt?«, fragte Jo unvermittelt.

Birgit klappte gähnend den Computer zu: »Nichts. Morgen schon wieder Aschaffenburg. Ich geh schlafen.«

*

Dryocopus martius nestelte sich in seiner Höhle zurecht. Es war seine beste von derzeit zehn, die er ausbaute. Sie lag in einer Buche mit glatter Rinde, sodass der Marder nicht raufkonnte, mit einem kunstgerecht gehämmerten Regentrauf. Nicht, dass er seine Höhlen zählte. Das Höhlenmachen gehörte zu ihm wie seine rote Federkappe und sein tiefschwarzes Gefieder, eine schöne Sache. Er fing eine an, hörte auf, wenn sich die Arbeit nicht lohnte, kam später wieder, wenn die Pilze ein wenig vorgearbeitet hatten. Nicht, dass er an Pilze dachte, Erfahrungssache, dass das Holz mit der Zeit anders roch und weicher war. Der Schwarzspecht Dryocopus martius bestand eigentlich aus

Erfahrung: was funktionierte, was nicht, und was sich so ergab. Höhlenmachen funktionierte wunderbar, eine sehr befriedigende Angelegenheit. Andere hatten es da schwerer oder konnten es gar nicht: die Hohltauben zum Beispiel, der Rauhfußkauz, die Dohlen. Dryocopus überließ ihnen seine Höhlen meist ohne großen Aufstand. Höhlenmachen war angenehmer, als sich um sie zu streiten, nur in der Brutzeit wurde er da pingelig.

Eine seiner Höhlen war am Boden, die Kerle mit den schnabellosen Gesichtern und dem hypertrophen Gehirnschädeln hatten den Baum umgeschnitten. Das machten sie mit ungeheurem Krach und Geheule, viel lauter noch als sein bestes Paarungstrommeln, aber er hatte nicht gesehen, dass sie damit je ein Weibchen angelockt hätten. Was bei denen funktionierte und was nicht, das blieb selbst dem Gott der Schwarzspechte verborgen.

Zum Glück war der Winter nicht hart. Er hatte heute ein Ameisennest aufgehackt, und sein Bauch war voll, genug Heizung, um in seinen Federn warm zu bleiben.

Ein Kilometer weiter nestelte sich ein Wesen ebenfalls in seinen Federn zurecht. Allerdings hatte es diese in einen Sack gesteckt, damit sie nicht wegflogen. In seinem hypertrophen Gehirnschädel flitzten Bilder herum und hielten es vom Einschlafen ab. Er hatte dieses verdammte Loch beim Auszeichnen nicht gesehen. Als der Baum am Boden lag, hatte es mit dem Holzrücken gedauert und schon hatte es die Wenzel fotografiert und ins Netz gestellt.

Das Loch war ein Symbol geworden, das durch Glasfaserkabel raste, der Specht aber lag in seiner Höhle, die er zusammen mit seinen Flöhen bewohnte, und träumte von Ameisen.

DIE SPRACHE DER STERNE

Sie brauchten Vorräte fürs Wochenende: Butter, Eier, Kartoffeln, Nudeln. Bevor es nach Aschaffenburg losging, musste Jo einkaufen. Als er den Laden betrat, stieß er auf einen älteren Herrn in lebhafter Diskussion mit Frau Hasenstab.

»Sind die alleweil noo daa«, beschwerte er sich.

»Mich störe die net«, entgegnete Hasenstab, »kaffe ei bei mir, senn ruhich und tun kem ebbs.«

Sie sprachen offensichtlich über PlanetGuard.

»Ja dir ist des wurscht«, sagte der Mann, »Du schürst ja mit Öil. Aber ich brauch mei Rechtholz. Und die«, er lachte höhnisch. »Ökologisch wolle die sei! Die ganz Nacht lasse se de elektrische Heizer im Container laafe, noch dazu direkt unner der Lüftung.« Das Camp stand natürlich unter Beobachtung.

Doch die Hasenstaab gab nicht nur Wechselgeld heraus: »Hei ja, wenn des klaa Fräuleinsche in der Früh an de Computer geit und muss da in der Kält sitze, wird se halt krank. Da hat des wenigstens sei Guddes. Wenn du Fernseh schaust, dann brauchst aach en Haufe Strom vielleicht für nix.«

Der Kunde gab nicht auf: »Die lasse Dreck im Wald. Plastikbecher, ich hab's selber gsehe.«

»Wenn's weiter nix is«, sagte die Hasenstab. »Wenigstens lasse se kaa Tote im Wald.«

Das war der Joker, gegen den der Mann nicht aufkam. Es blieb ihm nichts übrig, als sein Anliegen zu wiederholen: »Wennse nur bald verschwinne täde.«

»So schnell«, sagte die Hasenstab, »verschwinne die net. Gestern erst habbe sie en Haufe Sachn für die Küch bei mir eigekaaft.« Sie wies auf die kleine, aber wohlsortierte Haushaltsabteilung, die sie unterhielt.

»Wirst scho sehn, was die für uns zammekochn«, meinte der Kunde düster. »Wennst dann nimmer im Wald laafe dörfst und kaa Pilz mehr sammeln, weil alles Nationalpark is, wirst scho sehn.«

*

Birgit und Jo waren kaum mit dem Frühstück fertig, als Sebastian an der Ferienwohnung vorfuhr. Er war nicht allein, Marion stieg auch aus dem Auto.

Noch bevor Birgit und Jo die Treppe herunterkamen, war die Vermieterin schon an der Haustür. »Ja der Pfeiffer-Buu! Dess ma dich aa emal sieht! Schaust emal nach der Tante Corinna, gell?«

»Bestimmt«, sagte Sebastian und gab ihr die Hand. Er trug einen langen Radmantel und einen weichen Filzhut, deutlich ausgestattet für einen Trip in die Stadt.

»E sauber Kerlsche bist wordde«, sagte Frau Gern und musterte bei diesen Worten unverhohlen auch Marion.

»Ja, find ich auch«, antwortete Marion ebenso unverhohlen.

Jo und Birgit kamen dazu. »Ah hallo, habt ihr eine Fahrgemeinschaft gemacht?«

»Es bleibt mir nichts anderes übrig, nachdem sie mir mein Handy geklaut hat«, behauptete Sebastian.

»Hört nicht auf ihn«, meinte Marion. »Er bewegt sich als Anwalt zu viel in schlechter Gesellschaft.«

Sie fuhren auf der B26 Richtung Aschaffenburg und passierten die Siebenwege.

»Anfang nächste Woche habe ich hier Ortstermin«, sagte Sebastian. »Der Staatsanwalt will die Vorgänge am Tatort nachstellen. Es ist fraglich, ob das in seinem Sinne ausgeht.« Er erzählte von der Theorie mit der verlegten Leiche und dem gelöschten GPS-Punkt. »Der Beweissicherungsantrag ist schon unterwegs.«

»Meinen Sie …?«

»Du. Sebastian.«

»Jo für dich.« Er winkte in den Rückspiegel. »Meinst du, der Cache liegt an dem gelöschten Punkt?«

»Oder lag. Wenn der Mörder den letzten Punkt gelöscht hat, dann war er wohl schneller als wir. Jetzt ist erst einmal die Frage, ob wir schneller sind als das Landeskriminalamt. Ich fürchte ja. Das kann sich ziehen.«

»Und du meinst, die Arbeitskollegen wollten deinen Onkel loswerden? Da hätten sie sich aber ganz schön ins eigene Fleisch geschnitten.«

»Oder jemand anderer. Er hat nicht viele Freunde. Vielleicht wollte ihn jemand nur erschrecken und hat nicht damit gerechnet, dass er so blöd ist, die Tote wegzubringen.«

»Jemand umbringen, um einen anderen zu erschrecken? Ich glaube eher, dass es mit dem Waldherz zu tun hat. Elisabeth hat doch herumerzählt, dass sie es versteckt.«

Sie fuhren eine Zeit lang schweigend.

Virchow erschien auf Jos Rückenlehne etwa in der Größe eines Maskottchens.

»Cui bono«, sagte er und nickte mit seinem zylindergekrönten Köpfchen wie die nickenden Hundepüppchen, die früher die Hutablagen der Autos geziert hatten. »Zu wessen Vorteil ist diese höchst unglückselige Angelegenheit bislang ausgeschlagen? Es bedarf nur der unbeirrten Anwendung klarer Logik, um bei diesen verworrenen Vorgängen zu einer klaren Anschauung zu gelangen.«

»Am meisten hat bisher PlanetGuard von Elisabeths Tod profitiert«, äußerte Jo laut. Er musste das weiter nicht begründen, jeder hatte es gesehen: der Minister mit roten Ohren, seine gewundene Stellungnahme, das Zugeständnis, in Buchenwäldern älter als 180 Jahre überhaupt keine Einschläge mehr zu tätigen. »Vielleicht waren die es.« Jo glaubte es selber nicht, als er den Vorschlag machte, und auch die anderen Insassen des Autos gaben Laute des Unglaubens von sich.

»Klar«, sagte Sebastian, »klar haben sie enorm profitiert. Aber so eine Aktion ...!? Erstens sind sie entschieden gewaltfrei, zweitens können sie so ein Risiko absolut überhaupt nicht eingehen. Stell dir vor: Jemand von PlanetGuard ermordet jemanden und schiebt es einem Unschuldigen in die Schuhe. Sie leben von ihrem Image, und das Image ist am Arsch. Die können ihr Büro in Hamburg zumachen und ihre Schlauchboote verkaufen.«

»Ein Image? Ein Imago?«, ließ sich Virchow von der Rücklehne vernehmen. »Ein Bild? Sie leben von ihrem Bild?«

»Das ist doch nicht neu, mein Lieber«, meinte Jo. »Sie haben doch auch Ihr Image gepflegt.«

»Wie sollte ich so etwas gepflegt haben?«, entgegnete Virchow spöttisch. »Ein Imago. Vielleicht mit Schuhcreme?«

»Zu Ihrer Zeit mit dem Degen.«

»Ich bitte Sie!« Virchow versuchte, mit seinem Stock in Jos Ohr zu bohren. »Einem solchen Anachronismus habe ich nie gefrönt. Ich habe es abgelehnt, mich mit Bismarck zu duellieren, obwohl er mich gefordert hatte! Dabei verlangte ich nichts als die Wahrheit und dass der Haushalt für das Heer nicht am Parlament vorbei finanziert werden dürfe. Er verletzte mit seinem Vorgehen grundlegende Principien der Verfassung, was ich ihm auf das Kräftigste auseinandersetzte.«

Marion unterbrach die politischen Erinnerungen. »Wie geht es dem Märchenartikel?«, erkundigte sie sich.

»Mühsam, aber es wird«, sagte Jo. »Birgit sagt, ich muss so einen Schuss Wellness-Luxus reinbringen, und ich kann damit nichts anfangen. Sauna und Massagen und Trallala. Das ist doch völlig egal, wo's das gibt, im Spessart oder in Buxtehude.«

»Wellness? Soll das Englisch sein? Brunnenhaftigkeit oder was?«, nörgelte Virchow. Er zog seinen Stock aus Jos Ohr und betrachtete die Spitze. »Allerdings könnte etwas Durchspülen Ihrer Ohren mit Brunnenwasser nicht schaden.«

»Ich werde jedenfalls morgen eine Sauna testen gehen«, verkündete Birgit.

»Entspannung pur in unserer Spessart-Oase mit Eichenlaubpackung und Wildschweinsuhle. Da würde ich sogar hingehen, wenn's das gäbe. Hinterher möpselt man eine Woche.«

»Das sieht dir ähnlich«, sagte seine Frau.

*

Die Fasanerie lag westlich des Stadtkerns. Jo erinnerte sie etwas an den Englischen Garten in München, nur dass dies hier nicht als Park angelegt gewesen war, sondern ursprünglich tatsächlich als Fasanenaufzucht für die Tafel der Fürstäbte. Heute gab es hier Spazierwege, einen kleinen See mit Wasservögeln und eine Wirtschaft, die sich Jägerhaus nannte. Das Jägerhaus hatte eine Zufahrt und einen Parkplatz. Sebastian stellte den Wagen ab und schaltete den Motor aus. Der Hirschkopf war unübersehbar am Eck des Jägerhauses auf eine Sandsteinsäule montiert.

»Wir müssen jetzt ganz grad zu dem Hirsch gehen«, flüsterte Marion andächtig. »Keinen Rundweg machen, hat sie geschrieben.«

»Du machst eh nie Rundwege, wenn du zu Hirschen gehst«, sagte Sebastian. Die Sache mit dem Handy wurde zum stehenden Witz.

»Sei froh«, antwortete Marion ungerührt und öffnete die Autotür.

Der Hirschkopf blickte von einer fast drei Meter hohen Säule aus Sandstein herab.

Jo studierte das Schild, das neben ihm an der Hauswand angeschraubt war. »Ein ungerader 26-Ender, was ist das?«, fragte er. Ein Riesengeweih jedenfalls war es.

»›Im Nacken trägt er die Botschaft.‹ Wenn das stimmt, frage ich mich, wie Elisabeth da raufgekommen ist«, meinte Birgit.

»Vielleicht hat sie auch ein Handy geklaut«, sagte Sebastian und stieg über die Steinblöcke, die die Säule umgaben, lehnte sich mit dem Rücken gegen das Denkmal und faltete mit Jammermiene die Hände. »Du könntest diesmal wenigstens den dreckigen Schuh ausziehen.«

Marion schlüpfte aus dem rechten Stiefel und war im Nu auf der Räuberleiter. »Yeah, da ist es! Aber mit Kleber festgemacht, verflixt noch eins. Hat jemand ein Taschenmesser?« Sebastian stöhnte theatralisch. »Im Handschuhfach. Solang bleib ich aber nicht so stehen.« Marion ließ sich herunter, balancierte auf einem Bein, das Taschenmesser wurde gebracht und das Röhrchen weggeschnitten.

Dann standen alle gespannt um Sebastian, der den Kassiber öffnete, während Marion ihren Stiefel wieder anzog. Ein eng zusammengerollter Zettel kam heraus, und als

Sebastian ihn auseinanderzog, fühlte sich Jo wieder wie das Kind, das am Jahrmarkt erwartungsvoll das Los von der Tombola glättete.

Wo sieben Weg sich finden
Dort ist es aufgestellt
Im Inneren des Waldes
Das Tor zur Anderswelt.
Der Sterne Hieroglyphen
Liest du am Firmament
Das Tor kann nur durchschreiten
Wer ihre Sprache kennt.
49° 59'43,8''
9° 22' 35,0''
Der rechte Stern

Das war's. Sie schauten sich an.

»Die Siebenwege«, sagte Sebastian und verstummte wieder. Nicht weit davon war sie tot gefunden worden. Das Tor zur Anderswelt. Es war wohl in die falsche Richtung aufgegangen. »Es wäre auch ein möglicher Endpunkt ihrer letzten Route durch den Miesgrund«, meinte er schließlich. »Aber warum in aller Welt hat sie nicht gleich an den Siebenwegen geparkt?«

»Truchseß«, fiel Birgit ein. »Sie hat Truchseß ärgern wollen und sich ein wenig verraten. Sie hat gesagt, wenn er an den Siebenwegen überfahren wird, dann sei er schon dicht dran. Vielleicht wollte sie nicht, dass er oder sonst wer ihr Auto an den Siebenwegen geparkt sieht und ihr nachspioniert.«

»Das gibt's doch nicht, dass sie den Punkt so einfach hinschreibt.« Marion schüttelte den Kopf. »Vielleicht wieder so ein hohler Witz wie der Punkt im Schwarzwald. Gib das doch mal ins GPS-Gerät ein.«

Sie schlichteten sich alle wieder ins Auto, Sebastian kramte das Gerät aus dem Handschuhfach und gab die Daten ein. Der Punkt landete auf den Siebenwegen. Er zuckte mit den Schultern. »Es ist wohl so. Der rechte Stern ist ein Wegstern aus Asphalt. Dann fahren wir mal.«

»Es wird irgendein Haken an der Sache sein, es muss ein Haken an der Sache sein«, befürchtete Jo. »War sie eigentlich immer so eine Marke, deine Patentante?«

Sebastian startete den Motor und schaltete wenig später die Scheibenwischer ein. Es hatte angefangen zu regnen. »War ja nicht meine Patentante, sie war für mich immer die Elisabeth«, antwortete er. »Ich fand sie als Kind langweilig. Sie saß stundenlang in ihrem Kabhäuschen und starrte in den Wald. Manchmal hat sie in der Nase gebohrt. Dass ich ihr dabei zuschaue, hat sie nicht gemerkt oder war ihr egal. Dann plötzlich hat sie fahrig in ihren Papieren herumgeschoben und angefangen, irgendwas zu tippen. Wenn ich sie zum Tee abholen sollte, sagte sie ›jaja‹, es ging zu einem Ohr rein und zum anderen raus.«

»Aber das Geocachen hat sie sich von dir erklären lassen.«

»Ja natürlich. Als ich älter war, wollte sie Sachen von mir wissen. Dann ist sie wieder abgetaucht. Die war nie ganz da.«

»Und dein Pate hat sich aber um dich gekümmert?«

Sebastian lachte ein bisschen. »Der war allerdings ganz einfach da. Er hat mich nie abgeholt oder was mit mir unternommen. Ich durfte aber kommen, wann ich wollte, seine Bücher lesen, drechseln, er hat immer mit mir geredet wie mit einem Erwachsenen. Erst später hab ich erfahren, dass er meine Mutter finanziell unterstützt hat, und die Studiengebühren bezahlt hat er auch.«

»Und deine Klamotten?« Es war natürlich Marion, die so fragte.

»Nein, Schätzchen, die hat er nicht gezahlt. Ich zieh mich erst so an, seit ich meine Kleider von der Steuer absetzen kann.«

»Ehrlich?«

»Ich bin immer ehrlich. Im Gegensatz zu Leuten, die Handys stehlen.«

»Hört auf«, sagte Birgit. »Ihr geht miteinander um, als ob ihr schon jahrelang verheiratet wärt.«

»Das blanke Grauen«, bemerkte Jo.

»Das kommt von schlechten Vorbildern«, erläuterte Marion.

»Johannes«, sagte Birgit, »uns kann sie unmöglich gemeint haben.«

»Ausgeschlossen.«

Sie schwiegen eine Zeit lang. Der Wald rückte zusammen, schloss seine Lücken, näherte sich der Straße, bis er eine endlose Mauer bildete, deren Krone sich über den Weg neigte, Kilometer um Kilometer. Wie war es wohl einer jungen Lehrerin erschienen, die um 1925 auf einem Fuhrwerk ihrer neuen Wirkungsstätte entgegengetragen wurde? War dieser Weg eine Verheißung endloser Einsamkeit gewesen?

»Bildung mit ihren Töchtern Freiheit und Wohlstand«, sagte Virchow und nickte mit dem Köpfchen. »Das habe ich schon in meinem Bericht über die Lage in Schlesien gefordert und auch für den Spessart angemahnt. Ihre Großtante war eine Heldin an der Front staatlicher Bildung, für die ich mich maßgeblich einsetzte, eine Auseinandersetzung, die als Kulturkampf in die Geschichte eingegangen ist.«

Eine unfreiwillige Heldin, dachte Jo, wie wohl die meisten Helden sich ihre Rolle nicht aussuchen konnten. Hoffentlich hatte bei ihrer Anreise wenigstens die Sonne geschienen.

Je höher sie in den Spessart hinaufkamen, desto mehr ging der Regen in Schneeregen über, und von den Reifen der Autos spritzte der Matsch. Als sie die Siebenwege erreichten, bog Sebastian nach links auf den großen Parkplatz. Er schaltete den Scheibenwischer aus, und für einen Moment saßen alle wie gelähmt von unschlüssiger Erwartung.

»Früher hat man an Kreuzungen Dinge vergraben, um etwas zu bannen oder sonst was zu zaubern. Haare hat man vergraben, mumifizierte Körperteile von Gehängten, Kindersargbretter und so was«, murmelte Jo. »Wenn hier gleich sieben Wege zusammenkommen, wird das ein magisches Eldorado gewesen sein. Wer weiß, was wir finden.«

»Das Tor zur Anderswelt natürlich«, sagte Birgit.

Von den Bäumen tropfte es auf die Windschutzscheibe, als ob sich das Wasser immer wieder die Nase zudringlich am Glas plattdrückte.

»Lässt schon nach«, sagte Sebastian, stülpte sich seinen Hut auf und stieg aus.

Die Wegspinne dominierte die Kreuzung der B26 mit der Staatsstraße von Heigenbrücken, die auf der anderen Seite der Bundesstraße als Kreisstraße 5 nach Weibersbrunn weiterlief. Rundherum gehörte dazu ein entsprechender Schilderwald. In die Zwickel dieser Kreuzung hatte sich südwestlich die Forststraße in den Miesgrund gehängt sowie der Weg auf den Miesberg, der ein Teil des römischen Eselswegs war; nordwestlich begann der Weg nach Rothenbuch zwischen den schicksalsträchtigen Waldabteilungen Weinweg und Hainstange. Nordöstlich lag der große Parkplatz, von dem aus der Weg in den Kalten Grund und nach Neuhütten losging. Weitere Pfade und Forststraßen zweigten ab. Eigentlich gab es elf Wege, die es alle an diesem einen Ort zusammenzog.

Sebastian hatte sein GPS-Gerät eingeschaltet, und auch Marion hatte ihres mitgebracht. Beide gingen schnurstracks in Richtung der Kreuzung.

Bei der nasskalten Witterung schien dieser Ort der unwirtlichste im ganzen Spessart zu sein. Auf der Bundesstraße tauchten die Autos aus dem Grau auf, jagten schmutzigen Matsch spritzend vorbei, die Fahrzeuge, die aus Heigenbrücken oder Weibersbrunn kamen, verhielten kurz neben den kleinen Verkehrsinseln, die die Spuren trennten, und warteten ungeduldig in der Wolke ihrer Abgase auf freie Bahn, um dann aufheulend weiterzueilen.

Birgit und Marion blieben auf der linken Seite der Straße nach Heigenbrücken, Jo und Sebastian waren auf die rechte Seite hinübergewechselt. Sie standen auf dem von winterlichem Schmutz verkrusteten Straßenrand. Die Pfeile beider Geräte zeigten auf die Kreuzung. Als diese wieder einmal verlassen dalag, folgten die Schatzsucher den Navigationspfeilen. Nach wenigen Schritten auf den Asphalt hinaus piepten die Annäherungs-Alarme. Die vier standen auf der Kreuzung und sahen sich einen Moment ratlos an, für einen Meinungsaustausch war keine Zeit, denn schon wieder näherten sich Motorengeräusch und ein Scheinwerferpaar. Sie liefen zurück zum Straßenrand.

»Probieren wir's von der anderen Seite der B26!«, rief Sebastian zu Marion hinüber. Sie warteten das Auto ab, wechselten die Straßenseite. Und drehten um: Die Navigationspfeile deuteten zurück. Es war dasselbe Spiel wie vorhin: Sie warteten auf eine längere Lücke im Verkehr, dann liefen sie wieder in die Straße hinein. Die Geräte piepten auf der Kreuzung. Jo blickte ratlos auf seine Füße. Da war nichts als matschbedeckter Asphalt.

»Zefix«, fluchte Marion.

Sie schauten sich um. Nur Schilder, die angaben, wohin man könne und auf welche Spuren man nicht einbiegen durfte und die blinden Rückseiten von Schildern. Es war ein Nicht-Ort, einer, auf dem man höchstens nach einem Unfall herumstand, nach einer Katastrophe, die alle Pläne durchkreuzt hatte.

Aus Richtung Aschaffenburg hörte man schon wieder ein Auto kommen, ein Finger der Scheinwerfer streifte die Bäume in hellem Grau, gleichzeitig näherten sich das tiefe Brummen eines Lastwagens und das Zischen seiner Bremsen bei der abschüssigen Anfahrt von Heigenbrücken. Wie auf Verabredung retteten sich alle vier zurück auf den großen Wanderparkplatz.

»Das Tor zur Anderswelt ist das allerdings«, schnaufte Jo. »Ein bisschen zu lang hier stehen bleiben, in die Sterne gucken und Hieroglyphen lesen, und schon ist man drüben. Sieht aus, als ob sie den Hinweis an Truchseß mit dem Überfahren werden verdammt ernst gemeint hat.«

»Vielleicht hat sie was falsch gemessen?«, meinte Marion ohne rechte Hoffnung.

»Wir müssen alle Verkehrsschilder checken«, sagte Sebastian. »Vielleicht hat sie irgendwo was festgeklebt oder reingeschraubt.«

Die folgenden zehn Minuten entfaltete sich ein seltsames Ringelreihen im Nieselschnee: Eine große Gestalt mit Hut, eine dickere mit Pudelmütze, zwei kleinere mit Kapuzen hüpften von Straßenrand zu Straßenrand, untersuchten die kleinen Verkehrsinseln, strichen tastend die Pfosten der Schilder hinauf und hinunter, blickten hinter die Wegweiser.

Birgit kapitulierte als Erste. Sie setzte sich wieder ins Auto, Marion und Jo kamen nach. Sie warteten auf Sebastian, der plötzlich zur Weibersbrunner Straße hinüber gelaufen und im Wald verschwunden war. Die Scheiben beschlugen sofort, es war unangenehm feucht. Jo wurde ungeduldig: »Was treibt er denn noch?«

»Wahrscheinlich wegen dem Ortstermin. Vielleicht muss er noch was nachschauen«, sagte Marion.

»Was steht da eigentlich auf Elisabeths Zeichnung, die du gefunden hast?«, wandte sich Jo an Birgit. »Sind da nicht Sterne drauf?«

Birgit nestelte das vierfach gefaltete Papierchen aus der Innentasche des Anoraks. »Schon. Da schau. Die Sterne sind mit dem Schlüssel am Ende verbunden, aber der Globus kann immer nur sagen, dass eine Verbindung besteht, nicht wie.«

Endlich kam Sebastian und faltete sich auf den Fahrersitz. Seine Schuhe und seine Hosenbeine waren völlig durchweicht, aber sein Gesichtsausdruck war zufrieden.

»Und. Was hast du gefunden?«

»Nur Löcher im Wald. Aber dort, wo sie sein sollen«, sagte er einsilbig, ließ den Motor an und schaltete den Ventilator zu. Während das Auto langsam anrollte, putzten die anderen mit ihren Ärmeln an den Fenstern herum.

»Vielleicht«, sagte Marion, »hat Elisabeth ein Loch in den Asphalt gebohrt und das Röhrchen mit einem grauen Deckel drauf reingesteckt. Wir finden es bloß nicht in dem Matsch.«

»Mit einem Bohrer auf der B26?« Sebastian steuerte das Auto in die Kreuzung und Richtung Rothenbuch.

»Akkubohrer. Sie hat ja auch einen Kleber zu dem Hirsch raufgebracht.«

»Ich glaube eher, man muss den Hinweis in dem Gedicht verstehen«, meinte Birgit.

Marion war skeptisch. »Vielleicht ist das Gedicht Quatsch. Es war doch schon so vieles Quatsch, mit dem Ort im Schwarzwald, wohin man nicht fahren muss, und dem Rundweg, den man nicht machen soll.«

Doch Birgit ließ sich nicht abbringen. »Der Märchenglobus hat vier Dimensionen: Geist, Energie, Materie und die vierte, die Achse des Globus', ist die Zeit. Wir hatten das Worträtsel, das Hirschrätsel, wir dachten, jetzt kommt das Steinrätsel, aber vielleicht ist es ein Zeiträtsel. Die Konstellationen der Sterne ändern sich mit der Zeit.«

»Das Tor öffnet sich an Durins Tag«, flüsterte Marion. »Das kommt im Hobbit vor«, erklärte sie. »Die Hintertür vom Schatzberg ist zu, die Zwerge kriegen sie nicht auf, aber der letzte Sonnenstrahl an Durins Tag trifft die Felsplatte, und das Schlüsselloch wird sichtbar.«

Jo stellte sich vor, wie irgendein besonderer letzter Sonnenstrahl auf diese Kreuzung fiel, der Asphalt sich überall wölbte und sämtliche vergrabenen Amulette, Milchzähne und andere Beschwörungsartikel herausgerülpst wurden. »Lieber nicht«, sagte er. Dann musste er fürchterlich niesen. »Wir werden uns bei diesem Sport noch den Tod holen«, krächzte er.

»Das Problem ist, dass Elisabeth sich ihn tatsächlich geholt hat«, sagte Sebastian. »Kommt eigentlich morgen wer zur Beerdigung?«

»Ich natürlich«, antwortete Birgit.

*

Es wurde keine Beerdigung. Die Urne mit Elisabeths Asche wurde in einer Nische der Schlosskapelle beigesetzt und die Öffnung mit einer Steinplatte verschlossen. Die Stimmung war gedrückt. Elisabeth war zu früh und auf gewalttätige Weise ums Leben gekommen, die Atmosphäre einer Familienfeier mit gemeinsamen Erinnerungen, die vielleicht das Herz erleichtern konnten, wollte sich nicht einstellen. Es war kalt in der Kapelle, der Brunnen im Burghof stand stumm und eingeschalt. Der Geistliche rettete sich in schwammige Formulierungen, ließ auch für den Mörder beten; den Namen Staab nannte er nicht, man hatte ihn wohl gewarnt, dass sein Verteidiger anwesend sei. Beim anschließenden Mahl gab ein älterer Gast PlanetGuard die Schuld an Elisabeths Tod, was von Wildenstein nicht gelten ließ. In sich gekehrt, gereizt und kurz angebunden konstatierte er, man könne die Organisation nicht für den schlechten Geschmack beziehungsweise die grelle Bekleidung seiner Schwester verantwortlich machen. Die anschließende Streiterei war persönlich und keineswegs die ursprünglich angekündigte kurzweilige politische Rauferei. Sobald es die Situation zuließ, entschuldigte sich Birgit und verzog sich in die Eremitage.

Sie atmete die Kälte und die Präsenz Elisabeths zwischen ihren Büchern und Statuetten, den Holzstückchen, Steinen und Federn, die sie gesammelt hatte. Mit klammen Fingern glitt Birgit die Buchrücken entlang und blätterte in den Ordnern. Sie fand nichts über Astronomie oder Astrologie, nur ein anthroposophisches Werk über Pflanzen und Kosmos, das sie mitnahm. An der Tür unter dem Relief des Fauns wandte sie sich noch einmal um. »Ich leih es bloß aus«, sagte sie laut.

*

Virchow hing auf dem Sofa herum. Er hatte beschlossen, den Samstag leger zu verbringen, trug einen seidenen Schlafrock mit Quasten an den Enden der Kordel und genoss sichtlich die zweite Tasse Kaffee. »Ich frage mich«, sagte er nachdenklich seinen Bart zwirbelnd, »ob es hier Nachfahren jener jungen Frau giebt, die ich 1852 hier in Rothenbuch behandelte. Es war ein 26jähriges Mädchen in einem sehr ungünstig gelegenen, äußerst eng zwischen anderen Häusern, Höfen, Düngerhaufen und Mistlachen eingeschlossenen Hause, wo in einem kleinen, niedrigen und dunkeln Zimmer fast der gesamte vorhandene Raum mit Betten erfüllt war. Als wir sie sahen, war sie sehr schwach, klagte über Stirnschmerzen und Sausen im Kopfe, hatte das Gesicht geröthet, die Augen glänzend, die Haut trocken und mässig heiß, die Zunge feucht, roth, leicht weißlich belegt, den Bauch voll, etwas schmerzhaft, in der Milzgegend ausgedehnte, matte Percussion. Der Puls machte 116 matte, kleine und schwache Schläge. Sie hüstelte zuweilen, allein die Percussion machte überall guten Ton, die Auskultation zeigte vesiculäres, nur sehr schwaches Geräusch. Hals, Bauch, Arme und Beine waren mit kleinen roten Stippchen besetzt, die anfangs als Petechien betrachtet wurden, bei denen aber nach wiederholter Untersuchung die Möglichkeit zugelassen wurde, dass es Extravatase nach Flohstichen seien. – Am folgenden Morgen, wie ich die Kranke wieder sah, war eine grosse Remission eingetreten.«

»Kein Wunder«, meinte Jo. »Stellen Sie sich vor, Sie liegen da in Ihrem armen Häuschen, und plötzlich kommen da mitten im Wald die hohen Herren mit Pelzmänteln hereingeschritten, und fragen Sie nach Ihrem Alter, horchen Sie ab, machen Percussion und Auskultation, das heißt, sie langen Sie im Gegensatz zu unseren Ärzten auch wirklich an und benutzen magische Worte, die Sie noch nie gehört haben. Wer wird nach solch einem Wunder nicht gesund.«

Virchow verschluckte sich fast am Kaffee: »Wie meinen Sie das? Heilung durch Einbildung? Mitnichten! Nachdem ihr durch ein Klystier Oeffnung verschafft, durch Waschungen die Sprödigkeit der Haut überwunden, durch kühlende Mittel die Temperatur etwas ermässigt und ihr nach langer Entbehrung eine warme Suppe verabreicht war, befand sie sich sehr viel besser.«

Jo lachte leise. »Sie sollten die seelische Komponente nicht unterschätzen.«

»Seelische Komponente. Ha! Damit müssen Sie dem Begründer der Socialmedicin nicht kommen! Es geht um die Lebensumstände!« Virchow lehnte sich auf dem Sofa zurück und kreiselte mit dem Ende der Kordel seines Hausmantels. »Die Ärzte sind die natürlichen Anwälte der Armen.«

Er beugte sich vor, lüpfte mit dem Kaffeelöffel Jos Lektüre – es war das Backofenkind – und inspizierte das Titelbild des Buches: »Ah, ebenfalls eine Darstellung socialer Zustände. Sollte ich nicht erwähnt werden, kann das Werk schwerlich Anspruch auf Vollständigkeit erheben.«

Plötzlich ließ er den Löffel fallen, verschränkte die Arme vor der Brust und beschwerte sich: »Weshalb theilen Sie mir stets die undankbare Rolle des eitlen Tropfes zu? Ich protestiere auf das Entschiedenste!«

»Neid«, gab Jo unumwunden zu. »Im Vergleich zu Ihnen führe ich ein bedeutungsloses Dasein.«

»Und Ihr Dasein wäre noch bedeutungsloser, wäre ich nicht für die Preßfreiheit buchstäblich auf die Barrikaden gegangen«, bekräftigte Virchow.

»Und doch hat ein Zwerg auf der Schulter eines Riesen die bessere Aussicht«, fuhr Jo fort.

»Ah! Und was sehen Ihre Zwergenaugen?«

Jo legte das Buch weg und trat ans Fenster. Was sahen seine Zwergenaugen? Sie sahen Leute, die sich angepasst und durchgeschlagen hatten in diesem Wald, unter der Obrigkeit, die in Virchow einmal eine wohltätige Gestalt angenommen hatte. Der Wohltäter bedauerte, dass sie ihre alte zweckmäßige Kleidung des ›Beidergemang‹ nicht mehr trugen, gleichzeitig beschwerte er sich über die mangelnde Sexualmoral und die Tatsache, dass sie für Kranke lieber Messen lesen ließen, als den Arzt zu holen. Wenn er sich über Trägheit und mangelnde Initiative beklagte, kam er Jo vor wie ein Missionar, der unfreiwillig den Zerfall einer Kultur unter dem Ansturm seiner eigenen Wertvorstellungen beschrieb. Jos Zwergenaugen sahen das Backofenkind im Ofen, die Frauen, die mit Brennholz sammeln, Gras schneiden, Beeren pflücken im Wald die magere Landwirtschaft durchbrachten, immer in Angst vor dem Förster, während die Männer, ohne so etwas wie einen Arbeitsplatz in einer prekären Rolle, unter Alkohol ihre Autorität in der Familie mit der Faust einforderten. Seine Zwergenaugen sahen die Doppelrolltore, die Edelstahlgeländer und marmornen Tonnenhäuschen. Er hatte das komisch gefunden, aber nun rührten sie ihn: Er sah diese Backofenkinder Männer werden und alles daran setzen, diesen Zustand zu beenden. Wie sie heimkamen am Freitag von ihrer auswärtigen Baustelle und Respekt erwarten konnten, ein warmes reichliches Essen, das sie sich mehr als verdient hatten. Und er sah, wie sie sich den Blaumann wieder anzogen, um am Wochenende gemeinsam mit den Nachbarn der Schande der Armut endgültig den Garaus zu machen, um Häuser zu bauen, die geräumig waren, trocken und warm, die von Wohlstand zeugen sollten und dem endgültigen Triumph über Hunger und Verzweiflung. Der Spessart war ein Ort geworden, an dem man es sich leisten konnte, Zierkürbisse zu ziehen, die niemand essen konnte, und vor die Mülltonnen einen Marmorlöwen zu stellen, jawohl.

Und nun, da man sich behauptet hatte, die Holzrechte schriftlich zugestanden waren, da kam nun wieder irgendein Wohltäter von außen, den man bisher noch nie gesehen hatte, und wusste alles besser. Konnte man dem vertrauen?

Er hörte den Schlüssel im Schloss und wandte sich um. Das Sofa war leer. Virchow war schon verblasst, als Birgit hereintrat.

*

Der Wald glich einer Kathedrale. Silberne Säulen ragten in unbestimmbare Höhen, wo sich Äste und Zweige zu geheimnisvollen Mustern verhakten. Leiser Gesang wehte durch die grün schimmernden Hallen wie eine vage Sehnsucht, wie der Klang wehmütiger Erinnerung oder ungreifbarer Verheißung. Äste und Wurzeln krümmten sich und verschmolzen zu runden Stufen, die in anmutigen Schwüngen von einer moosbedeckten Plattform zur anderen führten. Lichter glommen in Ritzen und Spalten, schwebten die Stämme empor und versammelten sich zu den Sternen im Gewölbe der Wipfel. Die Elfenkönigin, silberweiß und schlank wie die Bäume, schritt die Stufen herab. Sie kam, um ihm die Artefakte zu schenken, die in der Stunde der Not die Rettung bringen würden, den grauen Mantel, das Elfenbrot und das Licht.

»Kein Stecken Totholz«, nörgelte es griesgrämig hinter Jo. Er drehte sich um. Da stand Frau Wenzel, angezogen wie ein Hobbit. Sie pfiff gellend, und ein fernes Getöse erhob sich, ein Knacken und Stampfen. Es waren die Ents, die wandernden alten Bäume mit ihren Baumhirten. Von ihrer Borke bröselten die Flechten, dürre Äste standen wirr von ihren Köpfen ab, ihre Augen und Münder waren Höh-

len. Auf dem ersten Ent oben saß Valerie Johansen und schwang eine Kluppe.

»Ihr Wald hier ist unökologisch und unnatürlich«, fauchte der Wenzelhobbit. Die Elfenkönigin wich zurück und sagte etwas, aber Jo konnte es bei dem Getöse der Ents nicht hören.

Da wachte er auf. Verdammt, er hätte noch gerne seine Geschenke in Empfang genommen. Es dauerte ein wenig, bis er sich im Kopf sortiert hatte. Das kam von Marion, von Durins Tag und dem Herr-der-Ringe-Krempel. Er stand auf und duschte.

Während der Kaffee durch die Maschine röchelte, schob er auf dem Frühstückstisch gedankenversunken Eierbecher und Marmeladen herum. ›Elfen oder Ents‹, das war vielleicht gar keine schlechte Überschrift für seinen Wald-Artikel. Elfen und Ents? Kein Frieden zwischen Elfen und Ents? Szenen einer Ehe?

»Was ist los?«, fragte Birgit. »Fehlt dir was?«

Er schaute verwirrt auf. »Hm. Da fehlt was.«

Er stand auf, holte die beiden Porzellanfigürchen vom Fensterbrett und stellte sie einander gegenüber auf den Tisch.

»Das Spessart-Theater von Wildenstein. Ich verstehe es nicht, mir fehlt tatsächlich der Einblick in die Kulissen. Hier die zwei Hauptdarsteller«, er tippte auf das Porzellanmädchen, »Valerie Johansen bzw. PlanetGuard,« dann auf das Bübchen, »Worschech bzw. die BaySF.« Hinter dem Bübchen schob er noch den Eierbecher mit dem aufgeschlagenen Ei. »Da der Minister, schon angeschlagen. So jetzt, Johansen ist ja nicht allein, sie hat die Biodiversitätsstrategie. Ich hab die Strategie inzwischen gelesen, da steht zum Wald noch mehr und anderes drin, aber die Stilllegung haben sie sich rausgepickt als kampagnenfähig.« Jo schaute sich um, entschied sich für den Nussknacker und stellte ihn neben die porzellanene Johansen. »Da kommt der Knacker. Er soll zehn Prozent herausknacken, aber er ist sozusagen zahnlos. Er ist eine Strategie, kein Gesetz, ein zahnloser Tiger. Irgendwo oben«, Jo deutete auf den mit Blümchenstoff überzogenen Lampenschirm, »schwebt die Konvention von Rio 1992, ziemlich allgemein gehalten.«

Sie betrachteten das Arrangement.

»Du hast das Wichtigste vergessen«, sagte Birgit, »den Wald.« Sie stand auf und holte aus einer Schublade ein grünes Platzdeckchen. »Ich hasse Platzdeckchen«, sagte sie, »und hatte sie alle gleich weggeräumt.« Sie breitete das Stückchen Stoff auf den Tisch, und sie versuchten, unter dem Schirm von Rio die Figuren auf dem Deckchen zu platzieren. Es war schwierig. Sie konnten sich nicht recht entscheiden, wer in der Mitte stand und wer am Rand. Johansen bekam noch die Pfeffermühle als Wenzel zur Verstärkung, um auf dem Deckchen Fuß zu fassen, Worschech noch ein Salzfass als alten Revierförster, es half nichts.

»Der Knackpunkt ist der Nussknacker«, sagte Jo. »Warum hat er keine Zähne? Wer schickt einen Knacker los, der nicht knacken kann, und warum? Wenn der Minister aber zu diesem Knacker sagt, ich mag nicht, dann kriegt er ein Problem mit den Leuten, die sein Gebiss spielen, nämlich der Johansen. Warum halst er sich ein Problem auf?«

Jo wollte noch mal mit Wildenstein reden, nächste Woche, wenn Marion seinen Drechselschuppen fotografierte. Und dann hatte ihm Anna Felleisen noch ein Gespräch mit einem gewissen Sandmann vermittelt, einem pensionierten Forstamtsleiter. Wie sie aber das Rätsel der

Siebenwege lösen und die Sprache der Sterne verstehen konnten, das blieb schleierhaft.

»Wir müssen eine Pause einlegen«, sagte Birgit. »Auslüften. Heute ist eh Sonntag.«

Von drinnen schien das Draußen nicht sehr einladend, die Sonne verbarg sich, es war gleichmäßig grau. Sobald sie jedoch das Haus verlassen hatten, hellte das Tageslicht rundum ihre Stimmung auf.

Sie marschierten die Straße hoch durch einen Hohlweg, passierten lange Brennholzstapel auf einer Wiese und tauchten in den Wald.

»Wo versteckt der Weise ein Blatt?«, sagte Jo.

Birgit antwortete nicht. Sie gingen einen endlosen Forstweg hinunter. Der mittlere Grünstreifen war tatsächlich grün. Eine schlichte Pflanze, die Jo nicht kannte, hatte beschlossen, dass es nicht kalt genug zum Sterben war.

Auf manchen Zweigen hatte sich eine seltsame Sorte Raureif gebildet, wie weiße gebogene Haare, die aus der Rinde wuchsen. Birgit meinte, es sei ein Pilz. Sie stritten ein bisschen, die Gebilde lösten sich in den Fingern auf, rochen nach nichts.

Sie gingen und vergaßen für eine Weile alles. Da waren nichts als riesige Pflanzen und die Wesen darin und darum, die nach ihren eigenen Gesetzen wuchsen. Zeitungen, Fernsehen, Fragebögen und Patienten blieben zurück. Funkloch.

Obwohl sie auf einer Straße liefen, obwohl Jo wusste, dass es hier Pläne gab und Gesetze, übte der Wald diesen Zauber aus, und das umso mehr, je älter er war. Die Förster, die die Sämlinge gesehen hatten, waren schon lange tot, Schicht um Schicht hatte sich über jede Planung gelegt und sie unsichtbar gemacht. Die Baumstümpfe verfaulten. Dornröschen schlief im Schloss.

»Wo versteckt der Weise ein Blatt?« Diesmal war es Birgit, die die Frage stellte, und Jo, der sie nicht beantwortete. Aber Birgit erwartete es auch nicht und sprach weiter: »Und wo findet es der Weise unter 1000 Blättern? Da fallen die Blätter jedes Jahr und decken alles zu, und man muss die Geschichte finden.« Sie meinte ihre Patienten.

»Um sie ungeschehen zu machen?« Jo meinte den Wald.

»Du lieber Himmel, nein. Um das Jetzt zu verstehen, natürlich.«

Ein kleines Vögelchen flatterte weit weg durchs Gezweig, als sei es selbst ein Stückchen Holz, zum Leben erweckt, ein winziger gefiederter Pinocchio.

»Wir sollten noch mal im Frühling herkommen, wenn der Wald aufwacht, grün wird, und alle Spechte trommeln«, meinte Jo.

»Er ist jetzt wach und träumt im Sommer«, sagte Birgit. »Das steht jedenfalls in dem Buch, das ich aus Wildenstein mitgenommen habe. Jetzt ist der Wald aufmerksam und liest vom Firmament die Bewegungen der Sterne ab. Im Sommer träumt er sie dann als Form ins Dasein.«

Jo schwieg verblüfft. Die Vorstellung war erstaunlich. Plötzlich wurde aus dem stummen Schlaf des Waldes ringsum ein hellwaches, gespanntes Horchen. Jos Geist war nicht allein, sondern umgeben von der Präsenz der Bäume.

Nach einer Weile fragte er: »Angenommen, ich meine, falls Elisabeth annahm, dass die Pflanzen die Sprache der Sterne verstehen, hilft uns das mit unserem Sternenrätsel?«

»Ich wüsste nicht, wie«, sagte Birgit.

Sie schauten hoch in die Wipfel, wo die Zweige wirre Runen in den blassen Winterhimmel schrieben.

»Ich wüsste nicht, wie«, wiederholte sie.

Sie kamen an eine Abzweigung. Die Wanderrouten waren fürsorglich mit Symbolen markiert, aber sie hatten sich nicht damit befasst, waren ohne Karte einfach losgelaufen. Es war bedeckt, keine Himmelsrichtung sichtbar. Unschlüssig überlegten sie:

»Deswegen hatte Elisabeth ein Navi«, meinte Birgit.

»Die Wenzel marschiert einfach querwaldein. Die hat ein Navi im Kopf«, sagte Jo. Sie entschieden sich, nach rechts zu gehen, und als sie losgingen, fiel ihm ein, dass sich die zwei Frauen irgendwo ähnlich gewesen waren, nicht nur wegen einer gewissen Sturheit und Unabhängigkeit. Jo erinnerte sich auch an das Foto von Elisabeth, das er am Zaun des Camps gesehen hatte: eine eher kleine, dürre Person.

»Nein!«, rief er plötzlich und blieb stehen.

»Was ist?«, fragte Birgit.

»Du hast doch Elisabeth gekannt und die Frau Wenzel gesehen. Hätte man die beiden etwa von hinten verwechseln können?«

Birgit starrte Jo einen Moment lang an. »Du meinst … jemand wollte eigentlich Frau Wenzel umbringen?«

»Sie hat sich nicht beliebt gemacht, das ist sicher.« Die Bemerkung vom ›Blockwart‹ klang Jo noch in den Ohren.

»Meine Güte«, sagte Birgit. »Das macht die Sache nicht besser.«

»Ganz und gar nicht«, bestätigte Jo.

Plötzlich war der Wald fremd und der Weg ins Unbekannte zu weit. Sie kehrten um.

*

Frau Wenzel hatte sich eine Tasse heißen Holundertee aufgegossen und es sich auf dem Sofa bequem gemacht, als das Telefon klingelte. Es war der Journalist, den sie im Wald geführt hatte.

»Sind Sie immer noch im Spessart?«, erkundigte sie sich erstaunt.

»Sie doch auch«, entgegnete er.

»Ja ich lebe doch hier.«

Er lachte nett. Dann: »Ich habe noch eine Frage.«

»Ja bitte, man kann nie genug fragen.«

»Also, ich dachte, Sie sind ja viel im Wald unterwegs. Vielleicht waren Sie auch am Dienstag, den 11. dieses Monats, im Wald?«

»Wieso?«

»Na ja. Es war der Tag, an dem Frau von Wildenstein ums Leben kam.«

»Ich dachte, am 12., am Mittwoch stand in der Zeitung?«

»Nein, sie wurde am Mittwoch vermisst gemeldet, aber am Dienstag kam sie ums Leben.«

»So was.« Eine kleine Pause. »Da war ich in der Früh an den Siebenwegen.« Wieder eine Pause und dann ein Lachen. »Werde ich jetzt verhaftet?«

»Um Gottes willen nein. Ich dachte nur, vielleicht ist Ihnen was aufgefallen.«

»Nein. Ich war nur am Parkplatz und hab auf Gonzales gewartet, einen von den Jungs. Wir hatten uns dort verabredet nach dem Wochenende, um weiter zu kartieren, die Vorerkundung zu machen. Montag hatte ich blaugemacht wegen Zahnarzt. Aber Gonzales ist nicht gekommen. Dafür der Förster.« Sie lachte in der Erinnerung. »Als er mich gesehen hat, hat er die Arbeiter aus dem

Hieb abgezogen, weil er dachte, wir hätten was vor.« Sie lachte wieder.

»Aber sie hatten nichts vor.«

»Nein. Und es ist dann sowieso gar nichts mehr passiert, weil Gonzales abreisen musste. Neue Besen kehren gut. Der Leo hat die Campleitung in der Woche übernommen und hat ein bisserl durchgriffen. Er und Speedy kamen wohl verkatert aus einer Ferienwohnung, wo sie Fernseh geschaut hatten.«

»Und der arme Spanier musste gleich bis nach Spanien zurück?«

»Ah nein«, die Wenzel schien in der Erinnerung zu schmunzeln. »Gonzales war sein Spitzname. Seinen Freund nannte man Speedy, und zusammen waren sie Speedy Gonzales. Die waren aber aus Stuttgart. Nette Jungs eigentlich, bloß ein bisserl verplant.«

»Also der Förster kam und hat Sie da stehen gesehen.«

»Hm, hat er. Ich kann stehen, wo's mir passt.«

»Gewiss. Und wie lang sind Sie denn da gestanden?«

»Bis ich den Gonzales angerufen und gefragt hab, wo er steckt, und er mir sagt, dass er abreisen muss. Der war völlig von den Socken. Und dann bin ich ins Camp gefahren, was sollte ich da noch länger warten? Allein kartieren geht auch nicht.«

»Hatten Sie Ihre hellgrüne Jacke an?«

»Wieso?«

Jo antwortete nicht. Die Frage hätte er jetzt besser nicht stellen sollen. Schweigen. Die Wenzel begriff schnell. »Meine Güte, Sie meinen doch nicht …«

»Nein, nein, ich meine gar nichts. Entschuldigen Sie, ich wollte Sie nicht beunruhigen.«

Frau Wenzel hatte sich schnell gefasst: »Sie können mich nicht beunruhigen. Es gibt Leute, die mich nicht mögen. Aber mit Angst hat man auf dieser Welt noch nichts zum Besseren gewendet.«

*

Sie hatte sich schnell entscheiden müssen und sie hatte sich entschieden. Sie würde ihr Praktikum in der Softwarefirma sausen lassen und nach Kolumbien gehen. Leo hatte sie gefragt. Leo.

Bert war schon ziemlich eingearbeitet am Computer, mit Support aus Hamburg würde es schon hinhauen. Silke packte im Container ihre persönlichen Sachen zusammen, halb war sie im Kopf schon in Berlin, überlegte die Untervermietung ihres WG-Zimmers und immer dazwischen Leo, dass Leo sie gefragt hatte, dass Valerie und die anderen zugestimmt hatten, das war nur an Leo gelegen, und sie hatte immer gedacht, er finde nichts an ihr.

Sie trat ins Freie. Die Wolken hatten sich gehoben und gelichtet. Sterne funkelten, tief nahm sie die kalte Luft in die Lungen. Das Leben war wunderbar, traurig, spannend und herrlich.

*

Als Sebastian ankam, stand schon das Auto der Kripo am Anfang der Forststraße neben der Waldabteilung Hainstange. Der Kommissar lehnte am Kühler und rauchte. Neben ihm stampfte eine zierliche Assistentin ihre Füße warm. Sebastian sammelte sich einen Moment, bevor er ausstieg. Seine Kanzlei hatte ständig mit dem Drogendezernat zu tun, und dessen Leute waren ziemliche Geier. Die kassierten auch Jugendliche ein, wenn sie bei einer Party an einem Joint gezogen hatten, der nicht einmal ihnen gehörte. Sein Kanzleichef hatte ihm ein gründliches Misstrauen gegen sie eingeimpft, er hielt sie sogar imstande, Beweismaterial zu unterschlagen. Mit dem K1, das für Tötungsdelikte zuständig war, verhielt es sich etwas anders. Dort galt nicht der schnelle Zugriff, denn der Tote war ja schon tot, sondern die gründliche Arbeit, und die Kommissare waren älter und erfahrener.

Sebastian stieg aus, zog sich die Wollmütze auf den Kopf – er hatte auf seinen Hut verzichtet, um harmloser zu wirken – und ging hinüber, um ihm die Hand zu schütteln.

»Es wundert mich«, sagte Kommissar Kirch unverhohlen, »dass Ihre Kanzlei diesem Ortstermin zugestimmt hat. Sie meinen also, da käme etwas Entlastendes für Ihren Mandanten heraus?«

»Zumindest nichts Belastendes«, entgegnete Sebastian. Aber Kirch hatte den Nagel schon auf den Kopf getroffen: Der Kanzleichef war gegen den Termin gewesen und hatte Sebastian als naiv gescholten.

»Sie kennen den Beweissicherungsantrag bezüglich des GPS-Gerätes?«, fragte Sebastian.

»Sicher«, antwortete der Kommissar und strich sich mit der Hand über seinen grauen Bürstenkopf. »Eine nette Theorie. Es wird wahrscheinlich eine nette Theorie bleiben.«

Das Auto des Staatsanwalts bog in den Waldweg ein, unmittelbar darauf der Wagen mit Gerhard und den zwei Beamten in Zivil, die ihn bewachten. Gerhard hatte Mühe mit dem Aussteigen, er trug Hand- und Fußfesseln. Rasiert, nüchtern und ausgeruht schien es ihm nicht so schlecht zu gehen, doch die Gefangenschaft machte einem unsicheren Menschen wie ihm Schwierigkeiten, seine Würde zu bewahren, und das Gefühl, ausgeliefert zu sein, war in seinen Augen deutlich zu lesen.

Sebastian begrüßte Gerhard mit einem Schulterklopfen, dann erst gab er dem Staatsanwalt die Rechte. Maier lächelte sein Mephistolächeln, Sebastian dachte wieder an seinen Chef, der ihm von diesem Treffen abgeraten hatte.

»Herr Maier«, sagte er, »ich denke doch, man kann wenigstens auf die Handfesseln verzichten. Wir haben doch diesen Termin in gegenseitigem Einvernehmen und wahrhaftig nicht als Fluchtgelegenheit geplant.«

Maier nickte, einer der Bewacher nahm Gerhard die Handfesseln ab. Ein Funken Dankbarkeit und Vertrauen glomm in Gerhards Augen, als er Sebastian anschaute.

Die Assistentin packte die Videokamera aus, Sebastian sah im Kofferraum den langen, gut 50 kg schweren Sack, der im Bedarfsfall die Leiche darstellen würde. Er drückte den Gedanken an die Leiche von Elisabeth weg. Dazu waren Beerdigungen und alle Rituale da, um diese Dinge in ein ordentliches Grabmal zu versenken.

»Wo«, fragte Sebastian, »hast du dein Auto geparkt, wie du die Axt gesucht hast?«

Gerhard zeigte 100 Meter weiter auf die Forststraße hinauf. »Da obbe«, sagte er. Es war logisch. Ein Waldarbeiter in Eile parkte nicht erst auf dem Wanderparkplatz und lief zu Fuß, sondern fuhr auf den Forstwegen bis möglichst nah dorthin, wo er hinwollte.

»Und wo, sagen Sie, war Ihre Axt?«, fragte der Staatsanwalt.

»Na da obbe, glei am Wech«, sagte Gerhard.

»Na dann fahren wir mal da hin«, sagte Maier. Mit Fußfesseln ließ sich die Strecke schlecht bewältigen. Alle setzten sich wieder in die Fahrzeuge, die Karawane startete und fuhr langsam die Forststraße hoch. Der Wagen, in dem Gerhard saß, stoppte. Sie stiegen aus. »Da«, sagte Gerhard. »Da hat se g'leche.« Er zeigte auf den riesigen Baumstumpf einer Buche hinter der Böschung am Wegrand. »Ich hab hier g'halte und bin da nuff.«

Begleitet von seinen Bewachern stieg er mühsam über die kleine Böschung, wobei er sich mit Fußfesseln schwertat, das Gleichgewicht zu halten. »Und wie ich da steh, seh ich da dübbe was Hellgrüns.« Er deutete in Richtung des Stumpfes der dicken Buche, der etwa 25 Meter weiter am Rande des Hiebes lag.

»Natürlich was Hellgrünes«, sagte der Staatsanwalt. »Der Feind von PlanetGuard.« Sebastian fragte sich, ob sein Chef nicht recht gehabt hatte. War er sicher, dass es Gerhard nicht noch tiefer hineinritt?

»Die war abbe scho toud«, sagte Gerhard mit einer gewissen Mischung aus Trotz und Angst.

»Sieht man was Hellgrünes, was am Boden liegt, von hier aus?« Sebastian stellte die Frage. Sie war rein rhetorisch. Es war sehr gut möglich, etwas von hier aus zu sehen, was am Boden neben dem großen Baumstumpf lag.

»Jedenfalls sind Sie da hingegangen«, sagte der Staatsanwalt.

»Ich hab zuerscht die Axt ins Auto. Ich wollt die net scho widder vergesse. Dann bin ich hie.«

»Oh wie sorglich«, sagte der Staatsanwalt. »Dann gehen wir mal hin, angeblich ohne Axt.«

Die Assistentin filmte, wie Gerhard mühsam an den verbliebenen Bäumen vorbei in Richtung des Baumstumpfes ging. Sebastian biss sich auf die Lippen. Der Film würde zeigen, wie sich der Täter zum angeblichen Tatort bewegte, eine Sequenz, die vor Gericht abgespielt wurde und allzu leicht weitere Assoziationen hervorrief. Er hätte auf seinen Chef hören sollen. Gerhard blieb stehen. »Da hab ich dann g'sehe, dass es en Mensch is.«

»Und der Mensch hat was gemacht bei dem Baum?«

»Moment!« Sebastian ging an Gerhard vorbei auf den Baumstumpf zu. In der Tasche seines Anoraks begann etwas zu piepen. Er zog sein GPS-Gerät heraus und hielt es in die Höhe. »Mein Mandant fand also die Leiche exakt am letzten GPS-Punkt, der im Gerät der Frau von Wildenstein eingespeichert war. Dem namenlosen Punkt 008.«

Maier nickte ungeduldig. »Ich kenne Ihre Argumente.«

»Nur um das im Video festzuhalten«, sagte Sebastian und wandte sich an Gerhard: »Jetzt also. Was hat der Mensch da gemacht?«

»Nix. Da g'leche. Mit dem Kopf am Stumpf, komisch g'leche. Der Kopf war blutich, hab ich g'sehe.«

Bevor der Staatsanwalt wieder etwas sagen konnte, ergriff Sebastian wieder das Wort: »Wie konntest du das sehen, wenn sie eine Mütze aufgehabt hat? War die Mütze blutig?«

Gerhard schien etwas verwundert und beleidigt: »Die hat kaa Mütz uffg'het, hab ich dir doch scho g'saacht.«

Maier lächelte süffisant. »Ah, schon besprochen also.«

»Natürlich habe ich ihn schon gefragt, wobei erstaunlich ist, dass ihn sonst noch niemand danach gefragt hat«, konterte Sebastian. »Herr Maier, das könnten wir vielleicht manipulieren, nicht aber die Ergebnisse der Spurensicherung. Und die fand die Mütze dort.« Sebastian zeigte auf einen Punkt, der etwa zehn Meter weiter südwestlich lag. »Wir haben einmal die Tatsache, dass Frau von Wildenstein exakt am letzten Punkt erschlagen wurde, den sie in ihrem GPS-Gerät eingespeichert hatte. Und die andere, dass die Mütze blutig und mit einem Loch versehen an einem Platz liegt, der weder mit dem angeblichen Tathergang noch mit dem anschließenden Transport der Toten zu tun hat. Denn der Weg zurück zum Auto von Herrn Staab führt da ganz und gar nicht vorbei.«

»Vom Tathergang hat noch kein Mensch etwas behauptet«, sagte Maier. »Ich am allerwenigsten.«

»Dann behaupten wir doch mal was.« Sebastian hatte im letzten Moment statt »Sie« »wir« gesagt, um Maier nicht unnötig zu provozieren. Es war eine Gratwanderung. »Frau von Wildenstein wurde nicht hier angegriffen, sondern da drüben, wo die Mütze lag. Dann ist die Frage, wieso sie die Mütze bei der Attacke überhaupt verloren hat, denn eigentlich müsste ein senkrechter Schlag auf den Kopf ganz und gar nicht dazu führen, dass die Mütze heruntergeschlagen wird.«

Maier nickte und lächelte sehr wohlwollend, ein überaus liebenswürdiger Teufel. »Gewiss. Nicht, wenn die Waffe geführt wird. Wohl aber, wenn sie geworfen wird. Das Opfer stürzt, die Waffe fällt mit der Mütze seitlich herunter.«

»Ich schmeiß nie mit meiner Axt«, sagte Gerhard. Oh je, da fing er wieder an, ungefragt zu quasseln. »Ich hab die Axt sowieso net dabei g'habt, ich hab se scho ins Auto.«

Das war nicht falsch, aber Sebastian unterbrach ihn vorsichtshalber: »Sie nehmen also an, mein Mandant schleudert seine Axt, Frau von Wildenstein stürzt, rappelt sich auf und schleppt sich noch zehn Meter weiter, um den letzten Punkt ihrer Route mit ihrem Blut zu benetzen. Man hört ja, dass der Pirat Störtebeker noch ohne Kopf an zehn seiner Leute vorbeilief, um sie vor dem Henker zu retten. Aber warum sollte Frau von Wildenstein noch diese zehn Meter zurücklegen, noch dazu mit einer Wunde, die sie wahrscheinlich sofort außer Gefecht setzte.«

»Weil sie vielleicht das Kleinod retten wollte, das sie dort eben versteckt hatte.«

Sie wussten das aus der Vermisstenanzeige. Es gab keine Information, die nicht auch nach hinten losgehen konnte. Sebastians Chef hatte Recht, je weniger die wussten, desto besser. »Sie meinen, sie wollte eher den Stein retten als sich selbst?«

»Ein sehr bedeutungsvoller Stein, habe ich mir sagen lassen«, meinte der Staatsanwalt. Kirch neben ihm nickte, die Arme vor der Brust verschränkt.

»In dem Fall hätte der Werfer aber so weit vom Baumstumpf entfernt sein müssen, dass das Opfer noch annehmen konnte, den Baumstumpf vor seinem Mörder zu erreichen, also ziemlich weit weg. Ein in der Kunst des Axtwerfens ungeübter Mensch …« Sebastian zuckte die Schultern. Er ging zu dem Punkt, an dem die Mütze gelegen hatte. »Von hier aus sieht man den Baumstumpf nicht einmal mehr direkt. Man muss einen Bogen um diese Bäumchen machen. Was man aber von hier aus sieht, ist die Straße. Die Böschung der AB5 liegt gerade mal zehn Meter weiter, und der Waldrand weist eine Lücke auf.«

»Logisch. Sie wollte zur Straße fliehen, da wurde sie von der Axt getroffen.« Der Einwurf kam vom Kommissar.

Sebastian schüttelte den Kopf. »Kehrt um, läuft dem

Mörder quasi entgegen, um ihn geradezu auf das Versteck aufmerksam zu machen? Nein. Das war nicht der Fluchtweg, das war im Gegenteil der Weg, auf dem sie hereingetragen wurde. Jemand hat sie über diese Böschung hereingeschleppt, als sie schon tot war.« Maier schnaubte ungläubig. Kirch protestierte heftig: »Ein Auto da mitten auf der AB5 am Straßenrand parken und eine Leiche rausschleppen? Nie im Leben. Gefährlicher und auffälliger geht's wohl nicht.«

»Ich rede nicht von Autos«, sagte Sebastian. Er ging weiter in Richtung der Böschung, winkte dem Staatsanwalt und den anderen, ihm zu folgen und trat an den Rand. Unter ihnen krümmte sich die Kreisstraße den Hang entlang. »Schauen Sie, von diesem Punkt aus sind die Kreuzung und die B26 nicht mehr zu sehen. Auf der anderen Seite beginnt das Tal der Mies, geht es in den Miesgrund, in dem die letzte Route der Frau von Wildenstein endet. Irgendwo da drunten ist der Tatort, der im GPS-Gerät gelöscht wurde. Und wer immer ihren Tod zu verantworten hat, den wahren Tatort aus irgendeinem Grund verbergen muss oder dem Herrn Staab die Sache in die Schuhe schieben wollte, hat diesen Punkt der Straße gewählt, um sie zu überqueren, weil er von der viel befahrenen Kreuzung aus nicht einzusehen ist. Er hat die Leiche auf den Schultern getragen. Frau von Wildenstein hat nicht viel gewogen.«

Maier schaute die Böschung hinunter. Sie war steil, aber nicht unmöglich steil. Auf der anderen Seite der Straße führte so etwas wie ein Pfad durch den Waldrand in die Tiefe. Spuren gab es schon lange nicht mehr, die Schneereste lagen als löchriges Band am Rand des Asphalts. Einige Vertiefungen im Hang konnten Trittspuren sein oder auch nicht.

Maier machte den Mund auf und machte ihn wieder zu. Dann sagte er etwas Erstaunliches: »Wir probieren das aus.«

Er drehte sich um und schaute die Assistentin an: »Wie viel wiegen Sie?«

Ihr schwante Übles. »Ich muss doch filmen.«

»Das kann doch jemand anderer. Wie viel wiegen Sie?«

»So 52 Kilo.«

»Das kommt hin. Und wer trägt sie?«

»Ich mach des scho«, meldete sich Gerhard eifrig.

»Na dann mal los«, meinte Maier und grinste.

»Das fehlt mir noch!«, rief sie entsetzt. »Wir haben doch den Sack dabei.«

»Lassen Sie sich doch nicht ins Bockshorn jagen«, beschwichtigte Kirch. »Der Herr Staatsanwalt hat einen seltsamen Sinn für Humor. Mit Fußfesseln geht's eh nicht.«

Das Los, den Sack zu tragen, traf den Mann mit den geländetauglichsten Schuhen, einen der Bewacher von Gerhard, der auch konditionsmäßig in guter Form war. Den länglichen Sack über die Schulter gelegt, erschien er im Waldrand auf der anderen Seite der Straße, überquerte sie und stieg sorgfältig jeden Tritt in die Böschung setzend zur wartenden Truppe in den Wald. »Es geht«, sagte er schwer atmend. »Aber man muss gut beieinander sein.«

»Ich finde trotzdem, die Fantasie geht mit Herrn Pfeiffer durch«, meldete sich Kirch missbilligend.

»Nichts gegen geworfene Äxte«, sagte Sebastian.

Maier sah ihn scharf an. »Solange Ihr fiktiver Tatort fiktiv ist, solange können Äxte allemal geworfen werden«, sagte er. »Auch Mützen können geworfen werden, vor deren Blut jemand graust. Alles Mögliche kann sein.«

*

Der Freiherr hatte seine besten Stücke Drechselholz unter dem Vordach seines Schuppens gehortet. Die massiven Bretterteile hatten sich wie aufrecht stehende Dominosteine angesammelt und ließen den Fußboden nur noch an einigen Stellen frei. Jo stand auf einem Bein und wusste nicht, wo er das andere hinstellen sollte.

»Sie müssen mit dem rechten Fuß anfangen«, sagte von Wildenstein. Er wartete in der Schuppentür, sein Parka und sein kleiner alter Hut waren mit Holzstaub bepudert.

Jo balancierte rückwärts, nahm Augenmaß und begann den Rösselsprung durch die Bretter mit dem rechten Fuß. Glücklich erreichte er den Freiherrn, der ihn mit Handschlag begrüßte: »Willkommen in Sodom«, sagte er. »Ihre Frau war schon in Gomorrha.«

»Heute ist sie in der Sauna«, sagte Jo. »Vielleicht ist es dasselbe.« Marion folgte ihm behände mit der Fotoausrüstung.

Im Schuppen war es kühl. Ein kleiner Werkstattofen hielt die schlimmste Kälte draußen. Sein Rohr führte durch das Dach und im Winkel zwischen dem alten Wehrturm und der Burgmauer in die Höhe. Zwei Drehbänke waren unter den staubblinden Fenstern aufgestellt. An der hinteren Wand, die von der Burgmauer gebildet wurde, befanden sich eine Bandsäge und ein Absauggerät. Der Boden war bedeckt mit lockenförmigen Spänen, an der Wand hingen ganze Reihen von Werkzeugen, die aussahen wie sehr lange Schnitzmesser, verschiedene Äxte, sowie ein Geweih, an dem eine Jacke und ein Gehörschutz baumelten. In einem Regal und am Fußboden stapelten sich rund zurechtgesägte Holzbrocken in allen Größen und Holzsorten.

»Das ist mein Kapital«, sagte von Wildenstein. »Die Säger wissen, was ich brauche, und heben die Teile für mich auf. Das hier«, er nahm ein helles Stück Holz in die Hand, »ist derzeit das Kostbarste, was ich da habe. Ein Stück Riegelahorn, die Jahrringe wellenförmig gewachsen, eine Seltenheit. Er hat 10.000 Euro pro Festmeter gebracht. Der Baum hatte vier, nach Adam Riese wären das 40.000 Euro gewesen. Aber die Waldarbeiter haben zuerst nicht gemerkt, was er wert ist, haben beim Fällen gepatzt und unten am gefällten Stamm ein Stück gerade geschnitten, 30 Zentimeter pures Gold abgeschnitten. Ich hab es bekommen.«

Er hielt das Holz ans Fenster, wendete es hin und her: »Sehen Sie an der Schnittfläche, wie sich das Licht in Streifen spiegelt? Es spiegelt umso mehr, je mehr der Schnitt entlang der Jahrringe läuft.«

»Aus dem Spessart?«

Der Freiherr schüttelte den Kopf. »Der Boden hier ist zu sauer. Hier wächst kein Edellaub.«

Er nahm eine Schale aus dem Regal, strich den Staub aus der Rundung: »Das ist Spessarteiche. Gleichmäßig gewachsen, mildes Holz. Da, wo es quer angeschnitten ist, erkennen Sie es wohl am besten.« Er drehte die Schale, zeigte an der Stelle, wo die Jahrringe klar zu sehen waren, die feinen Tüpfelchen, die jeden begrenzten, und die Markstrahlen, die sternförmig vom Zentrum des Baumes aus die Ringe senkrecht durchschnitten.

»Und wie viel kostet das Holz?«

»Als Furnierqualität 700 Euro der Festmeter.« Er schaute Jo an, lächelte. »Geld, wir reden über Geld. Und schon fühlt es sich schlecht an, nach Profit und Gier. Weil wir mit dem Zinsgeld die Gier als treibende Kraft institutionalisiert haben. Aber das …«, er wog die Schale in der Hand, »das ist der Ertrag von 300 Jahren Geduld, Erfahrung und Wertschätzung. Ohne Wertschätzung geht es nicht. Ich habe in Amerika starkes Kirschholz in Häckslern verschwinden sehen, weil keiner sich die Zeit nimmt, die Bäume anzuschauen, und keiner sich die Mühe macht, das Holz kunstgerecht zu sortieren.«

Er legte die Schale weg und wies auf die Drehbank. »Jetzt arbeite ich gerade mit Buchenholz.«

Es war das einzige Laubholz, das Jo sicher erkannte, denn die Stühle in seiner Schule waren daraus gewesen, und viele Stunden seines Lebens hatte er das helle Holz mit den dunkelbraunen Strichlein vor Augen gehabt.

»Zurzeit«, sagte von Wildenstein, »mach ich fast nur Schalen. Ihre Frau wüsste vielleicht, warum. Ich frage nicht danach.«

»Mandalas«, bemerkte Marion. »Das ist heilsam.«

»Dann heilen wir mal.« Der Freiherr schaltete den Motor der Drehbank ein, nahm eines der langen Drechselmesser. Neben dem Werkstück war eine Auflage montiert, dort hielt er mit der Linken das Messer fest, mit der Rechten führte er mit dem langen Griff als Hebel die Spitze des Werkzeugs präzise über das Holz. Das Messer zeichnete eine Form in das rasende Rund, in der schnellen Bewegung wurde gleichzeitig alte und neue Form sichtbar, als zeichne sich langsam eine Idee im Raum ab, die allmählich und immer deutlicher als schimmernde Fläche erschien.

»Mehr geht nicht, dünner darf ich es nicht machen«, sagte Wildenstein schließlich. Das Summen des Motors erstarb. »Sonst bricht mir das Holz aus.« Er strich zärtlich mit der hohlen Hand über das Werkstück, in dem nun die Jahrringe des Baumes je nach Anschnitt wechselnd mit der Form der Schale eine gemeinsame Geschichte erzählten.

»Ich verstehe«, sagte Marion unvermittelt. Es war eine ihrer scheinbar zusammenhanglosen Aussprüche, an denen Jo erkannte, dass bei ihr van Gogh nun das Kommando übernommen hatte. Und während von Wildenstein sich weiter mit Jo unterhielt, die Absauganlage einschaltete und an der Drehbank die Schale mit Schmirgelpapier glättete, sodass der Holzstaub unter seinen Fingern hervorströmte, während er die Hölzer erklärte und ein neues Werkstück einspannte, sagte sie nichts mehr, sondern arbeitete konzentriert, um das Licht im Staub zu erwischen, die raue Hand am Drechselholz, um die Bewegung des Motors in der Unschärfe des Werkstücks einzufangen und die Wärme im Glühen der lockenförmigen Späne im Ofen.

Als Sebastian zwei Stunden später sicher und geübt durch die hölzernen Hindernisse vor die Tür stakte, hatte sie die Kamera weggepackt und bewunderte einen breiten weißen Reif an ihrem Unterarm.

»Fast wie Elfenbein«, sagte sie und hielt ihn Sebastian entgegen. »Dein Pate hat ihn für mich gemacht.« »Riegelahorn«, sagte von Wildenstein. »Wenn ich schon mal Damenbesuch habe in Sodom.«

*

Birgit stellte das Glasfläschchen mit ihrer neuen Lotion auf das Marmorsims. Schon die Flasche mit dem Pumpspender schaute luxuriös aus, und die Lotion war es auch: ein teures Bioprodukt, das unter seinem süßen Duft ein herbes Kraut ahnen ließ. Nachher wollte sie es einweihen, nach der Sauna.

Sie drehte sich um und ging zwischen den Säulen mit den römischen Kapitellen unter eine der Duschen. Dann warf sie den Bademantel über und klapperte mit ihren Badelatschen in einen mit maurischen Fliesen gekachelten Saal, in dem sich die Eingänge zur Sauna, zum Dampfbad und zu den Massageräumen befanden. Birgit dachte an eine Holzhütte an einem finnischen See, an den einfachen Ursprung eines gesunden Vergnügens. Warum mussten Hotels jetzt den Eindruck vermitteln, man könne nach einem Sklaven pfeifen? Sie hängte den Bademantel neben den Eingang und trat in die Sauna. Zwei Paare blickten ihr entgegen. Birgit erstarrte innerlich: Alle vier trugen Badesachen.

Es war gemein. Sie war keine FKK-Missionarin. In ihrem Elternhaus war es konservativ zugegangen, und erst während des Studiums hatte sie sich an der Seite von Freundinnen diesen kleinen Freiraum in der Schwitzhütte erschlossen. Noch heute vermied sie die Sauna in Werdenheim, weil sie keinem Bekannten oder Arbeitskollegen nackt begegnen wollte. Und jetzt das.

Rein oder raus. Sie konnte die Saunatür nicht länger offenlassen. Sie schloss sie hinter sich mit einem Ruck und hoffte, dass der Zorn ihr über die Verlegenheit hinweghelfen würde. Sie verfügte sich auf die unterste Bank und wandte den Anwesenden soweit als möglich den Rücken zu. Dort saß sie finster brütend. Es war unmöglich. Die Frauen waren verhüllt, und sie paradierte vor den Ehemännern im Evaskostüm. Birgit hatte in Marienbad versucht, im Badezeug zu saunen. Dort kurten im Winter lauter Russen, und alle schwitzten sie im Badezeug. Es fühlte sich furchtbar an, das Nylonzeug wurde heiß und ließ den Schweiß nicht durch. Nein, selbst wenn sie heute einen Badeanzug dabeigehabt hätte, sie würde ihn nicht anziehen. Birgit stellte sich vor, wie nach ihrem Kollaps ein Gerichtsmediziner mit der Pinzette die in ihre Haut geschmolzenen Kunststofffasern herauspulte.

Ein düsteres Knäuel von Gedanken kreiste in Birgits Gehirn und sie konnte es auch im Ruheraum nicht zum Schweigen bringen, während sie die Plastikblätter einer Palme anstarrte. An der Wand zogen gemalte Kamele über gemalte Dünen, ein Zimmerbrunnen plätscherte vergebens, Birgit entspannte sich nicht sonderlich. Die Zeit verlief nicht gerade, sondern in Spiralen, und alles, was man überwunden glaubt, kam irgendwie zurück.

*

Es wurde wieder spät, der Zeitstrudel von Burg Wildenstein zog seine Gäste aus ihren zielgerichteten Bahnen in eine trügerische Ewigkeit. Jo fand sich mit dem Freiherrn nach dem Essen in den Sesseln der Bibliothek versunken, während Sebastian mit Marion draußen in der Eremitage herumstöberte, in der Hoffnung, vielleicht doch eine Sternkarte oder dergleichen zu finden. Der Freiherr hatte Jo gefragt, ob er sich eine Zigarre genehmigen könne, und Jo, Nichtraucher, aber neugierig auf diesen altmodischen Tabakexzess, hatte zugestimmt. »Kubanische«, sagte von Wildenstein. »Sie werden von Hand gerollt, und es gibt einen Vorleser in der Manufaktur, um die Arbeiter zu bilden. Muss man doch unterstützen.«

Bald hing der Rauch in waagrechten Schleiern im Raum. Jo hatte den rechten Fuß auf das linke Knie gelegt und schaute nachdenklich und verträumt auf den Schlosshof, wo die letzten Sonnenstrahlen über die westlichen Burgmauern fielen; von Wildenstein legte den Kopf zurück und blies einen Rauchring, der langsam an den Bücherregalen hoch segelte. Für einen Moment erfüllte Jo eine kindliche Sehnsucht nach einer unschuldigen Epoche, als man noch ohne Gewissensbisse rauchen konnte und mit dicken Autos über die Landstraßen knattern durfte, ohne den Planeten aufzuheizen. Aber auch diese Idylle war keine gewesen. Auch für sie hatte irgendwo das Herz der Finsternis geschlagen, wenn man genau hinhörte, irgendwo in Afrika oder auf den Zuckerrohrplantagen der Karibik.

Der Rauchring hatte sich aufgelöst, und der Freiherr richtete seinen Blick auf Jo: »Nun, was haben Sie herausgefunden in den Wäldern? Haben Sie hinter die Kulissen der Spessarter Bühne schauen können?«

»Eigentlich nicht«, gab Jo offen zu. »Beide Parteien bezichtigen sich der Lüge. Als Unparteiischer muss ich zunächst annehmen, dass beide tatsächlich lügen. Nur der Revierförster, mit dem ich gesprochen habe, war sicher ein ehrlicher Mann, ehrlicher, als er selbst weiß.«

»Ah!« Der Freiherr hob die Augenbrauen und seine Augen leuchteten für einen Moment auf. »Warum glauben Sie das?«

»Zum Beispiel sagte er, er experimentiere mit kleineren Eichenflächen, aber fürchtet den Misserfolg. Er wusste nicht alles 100-prozentig, er hatte die Wahrheit nicht gepachtet. Er trägt konkrete Verantwortung, denkt nach und sorgt sich. Er bewegt sich im Rahmen seiner Möglichkeiten, aber bei dem großen Geschrei außen herum hat so ein stiller Mann nicht viel Chancen.«

»Warum aber ist er ehrlicher, als er selbst weiß?«

Jo lächelte. »Er wechselt zwischen ›wir‹ und ›man‹. Er sagt: ›Wir umfüttern die Eiche mit der Buche‹, oder ›Wir warten 300 Jahre‹, aber ›Man hat den Abstand der Rückegassen auf 25 Meter verringert‹. ›Man‹ ist das, womit er sich nicht identifizieren kann, womit sich das ›wir‹ nicht wohlfühlt.«

»Ich glaube, ich gebe Ihnen lieber kein Interview«, sagte von Wildenstein. »Ich will nicht ehrlicher sein, als ich selber weiß.« Er grinste mit der Zigarre zwischen den Zähnen.

»Dabei wollten Sie doch, dass ich Sie entlarve. Erinnern Sie sich?«

»Gewiss.« Der Freiherr setzte sich gerade, legte die Zigarre in den Aschenbecher. »Fangen wir an mit diesem ›man‹. Wen hat der Revierförster damit gemeint?«

»Ich nehme an, seine Vorgesetzten.«

»Vielleicht auch. Aber damit sind wir immer noch auf der Bühne der PlanetGuard-Soap. Sie wollten doch einen Blick hinter die Kulissen. Von Guttenberg, Thurn und Taxis, von Gravenreuth, von Löwenstein – was verbinden Sie mit diesen Namen?

»Adelige halt.«

»Großgrundbesitzer, Herr Murmann. Aber …«, von Wildenstein lächelte, nahm die Zigarre wieder und legte sich in den Sessel zurück, »bleiben wir theatralisch: Es begann mit einem großen Sturm. Wiebke. Ein schrecklicher Orkan, der ganze Wälder flach blies, ganze Landstriche verwüstete. Ungeheuer viel Holz musste aufgearbeitet werden. Eine Reihe Unternehmer, auch Ableger großer Waldbesitzer, investierte in dieser Situation in große Maschinen. Und als die Arbeit getan war, brauchten diese Maschinen weiter Arbeit. Zu dieser Zeit zerbrach der Burgfriede zwischen dem Staatswald und dem Großprivatwald, auch weil der Staatsforst mit seinen eigenen Arbeitern den Marktzugang zu seinen großen Waldflächen blockierte und durch seinen Service den Zugang zu Wäldern der Kommunen. Und dabei schrieb er damals rote Zahlen.

Der Großprivatwald, wie gesagt, ist größtenteils immer noch adelig. Er ist unauffällig geworden seit der industriellen Revolution, seit Reichtum und Macht nicht mehr eine Frage des Landbesitzes sind – wer weiß, wie lange noch. Aber er besetzt die meisten Spitzen der Wald- und Grundbesitzerverbände, er bestimmt die Lobbyarbeit.

Also, der Burgfriede ist zerbrochen, der Tenor der Verbandsspitzen war: Der Staatswald arbeitet nicht effizient, bringt kein Geld, ist subventioniert, verzerrt den Markt. Laut Gesetz sollte er vorbildlich bewirtschaftet werden, aber rote Zahlen schreiben, das sei doch kein Vorbild. Natürlich hat der Gesetzgeber die Vorbildlichkeit im Sinne des Gemeinwohls gemeint, aber dieses Vorbild ist ein eher lästiges. Wer will schon zugeben, dass er seinen Wald nicht vorbildlich bewirtschaftet, wer will schon ein Vorbild vor der Nase haben? Es wurde also gesagt, im Sinne des Gemeinwohls muss er schwarze Zahlen schreiben. Heute ist das bei den Holzpreisen kein Problem mehr, aber damals war es eines.

An der Spitze und das große Vorbild der Rationalisierung: Thurn und Taxis, der größte Waldbesitzer nach dem Staat. Ihr Forstchef Duffner hat sich als Krönung seiner beruflichen Laufbahn selber wegrationalisiert. Ha!«

Von Wildenstein paffte einen Zug aus seiner Zigarre, sein Blick verdüsterte sich: »Wissen Sie, was ich gemacht habe? Ich habe mir tatsächlich das Buch *Die Fürstin* gekauft. Ich wollte sehen, was die Prinzessin Gloria – das ist sie nämlich eigentlich – über ihren Wald zu sagen weiß. Auf fast 400 Seiten High Snobiety, Eheweisheiten, Muttergottes und sonstwas, drei Sätze über ihren Wald: Wir besitzen 23.000 Hektar, das ist unser Vermögen, und Wald können wir am besten. So ungefähr. Und das ist nicht mal mein Problem. Mein Problem ist, dass niemand sie fragt. Die Kardinäle sind zu ihr aufs Schloss gekommen, weil es sich so schön im gegenseitigen Glanz sonnen ließ und man so überaus publikumswirksam über die Probleme des menschlichen Unterleibs plaudern konnte, und keiner der Gottesmänner hat sie gefragt: ›Wie halten Sie es mit der Schöpfung und den Mitgeschöpfen in Ihrem Wald?‹ Der Wald hat für die Polstersessel gezahlt, auf denen die Kardinäle saßen, für die Kronleuchter, die ihnen geleuchtet und für die feinen Teetassen, aus denen sie getrunken haben. Aber keiner hat gefragt.«

Jo rutschte etwas nervös in seinem Sessel: »Ich habe Sie auch noch nicht nach Ihrem Wald gefragt.«

»Richtig«, sagte von Wildenstein. »Sie sollten. Sie können. Wenn ich mit dieser Geschichte fertig bin.

Also: An der Spitze der Rationalisierung Thurn und Taxis, an der Spitze der politischen Attacke auf den Staatswald stand Baron von Rotenhan. Der Staatswald müsse Geld in die Staatskasse bringen, und deshalb müsse man ihn wie einen privaten Betrieb führen. Das Einheitsforstamt sei, wie die Einheitspartei, eine sozialistische Einrichtung.« Von Wildenstein lachte lautlos, paffte noch einmal und fuhr dann fort. »Die Forstreform kam – sie ist Ihnen ja ein Begriff, oder?«

Jo nickte.

»Nun insofern hatte der gute Baron sich verrechnet, als er sich einen Posten an der Spitze des neuen Staatsforstbetriebes erhofft hatte, den er dann leider nicht bekommen hat, sondern ein Österreicher. Auch war der öffentliche Widerstand so heftig – Volksbegehren etc. – dass die Regierung nicht privatisiert, sondern die BaySF als eine Anstalt des öffentlichen Rechts eingerichtet hat. Das ist in den Augen mancher meiner Kollegen eine Niederlage. Was sie dann wenigstens noch durchgesetzt haben, ist, dass der Bayerische Staatsforstbetrieb in den Waldbesitzerverband eingetreten ist. Niemand in der Öffentlichkeit hat das mitbekommen. Für 720.000 Hektar Mitgliedsbeitrag aus öffentlichen Geldern, die nun die Arbeit jener Lobby stützen, die sich nie mit der Vorbildlichkeit des Staatswaldes für das Gemeinwohl abfinden konnte. Eine Bonanza.«

Er stieß mit seiner Zigarre wie mit einem glühenden Finger in Richtung Jo:

»Und nun zurück zur Spessartsoap: Da kommen nun diese Biodiversitätsstrategie und die Forderung nach Stilllegung von zehn Prozent des öffentlichen Waldes aus Berlin. Selbst wenn man das überflüssig findet oder übertrieben: Wie kann man nur politisch so ungeschickt sein wie der Minister, der sich hinstellt und sagt Njet? Wir geben gar nix. Jeder schlaue Bauer sagt doch da erst mal: ›Schaumer mal, dann sehmer schon.‹ Der Minister sagt Njet, weil er es dem Waldbesitzerverband versprochen hat. Der hat mit früheren Schutzgebietsausweisungen schlechte Erfahrungen gemacht, und der Staatswald ist Mitglied im Verband und soll sich in ihrem Sinne verhalten. Und jetzt hat der Minister im Spessart die Laus im Pelz.«

Der Freiherr paffte wieder eine Rauchwolke und sagte dann:

»Aber jetzt sind Sie dran, Herr Murmann. Ich werde versuchen, nicht ehrlicher zu sein, als ich selber weiß.« Er nahm die Zigarre zwischen die Zähne und grinste herausfordernd.

Jo setzte sich zurecht: »Na dann erste Frage: Werfen Sie gerne mit Steinen im Glashaus?«

»Das ist doch keine Frage, das ist eine Feststellung.«

»Und die Frage, die die Kardinäle nicht gestellt haben: Wie halten Sie es mit Ihrem Wald?«

Von Wildenstein beschrieb mit der Zigarre einen Kreis in der Luft: »Ich lasse meinen Wald machen, was er will, das kostet mich am wenigsten. Ich jage viel, hole die wertvollsten Bäume raus, verkaufe sie und lasse den lieben Gott einen guten Mann sein.« Er lächelte. »Und jetzt wissen Sie nicht, was Sie davon halten sollen.« Er lachte. »Es ist so: Früher hätte man mich gelobt, weil ich ungleichaltrige Mischwälder mit Naturverjüngung habe. Jetzt aber ist es der falsche Wald, weil es die falschen Bäume sind, Fichte, Kiefer, Lärche. Auch die Douglasie fühlt sich wohl und macht Kinderchen.« Er hob die Schultern. »Laissez faire. Warum soll ich zwischen *richtiger* und *falscher* Natur unterscheiden? Wenn ich der Staat wäre, müsste ich Buchen pflanzen.«

Jo versuchte, den Freiherrn zu überraschen: »Und einen Waldnaturschutzvertrag? Würden Sie den abschließen?«

Der Freiherr hob die Augenbrauen: »Sie haben sich informiert. Ich hab das tatsächlich für meinen ältesten Bestand versucht. Geht nicht bis 2016. Die haben dafür keinen Cent mehr im Budget.«

In dem Moment dröhnte der Türklopfer.

»Ihre Frau wahrscheinlich«, sagte von Wildenstein.

Sie hörten, wie Frau Heinrich öffnete, sie hörten die Stimmen von Birgit, Sebastian und Marion. Von Wildenstein legte seine Zigarre ab. Er und Jo stemmten sich aus den Sesseln.

»Meine Güte«, rief Frau Heinrich, als sie mit den Besuchern und einem Schwung kühlerer Luft hereinwehte. »Hier schaut's ja wieder aus wie bei Churchills unterm

Sofa.« Sie streckte die Arme aus und tastete sich pantomimisch vorwärts.

»Weder ich noch Churchill haben je unterm Sofa geraucht«, sagte von Wildenstein würdevoll. Frau Heinrich rauschte an ihm vorbei und riss ein Fenster auf. Der Freiherr ignorierte ihre Aktion gelassen und begrüßte Birgit. »Haben Sie einen angenehmen Nachmittag gehabt?«

»Wie war's in der Sauna?«, fragte Jo präziser und gab ihr einen Kuss auf die Wange.

»Na ja«, Birgit schien etwas angefressen. »Abgesehen davon, dass sich der Innenarchitekt von diesem Tagungshotel nicht entscheiden konnte, ob wir im alten Rom oder im arabischen Dampfbad sitzen, weit schlimmer war, dass die Saunabesucher sich nicht dafür entscheiden konnten, in der Sauna zu sitzen.«

»Wieso? Ist keiner reingegangen? Alle Liegestühle belegt?«

Birgit schüttelte den Kopf und weitete wütend die Augen. »Die sind alle im Badeanzug in der Sauna gesessen. Russen. Amerikaner aus dem Bible Belt. So eine idiotische Situation. Ich habe die Wahl, entweder auch mit heißem Nylon auf dem Körper zu saunieren, oder vor Männern nackt zu paradieren, deren Frauen züchtig verhüllt neben ihnen sitzen. Ich hasse das! Und das Personal wird diese zahlungskräftige Klientel einen Deibel zurechtweisen.« Sie schnaubte. »Stattdessen werden sie irgendwann einen besonders atmungsaktiven Sauna-Tschador zum Ausleihen anbieten. Da kann man drauf warten. Und weißt du, was das Beste ist?«

Jo wusste nicht, was das Beste war, niemand wusste, was das Beste war. Alle warteten gespannt auf die Fortsetzung des Wutanfalls.

»Jemand hat mir in der Umkleide meine neue Lotion geklaut, die ich mir für den Urlaub geleistet habe. Ist das nicht absurd? Die sind zu moralisch, ihre Geschlechtsmerkmale zu enthüllen, aber jemandem die Lotion klauen, das können sie!«

Jo legte tröstend seinen Arm um ihre Schultern: »Nackt oder klauen, das sind halt zwei völlig verschiedene moralische Bezugsysteme.«

»Was?«, fragte Sebastian plötzlich und scharf. »Was sind das?«

Jo war so überrascht, dass er stumm blieb. In welches Fettnäpfchen war er jetzt getreten?

Sebastian insistierte höchst aufgeregt: »Was hast du gesagt: Zwei völlig verschiedene …«

»… moralische Bezugsysteme«, ergänzte Jo lahm.

Unter Sebastians dunklem Schnauzer erstrahlten alle seine Zähne. »Das Bezugssystem natürlich! Das Bezugssystem!« Er sprang, er hüpfte ins Speisezimmer und um den Tisch.

Während Jo noch um Sebastians Verstand fürchtete, reckte Marion plötzlich die Arme in die Höhe und kreischte ebenfalls: »Das Bezugssystem!« Sie rannte um den Tisch, packte Sebastian am Handgelenk, schrie: »Im Handschuhfach!« Und beide stoben zur Tür hinaus.

»Hormone können wirklich schreckliche Kurzschlüsse im Gehirn anrichten«, sagte Jo fassungslos.

»Was hat er da im Handschuhfach? Eine Packung Kondome?«, spekulierte Birgit.

Es war keine Packung Kondome, es war das GPS-Gerät.

*

»Die Erde«, dozierte Sebastian, »ist nicht rund, sondern eher eine Kartoffel.«

Sie saßen alle im Speisezimmer am Esstisch. Jo starrte auf das Blatt Papier, auf dem Sebastian eben die knubbeligen Umrisse einer Kartoffel gezeichnet hatte. Die Vorstellung beleidigte seine Erziehung, sie beleidigte die Aufklärung, das Abendland. Die Erde ist rund, Kopernikus, Galileo Galilei, die großen Astronomen, für was hatten sie den Handschuh in den Ring geworfen? Für eine Kartoffel? Jo hatte eine rettende Idee: »Aber die Astronauten, die Bilder aus dem All. Die Erde ist doch rund!«

»Jaja, ziemlich rund. Aber nicht rund genug, um die Längen- und Breitengrade metergenau einzumessen. Man hat den Äquator, die Pole und den Längengrad Null durch Greenwich festgelegt. Das würde bei einer Kugel reichen, um ein genaues Netz zu machen. Das geht aber auf einer Kartoffel nicht exakt auf.«

»Hör auf, von einer Kartoffel zu reden. Es macht mich ganz nervös.«

»Was dann?«

»Vielleicht ein Rundeck«, schlug Marion vor.

»Oder ein Klumpoid«, sagte von Wildenstein.

»Gut, dann ein Klumpoid.« Sebastian zeichnete ein grobes Gitter über seine Kartoffel. »Man musste sich also auf gewisse Parameter einigen, um auf ein einheitliches Ergebnis bei den Messungen zu kommen. Und es gab im Lauf der Zeit, aus welchen wissenschaftlichen oder militärischen Gründen auch immer, verschiedene Systeme, nach denen das Gitternetz sozusagen zurechtgelegt wurde. Das sind die Bezugssysteme. Auf fast allen Karten, auf allen Navis und in allen Geocaching-Foren Deutschlands benutzt man das Bezugssystem WGS 84. Wenn man ein GPS Gerät kauft, ist es meist schon auf dieses System eingestellt und rechnet aus den Daten, die es von den Satelliten bekommt, nach diesem System die geographische Position aus.«

»*Der Sterne Hieroglyphen siehst du am Firmament*«, sagte Birgit. »Sie meinte die Satelliten.«

»*Das Tor kann nur durchschreiten, wer ihre Sprache kennt.* Wir müssen die Sprache herausfinden, die Elisabeth benutzt hat«, ergänzte Sebastian. »Wenn wir die Koordinaten, die im WGS 84 auf die Kreuzung der Siebenwege fallen, in das richtige Bezugssystem eingeben, kommen wir auf den richtigen Punkt.« Er griff nach dem GPS-Gerät, das auf dem schweren Eichentisch lag wie ein seltsames Artefakt, ein Meteorit, eingefallen aus einer anderen Zeit.

Jo stand auf und ging an das Fenster. Es war inzwischen dunkel geworden. Über dem pechschwarzen Wald war zwischen Wolkenfetzen ab und zu ein Stern zu sehen. Satelliten sah man am besten in den ersten Stunden nach dem Untergang der Sonne, wenn sie hoch oben noch ihre Strahlen fingen. Im Gegensatz zu den blinkenden Flugzeugen zogen sie gleichmäßig leuchtend dahin, die eiligen Wandelsterne einer ungeduldigen Menschheit. Von Wildenstein trat neben ihn. Sie schwiegen.

Inzwischen suchte Sebastian im Menü nach der Einstellung des Bezugssystems. »Sicher das Icon mit dem Schraubenschlüssel ›Einstellungen‹«, hörte Jo Birgit sagen. »Das ist das Symbol, wo ich am Computer nie hin klicke, weil man da nichts mehr versteht und nur alles vermurkst.«

»Yupp, da ist es«, murmelte Sebastian. Es folgte ein Moment des Schweigens.

»Das ist ja eine Wahnsinnsliste. So viele Bezugssysteme! Jeder hat was Eigenes gemacht: Cape Canaveral, Chatam 1971, NAD27 Cuba … Und jedes ergibt dann einen anderen Punkt? Da können wir ja Wochen …« Marion verstummte.

Jo drehte sich um. Sebastian saß am Tisch, die Frauen rechts und links von ihm, alle drei Köpfe waren über das Gerät gebeugt. Sebastian klickte die Liste durch. »Da …«, flüsterte er plötzlich. Und noch mal lauter: »Da!«

»Old Egyptian … die Hieroglyphen!«, rief Marion.

Alle drei blickten auf, ihre Aufregung und Spannung waren greifbar. »Es gibt ein Bezugssystem, das ›Old Egyptian‹ heißt«, sagte Sebastian. »Das könnte es sein.«

KEIN ENDE

»Aller guten Dinge sind drei«, sagte Jo. »Ich frage mich, wie oft wir noch an diese Wegspinne kommen.«

»Eine Spinne ist eine Spinne«, sagte Birgit. »Wir hängen in ihrem Netz.«

Sie saßen im Auto am Wanderparkplatz und warteten auf die anderen. Die Sonne war gerade aufgegangen und schien golden und kalt durch den nackten Wald. Ein paar Tropfen fielen auf das Autodach und erinnerten sie an den riesigen Baum, unter dem sie geparkt hatten. Es standen noch einige Giganten in der Nähe der Kreuzung, als hüteten sie die letzten Geheimnisse des Ortes, die unter dem Asphalt begraben lagen. Das Auto kühlte ab, es war auf der kurzen Fahrt von Rothenbuch hierher ohnehin kaum warm geworden. Jo stieg aus und ging an den Rand der B26. Ein Lastwagen blendete warnend auf, Jo winkte dem Fahrer freundlich, versenkte die Hände in den Taschen und schaute nach beiden Seiten aus. Diesmal würde auch der Freiherr mit von der Partie sein, er hatte sogar darauf bestanden.

Zehn Minuten später waren sie vollzählig. Marion und Sebastian hatten ihre GPS-Geräte eingestellt, und sie liefen die Forststraße in Richtung des Miesgrunds hinein. Es würde eine sehr kurze Wanderung werden: Etwa 150 Meter von der Kreuzung entfernt und im Halbkreis umrundet von der Straße nach Weibersbrunn lag der gesuchte Punkt inmitten eines Eichenwaldes. Marion und Sebastian waren fast im Laufschritt unterwegs, Jo sah sie zwischen den dunklen Stämmen davoneilen, hörte das Piepen ihrer Geräte, er sah, wie sie stehen blieben, um sich blickten, noch einige Schritte machten und sich niederbeugten.

Als Jo sie erreichte, waren sie dabei, einen Baumstumpf zu untersuchen, dessen Oberfläche beim Austrocknen sternförmig eingerissen war. Der rechte Stern, da war er, keiner aus Asphalt, sondern einer aus Holz.

Sie suchten jede Höhlung, jedes Rindenstückchen ab, pulten das Moos von der Oberfläche des Stumpfes, harkten mit Händen und Füßen das Laub weg. »Nichts«, sagte Marion schließlich. »Wenn hier was gewesen ist, hat es der Mörder mitgenommen. Oder der Platz ist falsch. Aber die Hieroglyphen, der rechte Stern, das kann doch gar nichts anderes heißen.«

»Suchen wir halt noch weiter außen herum«, sagte der Freiherr, der sich bislang abseits gehalten hatte. Sebastian richtete sich auf, ging zwei Meter weiter und schaute sich um. »Ich steh doch hier auf einer Rückegasse«, sagte er plötzlich, und dann rannte er den Hang hinauf wie ein Verrückter, während das alte Laub von seinen Sohlen flog.

»Hä?«, wunderte sich Marion stellvertretend für alle. Doch nun sahen sie es auch: eine unauffällige Schneise führte durch die Bäume.

Nach drei Minuten kam er wieder heruntergelaufen, um das Gleichgewicht zu halten, kreiste er wild mit den Armen, und obwohl er außer Atem war, rief er: »Die Gasse führt genau zu dem Loch im Waldrand, zu der Stelle, wo der Mörder die Straße gequert haben muss. Verdammt, ich hatte doch recht. Es muss hier gewesen sein.«

»Vielleicht gab es keinen Mörder«, sagte der Freiherr plötzlich. Er stand abseits, hatte einen großen Ast umgewendet und sah nun mit einem seltsamen Ausdruck zu Boden. »Da.« Er hockte sich auf die Fersen und deutete auf die Bruchstelle, an der der Ast wohl vor noch gar nicht so langer Zeit mit dem Baum verbunden gewesen war. Von Wildenstein stand auf und wandte sich ab, als könne er den Anblick nicht ertragen.

Alle eilten herzu. An der Bruchkante des langen, etwa armdicken Astes klebten, nass, verwaschen und doch deutlich, hellgrüne Wollfasern, die teilweise dunkel verfärbt waren. Jo schaute hoch. Es war eine Eiche, der Mörder war eine Eiche. Sie reckte ihren Aststumpf stumm gegen den Himmel, einen ebenso stummen Himmel, der nicht preisgeben würde, warum gerade zu dem Zeitpunkt von dieser Eiche ein Ast gefallen war und ein Menschenleben beendet hatte. In diesem Wald gab es keine Moral, es gab allenfalls ein Schicksal, das niemand kannte.

*

Rot-weiß gestreifte Absperrbänder waren an die Bäume geknüpft, und Jo stand mit Birgit und dem Freiherrn etwas überflüssig am Rand herum. Er hatte sich schon öfter über das aufgeregt, was er »Absperrbandjournalismus« nannte, die Jagd nach dem sehenswürdigen Verbrechen, der traurigen Katastrophe. Er hatte sich überlegt, einen Heimatkrimi zu schreiben, und immer hätte er mit dem Satz angefangen: *Die rot-weißen Absperrbänder flatterten.* Aber jetzt hingen sie da schlaff und still in einem Winterwald, und es war nicht viel mehr zu holen als diese blutigen Wollfasern an einem Ast.

»Wenn es noch irgendwelche Spuren gegeben hat, dann haben sie die auf der Suche nach dem Cache wahrscheinlich gründlich beseitigt«, sagte der Kommissar etwas griesgrämig. Er hatte die Hände in den Taschen seines Wintermantels vergraben, wippte auf den Fersen und betrachtete missbilligend den vom Moos befreiten Baumstumpf und das weggerechte Laub. Das war nicht ganz fair, denn die Spurensicherung hatte auch die ganze Rückegasse abgesucht und den Waldrand. Doch war nichts zutage gefördert worden als ein zerdrückter Plastikbecher und eine leere Zigarettenschachtel, und dass der Leichentransporteur eine Kaffee- oder Raucherpause eingelegt hatte, war eher unwahrscheinlich. Die Laune des Kommissars war nachvollziehbar: Der Fall war jetzt nicht mehr abgeschlossen, sondern nur halb tot. »Die Frage ist, welchem Tatbestand wir jetzt überhaupt noch nachgehen.«

»Unterlassene Hilfeleistung, Störung der Totenruhe, Vortäuschen einer Straftat«, sagte der Staatsanwalt und schob kämpferisch das Kinn vor. »Ich lass mich doch nicht verarschen.«

Das war ein bisschen dick aufgetragen. Es gab keine Hilfe für einen Toten und keine Totenruhe für einen Verletzten, aber Sebastian widersprach wohlweislich nicht. Offensichtlich hatte Maier jetzt seine Theorie endgültig akzeptiert. »Sie werden also die Aufhebung des Haftbefehls veranlassen?«, fragte er.

Aber so leicht ließ Maier nun doch niemand aus den Klauen. »Für endgültig bewiesen halte ich hier noch gar nichts. Bis die Laborergebnisse da sind, ist der Staab nach wie vor des Mordes verdächtig.«

»Hinreichend verdächtig«, sagte Sebastian und versuchte, die Worte wie eine selbstverständliche Feststellung klingen zu lassen. Dringend oder hinreichend verdächtig, das war die entscheidende Frage. Wenn er nur hinreichend verdächtig war, musste Staab aus der Untersuchungshaft entlassen werden.

»Dringend verdächtig«, sagte Maier.

»Obwohl das Rätsel eindeutig diesen Punkt ergeben hat?«, setzte Sebastian nach.

»Eindeutig? Wie eindeutig? Sie haben ja nicht einmal einen Cache gefunden.«

»Logisch nicht. Den hat wohl der, der Frau von Wildensteins Leiche weggetragen hat.«

»Das ist Spekulation, und das wissen Sie.«

Natürlich war es Spekulation, aber Maiers Standpunkt war im Grunde genommen genauso eine Spekulation, und er konnte sie nur aufrechterhalten, solange das Laborergebnis fehlte. Bei dem Augenschein am Todesort und bei dem seltsamen Punkt 008 im GPS-Gerät konnte man nach Sebastians Ansicht durchaus nicht mehr von einem dringenden Tatverdacht ausgehen.

»Dann werde ich eben einen Haftprüfungstermin beim Ermittlungsgericht beantragen«, kündigte er an.

Maier zog spöttisch die Augenbrauen hoch: »Wie der Herr, so's Gscherr«, meinte er, womit er auf Sebastians Kanzleichef anspielte. »Sparen Sie sich's. Bis der Papierkrieg rum ist, ist das Laborergebnis auch da.«

Von Wildenstein gab seine Rolle als Zaungast auf: »Ruf mich an, wenn eine Entscheidung gefallen ist«, sagte er zu Sebastian. »Falls du Erfolg hast, feiern wir bei mir. Ich muss heim. Alles Gute.« Er nickte Jo und Birgit zu und ging mit langen Schritten durch den Wald hoch zum Parkplatz. Jo hatte inzwischen auch mehr Hunger als Neugierde: »Brauchen Sie uns noch?«, fragte er. In dem Moment klingelte ein Mobiltelefon.

Kirch wandte sich ab und fischte seines aus der Manteltasche. »Das ging aber schnell«, hörten sie ihn sagen. Und nach einer kurzen Weile. »Wie hieß der? Das ist aber makaber.« Und schließlich: »Geben Sie mir die Position als SMS durch.«

Er kam zurück. »Das Ergebnis vom LKA ist da. Sie haben dort in der Hacker-Abteilung einen Geocaching-Freak, der es nicht erwarten konnte, einmal im Leben ein GPS-Gerät anzuzapfen. Er hat tatsächlich einen Punkt rekonstruiert, der am 10. Januar eingegeben und dann gelöscht wurde. Sie schicken mir die Koordinaten auf's Handy.« Er hielt das Handy vor sich, als ob es dann die Funkwellen leichter einfangen könnte.

Vielleicht war es der anhaltende Einfluss des Sternenrätsels, jedenfalls empfand Birgit die Situation plötzlich wie ein Bild aus einem bizarren Märchen: Menschen, die im Wald standen, auf ein kleines Kästchen starrten und auf ein Zeichen warteten, ein Symbol, das entscheidend dafür war, ob ein Mensch freigelassen wurde oder eingesperrt blieb, ein Symbol geboren aus einem unsichtbaren Netzwerk von Gesetzen, Übereinkünften und elektromagnetischen Wellen. Es war die allgemeine Ansicht, dass all dies keine Magie war, sondern die Realität, aber sie kam Birgit plötzlich so irreal vor, dass sie die Hand an die Rinde des nächsten Baumes legte, um sich der Wirklichkeit zu versichern. Dies war ein Baum und dies dort ein Ast mit Wolle daran und Blut, und darum ging es.

»Hatte der Punkt einen Namen?«, fragte Sebastian in die gespannte Stille.

»Ende. Der Punkt hieß Ende«, antwortete Kirch.

Pling, machte sein Handy. Nach zwei Tastenklicks erschienen die Koordinaten am Display:

49° 59' 41,4'' nördliche Breite und 9° 22' 28,5'' östliche Länge.

»Und was hatten Sie?«, wandte sich Maier an Sebastian.

Sebastian hielt sein GPS-Gerät daneben. 49° 59' 43,8'' Breite und 9° 22' 35,0'' Länge.

»Stimmt nicht«, sagte Maier kalt.

Birgit fühlte, wie die Enttäuschung nach ihrem Herzen griff. Aber Sebastian schien unbeeindruckt: »Das muss sich erst herausstellen. Das Rätselhafte an dem Rätsel war das geographische Bezugssystem. Man musste das richtige herausfinden. Meine Koordinaten für diesen Punkt erscheinen auf meinem Gerät, wenn man das Bezugssystem Old Egyptian verwendet. Ich nehme an, das LKA gab den Punkt im allgemein üblichen WGS 84 durch.«

Für Maier waren das böhmische Dörfer. »Noch ein Beweissicherungsantrag? Jetzt reicht's dann«, meinte der Staatsanwalt.

»Oh nein. Das mach ich schon selber«, sagte Sebastian, »unter Ihrem kritischen Blick.« Er hielt Maier sein GPS-Gerät hin und klickte durch das Menü. »Sehen Sie, hier ist die Liste der Bezugssysteme. Jetzt hatte ich ›Old Egyptian‹ eingestellt. Und jetzt stelle ich das übliche WGS 84 ein und rufe den Punkt wieder auf. Das Gerät wird die Koordinaten des Punktes selbstständig umrechnen … jetzt … und … da isses!«

Am Display erschien: 49° 59' 41,4'' Breite und 9° 22' 28,5'' Länge.

Sebastian sah den Staatsanwalt nicht an. Wenn man Raubtiere in die Enge getrieben hatte, durfte man ihnen nicht in die Augen sehen, sonst gingen sie zum Angriff über. Man musste ihnen Gelegenheit zum Rückzug geben.

»Das«, sagte Maier nach einer kleinen Pause, »ist hinreichend.«

*

Jo war hungrig, und es gab eigentlich etwas zu feiern, aber wie so oft, wenn man es sich vorgenommen hatte, wollte sich die rechte Stimmung oder der rechte Ort nicht einstellen. Sie waren ohnehin nur mehr zu dritt, von Wildenstein war schon gegangen, und Sebastian war in die Kanzlei gefahren, um Staabs Freilassung sicherzustellen.

Da sie die Rothenbucher Gastronomie schon kannten, fuhren sie nach Heigenbrücken, wo Jo zum letzten Interview mit dem pensionierten Forstmann verabredet war, parkten an einem Gourmet-Tempel und studierten die Speisekarte. Die Preise waren in ganzen Zahlen geschrieben, das Euro-Zeichen hatte man diskret ausgelassen, sodass Jo die Angaben zunächst für eine Art Seitenzahlen hielt. Ängstlich sah er zu den Tischen hinauf, die man durch die bodentiefen Fenster bewundern konnte, die weißen Tischtücher, die turmhoch gefalteten Stoffservietten, die sorgfältig polierten Wein- und Wassergläser.

Er hatte Freunde, die sich in so einem Ambiente ungezwungen bewegten, sie waren schon als Kinder an solchen Tischen gesessen, er nicht. Die Ober würden bemüht sein und höflich, weil ihnen die Geschäftsleitung eingebläut hatte, auch zu Proletariern nett zu sein. Birgit meinte, er solle sich das alles nicht einbilden, aber er konnte nicht anders, als sich fehl am Platz zu fühlen.

Sie landeten schließlich in einem Balkanlokal an einem Holztisch, wo Jo seine Ellbogen aufstützen konnte und die Bedienung bei jeder Bestellung verschwörerisch blinzelte. Ein kleines Mädchen sprang herum, angetan mit rosa Strumpfhosen und einer Fellweste, auf die es offenbar sehr stolz war, und am Stammtisch saß schon einer beim Bier.

»So ist's recht«, sagte Jo. »Fein wird's dann eh beim Wildenstein.« Er malte mit dem Finger Kringel auf den Tisch. »Sebastian hat seine Arbeit erledigt, jetzt muss ich die meine noch zu Ende bringen.«

»Die unsere«, korrigierte ihn Marion. Sie hatte noch den Fototermin im Camp.

»Stimmt. Dann kannst du ihnen ja erzählen, dass der Mörder ein Ast war.«

Marion überlegte. »Nee, ich glaub, ich sag nichts. Ich will die Routine fotografieren, keine Aufregung. Und am Abend mach ich den Spesenritter im Schlosshotel. Das hab ich mir extra aufgespart. Liegt am Weg: Morgen hab ich Termin in Frankfurt, Interieurs fotografieren für einen Architekten.« Sie schielte absichtlich.

»Pass auf deine Augen auf, meine Mutter hat immer gesagt, die bleiben dann so stehen.« Das war Birgit.

»Mütter!«, sagte Marion und schielte noch stärker.

Die Bedienung kam mit den Getränken, flippte ein Bierfilz vor jeden und verteilte die Gläser. Sie prosteten sich zu.

»Auf die rechten Sterne, die das Gefängnis öffnen«, sagte Birgit.

»Auf den Schatz, der verloren ist«, sagte Marion.

»Auf die Wahrheit, die wir noch immer nicht kennen«, sagte Jo.

Er setzte sein Schorle ab, legte den Kopf zurück, schloss die Augen: »Wenn ich jetzt was schreibe über den Wald, was schreib ich da?« Er bewegte die Finger auf der Tischplatte, als ob er tippe. »Es gibt in diesem Wald sehr große Bäume, um die man sich streitet. Die einen haben schon 300 Jahre auf sie aufgepasst, die anderen wollen jetzt auf sie aufpassen. Es wird gelogen, und tote Menschen werden herumgetragen. Ich möchte wissen, was der Wald davon hält, aber der Wald redet nicht mit mir. Er hat der Frau einen Ast auf den Kopf geworfen und rückt das Waldherz nicht mehr heraus.«

»Äußerst informativer Artikel«, lobte Birgit.

Jo öffnete die Augen. »Es fehlt was. Es fehlt der Nussknacker.«

»Der *was*?« Marion war nicht eingeweiht.

»Nussknacker. Hier ist keiner. Wir nehmen dafür den kleinen Holzfuchs.« Jo holte die Dekoration vom Fensterbrett, dazu einen hölzernen Pilz und einen Blumentopf mit Weihnachtsstern. »Hier ist der Wald, der Pilz ist Worschech, na, Frau Wenzel wird wieder mal der Pfefferstreuer …«

Ein Schatten fiel auf den Tisch. Die Bedienung stand da mit den Cevapcici und blickte missbilligend auf das Arrangement.

»Entschuldigen Sie«, sagte Jo. »Ich hab mir alles gemerkt, wo es hingehört.« Er stand auf, um die Dekorationen wieder an ihren Platz zu stellen.

»Es ist sein Alzheimer-Training«, erklärte Birgit der Bedienung. »Wenn er nicht alles wieder da hinbringt, wo es sein soll, dann hat er ein Problem.«

»Dann hat er eins, mit oder ohne Alzheimer«, sagte die Bedienung, zwinkerte Birgit zu und stellte das Essen ab.

»Passt doch alles.« Jo seufzte innerlich tief zufrieden auf und griff zum Besteck. »Jedenfalls«, sagte er schon kauend, »hoffe ich, dass ich heute bei dem alten Querkopf noch einen Hinweis kriege.«

*

Der Kanzleichef war auf dem Weg von der Kaffeeküche in sein Büro. Sebastian hörte, wie die ehrwürdigen Dielen unter seinem Gewicht knarzten, und wie seine Schritte an der offenen Tür seines Zimmers innehielten. Dennoch versuchte er, sich weiter auf sein Telefonat zu konzentrieren:

»Ich glaub Ihnen ja, dass Sie den Bescheid an die JVA schon gefaxt haben, aber sagen Sie mir bitte, an welche Durchwahl denn. Okay. Danke.« Er legte auf und wandte sich zur Tür. Der Chef lehnte im Türrahmen und balancierte seine Tasse.

»Das Ermittlungsgericht hat den Antrag von Maier bekommen, und die Haftaufhebung ist schon raus, aber die JVA behauptet, sie hat nichts.«

Sebastian zuckte die Schultern und wählte erneut. »Hier noch mal Pfeiffer… ja … das Fax ist um 15 Uhr rausgegangen … ja, ich weiß … an die Durchwahl 29 … Da kann ich nichts dafür, wenn der im Urlaub ist, und mein Mandant auch nicht … was heißt, Sie können nicht in sein Büro …?«

Eine weiche Krötenflosse langte nach seinem Telefonhörer. Sebastian schaute auf, der Chef nickte, und Sebastian ließ den Hörer los. »Hier Baumann«, gurgelte der Chef. »Die Haftaufhebung ist raus, und Sie sind ausreichend darüber informiert worden. Der Mandant ist bis fünf Uhr entlassen, oder möchten Sie, dass wir die Anstaltsleitung wegen Freiheitsberaubung im Amt anzeigen? … Oh doch, das können wir, das wird Ihnen dann im Zweifelsfall Ihr

Vorgesetzter erklären. Um fünf Uhr kommen Herr Pfeiffer und die Ehefrau von Herrn Staab, um ihn abzuholen. Wir gehen davon aus, dass er zur Tür rauskommt.« Der Chef legte auf und walzte seinen Körper wieder in Richtung Tür. »Sie sind einfach zu gut für diese Welt«, ließ er noch fallen.

Sebastian schaute auf den Kaffeefleck, der sich auf dem Ärmel seines englischen Leinenhemdes ausbreitete. »Das könnte stimmen«, sagte er.

*

Der Pensionär wohnte in einem Holzhaus neuerer Bauart, das nach der Größe zu schließen sicher vormals auch Kinder beherbergt hatte. Seine alten Tage teilten jetzt ein offensichtlich ebenso pensionsberechtigter Hund, der Jo gelassen aus trüben Augen musterte, und eine unsichtbare Ehefrau, die Jo im Stillen für den Weihnachtsschmuck verantwortlich machte: weiß lackierte Holzsterne, die rostige Silhouette eines Hirschs mit Kerzen im Geweih und ein Weihnachtsmann, der sich verzweifelt am Balkongeländer festkrallte.

Sandmann ging Jo voraus ins Wohnzimmer. Jo bemerkte seine Outdoorhose mit Wolfslogo, zu der der Hausherr Filzlatschen trug.

Das Wohnzimmer war geräumig, ein großer gemauerter Ofen strahlte Wärme aus, ohne sich um das zu kümmern, was irgendwelche Thermostate für richtig hielten. Ein Mann erhob sich von der Ofenbank.

»Das ist mein Kollege Richard Teufel«, sagte Sandmann. »Auch ein altes Eisen wie ich. Richard, das ist der Herr Murmann.« Sie schüttelten einander die Hand.

»Entschuldigen Sie, ich habe Sie nicht vorgewarnt, aber ich war selbst nicht vorgewarnt. Richard ist vorbeigekommen, und ich dachte, es würde Sie nicht stören, wenn er dabei ist. Er könnte eher noch hilfreich sein. Möchten Sie einen Tee?«, fragte Herr Sandmann.

Die unsichtbare Hausfrau hatte einen Teller Gebäck hinterlassen. Sie setzten sich an den Eichentisch. Sandmann hantierte in der offenen Küche.

Teufel trug ein kleines graues Kinnbärtchen, sah aber ansonsten gar nicht teuflisch aus, sondern eher gemütlich, mit kleinen braunen Äuglein und großen, abstehenden Ohren. Sandmann dagegen war hager, hatte lange senkrechte Furchen in den Wangen mit einem Schimmer von weißen Stoppeln.

»Sie wollen also etwas über den Wald hier wissen?«, eröffnete Teufel das Gespräch.

Jo nickte. »Dieser Konflikt hier interessiert mich. PlanetGuard und der ganze Rest.«

»Und der Rest: Mörder, Leichen im Wald.«

Jos übliche vertrauensbildende Maßnahme – ich glaube nicht, dass es der Staab war – konnte er heute noch steigern: »Keine Mörder. Es ist heute mehr oder weniger amtlich, dass es der Staab nicht war. Die Frau wurde von einem Ast erschlagen, und ihre Leiche ist an den Fundort verlegt worden.«

In der Küche klapperte es, Sandmann hatte das Teesieb fallen lassen. Die beiden alten Herren starrten Jo sprachlos an.

»Äh ja, ich war heute beim Ortstermin dabei, das heißt Frau von Wildenstein war unterwegs gewesen, um ein Geocache-Rätsel zu legen. Wir sind diesem Rätsel nachgegangen und haben den letzten Punkt gefunden, wo sie gewesen ist, und da lag dieser Ast, und der Staatsanwalt glaubt es jetzt auch.«

Sandmann und Teufel, immer noch sprachlos, blickten einander an. »Ich sag dir doch«, flüsterte Teufel schließlich, »ich sag dir doch immer, die sind zu allem fähig.«

»Wer ›die‹?«, fragte Jo.

»PlanetGuard natürlich! Ich habe diese Johansen getroffen. Ich sagte: ›Reden wir mal über diese Eichen.‹ Sie sagte: ›Ich diskutiere nicht, ich mache eine Kampagne.‹ So sind die drauf. Die stellt sich vor eine Kamera und behauptet, die Eichensaatfläche hinter ihr sei ein alter Buchenwald gewesen. Es war aber hauptsächlich Kiefer, die sowieso umgebaut werden sollte. Die kennen da nichts.«

»Richard, zwischen Propaganda und einem Mord ist immer noch ein Unterschied«, beschwichtigte ihn Sandmann.

Teufel ereiferte sich immer mehr: »Eben kein Mord. Die mussten sich die Finger nicht schmutzig machen. Die Frau war schon tot, da können wir die mal in eine Hiebsfläche legen, das macht sich doch super.«

Sandmann schüttelte ungläubig den Kopf. »Stell dir vor, du findest als junger Mensch eine fremde Tote im Wald. Wir sind doch nicht im Krieg, Richard, das sind keine Soldaten, die kalten Herzens Leichen herumschleppen. Jetzt lass mal die Kirche im Dorf.«

Jo fragte sich, ob der Staatsanwalt auch die Kirche im Dorf lassen würde. Er erinnerte sich an Maiers wütendes ›Ich lass mich nicht verarschen‹ und daran, dass die meisten Kriminaler einen gewissen berufsmäßigen Zynismus entwickelten.

»Aber wer denn sonst?«, sagte Teufel.

Jo räusperte sich: »Der Staab hat persönliche Feinde. Das ist das eine. Das andere ist, dass der Cache, der Preis für das

Rätsel, den Frau von Wildenstein verbergen wollte, fehlt. Es könnte sein, dass er sehr wertvoll war. Vielleicht wollte der Dieb den Verdacht auf andere lenken. Und außerdem, was PlanetGuard anlangt: Die können sich so ein Vorgehen nicht leisten. Die leben von ihrer Glaubwürdigkeit.«

»Glaubwürdig?« Teufel schnaubte. »Für mich schon lang nicht mehr.«

»Aber du zählst nicht«, sagte Sandmann etwas süffisant. Er kurvte um die Küchentheke und stellte ein Tablett mit der Teekanne und Tassen auf den Tisch.

»Ja klar. Die Johansen ist die Heilige Johanna der Wälder, inzwischen erscheinen ganzseitige Farbbilder von ihr in den Magazinen, wie sie seelenvoll an einer alten Buche lehnt. Die Buche steht da wohl noch, weil Generationen von Förstern im Vollsuff vergessen haben, sie umschneiden zu lassen.«

»Lass gut sein, Richard«, fiel ihm Sandmann ins Wort. »Das ist doch kaum das, was der Herr Murmann brauchen kann.« Er wandte sich an Jo und schenkte den Tee ein: »Was wollen Sie denn nun wissen?«

Jo beschloss spontan, mit einer Provokation anzufangen: »Hat Frau Wenzel recht?«

»Ah die!« Teufel verschluckte sich am Tee, hustete. Sandmann setzte sich und rührte nachdenklich in seiner Tasse, Teufel erholte sich soweit, dass er krächzen konnte: »Sie hat furchtbar viel Porzellan zerschlagen, Leute persönlich verletzt, auch wenn sie das nicht glauben will.«

»Und ist dafür auch selbst persönlich angegriffen worden«, ergänzte Sandmann. »Aber man muss sagen, dass sie seither mit den Biotopbäumen vorsichtiger sind. Es hat was bewirkt, das schon. Auch mit den Douglasien. Ich hatte das Gefühl, dass die Leitung der BaySF die Douglasie so richtig pusht, weil sie ahnen, dass man ihnen die Bremse reinhauen wird.«

»Und dass man die Bäume nicht mehr so alt werden lässt, industriellen Waldbau betreibt?«

»Industrieller Waldbau!« Jo merkte, dass Teufel gar nicht so gemütlich war, wie seine Augen vermuten ließen. »Das sollen die doch mal definieren, dieses Wort. Es soll einfach schlecht klingen. Wenn Sie die Diskussion verfolgen, das haben die einfach in die Welt gesetzt und dann erst herumgepopelt, was sie damit eigentlich meinen.«

»Aber warum kommt das an, Richard?« Sandmann rührte immer weiter im Tee und gab die Antwort gleich selbst: »Wegen der Mechanisierung ist die Forstwirtschaft sichtbarer geworden. Selbst wenn man nur 50 Festmeter aus einem Hektar herausholt, macht aber gleich zehn Hektar auf einmal, sehen die Leute riesige Holzhaufen am Weg und die Spuren der Rückemaschinen.«

»Sie sagen, bzw. PlanetGuard sagt, dass sie die Buchen auch nicht mehr so alt werden lassen«, versuchte Jo, zu präzisieren.

»Quatsch«, sagte Teufel. »Die verstehen nicht, was ein Verjüngungszeitraum ist.«

Sandmann widersprach: »Nach den neuen Buchen-Richtlinien ist das schon so.«

Die beiden alten Männer fingen eine Unterhaltung an, der Murmann nicht folgen konnte, mit Worten wie ›Zielstärkendurchmesser‹ und ›Umtriebszeiten‹. Schließlich einigten sie sich darauf, dass die durchschnittliche Lebensdauer der menschlichen Waldbaurichtlinien etwa 15 Jahre betrug.

»Das muss man also nicht ernst nehmen?«, fragte Jo nach.

»Sagen wir mal so: Deswegen sind die Biotopbäume so wichtig. Waldbaurichtlinien entstehen und vergehen, aber die Biotopbäume bleiben bestehen.«

»In denen man sich die Eichenprachtkäfer züchtet, die dann den Rest auffressen«, sagte Teufel.

Jo schaute etwas ratlos von einem zum anderen. Sandmann begann zu lachen. »Wissen Sie«, sagte er zu ihm, »wie ich mir den Himmel vorstelle? Da sitzen die alten Förster auf einer Wolke beieinander, schauen runter und streiten sich über Hunderte von Jahren weiter: ›Schau! Da! Wie das jetzt geworden ist. Ich hab's doch gleich gesagt.‹« Er schob Jo den Teller mit dem Gebäck hin.

An einem Lebkuchen kauend überlegte Jo, ob er heute mit irgendeinem konkreten Ergebnis von dieser Försterwolke herunterkommen würde. Er beschloss, den Freiherrn ins Spiel zu bringen.

»Die Stilllegungen. Ich war bei von Wildenstein. Er meinte, es sei ein Fehler gewesen, die in Bausch und Bogen abzulehnen.«

Die beiden Alten schauten sich an und lächelten. »Der alte Quertreiber«, sagte Sandmann. »Immer für eine Überraschung gut. Ich glaube, er hat recht. Es hätte uns diese Schlammschlacht erspart. Die Kollateralschäden dieser Kampagnen sind fürchterlich.«

Jo erinnerte sich an die Klage der Felleisen. »Weil die Bauern ihre alten Buchen raushauen?«

»Das ist nur ein Teil des Problems. Das Schlimmste ist, dass sie in die Medien raushämmern, nur ein stillgelegter Wald ist ein guter Wald. Nur noch der. Wie sollen wir noch vermitteln, dass auch ein Kulturwald ein wertvoller Lebensraum ist, wie sollen wir noch Geld, Personal und Forschung für Naturschutz da einsetzen können? Da kräht doch dann politisch kein Hahn mehr danach! Wir haben nachgewiesenermaßen Erfolg beim Artenschutz, und im Spessart ist die Biodiversität mit der Eiche höher als ohne. Das wird jetzt alles totgeschwiegen und schlechtgeredet.«

Das klang ziemlich wie die Klage der Felleisen.

»Ach was, das geht doch sowieso nicht um Naturschutz«, sagte Teufel. »Es geht doch um keinen Vogel und keinen Käfer. Es geht um die Flächen. Die Naturschutzbehörden haben wenig Flächen, der Forst viel, da hauen wir denen mal mit der Biodiversitätsstrategie ein Stückchen unterm Hintern weg. Machiavelli, Herr Murmann, wüsste sofort, was hier gespielt wird.«

Jos Hirn arbeitete. »Die Kompetenz für die Wälder fällt bei Totalschutzgebieten in Bayern an die Naturschutzbehörden?«

Teufel nickte.

Da war es, was Jo gesucht hatte: Warum hatte jemand einen zahnlosen Tiger losgeschickt? Weil sie das Gebiss wollten, das Landrecht, einer der wichtigsten Machtfaktoren überhaupt. »Und PlanetGuard übernimmt die Durchsetzung?«, fragte er.

Teufel lachte höhnisch: »Aber natürlich. Das Bundesumweltministerium kuschelt mit denen, dass es nur so knistert! Das Gutachten des Sachverständigenrats für Umweltfragen über den Wald. Ha! Das höchste angeblich unabhängige Umweltgremium, hat bei Greenpeace abgeschrieben, dass es nur so raucht. Gleichzeitig haben sie in dem Gremium keinen einzigen Forstmenschen beteiligt. Ist das zu fassen! 300 Jahre Erfahrung, die Arbeit von vier Universitäten einfach in die Tonne getreten. Entsprechender Quatsch stand drin. Und der Steuerzahler zahlt dafür.«

Die Steuern, das Geld, die zweite Achse der Macht neben dem Landrecht. »Und solang sie die Flächen nicht haben, rücken sie kein Geld für den Waldnaturschutz raus?«

»Ah, das wissen Sie also? Na, anderen Behörden Kohle rüberschieben, das tut niemand gern.«

Der Kampf Anna Felleisen gegen Drössler von der UNB. Ein endloses Drama. Er hätte es ahnen können. Jo fasste es zusammen: »Die Frage beim Waldnaturschutz ist also: Gibt der Naturschutz Geldmittel ab und damit gewisse Kompetenzen, und gibt der Forst was von den Flächen ab?« Ein potenzielles Konfliktfeld, wo es nur eine Drössler und eine Felleisen brauchte, damit die Scheune brannte. »Und wenn alles in einer Hand wäre?«

Jo brauchte eigentlich nicht zu fragen. In Sandmanns Augen leuchtete es: »Warum nicht? Wir haben schon immer auch über Naturschutz nachgedacht, aber der Naturschutz nie über Wirtschaftlichkeit. Das Zusammenschauen ist doch das Spannende. Waldnaturschutz ist das Effizienteste, was es gibt: kleiner Einsatz, große Wirkung. Es heißt auch immer, wir sollen von den stillgelegten Flächen lernen. Dann lasst sie doch bei uns.«

»Und wenn Sie die Kompetenzen im Extremfall gar nicht kriegen und alles beim Naturschutz bleibt?«

Sandmann senkte den Blick und rührte in seinem Tee. Inzwischen hatte er ihn wahrscheinlich schon völlig lauwarm gerührt: »Dann wird es langfristig gehen wie in Amerika: Der Logger, Holzmacher, beantragt bei der Naturschutzbehörde den Einschlag, einen Förster in unserem Sinne gibt es da nicht mehr.« Er schaute auf und Jo in die Augen. Seine scharfen Falten schienen um den Mund noch tiefer zu werden. »Ich bin alt und frage mich schon, ob ich mich nicht zu wichtig nehme. Wenn die Gesellschaft den Förster nicht mehr will, wenn er zu teuer ist und in ihren Augen nur ein Urwaldzerstörer, dann geht es eben so. Aber ich glaube doch, dass wir dann viel verlieren, was wichtig war. Vielleicht können Sie als Mann der Feder das eher auf den Punkt bringen als ich.«

Es berührte Jo. Anna Felleisen fürchtete, dass die Kampagnen die Wälder auseinanderriss in Schutz- und Schmutzwälder, in Plantagen und Nationalparke. Sandmann fürchtete, dass es die Menschen auseinanderriss in Holzmacher und Naturschützer.

»Wenn Sie also die Kompetenzen hätten. Würden Sie Flächen stilllegen?«

»Wo es sinnvoll ist. Sicher.«

»Und keine Eichen mehr sähen?« Jo stichelte ein bisschen.

Jo sah, wie sich bei beiden Männern das Gesicht verhärtete. Das ging gar nicht. »Eine ökologische Katastrophe wäre das«, sagte Sandmann.

»Aber die Eichen, die jetzt jung sind, die gibt's hier ja noch weitere 300 Jahre.«

Sandmann erhob sich: »Das ist es nicht, was ich unter Nachhaltigkeit verstehe.« Er ging in Richtung der Diele und winkte Jo. »Kommen Sie mal mit, ich zeige Ihnen was.«

Es ging in den Keller. Hinter Sandmann her und gefolgt von Teufel stieg Jo die Treppe hinunter und fragte sich, was ihn da in der Unterwelt erwartete.

Die Unterwelt bestand aus einem Hobbykeller, der randvoll gestopft war mit Regalen voller Akten. Es gab auch einen Tisch mit einem Computer darauf und einen Bürostuhl davor. Jo dachte an den Loriotfilm: Papa ante

Portas. Dieser pensionierte Herr hatte keine Modelleisenbahn im Keller, sondern eine Art mumifiziertes Büro.

Sandmann startete den Computer und holte aus anderen Winkeln des Kellers einen Hocker und eine Kiste, sodass sie sich setzen konnten. Teufel stöberte derweilen ungeniert in den Regalen herum. »Mensch, Georg, du hast ja noch ein Rügebuch!« »Das hab ich mitgenommen, als sie das Forstamt Krausenbach zugemacht haben.«

Teufel zeigte Jo das Buch, in das ein Förster handschriftlich mit Namen und Datum die Verfehlungen der Spessartbewohner gegen Waldvorschriften eingetragen hatte: Brennholz gesammelt, Gras geschnitten …

Teufel ließ seine Augen unternehmungslustig über die Akten schweifen. »Woher hast du die Revierbücher?«

»Aus Altenbuch. Ich bin durch das Archiv, bevor sie nach der Reform alles weggeschmissen haben«, sagte Sandmann. »Die Forsthistoriker sind damals verzweifelt, was alles vernichtet worden ist.«

Virchow schlenderte die Regale entlang und inspizierte mit großem Interesse die Titel, zog ab und zu eine Kladde heraus und bürstete den Staub ab.

Sandmann klickte mit seiner Maus durchs Menü. Auf dem Bildschirm erschien eine Karte des Spessart. »Das«, sagte Sandmann und verlangte nun Jos Aufmerksamkeit, »ist eine Präsentation der historischen Eichenwirtschaft hier im Spessart. Zusammengestellt vom letzten Waldbaureferenten der alten Forstverwaltung, einem begeisterten Vogelkundler übrigens.«

Es erschien eine Abfolge von Karten des Spessart. Sie waren gegliedert nach historischen Perioden und zeigten die Lage der alten Eichenbestände je nach Entstehungszeit: spätmittelalterlicher Blenderbetrieb vor 1600; Kurmainzer Polizeiverordnungen, Entstehung 1600 bis 1730; Kurmainzer Waldbauregelungen 1730 bis 1773 … Und Jahrhundert um Jahrhundert, Punkt für Punkt und Fläche für Fläche addierte sich über 400 Jahre auf den Karten die Lage der Eichenwälder. Nur mehr mit halber Aufmerksamkeit verfolgte Jo die folgenden Erläuterungen über die Ökologie und besondere Genetik der Eiche, die Diskussion über die Art und Größe der Saatflächen, den Auftrag, die Buchenwälder nicht in ihrer Substanz zu schmälern, in seinem Kopf kreiste hauptsächlich eines: die Karten.

Sandmann beendete die Präsentation. »Der Mensch und die Eiche hängen hier so eng zusammen. Und jetzt soll das alles falsch gewesen sein? Ein Fehler? Ich glaube, der Fehler ist, dass wir den Menschen und die Natur nicht mehr zusammen denken können. Das eine ist rein und wunderbar, das andere ist schmutziges Geschäft.«

»Außer du bist ein Ziegenhirt«, bemerkte Teufel. »Oder ein Indianer.«

»Und die hat man auch aus den amerikanischen Nationalparks geschmissen«, ergänzte Sandmann. Das war es wohl, dachte Jo, was mit dem Beruf des Försters verloren ging: das Gefühl, auf der Welt einen Platz zu haben als Mensch, nicht immer nur der Störenfried zu sein.

Sandmann rollte seinen Stuhl ein Stückchen seitwärts und angelte ein Büchlein aus dem Regal: »Das ist ein Exkursionsführer von 1847.«

Virchow erschien geradezu explosionsartig und beugte sich aufgeregt über das Büchlein: »›Der Spessart und seine forstliche Bewirtschaftung.‹ 1847! Fünf Jahre, bevor ich meine Excursion angetreten habe! Es scheint, der Staat hatte mehr Interesse an den Bäumen als an den Menschen.«

Sandmann schlug eine Seite auf und las vor: »*Sowie im Laufe des nächsten Turnus bedeutende Eichenholzmassen von 300 bis 500jährigem Alter der Stämme zur Nutzung kommen, so müsse auch dafür gesorgt werden, dass es in späteren Zeiten hieran nicht gebreche.* War gut gemeint, aber einen Baum dieses Alters kann man heutzutage nicht mehr umschneiden. Es ist immer irgendeine Mulmhöhle drin.« Er blätterte weiter. »Schauen sie sich die Bestandsübersicht an: Überall ist die Eiche mit drin, oft als Überhälter mit uralten Exemplaren 300 bis 400 Jahre alt. Was wir an alten Buchen sehen, ist zwischen diesen Eichen aufgewachsen.«

Jo hakte mit der Frage ein, die ihm unter den Nägeln brannte: »Haben sie auch Karten von den alten Buchenbeständen?«

»Die Forsteinrichtungskarten von 1996. Die sind zwar 20 Jahre alt, aber grundsätzlich ein guter Anhaltspunkt.« Er stand auf und holte eine Schachtel voller sorgfältig in Plastik eingeschweißter Karten von einem Regal herunter. Jo sah ungläubig zu, wie Sandmann durch die Schachtel blätterte, eine Karte herausholte und ausbreitete. Er sah ein Puzzle aus Rot, Grau, Blau und Hellgrün, dazu Schraffuren in Grau und Grün, beschriftet mit Namen der Abteilungen wie ›Finkendelle‹, mit Buchstaben ›a‹ und ›b‹ und noch kleiner nummeriert mit 1, 2, 3 etc. Dazu Angaben wie 80Bu/20Ei 120J. Und weitere Punkte und Kringel.

»Heißt 120 J, dass das Waldstück 120 Jahre alt ist?«

»Natürlich.«

»Sie haben die Karten«, sagte Jo fassungslos.

»Oh, ich hab meine auch mitgenommen«, sagte Teufel. »Man schaut ganz gerne rein in die Sachen.«

Es war unglaublich, ein absurdes Panorama. Oben froren die Helden in ihren Zelten, stapften mit Kluppen und

GPS-Geräten durch den riesigen Wald, und unter der Erde saßen die alten Herren und hatten alle Karten.

»Wenn Sie die Karten haben, wieso sagt dann der Worschech, er hat sie nicht, er kann nicht sagen, wo die alten Wälder sind?«

»Weil die neue Planung idiotisch ist«, fauchte Teufel. »Sie haben alles vergröbert. Wenn auf der neuen Karte steht, Durchschnitt 90 Jahre, dann steht da vielleicht kein einziger Baum drin, der 90 ist, sondern ein Teil ist 60 und der andere 120. Das kannst du vergessen.«

Sandmann schaute nicht begeistert über den Ausbruch seines Kollegen, aber wenn Teufel vorher reflexhaft alles gegen Wenzel und Co verteidigt hatte, brach jetzt plötzlich sein alter Berufsstolz durch. »Aufgrund von solchen Pauschalaussagen kann man keine Planung machen. Mehr als einmal hat es in einem Betrieb einen Aufstand der Revierleiter gegeben, dass die Hiebssätze zu hoch sind.«

Sandmann intervenierte: »Sie waren von vornherein zu hoch, Richard, weil die alte Forstverwaltung vor der Reform um ihr Leben geholzt hat, um schwarze Zahlen zu schreiben. Und sie haben inzwischen auch nach unten korrigiert.«

Aber Teufel war in Fahrt: »Und das merkt eben nur einer, der den Wald selbst kennt über Jahre weg. Das geht nicht mit Luftbildern und Kennzahlen, genauso wenig wie Naturschutz mit Kennzahlen funktioniert, da muss ein Mensch schon selber mit Leib und Seele dahinterstehen. Und es braucht Personalkontinuität. Trotzdem wollen sie immer weiter das Personal ausdünnen.«

Eine Pause entstand.

»Aber dann«, sagte Jo vorsichtig.« »Dann hätten sie ja schon ein gemeinsames Anliegen. Den Einschlag vorsichtig planen, genug Leute für Naturschutz, teilweise vielleicht stilllegen. Wäre PlanetGuard nicht wenigstens zum Teil ein Verbündeter? Warum zeigen Sie ihnen die Karten nicht?«

Die beiden schauten ihn an. In der Stille breitete sich in dem unterirdischen Gelass eine Atmosphäre ungeheurer Bitterkeit aus. Schließlich sagte Sandmann: »Sie haben mich nie danach gefragt. Denn was wäre schon heldenhaft daran gewesen, einen alten Mann zu finden und zu fragen.«

Jo spürte, dass das nicht die Antwort war. Viele Märchen und Heldengeschichten handelten nur davon, einen alten Mann zu finden und zu fragen. Er wartete im erneuten Schweigen, bis Teufel das Wort ergriff: »Können die uns unsere Worte zurückgeben? Sie haben aus einem Einschlag ›Waldzerstörung‹ gemacht, einen dicken Baum ernten nennen sie ›schlachten‹ und einen Holzverkauf ›Kasse machen‹. Sie haben uns die Sprache genommen, wie sollen wir uns noch verständlich machen? Was sie uns mit der rechten Hand geben, werden sie uns mit der linken Hand nehmen. Ein Baumstumpf findet sich immer, auf den man die Kamera richten kann. Dass es ihnen nicht so darauf ankommt, welcher, wissen wir inzwischen. Das ist ein Fass ohne Boden.«

Die Worte standen traurig im Raum herum.

»Und da sind immer noch die Eichen«, sagte Jo.

»Genau. Da ist immer noch die Eiche.« Sandmann lächelte. »Ein wunderbarer Baum.«

Jo stand von seiner Kiste auf. »Danke. Wenn ich noch eine Frage habe, darf ich wiederkommen?«

»Gerne«, sagte Sandmann. Jo packte seine Notizen zusammen und schüttelte Teufel die Hand.

Virchow hatte sich in einem Winkel zusammengerollt und studierte mit sichtlicher Nostalgie im Exkursionsführer von 1847 das Kapitel »Bevölkerung und Erwerb«.

Sandmann begleitete Jo die Treppen hoch. »Wenn Sie Herrn von Wildenstein sehen, richten Sie ihm bitte meine Grüße und mein Mitgefühl aus.«

»Sagen Sie ihm, es hat die Falsche erwischt!«, schrie Teufel aus dem Keller hinterher.

Sandmann war peinlich berührt. »Das ist nicht komisch!«, rief er hinunter, aber man hörte nur noch Teufels keckerndes Altherrenlachen.

*

Als Jo in die Ferienwohnung kam, war es draußen bereits stockfinster. Birgit saß im Lichtkreis der Küchenlampe mit einem einsamen Käsebrot und einem Buch. Sie sah auf und lächelte.

»Wie war's?«

»Ich war bei zwei alten Göttern in ihrem Grabhügel«, sagte Jo. Er öffnete den Kühlschrank, holte sich ein Bier, setzte sich und goss konzentriert ein Glas ein. Zufrieden schaute er auf das goldgelbe Ergebnis.

»Tote Götter?« Birgit legte das Buch weg.

»Oh nein. Ziemlich lebendige im Untergrund. Es kam mir vor, wie in den Mythen um die Sidhe, die keltischen Grabhügel Irlands. Wenn eine neue Religion kam, haben sich die alten Götter in Grabhügel zurückgezogen. Aber tot sind sie nicht, sondern hüten ihre Schätze.«

»Verdrängt?«, schlug Birgit vor.

Psychologendeutsch, dachte Jo. Er fischte das grüne Platzdeckchen aus der Schublade, was ihm gelang, ohne seinen Stuhl zu verlassen. Er angelte aus der Schublade daneben Messer und Gabel und legte sie unter das Platzdeckchen. »Da drunter sind sie mit ihren ganzen alten Vorstellungen und Vorschriften und ihrem Wissen, sie haben was im Wald hinterlassen und der Wald wohl auch was in ihnen.« Er nahm einen langen Schluck von seinem Bier, überlegte und holte noch einen Löffel, den er auch unter das Deckchen schob. »Das sind die Spessarter, die Leute, die in den Rügebüchern stehen, weil die Förster sie erwischt haben.« Dann stand er auf, holte den Nussknacker und die Porzellanfigürchen. Unsicher standen sie auf dem unebenen Deckchen. Jo schob sie hin und her. »Je besser du weißt, was und wie drunter ist, desto sicherer stehst du.«

»Meine Arbeit im Grunde«, sagte Birgit. »Und was weißt du jetzt über die Zähne vom Nussknacker? Warum hat er keine?«

»Damit er sich welche holt«, sagte Jo.

*

»No pasarán«, sagte Valerie Johansen und lächelte. Sie sah gut aus mit ihrem klaren ovalen Gesicht, den grünbraunen Augen, und sie wusste es. »Wir haben in Finnland gewonnen, wir waren in Karelien erfolgreich, wir haben die Bulldozer in Kolumbien gestoppt, wir werden auch im Spessart einen Sieg davontragen.« Noch mal klick. Marion arbeitete mit Stativ, um die warme Innenbeleuchtung einzufangen. Sie war zufrieden. Der Bildausschnitt zeigte Johansen vor der Holzwand mit der Karte des Spessart, den Kleiderhaken, an denen Rucksäcke hingen und die hellgrünen Überjacken.

Sie hatte noch einige Nachtfotos geschossen, vom Freizeitheim mit den erleuchteten Fenstern, vom Computercontainer im Licht der Laternen, von den Zelten, durch deren farbige Planen LED-Lampen schimmerten. »Danke. Das war's.« Sie montierte die Kamera vom Stativ ab. »Sie können sich die Fotos dann anschauen. Wenn Sie selbst eins davon wollen, können Sie es erst in einem Jahr kaufen, wenn das Copyright des Politischen Magazins ausläuft.«

Im Freizeitheim war es gemütlich, und die Leute waren nett und interessant. Wenn Marion nicht mit Sebastian verabredet gewesen wäre, wäre sie hier geblieben, um mit den Leuten zu plaudern, eine warme Mahlzeit hatten sie ihr schon angeboten. Aber sie hatte sich ein Abendessen im Kaminzimmer des Schlosshotels eingebildet und gegen ihren sonstigen Geschmack ein Zimmer mit antikem Himmelbett bezogen. Romantik auf Spesen. Duschen und Umziehen waren angesagt.

Eine halbe Stunde später war sie dabei, sich die Haare zu föhnen, als das Handy klingelte und Sebastian absagte. Marion stand da im Morgenmantel, starrte auf das vermaledeite Telefon und wusste nicht, auf wen sie wütender sein sollte: auf Sebastian oder auf diesen Idioten, der bei einer Polizeikontrolle wegen ein paar Gramm Hasch ausgebüxt und sich bis nach Hause durchgeschlagen hatte, wo dann die Polizei im GSG9-Stil aufgetaucht und zur unverschlossenen Tür des Bauernhauses reinspaziert war und die ahnungslose Mama, die dem Sohnemann zu Hilfe eilen wollte, mit einem Teaser außer Gefecht gesetzt hatte.

Alle waren jetzt auf der Wache, Widerstand gegen die Staatsgewalt und der ganze Mist.

Ein bodenlanger Spiegel gab Marion das Bild der versetzten Geliebten wieder. Sie streckte die Zunge heraus, dann noch einmal, weil es ihr gefiel. Dann ging sie ins Bad zurück, malte sich mit der Wimperntusche dunkle Augenhöhlen und Totenkopfzähne und hängte sich den weißen Wuschelbadeteppich als Perücke über den Kopf. So postierte sie sich vor dem Himmelbett, bleckte die Zunge heraus und schoss ein Selfie, das sie Sebastian sofort schickte.

*

Teufel galoppierte auf einem Ziegenbock durch den Winterwald. Die toten Blätter stoben um die Hufe, hinter ihm und seinem Reittier krachten Eichenäste zu Boden, während sie dahinfegten. Jedes Mal, wenn ihn ein Ast wieder haarscharf verfehlt hatte, stieß Teufel ein Triumphgeheul aus: »Sie haben die Falsche erwischt, sie haben die Falsche erwischt!«

Draußen heulten die Sirenen der Feuerwehrautos. Sie schienen nach Norden zu fahren und verstummten bald. Etwas später näherten sich erneut zwei Sirenen, die Einsatzwagen mussten von außerhalb kommen, denn die Rothenbucher Feuerwehr war im Ortszentrum stationiert, im Erdgeschoss des Rathauses, sinnbildlich quasi für die Sparsamkeit und die Einsatzbereitschaft der Gemeindevertretung. Wieso kamen da noch welche? Brauchte die Feuerwehr in Rothenbuch Verstärkung?

Jo tauchte nur halb aus seinen wirren Träumen. Birgit war gar nicht aufgewacht. Er drehte sich um und schlief wieder ein.

Marion war gründlicher aufgestört. Die Rothenbucher Feuerwehr war mit allem ausgerückt, was sie hatte, und diese vier Wägen jagten aus dem Rathaus heraus am

Schlosshotel vorbei auf die Hauptstraße, wo sie ziemlich theatralisch im rechten Winkel abbogen und ihre zuckenden Lichter auf die Fassade warfen.

Sie stand auf und trat ans Fenster. Ein rötlicher Schein waberte im Nordwesten, von unten beleuchteter Qualm. Dort lag das Camp. Unsinn, dachte sie, da gab es auch eine Schreinerei und Brennholzstapel auf der Wiese. Alles Mögliche konnte brennen.

Aber vielleicht auch das Camp.

Fünf Minuten später hatte sie sich angezogen, die Fotoausrüstung ins Auto geworfen und fuhr los. War sie ein Katastrophentourist? Es hatte zumindest früher so was wie einen Presseausweis gegeben, aber als Freelance-Fotografin hatte sie so was nicht. Außerdem hatte wohl nur in Zeiten von Tim und Struppi irgendjemand Respekt davor gehabt.

Im Heigenbrücker Weg brannte in den meisten Häusern Licht. Da und dort stand jemand fröstelnd auf dem Balkon, den Bademantel eng um den Leib gezogen, und schaute in Richtung des Feuers, das am Ende der Straße seinen Schein verbreitete. Marion beschloss, lieber den Wagen stehen zu lassen, bevor sie in die Verlegenheit kam, die Feuerwehr zu behindern. Sie parkte, stieg aus und legte den Rest des Weges im Laufschritt zurück.

Es war der Computercontainer. Aus den Fenstern brannte es lichterloh, leckten breite Flammenzungen und bogen sich brüllend um die Dachkante. Grauer Qualm stieg auf.

Die Feuerwehr hatte zwei Unterflurhydranten aufgehebelt. Vor Licht und Rauch waren die Umrisse der Männer zu sehen in ihrem steifen schwarzen Ornat mit den Leuchtstreifen, mit Helmen und Atemschutzgeräten.

Marion hielt 50 Meter vorher auf Höhe der Schreinerei. Neben ihr stand der Bus der Einsatzleitung. Ein breiter Mann im schwarzen Schutzanzug schrie: »Bolzenschneider! Ein Bolzenschneider an den Zaun!« Jetzt sah Marion, dass etwa 15 Leute aus dem Camp an das andere Ende des Platzes gelaufen waren, wo der solide Maschendraht und die Hecke ihren weiteren Fluchtweg abschnitten. Einige hielten noch neben ihren Zelten aus, aber die Hitze, die vom Container ausging, versperrte ihnen den Ausgang durch die Tore. Es waren Menschen, die sie vor wenigen Stunden noch fotografiert hatte, lächelnd und selbstbewusst, Zelte, deren Taschenlampenidylle sie in der Dämmerung eingefangen hatte.

Marion war keine kaltblütige Kriegsberichterstatterin, aber weil sie sonst nichts tun konnte, riss sie die Kamera hoch und fotografierte. Sie drückte sich seitlich die Straße entlang, um näher heranzukommen.

Es klirrte, die Laternen am Vorplatz zersprangen. Es wurde nicht viel dunkler dadurch, aber dennoch schrie jemand. Zwei Männer kamen zum Zaun gelaufen. Sie hatten den Bolzenschneider.

»Zuerst alles Wasser aufs Freizeitheim«, gab der Einsatzleiter durch.

Der erste Schlauch war einsatzbereit. Der Strahl stieg hoch, klatschte auf die Fassade und das Dach des Holzhauses. Dampf stieg auf, es war schon heiß geworden.

Der Zaun wurde aufgeschnitten, ein Mensch nach dem anderen kam herausgeschlüpft, lief hinter die Reihen der Feuerwehrleute. Dort blieben die Leute stehen und sahen sich um, Entsetzen in den Augen und Ratlosigkeit. Sie waren nur notdürftig angezogen, manche hielten sich umarmt, einige weinten. »Es ist einfach explodiert!«, sagte einer. »Ich war wach. Ich hab's gehört, es hat einfach Wumm gemacht, und die Fenster sind rausgeflogen.«

Eine weitere Sirene war zu hören, vom Ende der Straße her wurde das Blaulicht eines Polizeiautos sichtbar.

Der zweite Schlauch trat in Aktion, sein Strahl zog in hohem Bogen seitlich am Container vorbei und prasselte auf die Veranda des Holzhauses.

Ein Windstoß kam von Norden, ein zweiter danach, brennende Fetzen wehten über den Graben des Bächleins in Richtung der Zelte. Einige der Aktivisten, die noch innerhalb des Zauns waren, begannen, die Heringe aus dem Boden zu reißen und die Zelte wie Säcke wegzuschleppen. Der Feuerwehrkommandant fluchte. »Holt die Leute ohne Atemschutz da weg.« Marion konnte Norbert den Hünen unterscheiden, die rundliche Gestalt von Claudia, den Löwenkopf von Sachs, dahinter noch drei andere, die Johansen stand am Zaunloch, schrie und winkte ihnen. Feuerwehrmänner mit Atemschutz liefen auf den Platz, um sie zu holen.

Das Polizeiauto war angekommen, stand nun stumm und blitzte mit seinem Blaulicht herum. Die Polizisten besprachen sich mit dem Kommandanten und begannen dann die Schaulustigen wegzuschicken. »Machen Sie die Straße frei für die nachrückenden Einheiten.«

Tatsächlich waren weitere Feuerwehrsirenen zu hören. »Zangenangriff. Einer soll durch Rabenhausen reinfahren. Ich hab schon einen Gruppenführer dort«, sagte der Kommandant in sein Funkgerät.

Marion drückte sich so unauffällig wie möglich seitlich die Straße entlang, sah, wie sich Sachs nicht abbringen lassen wollte, die Zelte wegzuschleppen, und die Feuerwehrleute anhielt, ihm zu helfen. Marion schaute sich um, taxierte die Entfernung, in der die Einsatzleitung ohne Atemschutz agierte. Sie setzte ihren Rucksack ab und wechselte das Objektiv.

Den Feuerwehrmännern in der Umzäunung gelang es, Sachs zum Gehen zu bewegen. Sie zogen selbst die letzten Zelte aus der Gefahrenzone. Sachs erschien in der Zaunlücke. Seine Stirnhaare und seine Augenbrauen waren versengt. Wie ein Schlafwandler ging er zu seinen Leuten, die ihn sofort in die Arme nahmen.

Jetzt wurde ein Schlauch auf den Container gerichtet, der allmählich auf unheimliche Weise durchscheinend wurde. Beißender Geruch breitete sich aus.

Der Kommandant besprach sich mit den Führern der neu angekommenen Feuerwehren. Ein großer Wagen mit Leiter wurde an Marion vorbeidirigiert und die Leiter schräg hochgefahren. Beide Schläuche hielten nun auf den Container, der wütend qualmte, ein dritter und vierter spritzten auf das Freizeitheim. Jemand begann, Decken an die obdachlosen PlanetGuardler zu verteilen.

Das Freizeitheim war wohl gerettet, aber der Container würde völlig ausbrennen. Inzwischen kletterte ein Feuerwehrmann mit einem Scheinwerfer auf die Leiter und richtete ihn auf den Zeltplatz. Das gleichmäßige Licht erhellte das zurückgelassene Sammelsurium an Gegenständen, das in den Vorzelten gelegen hatte und beim Wegzerren der Zelte nicht mitgekommen war. Schmutziges Löschwasser rann in Richtung des Bächleins, das Vorplatz und Zeltplatz trennte.

Immer weiter fegte das Wasser in den Container, allmählich konnten die Feuerwehrleute näher heran. Je mehr das Feuer in seiner rasenden Pracht verschwand und Qualm und Schmutz zurückblieben, desto mehr verzogen sich die Leute.

Valerie Johansen beriet sich mit den Ihren. Rothenbucher standen herum, die Unterkunft in ihren Häusern anboten. Die meisten PlanetGuardler wollten zwar zusammenbleiben, aber da die Winternacht kalt war und einige auch noch vor Schock zitterten, verteilte sich die Mannschaft allmählich.

Johansen und Sachs blieben zurück und ein paar unentwegte Rothenbucher, die sich Gesprächsstoff für das nächste Jahrzehnt bunkerten. Man erwartete die Brandfahnder, das war doch nicht zu versäumen. In dem Maß, wie der Container abkühlte, konnten die Feuerwehrleute hinein und rissen die Wände auf, um die Glutnester zu löschen. Ein Auto kam die Straße herunter, es brachte eine Kiste mit Leberkässemmeln. Die Feuerwehrleute traten abwechselnd heran, setzten die Atemmasken ab und genehmigten sich eine Pause. Aus den Feuerkriegern wurden gewöhnliche Spessarter, die einen Leberkäs schätzten und sich zur Entspannung gegenseitig ein wenig auf den Arm nahmen. »Ohne Mampf, kein Kampf«, bemerkte der Kommandant, als er Johansen eine Semmel anbot.

Nach zwei Stunden standen vom Container nur noch die verrußten Metallwände, eine schwarze Ruine in einem schmutzigen See. Der Brandgeruch war durchdringend. Sachs saß todmüde am Einsatzwagen. Schließlich stand er auf und ging durch die Lücke am Zaun, langsam und mit gesenktem Kopf durch die traurigen Reste des Camps wie ein Feldherr nach verlorener Schlacht.

»Äj!«, sagte jemand nach einer Weile. »Wer hat die Fraa uff die Ladder glasse?« Alle Blicke richteten sich auf Marion, die mit ihrer Kamera dort oben neben dem Scheinwerfer klemmte und den Finger nicht vom Auslöser nahm.

»Kommen Sie sofort da runter!«, war das barsche Kommando.

Marion winkte freundlich und machte sich an den Abstieg.

»Was fällt Ihnen denn ein!«, empfing sie der Kommandant. Und dann erschrocken: »Sie sind ja schwarz im Gesicht!«

Das war wohl noch von der Wimperntusche. »Ich hatte kein Anwaltsschutzgerät dabei«, antwortete Marion und: »Ohne Kampf, kein Mampf, jedenfalls in meinem Beruf.«

*

»Es gibt keine Semmeln mehr.« Birgit stand in der Schlafzimmertür.

Jo rollte sich schlaftrunken herum. »Was?«

»Es gibt keine Semmeln mehr.«

»Und deswegen musst du mich aufwecken?«

»Die Feuerwehr hat alle aufgegessen.«

»Die Feuerwehr?«, wiederholte Jo langsam wacher werdend, »die Feuerwehr, warum isst sie unsere Semmeln?«

»Weil das Camp gebrannt hat. Der Computercontainer.«

Jo saß kerzengerade im Bett. »Nein.«

»Doch. Sie reden von Brandstiftung.«

Natürlich redeten sie von Brandstiftung, was sonst. Es war auch das Erste, was Jo in den Sinn gekommen war.

Birgit und Jo frühstückten mit Brot und gingen dann zu Fuß in Richtung des Camps. Sie waren nicht die einzigen, die zum Ort der Katastrophe wallfahrteten. Wer nicht zur Arbeit musste und wer nachts nicht dabei gewesen war, kam jetzt gegangen.

Ein großes Feuerwehrauto stand noch dort als Brandwache, daneben Polizei. Dicht dabei noch Zivilfahrzeuge, vielleicht von weiterer Polizei und Presse. Um die Ruine des Containers waren Absperrbänder gespannt. Die weiß gekleideten Messdiener der Spurensicherung gingen ihrem Zeremoniell nach. Auf dem Platz zogen einige Aktivisten die Zelte auseinander, sammelten die herumliegenden Gegenstände ein, rollten Matten und Schlafsäcke zusammen. Ihre Gesichter waren übernächtigt, gezeichnet von Trauer, Fassungslosigkeit und Zorn.

Jo sah Frau Wenzel aus dem Freizeitheim kommen und winkte ihr zu. Sie kam zu ihm heraus. Helle Empörung stand in ihrem Gesicht. »Es ist unglaublich, einfach unglaublich. Da hat man diesen Kerl freigelassen, und das Nächste ist, dass das Camp abbrennt. Wen schützt dieser Staat? Das frag ich mich. Das hab ich auch die Polizei gefragt.«

»Was hat denn der Kerl damit zu tun?«, fragte Jo.

Wenzels Augen blitzten. »Jemand hat seinen Benzinkanister gefunden, zufällig beim Gassigehen mit dem Hund da oben in dem Wäldchen, hinter der Räubersaufbude vom Hotel. Und einen angeschmolzenen Trichter da in der Hecke. Sie vermuten, dass er in der Lüftung gesteckt ist und durch die Verpuffung rausgeschleudert wurde. Aber er hat sich verrechnet, alle die Kriegstreiber haben sich verrechnet. Die Ergebnisse der Kartierungen sind gestern auf dem neuesten Stand nach Hamburg gegangen.«

*

Dass Corinna ihn nicht angerufen hatte, würde ihr Sebastian noch lange vorwerfen. Es war der Staatsanwalt Maier, der sich nachmittags in der Kanzlei meldete.

»Herr Pfeiffer, wir haben da etwas Neues. Sieht so aus, als hätte Ihr Mandant wieder mal ein größeres Problem.« Es folgte eine bedeutungsvolle Pause.

Gerhard. Was war wieder los? Wartete der Staatsanwalt darauf, dass er etwas sagte? Sollte er etwas wissen? »Was hat er denn für ein Problem?«, fragte er schließlich.

»Sie wissen nichts? Dringender Tatverdacht wegen schwerer Brandstiftung.«

Sebastian versuchte nicht, seine Verblüffung zu verbergen. »Brandstiftung? Was soll er denn angezündet haben?«

»Sie haben die Nachrichten nicht gehört? Der Computercontainer des PlanetGuard-Camps. Er ist gestern Nacht abgebrannt."

Sebastian brauchte einen Moment, um das zu verarbeiten. Was sollte denn der Blödsinn?

»Sie glauben, dass er so gottverlassen bescheuert ist, in der ersten Nacht seiner Freiheit die gleich wieder zu verspielen?«

»Herr Staab war, mit Verlaub, so gottverlassen bescheuert, eine Leiche, für deren Tod er nicht verantwortlich war, in den Main zu schmeißen. Ich traue ihm jede Menge gottverlassene Bescheuerungen zu.«

»Er hat eine Leiche in den Main geworfen, die ihm jemand untergeschoben hat. Sind Sie sicher …«, Sebastian verkniff sich ›… dass Sie nicht schon wieder jemandem auf den Leim gehen‹, stattdessen sagte er, »dass er es gewesen ist?«

»Er scheint sich selbst deswegen sicher zu sein. Er hat noch nachts fluchtartig sein Haus verlassen. Sein PKW wurde inzwischen am Autobahnparkplatz in Rohrbrunn gefunden. Wir nehmen an, er ist vielleicht per Anhalter weiter.«

»Ist das alles? Die Tatsache, dass er wegläuft? Herr Staatsanwalt, das ist doch genau sein Handlungsmuster, Leiche entsorgen, weglaufen. Haben Sie weiter nichts gegen ihn in der Hand?«

»Die Flucht reicht jedenfalls für einen Haftbefehl.« Das war der Mist. Brandstiftung allein reichte nicht für die Untersuchungshaft, die konnte Maier nur aufgrund von Gerhards Flucht beantragen. »Natürlich gibt es noch weitere Anhaltspunkte. Doch abgesehen davon hatte er das größte Motiv.«

Sebastian stellte sich dumm: »Welches Motiv?«

Die Stimme des Staatsanwalts wurde sanft, als spräche er zu einem Kind: »Herr Pfeiffer, er ist in Untersuchungshaft gewesen, weil jemand eine Leiche in das Waldstück gelegt hat, in dem er gearbeitet hatte. Was liegt für ein simples Gemüt näher als zu glauben, es wäre eine perfide Aktion von PlanetGuard gewesen, ihm wegen seiner Drohungen eins auszuwischen? Er wollte sich rächen und gleichzeitig ihre Daten vernichten, das ist doch naheliegend.«

Wer hatte jetzt hier das simple Gemüt? Sebastian versuchte, ebenso viel Sanftheit in seine Stimme zu legen wie der Staatsanwalt: »Sie scheinen meinen Mandanten für einen kühnen Outlaw zu halten, einen zweiten Hasenstab. Dabei ist er ein Hasenfuß. Ich bin überzeugt, Sie haben es bei dieser Brandstiftung mit einem Gegner zu tun, der Ihrer würdiger ist als dieses arme Schwein.«

Der Staatsanwalt schwieg. Sebastian schwenkte in seiner Fantasie triumphierend die Hände über dem Kopf und trabte eine Ehrenrunde um den Schreibtisch. Dann hatte Maier seine Fassung wiedergefunden:

»Ihre Überzeugung gründet auf reiner Psychologie. Es gibt aber auch Fakten, die für seine Täterschaft sprechen.«

»Und die wären?«

Maiers mephistophelisches Lächeln schlich sich nonverbal durch die Telefonleitung: »Herr Pfeiffer, Sie wissen doch, keine Haftakte ohne Haft. In diesem Sinne, falls sich Ihr Mandant bei Ihnen meldet, wäre es besser für Sie und ihn, Sie geben uns seinen Aufenthaltsort bekannt.«

Das war's also. Maier glaubte, Gerhard würde sich wieder an ihn wenden. Vielleicht hatte er recht, aber warum hatte Gerhard bisher nicht telefoniert?

»Herr Staab hat sich bisher nicht bei mir gerührt«, sagte Sebastian.

»Was nicht ist, kann ja noch werden«, sagte Maier. »In diesem Sinne, Herr Pfeiffer, auf Wiederhören.«

Sebastian hängte auf. Er hatte noch keinen flüchtigen Mandanten gehabt. Sie waren entweder draußen oder drinnen, aber keiner war auf der Flucht gewesen. Musste er ihn ausliefern, wenn er kam? Er blätterte sein Gehirn durch, eine blasse Erinnerung an einen Richter erschien, der irgendwann mal etwas von Strafvereitelung und Verfahren vor der Anwaltskammer erzählt hatte.

Sebastian ging zum Kanzleichef hinüber, setzte sich stumm auf den Besucherstuhl und wartete, bis er von den Akten aufblickte: »Na, haben Sie den Sekt nicht vertragen, oder warum die ernste Miene.«

»Der Sekt war ausgezeichnet, unmöglich, ihn nicht zu vertragen.« Der Chef hatte gestern zur Feier der Aufhebung des Haftbefehls einen Cremant spendiert. »Maier hat angerufen. Er hat einen Haftbefehl gegen Staab wegen schwerer Brandstiftung erlassen. Staab ist flüchtig. Er soll den Computercontainer des PlanetGuard-Camps angezündet haben.«

Der Kanzleichef riss die Augen auf und stülpte die Lippen nach vorne. »Dunnerlitz«, sagte er, »da geht's zu in dem Wald da hinten.«

»Das Auto vom Staab haben sie am Parkplatz von Rohrbrunn gefunden. Welche Hinweise sie haben, außer dass er ein Motiv hätte und abgehauen ist, haben sie mir nicht gesagt. Ohne Haft keine Haftakte.«

»Da waren wir wohl ein wenig voreilig mit dem Feiern.« Der Chef lehnte sich in seinen Stuhl zurück und wippte ein wenig, wobei das Gestell jämmerlich stöhnte. »Der Computercontainer des PlanetGuard-Camps ist also abgebrannt. Klar hat Maier ein neues Ermittlungsverfahren mit einer neuen Akte eröffnet. Ist ja auch günstiger für ihn. Wann war der Brand?«

»Letzte Nacht. Mehr weiß ich jetzt auch noch nicht. Natürlich«, fiel Sebastian ein, »muss ich seine Frau noch anrufen. Die wird noch mehr wissen.«

»Gut. Jedenfalls, die Brandfahnder sagen, da ist was nicht koscher. Das Erste, was die Polizei macht, ist, bei alten Kunden anklopfen, und Staab hat ein Motiv. Sie marschieren also beim Staab ins Haus. Staab ist weg. Viel mehr brauchen die nicht.«

»Es ist Quatsch«, regte Sebastian sich auf. »Ich war gestern am Gefängnis, als er rauskam. Er kam raus wie ein Kind aus einem dunklen Keller, der geht nicht her und stellt sich eine Rückfahrkarte aus.«

Der Chef lächelte, wobei sich seine Lippen in mehrere Längsfalten kräuselten und fast seine Ohren erreichten. »Wer weiß? Pfeiffer, dieses Mal müssen Sie Staab nicht für unschuldig halten, Sie sind ja in diesem Fall mit dem Opfer, das heißt mit dem Container, weder verwandt noch verschwägert.«

Sebastian lächelte ebenfalls. Dann sagte er: »Wenn das Auto in Rohrbrunn steht, könnte er versuchen, nach Würzburg zu trampen. Die Frage für mich ist, was mach ich, wenn er bei mir auftaucht? Muss ich dem Maier Bescheid geben?«

Der Effekt dieser Frage war erstaunlich. Sebastian zuckte erschrocken zusammen, als der Chef aus dem Sessel hochfuhr, mit beiden Händen auf der Schreibtischplatte sich abstützend ihm seinen runden Kopf entgegenstreckte und brüllte: »Nie! Nie! Niemals! Das ist Mandantenverrat!« Nach dieser körperlichen Verausgabung fiel er erschöpft in seinen Sessel zurück, der dieser Belastung gerade noch standhielt. »Wer hat Ihnen denn so einen Blödsinn beigebracht?«, keuchte er noch.

»Deshalb hab ich Sie ja gefragt, weil ich vermutete, dass es Blödsinn ist.«

Der Kanzleichef schaute ihn mitleidig an, der Blick seiner Glupschaugen drang von weit unten aus dem sumpfigen Teich seiner Erfahrungen. »Sollte Ihr Mandant mit Ihnen Kontakt aufnehmen und Ihnen seinen Aufenthaltsort preisgeben, rate ich Ihnen, Ihr Smartphone in die Kühltruhe zu legen. Was Ihr Auto anlangt …«, zu Sebastians Erleichterung lächelte er wieder, allerdings ein sehr spöttisches Lächeln, »… was Ihr Auto anlangt, so brauchen Sie sich wahrscheinlich keine Sorgen zu machen, dass sie Ihnen einen Tracer anhängen. Die Dinger sind nicht billig, und die hiesige Polizei hat schon einmal einen in der Schrottpresse verloren. Seither meiden sie entsprechende Kandidaten.«

*

Schon beim ersten Läuten war Corinna am Telefon. »Ach du bist's!« Es klang enttäuscht. Dann plötzlich hoffnungsvoll: »Is der Gerhard bei dir?«

»Nein. Hat er was gesagt, dass er zu mir will?«

»Naa.« Sie fing an zu weinen.

»Verdammt, Corinna, warum rufst du mich nicht an?«

Sie weinte noch mehr. Wahrscheinlich hatte sie sich aus Scham nicht gemeldet, weil schon wieder was los war.

»Corinna, was ist passiert?«

Es dauerte, bis er ihr die ganze Geschichte entlockt hatte.

Gerhard hatte die Sirenen gehört, sie hatte fest geschlafen. Jedenfalls hatte er gemerkt, wo es brennt, und war auf sein Fahrrad und in die Richtung geradelt. Er war ja lange bei der Feuerwehr gewesen, aber als er zu viele Übungen am Wochenende versäumt hatte, hatte ihm der Kommandant nahegelegt, die Sache sein zu lassen. Und als Gerhard klar war, dass es am Freizeitheim brennt, hatte er schon Angst bekommen, dass ihn jemand in der Nähe sieht, und war umgekehrt. Daheim hatte er in den Schuppen geschaut und war dann fast ausgeflippt, weil ein Kanister mit Motorsägenbenzin weg war. Er hatte sie aufgeweckt und war herumgerannt und hatte geschrien. »Die hange mir des aa, die hange mir des aa .« Dann hatte er angefangen Zeug zu packen und in das Auto zu werfen. Sie hatte geweint und gefleht, er solle doch nicht weglaufen, aber er hatte gesagt, sie habe keine Ahnung und solle das Maul halten. Und dann war er nochmal ausgeflippt, weil er die kleine Brennholzaxt mitnehmen wollte, und die war auch weg. Und dann sei er weggefahren. Um Mittag war dann die Polizei gekommen und hatte nach ihm gefragt. Und ihnen hatte sie dasselbe erzählt wie ihm auch.

Sebastian widerstand der Versuchung, zu brüllen und den Telefonhörer an die Wand zu werfen. Jetzt hatte Gerhard kein Alibi, weil die dumme Nuss geschlafen hatte und das auch noch zugab, jetzt wussten die schon mal, dass Gerhard in der Nacht in der Nähe des Camps gewesen war und dass ein Kanister aus dem Hause Staab fehlte. Außerdem war er ein ehemaliger Feuerwehrler, jemand, der von Feuer was verstand. Verflucht, verflucht.

Sebastian riss sich zusammen und versuchte, freundlich zu bleiben, um nicht noch einen Tränenstrom zu provozieren: »Hast du irgendeine Ahnung, wo er hin ist?«

Sie schluchzte. »Naa. Aber wenn er die Axt mitnehme wollt, dann will er ja vielleicht irchendwo ine Hütte eibreche.«

»Corinna. Jetzt hör zu. Erstens: Wenn er sich meldet, sag mir Bescheid. Zweitens: Du sagst der Polizei kein Wort mehr. Hast du verstanden? Kein Wort mehr. Du bist seine Frau und nicht verpflichtet, denen was zu sagen.«

»Aber er war's doch net.« Da war wieder dieses kindliche Vertrauen in Unschuld und Gerechtigkeit.

»Eben. Deswegen sagst du nichts mehr. Du hilfst ihm nicht, wenn du Zeug erzählst. Wenn er sich bei mir rührt, melde ich mich bei dir.« Er wollte sich schon verabschieden und auflegen, als er zögerte. »Corinna? Du sagst, er ist ausgeflippt. Hat er dich geschlagen?«

»Naa, naa, er hat mich net aagrührt.«

»Bei der Muttergottes von Hessenthal?«

»Bei der Muttergottes vo Hessethal.« Es klang wie die Wahrheit.

»Gut. Kopf hoch. So oder so: Brandstiftung ist kein Mord, so schlimm wie vorher steht es nicht. Bis später.«

Sebastian legte auf und starrte aus dem Fenster in das unwirtliche Wintergrau. Wohin floh ein Mann, der keine Freunde hatte? Gerhard hatte zwar Blutsverwandte, einen Onkel und irgendeine Cousine, aber die waren weit weg, und das Verhältnis schien nicht sonderlich innig. Die Verwandten seiner Frau mochten ihn nicht, gelinde gesagt. Er hatte keine beruflichen Verbindungen über den Wald hinaus. Er war wie weiland der Wilderer Hasenstab auf den Spessart angewiesen, aber er hatte bestimmt nicht die Fähigkeit wie jener berühmte Außenseiter, sich in der Fremde durchzuschlagen und über den halben Globus nach Hause zurückzukehren. Dort draußen wartete auf Gerhard nichts als Verzweiflung und Alkohol, dessen war sich Sebastian sicher. Er vermutete, dass Corinna recht hatte: Gerhard würde sich in einer Forsthütte verkriechen. In dem Fall war das Auto an der Raststätte nichts als ein Ablenkungsmanöver. Und wenn Sebastian das vermuten konnte, dann auch die Polizei. Es würde nicht lange dauern, bis sie ihn hatten.

*

Die Läden der Hütte waren unversehrt und geschlossen. Doch als er näherkam, sah er, dass der Laden der Tür nur zugezogen und nicht mehr verriegelt war. Er pirschte in einem Bogen hangaufwärts, um die dem Weg abgewandte Seite der Hütte in den Blick zu bekommen. Dort stand ein Fensterladen offen. Aus dem Kamin kam kein Rauch, Staab würde wohl erst beim Einbruch der Dunkelheit heizen. Ein kaltes Domizil in einem einsamen Bachgrund. Wie fühlte sich das an dort drinnen, wo zwischen Bank und Tisch Erinnerungen an gesellige Zeiten erstarrt waren? Was hatte der Kerl für einen Plan? Wildschweine jagen, Lebensmittel stehlen? Das mit den Wildschweinen ging ohnehin nicht, denn Staab hatte keine Schusswaffe, das hoffte er zumindest.

Das feuchte Laub raschelte nicht. Er pirschte näher, postierte sich so, dass er sowohl vom Fenster als auch von der Tür aus zu sehen war, und so neben einem Baum, dass er in Deckung gehen konnte. Dann rief er: »Herr Staab!«

Stille. War dem Menschen in der Hütte jetzt das Herz stehen geblieben oder hatte es angefangen zu rasen? Krallte sich seine Hand um den Griff einer Waffe?

»Herr Staab! Ich bin allein. Ich möchte Ihnen helfen!« Das klang platt. Aber was sonst sollte er schon sagen.

Stille. Und wenn es Blödsinn war? Wenn da irgendein Jäger in der Hütte saß und sich überlegte, welcher Idiot da im Wald herumschrie? Doch ein Jäger hätte sein Auto an der Hütte geparkt, und da war keines.

Er holte noch einmal tief Luft, rief, so laut er konnte: »Herr Staab, Sie können nicht hier bleiben. Man wird Sie sehr bald finden.« Wenn sogar er sich ausrechnen konnte, wo Staab steckte, nur mit Glück ein klein wenig schneller als die anderen.

Der Türladen öffnete sich langsam. Eine gedrungene Gestalt wurde sichtbar, ein Kopf mit dünnem zerzaustem Haar, ein bleiches Gesicht, schrecklich in seiner aufgestauten Angst. Staab war unbewaffnet. »Wer sinn Sie?«, fragte er.

»Jemand, der Ihnen etwas schuldet«, war die Antwort. »Packen Sie zusammen. Wo steht Ihr Auto?«

Staab machte eine unbestimmte Geste in den Wald.

»Wir müssen es zur Rohrbrunner Raststätte bringen. Beeilen Sie sich.«

*

Jo gab auf, zumindest für diesen Tag.

Wie sollte er das Gewebe beschreiben, das sich in diesem Wald gewoben hatte, das Ineinander und Durcheinander von Bedürfnissen und Bedingungen, menschlichen wie nichtmenschlichen, von Allianzen und Gegnerschaften? Wie sollte er das verflochtene Wachstum der Gesellschaften schildern, das der Bäume und ihrer Bewohner und das der Menschen, ja konnte man das überhaupt auseinanderhalten? In diesem Wald schienen sie untrennbar. Eine Heerschar war aufgefahren, die Partei der Buchen zu ergreifen, eine andere hatte sich verschanzt, um die Eichen zu verteidigen, und unter der Erde saßen die alten Götter und grollten über alles, was verloren ging. Alle führten sie in ihren Wappen und Schilden Pflanzen und Tiere, Vögel und Pilze, und seien es auch wie bei Worschech jene ferner Länder, alle zitierten die Ahnen und die Übereinkünfte der Mächtigen und Ohnmächtigen.

Doch wenn er nun versuchte, dieses Panorama zu beschreiben, erschien das Bild des brennenden Containers allzu grell, es vertrieb alle Schatten und Zwischentöne, alle Fragen und Zweifel und zog eine klare Linie zwischen Licht und Finsternis. Genau das hatte Jo vermeiden wollen.

»Es wird Zeit.« Birgit war hinter ihn getreten und massierte seine Schultern. »Wildenstein wartet.« Sie beugte sich vor und las: *»Dieser große Wald führt alle in die Irre, und lässt uns wie im Märchen zweifeln an der Bosheit des*

Räubers und der Güte des Königs, an der Schönheit der Hexe und der Hässlichkeit der verwünschten Prinzessin. Solange er uns überlebt, verwächst er unsere Wünsche, begräbt sie unter den Schichten seiner Geschichte, ja selbst unseren Wunsch nach reiner Natur. Sie ist eine Utopie, die den Menschen begeistern kann, eine Projektion, die er unablässig schafft und gleichzeitig aus ihr verschwindet, um sich das größte denkbare Gegenüber zu schaffen, die Wildnis als breiteste Leinwand seiner eigenen Existenz.«

»Das ist doch fein«, sagte sie.

Jo roch ihr Parfüm, langte hinter sich und hielt sie fest. »Eigentlich ist dieser Wald ein moralisches Klumpoid. Es kommt auf das Bezugssystem an, mit dem man ihn betrachtet. Aber jetzt haben wir keine Dämmerung des Waldes, sondern eine Götterdämmerung. Dieser Brand macht alle Nuancen kaputt.«

»Es ist noch keine 24 Stunden her. Lass doch in dir selber ein wenig Gras drüber wachsen.«

Es war ein mütterlicher Vorschlag. Jo nützte ihre Fürsorglichkeit sofort aus: »Du fährst.« Der Wein von Wildensteins war zu gut.

*

Es war dunkel, als sie die Burg erreichten. In den Fenstern des Palas leuchtete es warm und verheißungsvoll. Die Scheinwerfer des Autos fingen sich im Zwinger und tasteten sich dann über das Innere der Burgmauer. Unmittelbar hinter ihnen jaulte der Kanzlei-Bus auf den Kiesplatz. Sebastian wirkte angespannt, als sie ihn begrüßten. Er musste nicht erklären, weshalb. Die Murmanns wussten schon von Frau Gern, dass Staab geflohen war.

»Man muss die Feste dennoch feiern, wie sie fallen, oder besser gesagt, auch wenn sie keine mehr sind«, meinte er. »Und Marion wäre endgültig sauer, wenn ich nicht da bin. Ich konnte sie am Handy nicht erreichen und ich hab sie schon gestern versetzt mit ihrem Schlosshotel. Ich kann doch nicht die ganze Nacht in der Kanzlei sitzen, ob Gerhard bei mir auftaucht. Und ich glaub sowieso nicht, dass er es tut. Der steckt irgendwo im Wald.«

Sie schwiegen, während sie über den Innenhof gingen. Die grauen nassen Bäume im Umkreis der Burg waren fast körperlich zu fühlen, und Birgit schien, als würde es nie mehr Frühling, keine Frage je endgültig gelöst und kein Mensch endgültig gerettet werden. Durch das Fenster der Kapelle sah sie eine Kerze vor der Urnennische Elisabeths brennen.

Die Tür zum Palas flog auf, noch ehe sie sie erreicht hatten, Licht strömte heraus. Der Freiherr stand mit ausgebreiteten Armen oben auf der Treppe. »Herein, herein!«, rief er.

Bald saßen sie um den langen Esstisch. Jo schaute erwartungsvoll auf sein Gedeck mit Suppenteller und Dessertlöffel. Es sah verheißungsvoll aus. Marion hatte aus ihrem Auto angerufen, wo sie ihr Handy an der Batterie auflud. Sie steckte in irgendwelchen Autobahnbaustellen und würde nicht rechtzeitig kommen, sie sollten schon mal ohne sie anfangen. Von Wildenstein hob sein Sektglas: »Bevor wir es uns hier nun wohl sein lassen, möchte ich im Bewusstsein unserer vertrauensvollen Freundschaft noch einen Schatten vertreiben, der diesen Abend trüben könnte. Gerhard Staab ist in Sicherheit. Ich habe ihn in der Eremitage einquartiert.«

Fassungsloses Schweigen folgte dieser Verlautbarung. Jo drehte wie in Zeitlupe den Kopf, um Sebastian anzuschauen. Der setzte sein Glas so vorsichtig ab, als wäre die Tischplatte aus Papier.

»Was redest du da?«, sagte er.

Was beim Freiherrn zuerst ausgesehen hatte wie spitzbübische Freude, verwandelte sich in leichte Verlegenheit. »Ich habe Gerhard Staab aufgetrieben. Martha hat heute früh in Eschau von seiner Schwägerin erfahren, was passiert ist. Und da fiel mir ein, wohin er geflüchtet sein könnte. Die Steingrundhütte hat er ja selbst mit renoviert. Und manchmal wissen die Arbeiter dann, wo ein Schlüssel liegt oder haben selbst einen behalten. Er war dort. Und weil ich annahm, dass die Polizei ihn da sehr bald auftreiben wird, habe ich ihn mitgenommen.«

Sebastian war wie benommen. »Und wieso sagst du mir das nicht?«

»Ich sag's dir ja jetzt. Ich dachte, vielleicht hören die dein Telefon ab.«

»So leicht geht das auch nicht. Dazu braucht es einen richterlichen Beschluss. Außerdem bin ich Anwalt, da dürfen die zweimal nicht.« Vielleicht hatte sein Pate aber doch recht. Er würde den Chef fragen.

»Jedenfalls war ich mir nicht sicher. Ich habe auch Martha nichts gesagt. Es ist besser, ich belaste sie nicht mit solchen Heimlichkeiten.« Gomorrha, außen an der Schlossmauer, es beherbergte nun inmitten all der seltsamen Artefakte einen Vogelfreien.

Wie auf das Stichwort kam Frau Heinrich herein mit der Suppenterrine. Die Gesichter wandten sich ihr zu, und ein Schweigen machte sich breit, das ihr galt. Frau Heinrich begriff die Lage sofort, schob kaum merklich das Kinn vor, stellte sich an das Ende der Tafel, dem Freiherrn gegenüber, setzte die Terrine ab, verschränkte die

Arme vor der Brust und sagte: »Halten Sie es für angebracht, Ihren Gast in der Eremitage lediglich von Knäckebrot und Käse zu ernähren, die sie aus der Küche entwendet haben, während Sie hier meine nahrhafte Kürbissuppe bekommen?«

Von Wildenstein verfärbte sich. Birgit verbiss sich ein Lachen, auch Jo hielt sich die Hand vor den Mund, und Sebastian senkte den Kopf.

»Haben Sie die Knäckebrote abgezählt?«, versuchte sich der Freiherr in Vorwärtsverteidigung.

»Oh nein. Aber wenn es mir den Ofenrauch an der Schießscharte vorbeiweht, kann ich zwei und zwei zusammenzählen.« Sie fixierte ihren Arbeitgeber unbarmherzig.

Der Freiherr räusperte sich. »Also wenn Sie ihm Suppe bringen wollen …«

»Suppe bringen? Und wo, bitte, geht der dann pinkeln? In den Wald? Der hat da kein Wasser. Früher oder später stinkt er wie ein Iltis. So was …« Sie brach ab.

»Also dann …«, von Wildenstein rettete sich in einen Ton geschäftsmäßiger Verbindlichkeit: »Was schlagen Sie vor?«

»Das Gästezimmer ist schon parat mitsamt Rasierzeug. Sie müssen ihn nur holen.«

Der Freiherr warf seine Serviette auf den Tisch: »Sie entschuldigen mich einen Moment. Martha, Sie können aber die Suppe schon austeilen.«

Mit dem letzten Satz rückte der Freiherr zwar die Hierarchie im Hause zumindest pro forma wieder zurecht, schuf aber die seltsame Situation, dass seine Gäste ohne ihn zu Tisch saßen.

»Das ist ein Kabarett«, sagte Sebastian, legte seinerseits die Serviette weg und lief seinem Paten hinterher.

»Wenn Sie einverstanden sind: Mit dieser Suppe warten wir lieber«, schlug Frau Heinrich vor und entschwand diskret.

Birgit und Jo saßen allein und schauten sich an. »Dieser Mensch ist immer für eine Überraschung gut«, murmelte Jo. »Ich werd nicht schlau aus dem.« Er musste nicht erläutern, dass er den Freiherrn meinte.

*

Gerhard wollte nicht geholt werden, er schlief wie eine Ratte.

»Hast du ihm Bier gegeben?«, fragte Sebastian im Halbdunkel vor der schnarchenden Gestalt.

»Keinen Tropfen«, entgegnete von Wildenstein. »Ich kenn ja sein Problem. Er ist nur einfach fix und fertig. Schauen wir in einer Stunde wieder vorbei.« Er legte einen Holzklotz in den Ofen. Im Licht des Feuers erschienen die Statuetten auf dem Regalbrett vor den Fenstern und verwandelten sich beim Schließen der Ofentür wieder in Schattenrisse.

Draußen wartete der Wald.

Was war der Unterschied zwischen diesem seltsamen Refugium und einer Zelle im Untersuchungsgefängnis mit einem Wasserhahn und einer verlässlichen Heizung? Die Tür der Eremitage war unverschlossen, und obwohl draußen nichts lockte als die kalte Finsternis zwischen den Bäumen, machte dies alles aus.

*

Marion kam erst zum Dessert. Sie war abgekämpft, erbat sich von Frau Heinrich Verzeihung mit einem Kuss auf die Wange, den sich diese gelassen gefallen ließ, und sagte, sie würde gerne mit der Nachspeise anfangen, sie brauche sofort Zucker im Blut.

»Sie haben einen anstrengenden Tag gehabt?«, erkundigte sich von Wildenstein.

»Und einen langen. Haben Sie die Nachrichten gesehen? Die Fotos vom Brand in Rothenbuch sind alle von mir. Ich hab sie gleich noch vom Hotel aus der dpa angeboten.« Es war eine Gratwanderung des Copyrights. Sie hatte die Hotelrechnung dann lieber selbst bezahlt als auf Spesen des Magazins.

»Du hast den Brand fotografiert?« Sebastian schrie fast.

»Wieso nicht?«, fragte Marion verblüfft.

»Wieso schon natürlich!«, entgegnete Sebastian etwas verwirrend. »Sie sind schon wieder hinter Gerhard her. Er soll den Container angezündet haben.«

Marion ließ sich in ihren Stuhl gleiten. »Denen fällt auch nichts Neues ein«, sagte sie.

»Hast du die Bilder dabei?«

»Ja. Nachher«, beschied sie knapp und vertiefte sich in die Schokoladenmousse.

»Der Staab ist hier«, sagte Sebastian. »Er ist geflohen und Philipp hat ihn im Wald aufgegabelt.«

Marion hielt inne, den Löffel zwischen den Zähnen und schaute von Wildenstein an. Er nickte. Sie nahm den Löffel aus dem Mund und sagte: »Cool.«

»Ihr beredtes Lob ehrt mich ungemein«, versetzte der Freiherr. Doch hinter seinem gutmütigen Spott und seiner Selbstsicherheit spürte Birgit einen Anflug abwartender Reserve, eine Art Abstand, die nicht nur seinen Mitmenschen galt, sondern ihm selbst.

Im Folgenden verteidigten er und Frau Heinrich Marions Recht auf Kalorien gegen Sebastians Ungeduld, und es dauerte, bis sie alle um den Computerbildschirm versammelt waren. Marion zeigte endlose Foto-Sequenzen. Sie hatte eine Auswahl an die dpa gegeben, doch einige der besten Kompositionen aus Licht, Rauch und Menschen hatte sie in der Hinterhand behalten, um sie exklusiv PlanetGuard anzubieten, vor allem Bilder der Aktivisten, wie sie die Zelte retteten. »Morgen hab ich einen Termin bei der Johansen«, sagte sie. »Ich glaub, dass sie selber und ihre Leute allenfalls ein paar verwackelte Handy-Bilder geschossen haben.«

»Großartig«, sagte der Freiherr im Anblick der dramatischen Silhouetten vor dem roten Qualm. »Unschlagbar. Zehn zu null für PlanetGuard.«

»Ich muss auch von was leben«, sagte Marion ungerührt.

»Gewiss. Das beanstande ich ja auch gar nicht. Es steht, wie es steht.«

»Und die Daten sind auch gerettet. Die Wenzel hat es uns gesagt«, meinte Jo.

Inzwischen wanderten die Fotos über den Bildschirm, die Marion von der Leiter aus geschossen hatte: der ausgeglühte Container, das von einer dünnen Eisschicht des Löschwassers bedeckte Freizeitheim und auf der anderen Seite des Bächleins das Tohuwabohu der Zelte, die hinten am Zaun auf einem Haufen lagen, und die über den Platz verteilten Hinterlassenschaften. Man sah Leo Sachs langsam durch das Gelände schreiten – »Gut, dass er blond ist«, bemerkte Marion, »schöner Kontrast«, – sah wie er sich bückte, herumstöberte.

»He!«, sagte Sebastian, beugte sich vor und kniff die Augen zu Schlitzen. »Was macht er denn da?«

»Was?« Marion klickte die Sequenz zurück.

»Er schmeißt was.«

Es stimmte. Sachs warf etwas. Er hatte etwas aufgehoben und warf es in den Bach, und zwar ziemlich weit in Richtung der kleinen Brücke, die über den Graben führte. Marion klickte von Foto zu Foto, vergrößerte den Ausschnitt, bis sie den Gegenstand erkennen konnten: Es war eine Axt.

»Das gibt's doch nicht«, flüsterte Sebastian. »Corinna, also Gerhards Frau, sagt, dass ihm ein Benzinkanister und eine Axt gestohlen worden sind.«

»Das kann doch irgendeine Axt sein.«

»Aber wieso, zum Geier, schmeißt er sie weg?« Sie schauten sich an.

»Sie hat wohl unter einem Vorzelt gelegen«, sagte Marion. »Sie haben die Zelte in Sicherheit geschleppt, und was unter den Vorzelten lag, blieb auf dem Platz.«

»Und keiner soll sie sehen. Zumindest nicht da, wo sie gelegen hat«, dachte Sebastian laut nach. »Wenn es Gerhards Axt ist, lässt sich das feststellen. Wir wecken ihn auf, jetzt kenne ich keine Gnade.« Er zog erneut mit von Wildenstein los, den Gast aus der Eremitage zu holen, während die anderen weiter spekulierten.

»Marion, du warst doch im Camp. Was weißt du über diesen Sachs?«, fragte Jo. »Er ist so ein Hauptamtlicher von denen, oder?«

Sie nickte müde, lehnte sich im Sofa zurück, schloss die Augen halb. »Hm. Ein Veteran. Überall in der Welt unterwegs. Fährt jetzt wieder nach Kolumbien, glaube ich. Da war er schon mal.«

»Vielleicht hat er ein posttraumatisches Syndrom? Kann Aggression nicht kontrollieren oder so?«, schlug Jo vor.

»Dann könnte er kein Camp leiten«, sagte Birgit streng.

»Wenn er die Axt gestohlen hat, dann kann er auch den Benzinkanister gestohlen haben.«

Birgit zweifelte. »Und den Container abfackeln? Aber wieso? Nur damit PlanetGuard das arme Opfer ist, hat er die eigenen Computer und den Container abgefackelt? Das geht einfach zu weit, das passt nicht. Und dazu hätte er auch die Axt nicht gebraucht.«

Und es war Staabs Axt, sehr wahrscheinlich jedenfalls. Sebastian schob den verschlafenen und zerknitterten Flüchtling in die Bibliothek, wo er verlegen die Runde der Anwesenden begrüßte. Dann saß er vor dem Computer, rieb sich das kratzige Kinn und meinte, das könne schon sehr wohl seine Axt sein.

»Morgen holen wir die Axt aus dem Bach. In Anwesenheit des Staatsanwalts«, kündigte Sebastian an.

Panik schien in Staabs Augen auf. »Mit dem Staatsanwalt? Mit dem will ich nix zu schaffe habbe.«

»Beweist die Axt wirklich schon Herrn Staabs Unschuld?«, gab Birgit zu Bedenken.

»Beweist jedenfalls, dass Leute unbefugt seine Werkzeuge verwenden. Und das reicht«, erwiderte Sebastian.

»Ich will abbe mit dem Staatsanwalt nix zu schaffe habbe«, jammerte Staab.

»Er kann dich nur einsperren, weil du wegläufst. Er sperrt dich wegen Fluchtgefahr ein.«

»Dann lass ihn halt hier, wenn er so Angst hat«, meinte von Wildenstein.

»Und wer identifiziert die Axt?«

»Corinna. Corinna waas, wie se aussieht«, sagte Staab.

»Die Axt ist also vielleicht von dir, der Benzinkanister, der gefunden wurde, wohl auch. Wahrscheinlich sind deine Fingerabdrücke drauf«, fuhr Sebastian fort.

»Die habbe mein Kanister gfunne«, unterbrach ihn Staab. »Ich hab's doch gewiest, dass die mir des ahänge.« Jammervoll und triumphierend zugleich schaute er Sebastian an.

»Zufällig eher«, sagte Jo. »Oben im Wald hat ihn jemand beim Gassigehen mit dem Hund gefunden, hinter der Waldschenke.«

»Was ich dich fragen wollte«, setzte Sebastian wieder an, »vermisst du auch einen Trichter?«

»Trichter?«

»Ja, zum Benzin einfüllen, hast du da einen Trichter daheim?«

Staab schüttelte den Kopf mit leiser Missbilligung für einen Schreibtischtäter. »Dafür hat me doch de Einfüllstutze zum Druffschraube.«

»Gut, dann ist der Trichter zumindest das originale Eigentum des Brandstifters gewesen«, stellte Sebastian fest. »Man hat ihn in der Hecke gefunden und vermutet, dass er verwendet wurde, um das Benzin durch die Lüftung in den Container zu schütten. Stimmt so?« Er vergewisserte sich mit einem Blick bei Jo, der ihm zunickte.

Sie schauten auf den Bildschirm, auf das Foto von Leo Sachs, wie er die Axt wegwarf.

»Wozu braucht er die Axt?«, sagte Birgit. »Vielleicht hat er sie nicht gebraucht. Er wirft sie weg, weil er sie nicht gebraucht hat. Da liegt sie unter dem Vorzelt, er hat nicht mehr an sie gedacht, und als es brennt, kommt sie zum Vorschein, und er wirft sie weg.«

»Er hat sie geklaut, weil er sie nicht gebraucht hat?«

Birgits Stimme kam wie von weit her. »Vielleicht ist etwas nicht geschehen, etwas Furchtbares ist nicht geschehen, er hat etwas Schreckliches nicht getan. Der Jäger führte Schneewittchen in den Wald und sollte es töten, aber es tut ihm leid, und er lässt es laufen.«

Alle diskutierten durcheinander, drehten die Argumente im Kreis, bis auf den schüchternen Staab und Marion, die sich in die Sofaecke verkrochen hatte und nur mühsam die Augen offenhielt.

»In dem Fall hätte er nur eine Axt geklaut, und mit dem Brand hat er nichts zu tun.«

»Und der Benzinkanister? Geben sich die Diebe in Gerhards Schuppen die Klinke in die Hand?«

»Aber wozu würde er den Container abbrennen?«

»Weil Herr Staab entlassen wurde und ein neues Opferbild hermusste?«

»Gibt's doch nicht.«

»Können wir sicher sein, dass Sachs überhaupt schon von der Entlassung wusste?«

»Kommt darauf an, ob einer von denen nachmittags im Supermarkt war.«

Sie schwiegen. Die Blicke richteten sich ratlos wieder auf den Bildschirm, auf die drahtige Gestalt, auf die Axt, die ihre Hand im Schwung verließ.

Birgit flüsterte wieder wie abwesend vor sich hin: »Er hat die Axt nicht gebraucht. Was hat er nicht getan? Wer oder was ist Schneewittchen, und wo ist es jetzt?«

»Hinter den sieben Bergen«, murmelte Marion aus der Sofaecke, und mit diesen Worten war sie endgültig eingeschlafen.

*

Die Straßenpfosten leuchteten im Licht der Scheinwerfer regelmäßig auf und verlöschten wieder, als zählten sie sich selbst entlang des Weges durch. Birgit starrte voraus, wo der Mittelstreifen herangejagt kam und am Auto vorbeischoss.

»Er stiehlt die Axt und braucht sie nicht, er hat den Container vielleicht angezündet, aber ob er Staab damit noch tiefer reinreiten wollte oder ob er ihn eigentlich entlasten wollte, wissen wir nicht, alles an diesem Mann ist neblig …«

Sie hielt inne, und Jo schien es, als taste ihre Seele in diesem Nebel unsichtbare Gänge entlang, verwirrt und unschlüssig.

»Vielleicht haben nicht nur wir die Orientierung verloren, vielleicht hat er sie selbst verloren. Was wissen wir von ihm? Dass er in Kolumbien vielleicht Dinge erlebt hat, die kein Mensch erleben sollte, was ist der Sinn, woran hält er sich?«

Jo war das zu viel Spekulation: »Wir brauchen etwas Konkretes. Wem gehört der Trichter?«

Sie schwiegen.

Nach einer Weile sagte er: »Wo versteckt der Weise ein Blatt? Im Walde. Wo versteckt der Weise einen Trichter?«

»Im Werkzeugschuppen?«

»Kaum, wenn man dort den Einfüllstutzen vergessen hat.« Jo gab die Antwort selbst: »In der Küche.«

*

Frau Heinrich löste das Kreuzworträtsel der Apothekenzeitung. Es war ein sehr einfaches mit großen Kästchen, sie wollte auch nicht viel nachdenken, sie brauchte nur etwas Entspannung, bevor sie selbst zu Bett ging. Der Iltis war keiner mehr und lag im Gästezimmer, Sebastian und seine

Freundin hatte sie zusammen in Elisabeths altem Zimmer einquartiert, Gomorrha lag verlassen.

Jemand räusperte sich hinter ihr. Von Wildenstein stand in der Küchentür. »Martha, ich wollte noch etwas mit Ihnen klären.« Er setzte sich zu ihr. »Kann ich aus der Küche meines eigenen Hauses etwas entwenden?«

Sie sah ihn an, sehr direkt. »Ja. Wenn Sie es mir absichtlich nicht sagen.«

Er nickte. »Ich dachte, ich verschone Sie mit Schwierigkeiten, aber für Sie war es ein Mangel an Vertrauen. Dabei müssen Sie wissen, dass ich niemandem so viel vertraue wie Ihnen.«

Er wandte den Blick ab, Martha sah, wie er mit sich kämpfte.

»Und deshalb ... deshalb möchte ich Ihnen etwas sagen, was ich morgen noch anderen Leuten sagen muss, genauer gesagt, den Gästen, die heute Abend hier waren. Ich wollte es eigentlich heute Abend tun, aber ich habe es nicht übers Herz gebracht.«

Er schaute sie bei diesen Worten nicht an, er schaute an ihr vorbei an die Wand. Es wurde eine Beichte, aber zu Marthas Erleichterung kein Heiratsantrag. Die Ordnung der Dinge blieb erhalten.

*

Virchow saß in der Lichtenau. Er hatte seinen Gehrock ausgezogen und die Hemdsärmel hochgekrempelt. Auf dem Tisch vor sich hatte er ein mit Samt ausgeschlagenes Etui und einen Satz Duellpistolen ausgebreitet, die er sorgfältig putzte.

Jo setzte sich zu ihm. »Ich dachte, das ist für Sie eine nicht zeitgemäße Form der Auseinandersetzung?«, sagte er.

»In der Tat, das ist sie auch nicht. Ich pflege nur mein Imago ein wenig.« Virchow polierte liebevoll den mit silbernen Intarsien versehenen Knauf, dann hob er die Pistole, zielte über Kimme und Korn auf den Wildschweinkopf oben an der Wand und drückte ab. Es gab ein schreckliches Getöse, und als sich Staub und Pulverdampf verzogen hatten, lag der Keiler auf dem Boden und grinste sie mit seinen Hauern an. »Meine Güte«, sagte Virchow. »Entschuldigen Sie, ich dachte, es wäre Bismarck.«

Vor dem Fenster stand kalter Nebel. Birgit schlief fest. Noch verwirrt von seinem Traum lag Jo unter seiner Bettdecke. Schließlich sah er ein, dass er nicht wieder einschlafen würde. Er schwang die Beine über die Bettkante, warf den Morgenmantel über und schlurfte in die Küche. Mit einer Tasse Kaffee saß er dann am Fenster und starrte in den toten Garten, wo die kleine Hexe über dem Tomatenhäuschen auf ihrem Besen unermüdlich durch den Nebel ritt.

Plötzlich erhob er sich mit einem Ruck und ging ins Bad. Er duschte, warf sich in die Kleider und ging Semmeln holen.

*

Der Anruf von Sebastian kam um acht, um halb zehn trafen sie sich am Camp, wo sich immer noch die Absperrbänder um die schwarze Ruine des Containers zogen. Ansonsten war der Zeltplatz leer, nur niedergedrücktes Gras zeugte von den Standplätzen der Zelte.

Jo fand es fast schon familiär: Kirch war da, auch Maier lief auf und ein dürrer, langer Mensch von der Brandfahndung. Sebastian kam mit Marion und Corinna, deren ängstliche Augen noch runder schienen als sonst.

»Sie haben noch immer keine Idee, wo sich Ihr Mandant aufhält?«, begrüßte der Staatsanwalt Sebastian säuerlich.

»Er hat sich nicht bei mir gemeldet«, antwortete Sebastian wahrheitsgemäß.

»Und Sie sind die Ehefrau?«, wandte sich Maier an Corinna. »Sie wissen auch nicht, wo er ist?«

Corinna schaute Hilfe suchend Sebastian an.

»Wenn sie es wüsste, wäre sie als seine Frau nicht verpflichtet, Ihnen Auskunft zu geben«, intervenierte Sebastian. »Aber ich bin überzeugt, am Ende unseres Treffens wird es nicht mehr von Belang sein, wo Herr Staab steckt.«

»Das hoffe ich zu Ihren Gunsten«, gab Maier zurück.

»Na so was, Herr Kirch, dass Sie da sind«, begrüßte Sebastian den Kommissar. »Ist jemand umgekommen bei dem Feuer? Lautet der Vorwurf jetzt auf besonders schwere Brandstiftung?«, wandte er sich an den Staatsanwalt.

»Es gibt ein erhebliches öffentliches Interesse an dem Fall«, sagte Maier. »Ich habe zwar eine neue Akte eröffnet, aber wir wollen die alten Hirne weiter arbeiten lassen, falls sich die Fährten kreuzen.«

Erhebliches öffentliches Interesse war fast untertrieben. Die Medien waren voll davon.

»Außerdem, Neugierde gehört zum Beruf«, ergänzte Kirch. »Immer noch auf der Suche nach dem Cache?« Er begrüßte Birgit und Jo. »Hier dürfte er kaum zu finden sein. Das Waldherz in der Asche.«

»Auch die Wahrheit ist ein Cache. Herr Pfeiffer meinte, wir könnten etwas beitragen.«

»Und Sie sind also die Dame mit den Fotos, die Herr

Pfeiffer angekündigt hat.« Kirch schaute fragend auf Marion, die nickte.

Johansen und Wenzel traten aus der Tür des Freizeitheims. Jo war erleichtert: »Frau Wenzel, ich hatte gehofft, dass Sie hier sind, nachdem ich Sie zu Hause telefonisch nicht erreichen konnte.«

»Natürlich bin ich hier«, gab sie zur Antwort.

Marion ging auf Johansen zu und gab ihr die Hand: »Frau Johansen, leider scheint es so, dass außer Ihnen noch eine Menge anderer Herrschaften an meinen Fotos Interesse hat.« Sie seufzte: »Aber im Zweifelsfall werden die mich nicht bezahlen.« Die Johansen wirkte wie immer souverän, obgleich sie Ringe unter den Augen hatte. Irgendwie fiel ihr Pagenschnitt dennoch glatt, und der grobe Pullover, den sie trug, schaute an ihr gut aus. »Dann schauen wir alle halt mal auf die Bilder«, sagte sie achselzuckend.

Das Freizeitheim war nun leer, bis auf die Habseligkeiten der Johansen, Schlafsack und ein improvisiertes Büro, ein letztes Aufgebot und trauriges Überbleibsel all der Aktivität. Marion setzte sich an eine der Biergarnituren und fuhr ihren Computer hoch. Während neben und hinter ihr die ganze Mannschaft lange Hälse machte, klickte sie durch einige Foto-Sequenzen.

»Es war eine Verpuffung«, sagte der Brandfahnder. »Die Quelle eindeutig innerhalb des Containers. Man sieht sehr schön die Selbstentzündungen, die ab bestimmten Temperaturen dann immer wieder folgen.«

»Und es war Benzin?«, fragte Sebastian.

»Sehr wahrscheinlich. Natürlich können wir nicht sagen, ob es aus dem Kanister stammte, der gefunden wurde. Aber die Menge, die im Kanister fehlte, hätte dafür gereicht. Wir nehmen eher an, dass der Kanister von vorneherein nicht ganz voll gewesen ist.«

»Der Kanister war nicht leer?«

Der Brandfahnder lächelte. »Für diesen Brand reicht so viel wie ein kleines Wasserglas, ordentlich verdunstet. Noch mehr wäre eine Bombe gewesen.«

»Ihr Mann war bei der Feuerwehr, nicht wahr?«, sagte der Staatsanwalt zu Frau Staab.

Sie nickte.

»Da weiß man so was.«

»Des halb Dorf ist bei der Feuerwehr«, entgegnete sie tapfer.

»Unsere Theorie bisher ist«, fuhr der Brandfahnder fort, »dass der Täter einen Schlauch, oder gleich den Trichter, den wir in der Hecke gefunden haben, in die Schlitze der Lüftung gezwängt hat, das Benzin hineinlaufen ließ und dann die Entzündung durch das elektrische Heizgerät erfolgte.«

Jo erinnerte sich an die Informationen aus dem Dorfladen: »Der Heizer stand doch fast unter der Belüftung. Warum ist dem Brandstifter nicht gleich alles um die Ohren geflogen?«

Der Kirch nickte. »Vermutlich hat er die Stromzufuhr zum Container unterbrochen, hat gewartet, bis der Heizer sicher abgekühlt war, hat dann das Benzin eingefüllt und den Kanister und die Leiter weggebracht. Als es verdunstet war, hat er den Stecker am Freizeitheim wieder eingesteckt und die Sache flog hoch. Das jedenfalls ist ein möglicher Tathergang. Die Steckdose ist außen an der Terrasse hinter der Holzbrüstung. Er hätte hinter dieser Brüstung Deckung nehmen können und dann um das Haus herumlaufen und dort hinten das Gelände verlassen können bzw. über das kleine Tor klettern, das dort hinten im Zaun ist.«

»Oder aber, er hat das Gelände nicht verlassen und fleißig beim Retten geholfen«, sagte Sebastian. »Soll auch vorkommen.«

»Bei der Feuerwehr«, sagte Maier.

»Mein Mann is abbe nimmer bei der Feuerwehr«, versetzte Corinna.

»Nein, er ist bloß geflohen«, gab Maier zurück.

Marion rief die Fotos auf, die sie von der Leiter herunter geschossen hatte. »Vielleicht ist er geflohen, aber schauen Sie mal, was da geflogen ist.« Sie zeigte die Sequenz mit der Axt.

Ratloses Schweigen folgte.

»Frau Staab sagt, dass nicht nur ein Kanister entwendet wurde, sondern auch eine Axt«, ergriff Sebastian schließlich das Wort. »Ich würde vorschlagen, wir schauen nach, ob sie da im Bach liegt.«

Sie lag da. Jo wusste es, Birgit wusste es, Sebastian auch. Es war das Erste, was sie am Morgen überprüft hatten. Die ganze Gesellschaft pilgerte nach draußen. In der klaren Strömung lag die Axt deutlich sichtbar am Bachgrund wie ein verhextes Stück Anderswelt. Keiner hatte Lust, sich auf den Bauch zu legen und den Arm ins kalte Wasser zu hängen, besonders Sebastian nicht, der seine cognacfarbenen Cordhosen trug. Mit Frau Wenzels Hilfe trieb man einen Rechen auf und fischte das Werkzeug heraus.

Aber Corinna erkannte die Axt nicht. Es könnte ihre sein, aber sie wisse es nicht sicher, sagte sie immer wieder den Tränen nahe. Selbst Maier schien gerührt ob so viel verzweifelter Ehrlichkeit.

»Und, was heißt das jetzt?«, sagte Johansen. »Leo hatte eine Axt, Frau Staab weiß nicht mal, ob es ihre ist. Und deswegen hat er unseren Container angezündet? Das ist lächerlich. Er ist ein ausgezeichneter Mann, unser bester, warum sollte er so was tun? Andere Leute hätten ihn gerne brennen sehen. Suchen sie bei denen!«

»Ich würde ihn trotzdem gerne als Zeugen vernehmen«, sagte Kirch.

»Schwer möglich. Er ist auf dem Weg nach Kolumbien«, versetzte Johansen. »Und ich sehe keine Notwendigkeit, ihn aufzuhalten. Er hat eine Axt weggeworfen, na und?«

»Was notwendig ist oder nicht, entscheide allemal ich«, sagte Kirch.

Die beiden sahen sich an, Johansen kühl, Kirch mit gespannten Kiefern. Frau Wenzel hielt es nicht mehr aus: »Es ist eine Schande. Hinter diesen Leuten sind sie her, die sich für eine gute Sache einsetzen! Wenn man denen die Computer abfackelt, dann sollen sie es selber gewesen sein, aber wenn hier im Wald hundertmal Biotopbäume umgeschnitten werden, ist die Polizei für nichts zuständig.« Vor Empörung schienen ihr die Haare vom Kopf wegzustehen. »Ausgerechnet der Leo! An dem Menschen kann man sich ein Beispiel nehmen.«

»Frau Wenzel. Wann haben Sie Leo Sachs kennengelernt?«, sagte Jo und legte so viel Begütigung in seine Stimme, wie er konnte.

»Das habe ich Ihnen doch erzählt! An dem Tag, als Gonzales nicht kam.«

»Nein, das haben Sie mir nicht erzählt, oder es war mir nicht so ganz klar. Sie sagten, dass neue Besen gut kehren, aber wie neu der Besen war, darüber haben wir nicht gesprochen. Sie waren mit Gonzales verabredet an den Siebenwegen. Er kam nicht. Leo hatte ihn rausgeworfen, weil er in einer Ferienwohnung übernachtet hatte und zu spät kam.«

»Leo war halt konsequent ...«, setzte Frau Wenzel an.

»Gewiss«, sagte Jo zuvorkommend. »Man muss Disziplin halten, sonst geht es nicht. Jedenfalls. Sie haben Gonzales angerufen, er sagte, er kann nicht mehr kommen, mehr Auskünfte gibt er Ihnen nicht, vielleicht weil er sauer war oder weil er auch nicht mehr wusste. Sie sind daraufhin ins Camp gefahren. War Sachs dort?«

»Ich weiß nicht, was das soll«, sagte Wenzel und schaute Maier Hilfe suchend an.

»Ich auch nicht«, entgegnete er. »Aber lassen wir uns doch überraschen.«

Wenzel zuckte die Schultern. »Er kam erst später.«

»Sie hatten Sachs noch nie gesehen, und er war Ihnen auch noch nicht begegnet. Und er war sehr erstaunt, als er Sie sah. Sie haben mir erzählt, der Mund sei ihm schier offen gestanden.«

Frau Wenzel lächelte in der Erinnerung. »Ja, er dachte wohl, Leute meines Alters laufen auf Krücken rum.«

»Nein, Frau Wenzel, er dachte, Sie wären tot.«

*

Sie waren auf Sebastians Drängen ins Freizeitheim zurückgegangen. Nun standen und saßen sie in Johansens Biergarniturbüro herum und hörten Jos Erläuterungen zu, Johansen distanziert bis feindselig, Wenzel immer am Rande der Empörung, Maier und Kirch skeptisch, aber interessiert.

»Frau Wenzel, ich habe Sie ja leider mit der Vorstellung beunruhigt, jemand könnte Frau von Wildenstein mit Ihnen verwechselt haben. Sie hatte etwa Ihr Alter und Ihre Statur, nicht wahr. Und Sie fanden es auch möglich, dass Herr Staab oder jemand anderer Sie angreifen wollte und Frau von Wildenstein erwischt hat.«

Frau Wenzel nickte. »Genau. Es gibt Leute, die es nicht vertragen, wenn jemand die Wahrheit sagt, aber ich habe mich nie einschüchtern lassen.«

»Nein, das haben Sie nicht«, bestätigte Jo. »Sie sind sozusagen der Katalysator und die Wurzel der Kampagne hier. Und stellen Sie sich vor, Frau Wenzel, Sie wären von einem Ast erschlagen worden. Wäre das als rühmliches Ende aufgefasst worden? Oder müsste man nicht befürchten, dass Ihre Gegner in ein Hohngelächter ausbrechen?«

Wenzel und Johansen schauten sich an. Schwiegen.

Marion kicherte. »Es hätte scheiße ausgeschaut«, sagte sie. »Schlauchboot von Wal gefressen, ganz schlecht.«

»So ist es«, fuhr Jo fort. »Und das hat Leo Sachs gewusst, als er eine drahtige ältere Dame in hellgrüner Jacke von einem Ast erschlagen im Wald fand. Er kannte Sie nicht und musste annehmen, dass Sie es sind. Und er beschloss, die Tote irgendwo anders hinzubringen. Ein Mann der Tat, vielleicht seit Kolumbien vertrauter mit dem Tod als andere, lud er sich die Leiche auf, trug sie den Weg, der am einfachsten mit der Last zu gehen war, die Rückegasse, hoch, dann über die Straße und legte sie in den Hieb auf der anderen Seite. Es würde riesigen Wirbel machen, wenn man sie dort fand, aber keinen Wirbel zulasten der Kampagne. Dass ein einzelner Mann allein, nämlich ausgerechnet Staab, sie finden würde, und dass der dann die Tote fortschaffen würde, das hat er nicht vorhersehen können.«

Wenzel hatte immer unwilliger den Kopf geschüttelt. »Wieso glauben Sie denn, dass Leo an den Siebenwegen gewesen ist? Der war doch gar nicht dort!«

»Sachs hat Gonzales heimgeschickt, er fragt ihn oder schaut nach, in welchem Waldstück und mit wem Gonzales eingeteilt war, die Arbeiten mussten weitergehen.

Er trägt sich selbst für den Einsatz ein bzw. lässt sich von Silke eintragen, kommt zu den Siebenwegen, Sie sind nicht dort. Er wartet, vertritt sich die Beine, schaut ein wenig herum und sieht eine hellgrüne Jacke im Wald leuchten.«

»Ließe sich das nachprüfen?« Es war Kirch, der sich an Johansen wandte. »Sie haben Einsatzpläne gehabt?«

Johansen nickte. »Gehabt, Herr Kommissar. Verbrannt sind die.« Sie presste die Lippen zusammen, als sie die Bedeutung dieser Aussage begriff.

»Ah, diese Daten sind also nicht nach Hamburg gegangen«, stellte Kirch fest. »Wusste sonst jemand, was Sachs an diesem Tag gemacht hat? Wer hat die Einsatzpläne geführt? Sachs selbst?«

»Nein, Silke Hollander.«

»Wo finde ich die?«

»Sie ist auch auf dem Weg nach Kolumbien als Teil des Teams.«

»Was, das Seelchen?«, rief Birgit. »Schicken Sie in so eine Gegend?«

»Sie hat sich hier sehr bewährt«, sagte Johansen kühl.

Birgit schaute Jo an und murmelte: »Schneewittchen ist über die sieben Berge. Da konnte er die Axt wegschmeißen.«

»Wie meinen Sie das?«, fragte der Kommissar. Er hatte sich nicht gesetzt, stand mit leicht vorgebeugtem Oberkörper angespannt und aufmerksam.

»Nun, der mitleidige Jäger erschlägt Schneewittchen nicht mit seiner Axt, sondern lässt die einzige Zeugin hinter die sieben Berge fliehen.«

»Sie haben wohl nicht alle Tassen im Schrank«, rief Frau Wenzel. »Leo kann niemandem ein Haar krümmen!« Sie schlug wütend auf den Tisch.

»Ja genau«, Birgit nickte. »Möglicherweise flog die Axt genau aus dem Grund in den Bach: weil er niemandem ein Haar krümmen kann. Ich glaube, dass Sachs in einer absolut fatalen Situation steckt, einer für ihn sehr ungewohnten Situation, nämlich in einem moralischen Dilemma. Ein Ritter ohne Furcht und Tadel, hat er Ihre Würde, Frau Wenzel, und das Image von PlanetGuard retten wollen, als er Ihre vermeintliche Leiche verlegt hat. Als Staab die Tote in den Main wirft und des Mordes bezichtigt wird, bekommt die Sache eine gefährliche Dynamik. Sachs kann die Wahrheit nicht bekannt geben. Schlimmer als die Schmach, von einem Ast erschlagen worden zu sein, wäre der Makel seiner Manipulation. PlanetGuard lebt von Glaubwürdigkeit, und Sachs lebt von und für PlanetGuard. Ab dann bewegt er sich in einer moralischen Grauzone. Er verliert die Orientierung, er weiß nicht, was er tun soll.« Sie stockte, als empfinde sie selbst diese Verwirrung.

Sebastian setzte die Geschichte fort: »Er spielt vielleicht verschiedene Optionen durch. Was denkt er sich, als er die Axt und den Kanister stiehlt? Es ist möglich, dass er Staab entlasten wollte, indem er mit seinen Werkzeugen einen Schaden anrichtet, während er noch in Untersuchungshaft sitzt. Damit Verwirrung ausbricht und klar ist, dass jemand dem Staab was anhängt. Wusste er am Tag des Brandes, dass Staab entlassen wird? Wussten Sie das?« Sie wandte sich an Johansen.

»Nein, ich wusste es nicht«, sagte sie. »Und außerdem höre ich hier nur wüste Mutmaßungen wegen einer Axt, die vielleicht nicht einmal Staab gehört. Jemand hat unseren Container abgebrannt, und Sie verschwenden hier Ihre Zeit mit haltlosen Verdächtigungen.«

»Finde ich nicht«, sagte Kirch. »Ich finde, ich habe bislang eine wichtige Frage vergessen, nämlich warum alle Daten vor dem Brand nach Hamburg gegangen sind, und welche Daten nicht nach Hamburg gegangen sind.«

»Nur die wichtigen Daten sind nach Hamburg gegangen, und wir sind hier fertig, ganz einfach«, sagte Johansen.

»Ich nehme an, Sachs wusste, dass sie hier fertig sind.« Es war Jo, der fragte.

»Ja klar, alle wussten das.«

»Warum hat dann Sachs noch Ende letzter Woche Küchenutensilien gekauft?«, wollte Jo wissen.

Frau Wenzel ergriff das Wort: »Weil wir die ganze Zeit diese Küche benutzen konnten, und Leo als der gewissenhafte Mensch, der er ist, ein paar neue Sachen hinterlassen wollte, wie zum Beispiel neue Kochlöffel.«

»Und einen Trichter«, ergänzte Jo.

Nach einer eisigen Pause sagte Wenzel: »Quatsch.«

»Vielleicht hat er den nicht in der Küche abgeliefert, aber gekauft hat er ihn. Sagt Frau Hasenstab vom Supermarkt.«

»Jetzt wird's eng«, meinte der Kommissar. »Frau Johansen, wo ist Leo Sachs?«

Johansen schaute auf ihre Uhr, lehnte sich mit gekreuzten Armen zurück und schaute den Kommissar unbeeindruckt an. Konfrontation war ihr Beruf. »Sie sind jetzt wohl schon durch die Passkontrolle.«

»Dann sagen Sie uns, mit welcher Maschine sie fliegen!«

»Ich denke nicht daran.«

»Das ist Strafvereitlung«, fauchte der Staatsanwalt.

Johansen antwortete nicht.

Birgit hatte sich abgewandt, stand am Fenster und blickte in den winterlichen Nebel. In der angespannten Stille fielen ihre Worte unvermittelt klar und schrecklich:

»Wo versteckt der Weise ein Blatt? – im Walde. Wo versteckt der Weise eine Leiche? – in einem Berg von Leichen.«

Sie wandte sich vom Fenster ab und schaute in den Raum: »Ich habe an ein Märchen geglaubt, aber wir sind vielleicht in einer ganz anderen Geschichte. Ich nahm an, dass er die Axt aus Mitleid nicht gebraucht hat, aber vielleicht hat er sie aus einer schrecklichen Klugheit nicht gebraucht. Man macht hierzulande ziemlich viel Aufhebens um eine Tote. In Kolumbien ist das anders.«

Johansen lachte ungläubig auf: »Sie unterstellen, dass er sie nach Kolumbien mitnimmt, um sie dort umzubringen?«

»Er doch nicht. Er bringt sie hier weg, aber wohin? Frau Hollander ist ein liebes Mädchen, idealistisch, naiv und wahrscheinlich hoffnungslos in Sachs verschossen. Sie ist für einen solchen Einsatz nicht geeignet. Ich kann nicht glauben, dass keiner von Ihren professionellen Kampagnen-Leuten das gesehen hat. Sagen Sie selbst: Musste Sachs ihren Einsatz nicht gegen heftige Bedenken durchdrücken? Hat er nicht sein ganzes Gewicht in die Waagschale geworfen, um Sie umzustimmen?«

Ein Schatten der Unsicherheit flog über das Gesicht von Johansen, aber sie schüttelte den Kopf. »Er wird sie beschützen bis zum Äußersten. Wissen Sie nicht, dass es seine Freundin war, die damals in Kolumbien erschossen wurde? Sie starb in seinen Armen.«

»Das ist ja furchtbar«, flüsterte Birgit in das schockierte Schweigen. Und: »Sehen Sie nicht«, rief sie plötzlich, trat auf Johansen zu und packte sie am Arm. Birgits Augen waren weit aufgerissen, und sie blickte durch Johansen hindurch wie auf ein entsetzliches Drama, das sich in der

Ferne abspielte. »Sehen Sie nicht, dass er sein Trauma inszeniert! Um zu überleben, musste er dem Tod seiner Freundin einen Sinn geben, und der Sinn, der ihm blieb, war der Erfolg der Kampagne. Dafür musste es sich lohnen, die Frau zu opfern, die er liebte, und darum rechtfertigt sich der Tod der Frau, die ihn liebt. In der Düsternis seines Herzens leuchtet ihm die blutige Fackel der Märtyrer. Er muss sie nicht selbst töten, er kann in Kolumbien ihren Tod als ein sinnvolles Opfer inszenieren.

Hören Sie, Frau Johansen: Was auch immer Sachs bisher getan hat, er hat es für den Ruf dieser Kampagne getan, und noch ist kein Mensch deshalb gestorben. Doch jetzt liegt die Wahl bei Ihnen: Setzen Sie den Ruf von PlanetGuard aufs Spiel oder ein Menschenleben?« Und als Johansen verwirrt zögerte, setzte sie hinzu: »Wenn sie nicht lebend zurückkommt, wie können Sie das verantworten?«

»Frankfurt«, sagte Johansen mit belegter Stimme. »Der Flug über Madrid um 12.30 Uhr.«

Der Kommissar riss sein Handy heraus, rannte aus dem Raum, und sie sahen, wie er draußen im Kreis tigerte und in das Gerät schrie. Die Zwergenpolizei war unterwegs mit kreiselnden Zipfelmützen, um Schneewittchen zu retten.

Sebastian wandte sich an Maier. »Haftbefehl gegen Staab aufgehoben?«

Maier kniff die Augen zusammen und schaute dem Kommissar hinterher: »Sagen Sie Ihrem Mandanten einen schönen Gruß. Wenn er sich weiter so blöd verhält, kann er Sie gleich fest anstellen.«

*

»Im Spessart beginnt oder endet jede Geschichte in einer Wirtschaft«, dachte Jo. Sie saßen im Restaurant des Hotels, in dem sich Jo mit Marion vor einer gefühlten Ewigkeit getroffen hatte.

Von Wildenstein hatte Staab nach Rothenbuch gebracht und in die Arme seiner Gattin entlassen. Jetzt hockte die Mannschaft zusammen am Kachelofen des Gastraums. Der Zimmerbrunnen mit dem Hirtenbub plätscherte, die Holzsterne, die bestickten Kissen, alles war noch da. Draußen stand das Auto der Murmanns mit gepackten Koffern. Es gab nichts zum Anstoßen außer Wasser, zu essen Kleinigkeiten, alle brauchten leichtes Gepäck im Magen.

»Nun lässest du Herr deinen Diener in Frieden fahren«, sagte Jo zu Sebastian. »Wir haben fertig«, wechselte er von der Bibel zum Fußballdeutsch.

»Auch wenn das Waldherz im Wald bleibt«, ergänzte Birgit. »Vielleicht hat der Märchenmann recht, da liegt es nicht schlecht. Ein Geheimnis mehr in den lebendigen Hallen.« Von Wildenstein zog die Luft scharf ein und Birgit versuchte, sich zu entschuldigen: »Natürlich, für Sie ist es bitter. Ich habe gar nicht mehr daran gedacht, weil Sie gestern Abend nicht darüber gesprochen haben.«

»Wer Äxte klaut, klaut vielleicht auch einen Smaragd. Alles für den guten Zweck«, meinte Marion. »Sie sollten Sachs am Flughafen auf den Kopf stellen und seine Taschen gut ausschütteln, wenn sie ihn haben.«

»Sie werden nichts finden«, sagte der Freiherr. »Was zu finden war, habe ich.« Er langte in seine Jackentasche. Als er die Faust über dem Tisch öffnete, rollte ein kleines Reagenzglas heraus. Unschuldig purzelte es über den Tisch. Draußen hatte sich der Nebel gelichtet, und ein erster Sonnenstrahl kam durch das Fenster und funkelte auf dem Behälter.

Sie saßen wie vom Donner gerührt. Schweigend sahen sie vom Glas zum Freiherrn und wieder zum Glas. Er räusperte sich.

»Es fällt mir unendlich schwer, aber ich bin es Ihnen schuldig. Schon längstens hätte ich etwas sagen sollen, aber es braucht endlos, bis man sieben Jahrhunderte Stolz wegschaufelt. Bei Staab habe ich mich schon entschuldigt, aber bei Ihnen nicht.« Er holte Luft, brach ab, setzte neu an: »Ich war dort, als Elisabeth starb. Ich sah sie aufbrechen am frühen Morgen. Ich hatte am Abend vorher mit ihr gestritten, wegen des Steins, sie war nicht umzustimmen, beharrte darauf, dass der Stein ihr gehöre und dass sie mit ihm machen könne, was sie wolle. Also bin ich ihr nachgefahren. Ich musste großen Abstand halten, aber weil sie ihr Auto gut sichtbar an dem Parkplatz abgestellt hatte, konnte ich sie finden. Es hatte ja nass geschneit, innen im Wald lag nicht viel, aber auf dem Weg, sodass ich ihre Spuren sehen konnte, und ich lief ihnen nach durch den Miesgrund. Ich sah sie endlich an der Stelle, an der sie den letzten Cache verbarg. Ich versteckte mich unterhalb des Bestandes im Jungwuchs und wartete, bis sie gegangen war, dann lief ich hin, um den Cache zu holen. Aber sie war wohl misstrauisch geworden und hatte geahnt, dass ich hinter ihr her war, hatte vielleicht meine Spuren gesehen und kam zurück. Sie ging auf mich los, wir stritten schlimmer als je zuvor, sie holte den Cache selbst aus dem Versteck, warf ihn weg und meinte ›Apport‹, ich solle ihn mir doch holen, aber da sei der Stein nicht drin und ich sei ohnehin zu blöd, das Rätsel zu lösen. Ich sah, dass es sinnlos war, wandte mich zum Gehen. Da fiel der Ast.«

Von Wildenstein biss die Kiefer zusammen in der Erinnerung. Dann fuhr er fort: »Es war wohl der nasse Schnee, der ihn gebrochen hatte. Sie hatte selbst das Röhrchen aufheben wollen, und der Ast hatte sie am Hinterkopf getroffen. Sie war tot. Ich kniete mich hin, fühlte ihren Puls am Hals. Nichts. Es graute mir, mir war, als hätte ich sie selbst umgebracht, und als ob es jetzt schon gleichgültig wäre, als ob ein böser Geist mich triebe, nahm ich ihr den Cache aus der Hand und sah nach. Es war nur ein Zettel drin und …«, von Wildenstein quälte sich sichtlich, den Rest zu erzählen: »… und dann schaute ich noch in ihren Taschen nach, ob sie den Stein dabeihätte.« Er stützte das Gesicht in die Hände: »Wie ein Leichenfledderer.«

Die Runde schwieg betroffen. Der Freiherr hob den Kopf und setzte seinen Bericht fort:

»Bei der …«, er zögerte, »Suche in ihren Taschen hatte ich wohl auch das GPS-Gerät herausgezogen, sodass Sachs es später gleich fand. Jedenfalls, als ich aufblickte, sah ich jemanden hinter dem Gebüsch am Waldrand bei der Kreuzung herumstreifen. Hatte er uns streiten hören? Der halbe Spessart wusste, dass wir stritten wegen dieser Sache, jetzt war sie tot, der Cache in meiner Hand und ich am Durchsuchen ihrer Taschen. Es wäre das Einfachste gewesen, um Hilfe zu rufen, aber ich tat es nicht, weil ich schon vorher nicht das Einfachste getan hatte, sondern das Schlimmste. Also stürzte ich weg, jagte den Miesgrund hinunter und zu meinem Auto. Als ich dort war, packte mich der Selbstekel. Ich fuhr hinauf zu den Siebenwegen und wollte nachschauen, was geschehen war. Doch ich fand sie nicht mehr. Sie war weg, niemand war da. Ich konnte nicht glauben, dass, wenn der Mann vom Waldrand sie gefunden hatte, Krankenwagen etc. schon so schnell da gewesen sein könnten. Dennoch wartete ich zu Hause einen Tag lang auf einen Anruf. Nichts. Was sollte ich tun? Ich konnte doch nicht auf die Polizei gehen und diese Geschichte erzählen. Da habe ich die Vermisstenanzeige aufgegeben.«

»Und uns alle auf eine blinde Fährte gesetzt? Nach einer Frau zu suchen, die tot ist, und nach einem Cache, den du hattest«, fragte Sebastian.

Von Wildenstein nickte. »Ich dachte, wenn man das Rätsel löst, so kommt man von selbst an den Unglücksort, und ich muss nichts erzählen und komme auch nicht in Verdacht, dass ich selbst zugeschlagen und den Ast nachträglich präpariert hätte oder dergleichen.«

»Du hast mir nicht vertraut«, sagte Sebastian bitter.

»Nein, ich habe niemandem vertraut, weil ich mir selbst nicht mehr trauen konnte. Ich hatte versagt. Als Staab verhaftet wurde, ging es mir wohl, wie es Sachs gegangen ist: Je länger man schweigt, desto unmöglicher ist es, zu sprechen. Umso dringender wurde es, den Weg des Cache nachzuvollziehen. Als Staab entlassen wurde, fiel mir ein riesiger Stein vom Herzen. Wenn er vor Gericht gestellt worden wäre, hätte ich öffentlich sprechen müssen. Und wer weiß, ob man mir geglaubt hätte. Ich kann nur hoffen, dass Sie mir jetzt glauben.«

»Und warum sprechen Sie jetzt?«, wollte Jo wissen.

»Ha!« Von Wildenstein lächelte ein trauriges Lächeln. »Das ist wohl die letzte Chance, kein ganz verlogener Mensch zu sein.«

Die Anwesenden schwiegen, nicht eigentlich feindselig, sondern damit beschäftigt, in ihren Hirnen den verschiedenen Blickwinkeln und Stationen ihrer Suche nachzujagen, um festzustellen, ob und wie wütend sie auf von Wildenstein sein sollten.

Birgit fand als Erste die Sprache wieder: »Hat Ihnen Staab verziehen?«

Von Wildenstein lächelte noch trauriger: »Zwei Feiglinge unter sich. Er verstand mich ganz gut.«

»Jetzt hören Sie mal auf mit der Feiglingerei«, sagte Jo. »Sie haben sich verantwortlich gefühlt, Sie haben Staab aufgetrieben und versorgt, und jetzt haben Sie die Sache uns erzählt. Von mir aus Schwamm drüber.«

»Danke«, sagte von Wildenstein, aber sein Blick haftete vor allem auf Sebastian. Der schwieg. Es war für ihn wohl am schwersten, den Mangel an Vertrauen zu verwinden. Marion stieß ihn in die Rippen: »Was hättest du verpasst, wenn dein Pate gleich alles erzählt hätte? Mich zum Beispiel.« Sie griff nach dem Reagenzglas: »Schmoll alleine vor dich hin, mich ruft das Abenteuer. Wieder ein Rätsel?«, fragte sie den Freiherrn.

Von Wildenstein nickte, dankbar für ihre Unbefangenheit: »Und ich hab's nicht rausbekommen, vielleicht weil es mir so unheimlich ist.«

Marion fischte den Zettel heraus und las vor: »Blick reuevoll zurück, auf was du nicht getan. Am Ende fehlt ein N. Punkt.«

»Es ist, als ob sie alles vorhergesehen hätte«, sagte von Wildenstein. »Ich habe die ganzen Wochen reuevoll zurückgeblickt auf das, was ich nicht getan hatte. Und am Schluss war ein Ende und Punkt. Aus.«

»Die ganze Route hieß ja ›Ende‹ auf ihrem GPS«, erinnerte sich Jo.

»Manchmal ist zu viel Symbolik hinderlich«, meinte Birgit. »Wir müssen auch was wegschaufeln, und zwar den Schutt der Tragik. Elisabeth war eine witzige Frau und keine Kassandra. Also: Was haben wir nicht gemacht? Woher konnte sie wissen, was wir nicht gemacht haben?«

»Sie hat uns gesagt, was wir nicht machen sollen. *Ach, lass es doch, mein Sohn. Mach keinen Rundweg.* Jetzt geben diese Anweisungen, etwas nicht zu tun, vielleicht einen Sinn«, überlegte Jo.

»Aber was soll mit diesem Wälde schon sein?«, sagte von Wildenstein.

»Wälde, Rundweg …«, murmelte Sebastian nachdenklich. »Wenn man es hintereinander sagt, gibt es fast einen anderen Sinn. Wälder und Weg. Aber wie weiter?«

»Also eher ein Worträtsel.« Jo angelte den Zettel her: »›Am Ende fehlt ein N Punkt.‹ So, wie das dasteht, erinnert mich das auch an einen altmodischen Rebus, ein Rätsel mit Bildern, Worten und Buchstaben. Am Ende fehlt ein N, hieße, dass man das N aus dem Ende rausmacht. Hat jemand einen Kugelschreiber?«

Sebastian hatte einen in der Jacketttasche, Jo nahm einen Bierfilz: »Also E de und dann einen Punkt.« Er malte: E de.

»Wenn man den Punkt in die Lücke macht, schaut es aus wie eine Internetadresse«, schlug Marion vor und schrieb: E.de

Alle starrten auf den Bierfilz. Jo nahm Marion den Stift wieder ab und schrieb feierlich hintereinander:

»WäldeRundwegE.de«

Sebastian holte sein Smartphone heraus und gab die Adresse ein. »Es lädt«, sagte er feierlich. Und dann, »die Seite gibt's?«

»Die Wanderseite des Spessartclubs?«, fragte Marion.

Sebastian tippte durchs Menü: »Nein. Elisabeths.«

»Meine Schwester hat eine Website gehabt?« Wieder mal hatte die Tote ihren Bruder rechts überholt.

»Oder zu dem Zweck eingerichtet. Den Märchenglobus hat sie reingestellt, und da: Das Rätsel wird in zwei Wochen automatisch freigeschaltet.«

»Durins Tag«, sagte Marion andächtig. »Ich werde früh aufstehen. Nein. Ich geh gar nicht erst ins Bett.«

Sebastian schaute den Freiherrn entsetzt an: »Um Gottes willen, wir müssen schneller sein.«

»Pffft«, machte Marion. »Müsst ihr nicht, könnt ihr vielleicht nicht. Vielleicht will der Stein weiter an die Frauen vererbt werden, wie alle 100 Jahre vorher. Das liegt dann rein an euch.«

Sebastian und sein Pate brauchten einen Moment, bis sie die Bedeutung ihrer Worte begriffen hatten. Und dann noch einen, bis sie die Sprache wiedergefunden hatten. »Konntest du nicht besser auf dein Handy aufpassen«, beschwerte sich der Freiherr. Sebastian schnappte zurück: »Du hast doch gehört: Hättest du mir vertraut, hätten wir die Dame jetzt nicht am Hals.«

Marion lachte dreckig.

*

»Eine Adoption und eine Heirat. Die Dame pokert hoch.«

Vor der Windschutzscheibe raste die Autobahn heran, glitt unter den Rädern durch und verschwand hinter ihnen. Auf der großen Asphaltschneise verließen sie den Wald. Noch begleitete er sie oberhalb der riesigen Böschungen und unterhalb der gewaltigen Brücken, in wechselnder Perspektive von unten und von oben. Aber schon wurde er zum Film hinter der Windschutzscheibe, zum Bild ohne Ton, Geruch und Temperatur.

»Ach was, sie hat doch nichts riskiert außer einen Scherz«, meinte Birgit.

Jo widersprach: »Wer andere herausfordert, riskiert immer etwas. Und sei es das Gesicht. Und das ist nicht wenig.«

»Stimmt. Manchmal sogar alles.«

Das Gesicht war das eine, das Bild, das andere von einem haben sollten. Das andere, noch bitterer zu verlieren, war das, was man von sich selbst glaubte. Und darüber hinaus oder damit verwoben war das, was man von der Welt glaubte, was wahr sei und was gut und was recht.

Der Wald eilte vorüber wie eine stumme Kulisse, doch es war eine Täuschung. Nur eine Blechtür und einige Verkehrsregeln trennten sie von dem wirklichen Raum, in dem alle Gewissheiten entglitten. Man ging geradeaus und lief doch krumm, man rettete sein Gesicht und erkannte sich selbst nicht mehr, man verwischte die Spuren und verriet alles. Aber solange sein grünes Herz schlug, würde die Jagd nicht enden.

»Das Spiel geht weiter«, sagte Jo, »mit oder ohne uns.«

NACHBEMERKUNGEN UND DANKSAGUNG

Die politische Auseinandersetzung um den Wald im Spessart hält zur Stunde an. Doch ein Forstbetrieb der Bayerischen Staatsforsten in Rohrbrunn existiert nicht. Das Forstamt Rohrbrunn wurde 1996 aufgelöst und die Gebäude stehen seither zum Teil leer.

Wildenstein wurde 1689 endgültig aufgegeben und ist heute eine Ruine, die den Grafen von Erbach gehört. Der Verein der Burgfreunde Wildenstein hat sich ihrer angenommen. Es gab dort tatsächlich eine Drechselstube in der Nähe der Jungfrauengemächer, und die Burg wurde vom letzten Grafen Phillip III von Rieneck genutzt, doch eine Liaison mit einer Schwägerin ist nicht bekannt.

Alle sonstigen Ähnlichkeiten mit lebenden Personen sind reiner Zufall.

Niemals hätte ich ein Buch über den Spessart schreiben können ohne meine Freundin Trudi Graf und ihren Ehemann Walter, die mir großzügig ihr Wissen und ihre Gastfreundschaft zur Verfügung stellten. Es war auch Trudi, die für die Übersetzung von Dialogen in den Spessarter Dialekt sorgte, wobei der ihre, wie sie mich warnte, der Altenbucher Untervariante zugehört.

Bei der vielseitigen Recherche unterstützten mich eine Reihe ebenso vielseitiger und interessanter Personen:

Der Würzburger Strafverteidiger Klaus Spiegel gab mir immer wieder geduldig und ausführlich Auskunft über seine Arbeit und dies mit so einem überragenden Erzähltalent, dass sich einige Abschnitte geradezu von selber schrieben. Für etwaige juristische Fehler bin aber dennoch allein ich zuständig.

Die Forststudentin Eva Schwingenschlögl führte mich in die Welt des Geocaching ein und verschaffte mir das Vergnügen, in einem Spessarter Mysterycache herumzuirren.

Frau Regina Recht gab mir Einblick in die Arbeit einer professionellen Fotografin.

Der Vorsitzende der Burgfreunde Wildenstein, Frank Kind, nahm sich die Zeit für eine ausführliche Führung in der Ruine.

Linus Elsesser, der Kommandant der Rothenbucher Feuerwehr, erläuterte mir die Taktik, mit der er einen Brand beim Freizeitheim bekämpfen würde, und verhinderte auch, dass mein Brandstifter mit seinem ganzen Benzinkanister selbst in die Luft geflogen wäre.

All diesen und anderen freundlichen Spessartern, wie der Pensionswirtin Frau Englert in Heigenbrücken und Herrn Bald, dem Leiter des Spessartmuseums in Lohr, verdanke ich schöne und lehrreiche Zeiten, meinem Ehemann Stephan einen ungewöhnlichen Winterurlaub zu zweit.

Mit Menschen, die sich im und für den Wald engagieren, hatte ich viele Treffen, Gespräche und Waldführungen, und ich habe allen zu danken, die ihre Ansichten und Sorgen vertrauensvoll mit mir teilten. Vor Ort waren dies:

Der Vorsitzende der Ortsgruppe des Bund Naturschutz in Heigenbrücken, Michael Kunkel, aktive und pensionierte Mitarbeiter der Bayerischen Staatsforsten, insbesondere des Forstbetriebs Rothenbuch, und Klaus

Bernhardt vom Amt für Ernährung, Landwirtschaft und Forsten Karlstadt.

Leider waren Aktivisten von Greenpeace nicht zu einem Gespräch bereit, und es wäre mir nur möglich gewesen, offizielle Statements von Hauptamtlichen einzuholen. Um die Stimmung in einer vergleichbaren Organisation zu beschreiben, sah ich mich nach vergeblichen Bemühungen schließlich gezwungen, ohne Angabe meiner Absichten zu einer Ortsgruppe zu stoßen. Was nach den Regeln des investigativen Journalismus völlig in Ordnung ist und wohl auch zu den strategischen Mitteln von Greenpeace selbst gehört, geht aber nach den Regeln der empirischen Sozialforschung nicht, und erzeugte daher in mir einigen Zwiespalt. So schwankte ich zwischen offener und verdeckter Recherche, was natürlich das Misstrauen von Greenpeace nur weiter anfachte. Auch das war insgesamt eine interessante Erfahrung, für die ich dankbar sein kann.

Last not least danke ich dem Gmeiner Verlag für seine freundliche Betreuung, insbesondere Frau Claudia Senghaas für ihre Ermutigung und Geduld.

JO MURMANNS SPESSART-SKIZZE

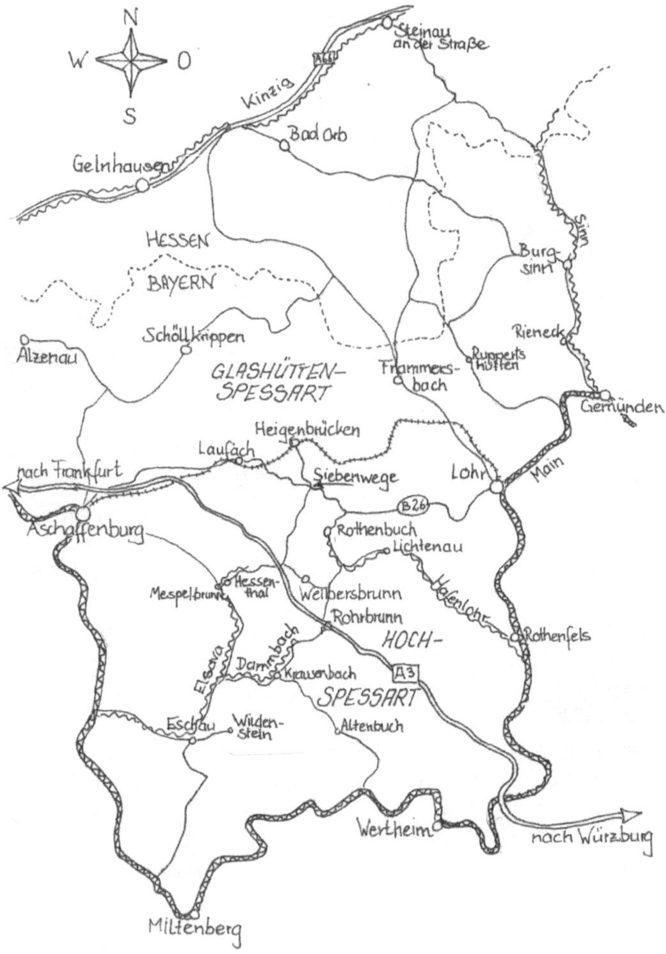

MARIA J. PFANNHOLZ
Heimatkrimi
Requiem für einen Förster
GMEINER

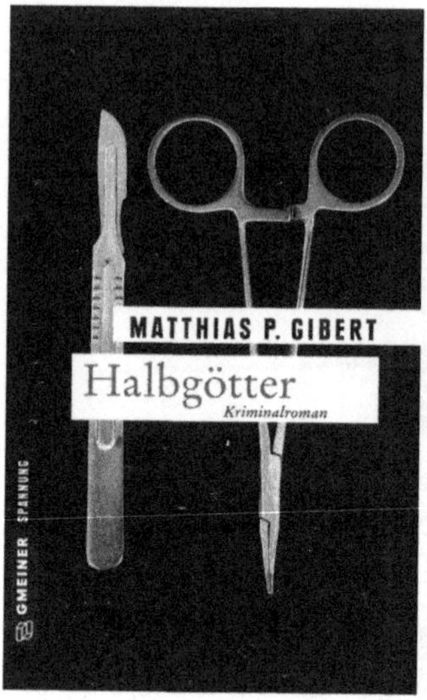

MATTHIAS P. GIBERT
Halbgötter

978-3-8392-1737-5 (Paperback)
978-3-8392-4737-2 (pdf)
978-3-8392-4736-5 (epub)

»Hauptkommissar Paul Lenz' 14. Fall gefährdet nicht nur seine eigene Gesundheit, sondern die ganz Deutschlands.«

Hauptkommissar Paul Lenz, gerade aus dem Urlaub zurückgekehrt, wird an den Tatort eines geradezu unfassbaren Verbrechens gerufen. In einem Kasseler Hotel liegen die Leichen von acht toten Männern, allesamt Chefärzte deutscher Herzzentren, die sich wegen eines Kongresses in der Stadt aufgehalten haben. Lenz und sein Kollege Kommissar Thilo Hain stehen vor einem Rätsel. Wer löscht mit einem Mal die Kompetenzen des Landes auf dem Gebiet der Herztransplantation aus?

Das Neueste aus der Gmeiner-Bibliothek

Unsere Lesermagazine

Bestellen Sie das kostenlose KrimiJournal in Ihrer Buchhandlung oder unter www.gmeiner-verlag.de

Informieren Sie sich ...

www ... auf unserer Homepage:
www.gmeiner-verlag.de

@ ... über unseren Newsletter:
Melden Sie sich für unseren Newsletter an unter www.gmeiner-verlag.de/newsletter

f ... werden Sie Fan auf Facebook:
www.facebook.com/gmeiner.verlag

Mitmachen und gewinnen!

Schicken Sie uns Ihre Meinung zu unseren Büchern per Mail an gewinnspiel@gmeiner-verlag.de und nehmen Sie automatisch an unserem Jahresgewinnspiel mit »mörderisch guten« Preisen teil!

GMEINER SPANNUNG

WWW.GMEINER-VERLAG.D
Wir machen's spannen